My little Voice,
Dean and me
Chapter 2

Karlie Lennox

My little Voice,

Dean and me

Chapter 2

Bibliografische Information der Deutschen Nationalbibliothek
Die Deutsche Nationalbibliothek verzeichnet diese
Publikation in der Deutschen Nationalbibliografie; detaillierte
bibliografische Daten sind im Internet über http://dnb.d-nb.de
abrufbar.

*Die automatisierte Analyse des Werkes, um daraus
Informationen insbesondere über Muster, Trends und
Korrelationen gemäß §44b UrhG (»Text und Data Mining«) zu
gewinnen, ist untersagt.*

Lektorat: Kristina Butz, lektorat-kristinabutz.com
Umschlaggestaltung: Juliane Schneeweiss,
juliane-schneeweiss.com

Satz und Verlag: BoD · Books on Demand GmbH,
In de Tarpen 42, 22848 Norderstedt
Druck: Libri Plureos GmbH,
Friedensallee 273, 22763 Hamburg

ISBN: 978-3-7597-6185-9

Für M.

Du bist mein Fels in der tosenden Brandung.

Danke für deine unermüdliche Unterstützung, dass du immer hinter mir stehst und mit mir für diesen Traum kämpfst, egal wie verrückt und utopisch er ist.

Danke, dass du DU bist.

1

»Hallo, Fräulein!«

Zoe blieb abrupt stehen. Diese zwei Wörter und der Ton, der mit ihnen schwang, ließen sie die Lippen kräuseln.

Fräulein? Wer um alles in der Welt sprach eine junge Frau heutzutage noch mit Fräulein an? Das hatte ihr auch noch gefehlt.

Das Blue Colliery war gerammelt voll. Seit Beginn ihrer Schicht – und der war wohl bemerkt vor sechs Stunden gewesen – hatte Zoe noch keine einzige Pause gemacht. Wenn sie nicht gerade in der einen Hand zwei Flaschen Mineralwasser halten und mit der anderen ein voll gestapeltes Tablett balancieren würde, hätte sie sie schon zu Fäusten geballt.

Sie blies sich eine Haarsträhne aus dem Gesicht und fuhr herum, gespannt, welcher Gast heutzutage noch diese völlig eingestaubte Anrede verwendete.

Doch der Mann, der von seinem Stuhl zu ihr aufblickte, wirkte nicht greisenhaft, wie sie erwartet hatte, sondern schien mit seinem angesagten Side-Cut, der in zwei graue Koteletten mündete, jung geblieben.

Zoe schraubte sich ein Lächeln aufs Gesicht. »Ja, bitte?«

Obwohl sie sich bemühte, hörte sie, dass ihre Stimme bereits ins Schnippische abdriftete.

Mit dem Mittelfinger rückte der Mann seine Hornbrille auf der Nase zurecht. »Fräulein, ich habe nun geschlagene fünfundvierzig Minuten auf zwei offensichtlich eingelaufene Medaillons mit zerfallenen Kartoffeln und viel zu lang gegarten Brokkoliröschen gewartet. Und jetzt, da Sie es endlich geschafft haben, mir dieses Highlight eines Mahls zu servieren, sehe ich, dass Sie es mit Pfeffersoße garniert haben.«

Zoe betrachtete den Mann, der nun mit augenscheinlich genervter Miene auf ihre Reaktion wartete. Es war glasklar, dass er sich für etwas Besseres hielt, dass er fest davon überzeugt war, in berechtigter Weise in einem herablassenden Ton mit ihr zu reden.

»Und nun?« Zoe versuchte, seine Arroganz zu ignorieren. »Was stimmt denn mit der Soße nicht?«

»Die habe ich nicht bestellt.«

»So, welche denn dann?«

Er verdrehte die Augen. »Werfen Sie doch einen Blick auf Ihren schlauen Notizblock, dann sehen Sie's.« Ein höhnisches Lächeln umspielte seine Mundwinkel. Erwartungsvoll hob er die Augenbrauen, sodass Zoe das Tablett abstellte und ihren Block aus der Gürteltasche zog.

Ausatmend blätterte sie ein paar Seiten zurück, um laut vorzulesen: »Da hätten wir's: *Schweinemedaillons mit Pfeffersoße.*«

»Gutes Fräulein«, sagte er, während das überhebliche Lächeln auf seinem Gesicht verweilte. »Ich denke, wir wissen beide, dass Sie lügen. Ich habe deutlich *Champignonrahmsoße* gesagt.«

Ohne auf seinen unverschämten Kommentar einzugehen, hielt Zoe ihm den Block unter die Nase.

Der Mann hob seine Brille, um die drei aufgeschriebenen Wörter murmelnd zu wiederholen. Doch er ließ sich dadurch nicht aus der Ruhe bringen. »Tja, ich bin mir ziemlich sicher, dass ich noch nicht an Demenz leide. Ich weiß, was ich bestellt habe, und das war es ganz bestimmt nicht.« Mit einem Kopfschütteln wandte er sich ab, um nach Messer und Gabel zu greifen. »Nun denn, bevor dieses so mühevoll kredenzte Essen gleich völlig kalt ist, werde ich jetzt speisen. Schließlich habe ich schon genügend Zeit in Ihrem ach so schwungvollen Restaurant verplempert.«

Ohne Zoe eines weiteren Blickes zu würdigen, stocherte er mit der Gabel in einem der beiden Medaillons herum und legte dabei einen angewiderten Ausdruck auf, obwohl sie alles andere als unappetitlich aussahen.

»Danke, Sie dürfen gehen«, meinte er und wedelte dabei mit dem Messer in seiner Hand.

Seufzend schloss Zoe die Augen. Sie fühlte sich wie die Dienstmagd eines Großgrundbesitzers. Wie gern würde sie dem Mann ihre Meinung geigen, ihm sagen, wie armselig es war, andere zu piesacken, nur um seinem aufgeblasenen Ego eine Bühne zu geben. Und dass er ganz offensichtlich derjenige war, der hier ein Problem mit der Wahrheitsfindung hatte. Doch sie ließ es bleiben. Schließlich hatte sie bis zum Ende ihrer Schicht noch alle Hände voll zu tun. Und wenn sie sich noch ein bisschen Trinkgeld dazuverdienen wollte, würde sie ranklotzen müssen. Von diesem Gast konnte sie jedenfalls keinen Obolus erwarten.

»Was für ein Tag ...« Mit einem Stöhnen ließ sich Zoe auf den Beifahrersitz fallen. »Mir tun die Füße so weh, als hätte ich einen Marathon hinter mir. Und dann dieser arrogante Blödmann ... Gegen den kann selbst Norman Bates einpacken. Ich weiß nicht, was manche Leute erwarten. Das

Blue Colliery ist zwar gehoben, aber noch lange kein Luxusrestaurant, das weiß man eigentlich …«

Als ihr Blick zu Lucie schweifte, verstummte Zoe. Ihre beste Freundin hatte sich netterweise dazu bereit erklärt, sie spät abends von ihrer Schicht im Restaurant abzuholen. Nun beäugte Lucie sie mit zusammengezogenen Augenbrauen.

»Ich verstehe immer noch nicht, warum du ausgerechnet diese Stelle angenommen hast. Jeder Mensch weiß, was Kellnern für ein Knochenjob ist. Aber mal abgesehen von diesem Griff ins Klo«, Lucie drehte sich zu ihr, um sie mit großen Augen zu mustern, »wissen wir ja, dass es hier um eine ganz andere Frage geht.« Sie gestikulierte wild. »Zoe, auch wenn ich mich wie eine kaputte Schallplatte anhöre, aber … warum zur Hölle bist du *hier*?«

Diese Frage hatte Zoe seit ihrer Rückkehr nach Deutschland vor drei Wochen schon einige Male von Lucie gehört. Selbst nachdem sie erklärt hatte, was sie zu ihrer überstürzten Flucht getrieben und wie gedemütigt sie sich nach Deans Aktion im Joe's gefühlt hatte oder wie groß ihr Heimweh gewesen war, ihre Freundin konnte ihre Beweggründe nicht nachvollziehen. Sie verstand nicht, warum Zoe gleich alle Register hatte ziehen müssen und die Staaten verlassen hatte.

Lucie sah sie fest an. »Zoe, ganz ehrlich, du hast hier nichts verloren. Der Abend heute bestätigt doch nur wieder, dass du hier völlig fehl am Platz bist. Du solltest in Carsonrock sein und im Touristikcenter sitzen und keine Schichten im Blue Colliery schieben.«

Zoe verdrehte die Augen, wandte sich zum Seitenfenster und blickte in die Dunkelheit. Sie hatte es satt. Das alles hatte sie schon gehört. Immer wieder stellte Lucie ihr die-selben Fragen, stellte dieselben penetranten Thesen auf.

»Du brauchst mir gar nicht auszuweichen«, drang ihre Stimme nun wieder an Zoes Ohr. »Tief in deinem Innern weißt du, dass ich recht habe.«

Als Zoe nicht reagierte, startete ihre Freundin seufzend den Motor. Langsam kam Charlie in Bewegung. Er war ein uralter Honda Civic, den man nicht überbeanspruchen durfte, denn dann würgte er den Motor ab, um erst in der Werkstatt wieder zum Leben zu erwachen.

Während sie durch die dunklen Straßen Recklinghausens tuckerten, schwappte ein Meer aus Gedanken in Zoes Kopf hin und her. Natürlich lag Lucie nicht falsch. Es war unklug gewesen, Hals über Kopf aus den Staaten zu verschwinden. Genauso wie die Sache mit Dean kommentarlos stehen und ihre Freunde und ihr Praktikum zurückzulassen. Und doch hatte sie keine andere Wahl gesehen.

Ihr kleines Ich grinste überlegen. *Schau mal an, du sture Eselin.* Es schnaubte. *Ich warte schon seit Wochen darauf, dass du das endlich zugibst.*

Ja, ja, ja. Es war so, wie ihre Miniausgabe sagte. Seit ihrer Rückkehr lag sie Zoe damit in den Ohren, wie falsch ihre Entscheidung gewesen war. Immer wieder hatte sie ihrer kleinen Kopie daher eine Socke in den Mund gestopft, mit dem Ergebnis, dass sie sie unmittelbar herausriss, um ihre Meinung noch verbissener kundzutun.

Was hätte sie denn tun sollen, verdammt noch mal? Wie hätte sie nach der fiesen Nummer in Carsonrock und in Deans Nähe bleiben sollen?

»Es ist noch nicht zu spät, weißt du?« Lucie riss sie aus ihren Gedanken. »Du kannst zurückfliegen und die Sache bereinigen, dein Praktikum wieder aufnehmen und das Jahr zu Ende bringen.«

Zoe löste ihren Blick vom Fenster und sah ihre Freundin an.

Diese hielt an einer roten Ampel. »Du darfst nicht einfach aufgeben.« Mit eindringlicher Miene betrachtete sie Zoe. »Schon klar, Dean hat Scheiße gebaut und dir damit das Herz gebrochen. Das war 'ne miese Tour und ich kann deinen Kummer absolut verstehen. Aber deswegen diese Chance einfach so wegzuschmeißen, ist … echt dumm. Weißt du das, Zoe?«

Ihre Freundin taxierte sie und bemerkte dabei gar nicht, dass die Ampel schon längst auf Grün umgesprungen war. Hinter ihnen hupte ein Auto.

Während Lucie Charlie vorsichtig in Bewegung setzte, schweiften Zoes Gedanken wieder ab. Obwohl sie an einem Haus vorbeifuhren, dessen verfrühte Weihnachtsdeko wie Stroboskope einer Disco blitzte und damit die gesamte Straße erhellte, konnte sie in diesem Moment nur eines sehen: Dean und sein Lächeln, das ihr Herz stets zum Hüpfen gebracht hatte.

In Zoes Innerem zog sich etwas zusammen. Sie hatte sich so sehr darauf gefreut, Halloween und Weihnachten in Carsonrock zu verbringen, die Feiertage gemeinsam mit ihm zu erleben. Aber dann war alles anders gekommen.

»So eine Chance bekommst du nicht oft im Leben.«

Deans Züge verschwammen vor Zoes Augen. Sie sah zu Lucie zurück, deren Blick zwischen der Straße und ihr hin und her glitt. »Du solltest dir deine Ziele nicht von einem Mann verbauen lassen. Es sei denn, du hast heimlich davon geträumt, eines Tages im Blue Colliery zu landen.« Lucie zog die Augenbrauen hoch. »Hast du das?«

»Nein«, antwortete Zoe mit heiserer Stimme. »Natürlich nicht.«

Eigentlich sollte das Kellnern nur eine Übergangslösung, eine Ablenkung sein. Es war garantiert nicht ihr Plan gewesen, das Jahr in den Staaten einfach so abzubrechen. »Ich weiß selbst, dass ich nicht hier sein sollte.« Ihr Blick flog über die Außenwelt, die an ihnen vorbeizog. »Es ist immer noch seltsam, wieder in der Heimat zu sein. Irgendwie komme ich mir hier … fremd vor. Wie eine Außenseiterin.« Zoe verstand das Gefühl selbst nicht, das vom ersten Tag nach ihrer Rückkehr an da gewesen war. »Es ist fast so, als würde ich nicht mehr hierhin gehören.«

»Aha. Jetzt kommen wir der Sache näher.« Mit leuchtenden Augen reckte Lucie den Zeigefinger. »Und warum ist das so?« Während sie Zoe einen herausfordernden Blick zuwarf, beantwortete sie die Frage selbst. »Weil deine Mission noch nicht beendet ist … Du solltest morgen deine Sachen packen und zurückfliegen.« Lucie nickte, sichtlich von ihrem Plan überzeugt. »Kein Kerl der Welt kann deinen Traum zerstören. Und kein Kerl der Welt hat es verdient, dass du seinetwegen alles aufgibst.«

Zoe ließ die Worte auf sich wirken. Doch ihre Freundin war noch nicht fertig.

»Du solltest es Dean zeigen. Du solltest zurückgehen und dein Ding durchziehen. Damit würdest du ihm beweisen, dass dir seine Scheißaktion am Hintern vorbeigeht. Zumal er sich danach nicht einmal bei dir gemeldet und versucht hat, dir das Ganze zu erklären oder sich dafür zu entschuldigen.« Lucie schnaubte. »Der würde ganz schön blöd aus der Wäsche gucken, wenn er merkt, dass er doch nicht die Sonne ist, um die sich alles dreht. Dass dein Leben auch ohne ihn weitergeht.«

Zugegeben, das klang verlockend. Aber war sie tatsächlich so stark?

Als hätte Lucie ihre Frage gehört, fuhr sie fort: »Zoe, du bist 'ne toughe Frau. Schau mal, du bist allein in die Staaten gegangen und hast dir da ein Leben aufgebaut. Auch wenn es nicht so verlaufen ist, wie du es dir vorgestellt hast, kannst du dein Jahr trotzdem beenden. Daran sollte dich kein Mann hindern. Und auch kein Heimweh ... Familie und Freunde hast du jahrelang gesehen, jetzt solltest du an dich und deine Zukunft denken. Wir sind schließlich nicht aus der Welt. Wir können jederzeit telefonieren, schreiben oder uns von mir aus auch Brieftauben senden.« Ihre Freundin grinste, bevor sie wieder ernst wurde. »Ich wäre echt sauer, wenn du diese Gelegenheit einfach sausen lässt.«

Zoes Herz klopfte schnell, während in ihrem Kopf das Chaos ausbrach. Lucie hatte eine enthusiastische Rede geschwungen, die ihre Gedanken wild durcheinander wirbelte.

Auch ihr kleines Ich war sichtbar entflammt. Zapplig wippte es von einem Fuß auf den anderen.

Klingt für mich nach einem perfekten Plan. Es hielt plötzlich inne und zog eine Schnute. *Ist nur traurig, dass ich dir seit Wochen das Gleiche sage, dich das aber nicht die Bohne interessiert hat.*

Das stimmte. Aber Zoe wollte nicht hören, dass sie einen Fehler gemacht hatte, dass sie zu überstürzt, zu emotional gehandelt hatte. Stattdessen hatte sie dichtgemacht und das Geschehene ausgeblendet, als würde es eines

Tages – schnipp – aus ihrem Gedächtnis verschwinden. Dabei ging es ihr hier in ihrem eigentlich sicheren Zuhause auch nicht besser. Sie war vor dem Feind geflohen und litt trotzdem ungemein. Nachts in ihren Träumen suchte Dean sie heim und marterte sie mit der Szene, die er mit Kim, der fast noch heißeren Kopie von Megan Fox, im Joe's abgezogen hatte.

»Auch wenn du das vielleicht glaubst, es lag nicht allein an Dean, dass du so eine schöne Zeit in Carsonrock hattest.«

Zoe riss sich von der Erinnerung los, die nun wieder vor ihrem inneren Auge prangte. Sie blickte Lucie an, die sie mit einem sanften Lächeln betrachtete.

»Du hast neue Menschen kennengelernt, die zu Freunden geworden sind. Durch sie und das Praktikum bist du richtig aufgeblüht, das habe ich dir angesehen.«

Augenblicklich meldete sich Zoes schlechtes Gewissen mit Pauken und Trompeten. Sie hatte ihre Freunde zurückgelassen. Und darüber hinaus das Praktikum, das ihr so viel Spaß gemacht hatte.

Sie kaute auf ihrer Unterlippe herum, während Lucie grinsend fortfuhr.

»Zum Glücklichsein gehört schon ein bisschen mehr als ein Mann. Du solltest den Gedanken an die einzig wahre Liebe in der Disney-Schublade ablegen. Ich habe es dir schon einmal gesagt und ich sage es gern wieder: Die gibt es nicht.«

Zoe lächelte träge. »Das sagst du nur, weil du noch nie richtig verliebt warst.«

»Bisher gab es keinen Mann, bei dem es so richtig gefunkt hätte.« Lucie zuckte die Achseln. »Beweis mir das Gegenteil und ich ändere meine Meinung. Vielleicht.«

2

Da saß Zoe nun. In dem abgewetzten Rattansessel in ihrem Kinderzimmer, wieder daheim bei Mama und Papa.

Toll … Hier hatte sie eigentlich nicht mehr hingewollt. Bereits vor ihrem Aufbruch in die Staaten hatte sie nicht mehr bei ihren Eltern gewohnt, sondern sich eine kleine Wohnung mit Lucie geteilt. Doch Stella, ihre gemeinsame Freundin, war kurz nach Zoes Abreise in ihr Zimmer gezogen und nun konnte Zoe sie nicht einfach hinauswerfen, nur weil sie Hals über Kopf die Staaten verlassen hatte.

Also wieder back to Basics …

Zoe sah sich um. Alles war genauso wie vor ihrem Auszug, mit dem einzigen Unterschied, dass sich ihr Vater eine kleine Fitnessecke eingerichtet hatte. Nur dass er den Crosstrainer und die Hanteln, die daneben auf dem hellen Teppich lagen, offensichtlich schon lange nicht mehr benutzt hatte. Wenn er sie denn überhaupt jemals angefasst hatte … Die dicke Staubschicht auf dem Sportequipment sprach eher dafür, dass er schon einige Fitnesssessions geschwänzt hatte.

Zoe schmunzelte und ließ ihren Blick über die Poster schweifen, die sie als Teenie so zahlreich an die türkisfarbenen Wände gepinnt hatte, sodass die Farbe nur noch an wenigen Stellen zu sehen war.

Jim Morrison, Bob Dylan, James Dean und Rock Hudson starrten sie an, fragten mit stummer und vorwurfsvoller

Miene, was sie getan hatte. Wie es so weit hatte kommen können, dass sie nun wieder hier war.

Das gestrige Gespräch mit Lucie geisterte durch ihren Kopf. Ihre Freundin hatte seit ihrer Landung kein Verständnis für ihre spontane Rückkehraktion aufbringen können. Vor drei Wochen hatte sie Zoe damit ganz schön vor den Kopf gestoßen. Das war es nicht, was sie hatte hören wollen. Sie hatte nach Mitgefühl gelechzt, nach Beipflichtung, die bestätigte, dass sie die richtige Entscheidung getroffen hatte. Im Gegensatz zu ihren Eltern, die ganz aus dem Häuschen waren, dass ihre einzige Tochter wieder im Lande war, hatte Lucie nicht in das gleiche Horn geblasen. Immer wieder hatte ihre Freundin betont, dass sie dabei war, einen Riesenfehler zu begehen. Dabei waren ihre Argumente jedoch nie so flammend wie gestern ausgefallen. Besonders ein Satz wollte Zoe nicht loslassen.

Kein Kerl der Welt kann deinen Traum zerstören.

Doch genau das hatte Zoe zugelassen.

Dean hatte sie verletzt und sie war abgehauen. Ohne das Ganze sacken zu lassen und ihn zur Rede zu stellen und ohne vernünftig zu überlegen, ob es nicht doch einen Weg gab, wie es in Carsonrock für sie weitergehen konnte. Sie hatte nur die Option der Flucht gesehen und damit ihren Traum über Bord geworfen.

Allmählich wurde ihr bewusst, dass Lucie mit ihrer Spekulation ins Schwarze getroffen hatte. Dean war ihre Sonne gewesen. Zoes ganze Welt hatte sich nur noch um ihn gedreht. *Er* war es, ihr Mr. Right. Diesmal hätte es klappen sollen, diesmal hatte es sich so richtig angefühlt, so anders, so besonders. Zoe hatte sich so sehr in dieser Beziehung verrannt, dass sie gar nicht gemerkt hatte, dass Dean sich gefangen gefühlt hatte. Sie hatte so sehr geglaubt, hatte sich so sehr gewünscht, dass er sein Trauma überwunden hatte. Dabei hatte es Dean niemals losgelassen, würde wahrscheinlich immer wie ein böser Fluch auf ihm liegen.

Zoe seufzte tief. Dean würde sich niemals ändern. Er war zu einer ernsthaften, lang anhaltenden Beziehung einfach nicht mehr fähig. Das hatte die *Megan*-Attacke unbestreitbar bewiesen.

Ihr Blick fror ein, als die Bilder ihres letzten Abends in Carsonrock zurückkehrten. Zoe hatte sie in den letzten Wochen immer wieder verdrängt, nur damit sie sie in ihren Träumen einholten. Doch die Details waren viel zu grausam, als dass sie sie vergessen könnte. Sie hatten sich in ihr Gedächtnis gebrannt, sodass sie bei jeder Gelegenheit vor ihrem inneren Auge herumtanzten. Jedes einzelne malträtierte ihr Herz, ließ die Risse, die ohnehin da waren, noch größer werden. Wahrscheinlich würde es nie wieder vollständig heilen.

Dabei verstand Zoe nach wie vor nicht, wie es überhaupt so weit gekommen war. Sie hatte sich eingebildet, glücklich in ihrer Beziehung zu sein und dass Dean es gleichermaßen wäre. Sonst hätte er ihr doch nicht die drei bedeutungsvollen Wörter gesagt. Oder waren sie ihm nur über die Lippen gegangen, weil sie ihn unter Druck gesetzt hatte? Weil sie unbedingt ein *Ich liebe dich* von ihm hatte hören wollen? War es das? War sie vielleicht zu forsch vorgegangen? Hatte sie ihn zu sehr bedrängt?

Ihr kleines Ich raufte sich die Haare. *Herrgott noch mal, hör endlich auf damit, die Schuld bei dir zu suchen und die Männer auf einen Sockel zu stellen.* Die Minikopie funkelte sie an. *Du hast nichts falsch gemacht, okay? Dean hat es verkackt.*

Hm, da war definitiv etwas dran. Jedes Mal, wenn Zoe sich ernsthaft verliebte, stellte sie die Liebe auf einen heiligen Altar, einen Opfertisch, den sie anbetete. Und sobald die Geschichte den unvermeidlichen Bach runterging, ging auch sie baden. Doch diesmal hatte sie nicht nur ihren Fokus verloren, sie hatte gleich einen ganzen Traum aufgegeben.

Ja, genau. Und Dean? Dean juckt das offensichtlich kein Stück.

Die ernüchternde Realität, die die kleine Kopie mal wieder schonungslos auf den Tisch knallte, ließ Zoe die Augen niederschlagen.

Ja, so war es wohl. Kein Wort hatte er gesagt, hatte weder angerufen noch geschrieben. Er hatte ja nicht einmal nachgefragt, wohin sie verschwunden war, ob es ihr gut ging. Rein theoretisch hätte sie nach dem Abend auch irgendwo im Straßengraben liegen oder von einem Serienkiller entführt worden sein können.

Zugegeben, Zoe hatte Deans Nummer noch am Flughafen von Sacramento blockiert. Somit konnte er sie gar nicht erreichen. Aber nichtsdestotrotz hätte er andere Wege finden können. Er hätte ihr Briefe schreiben oder gleich herfliegen, sich bei ihr entschuldigen und sie um eine zweite Chance bitten können, wenn es ihm denn leidtäte. Aber es kam … nichts.

Zoe hatte ihr Leben in Carsonrock geschmissen und es interessierte Dean offensichtlich kein bisschen. Und ihre Beziehung hatte er wohl gleichermaßen abgehakt. Wow, diese Erkenntnis tat verdammt weh.

Hallooo! Ihr kleines Ich fuchtelte mit den Armen und

sicherte sich so Zoes Aufmerksamkeit. *Egal, wie oft du die Situation noch analysierst, das Thema Dean wird dich zu keinem zufriedenstellenden Ergebnis führen. Also rate ich dir dringend, es endlich hinter dir zu lassen und Lucies Worte in die Tat umzusetzen.* Die Minikopie legte eine bedeutungsschwangere Pause ein, bevor sie ihr Plädoyer beendete. *Bring dein Jahr zu Ende.* Sie taxierte Zoe. *Noch einmal: Kein Kerl der Welt kann deinen Traum zerstören.*

Da war er wieder. Der Satz ihrer Freundin, der zunächst still in ihrem Kopf herumgespukt war und nun immer lauter wurde. Zoe sah ein, dass sowohl Lucie als auch ihre kleine Ausgabe – die so überaus nervig sein konnte, dennoch meist die Wahrheit sagte – recht hatten. Sie musste aufhören, ihre Welt um einen Mann kreisen zu lassen. Sie war vor Dean geflohen und hatte dabei ihre Freunde im Stich gelassen. Weil er an erster Stelle gestanden hatte.

Zoe kräuselte die Lippen. Wieder dachte sie an ihren letzten Abend in Carsonrock zurück.

Tom, Emily und Janie hatten verzweifelt versucht, sie zu erreichen. Zoe hatte ihnen jedoch erst nach der Landung ihren wahren Aufenthaltsort verraten. Das bereute sie nun. Sie hätte nicht einfach gehen, sondern sich zumindest von ihnen verabschieden sollen.

Aber sie wusste, warum sie es nicht getan hatte. Zoe hatte befürchtet, dass ihre Freunde versuchen würden, ihr die Flucht auszureden, und ihre Vermutung sollte sich später bewahrheiten.

Als sie zum ersten Mal daheim mit ihnen geskypt hatte, waren Tom und Emily angesichts ihrer Überreaktion sichtlich irritiert gewesen. Während die beiden ihr dennoch Mitgefühl entgegengebracht hatten, war Janie weitaus weniger empathisch vorgegangen. Wie Lucie hatte sie Zoe ohne Umschweife erklärt, dass ihre Abbruchaktion garantiert nicht die richtige Lösung sein könne und sie sofort ihren Rückflug antreten solle.

Tja, und nun saß sie hier und musste sich eingestehen, dass sie eine absolute Vollidiotin war. Alle sahen, dass sie die falsche Entscheidung getroffen hatte, nur Zoe nicht.

Ihre Finger trommelten auf der Armlehne herum, während sich ihr Blick verdüsterte. Es wurde immer deutlicher, wie dumm sie gehandelt hatte, was für einen gravierenden Fehler sie begangen hatte. Doch augenblicklich hielt sie inne. Die grauen Wolken vor ihren Augen lichteten sich. Eine Sache war ihrer Dummheit nicht zum Opfer gefallen: ihr Praktikum.

Wenigstens da hatte sie nachgedacht und es nicht gleich hingeschmissen. Sie hatte Jack von Deutschland aus angerufen und ihm erklärt, dass es einen Notfall in der Familie gäbe, der unbedingt ihre Gegenwart erfordere. Und ihr Supervisor hatte ihr geglaubt – gewissermaßen handelte es sich ja auch um einen Notfall – und ihr netterweise vier Wochen gegeben, um sich um die Angelegenheit in Deutschland zu kümmern. So lange könne er ihre Stelle freihalten.

Ein Kribbeln breitete sich in Zoe aus. Während ihre Beine wippten, faltete sie die Hände vor dem Mund, einen Hoffnungsschimmer vor Augen. Es war noch nicht zu spät. Sie konnte ihr Jahr noch retten. Eine Woche blieb ihr, um ihr Praktikum wieder aufzunehmen und ihren Aufenthalt in Carsonrock fortzusetzen.

Wie eine Feder sprang Zoe aus dem Sessel. Überrascht, woher diese Energie plötzlich kam. Ihr Blick schnellte durchs Zimmer, jede Faser ihres Körpers spannte sich an. Es war, als wäre sie eine Runde mit der Wilden Maus gefahren, die nun sämtliches Adrenalin durch ihre Adern pumpte.

Zapplig lief sie in ihrem kleinen Zimmer auf und ab. Sie musste etwas tun, sie musste handeln. Schluss mit dem Schlummermodus, der sie auf der Stelle hatte treten lassen.

Lucie hatte so was von recht. Was tat sie hier? Sie gehörte nach Carsonrock. Ihre Freunde und ihr Praktikum warteten auf sie. Sie würde es zu Ende bringen, Dean hin oder her. Er war nicht die Sonne, nein. Und er würde auch nicht ihren Traum zerstören. Niemals.

3

Zoes Entscheidung stand und hatte bereits Taten nach sich gezogen. Sie hatte mit Jack geskypt und ihm erklärt, dass sie ihr Praktikum so schnell wie möglich wieder aufnehmen wolle. Ein breites Grinsen hatte sich auf dem sommersprossigen Gesicht ihres Supervisors ausgebreitet, das sie unmittelbar angesteckt hatte. Er freue sich sehr, sie bald wieder im Touristikcenter zu sehen, und hatte Zoe zu ihrer großen Erleichterung nicht zu Details ihres Notfalls gelöchert.

Also – Bahn frei für den zweiten Teil ihres Plan B.

Zuerst hatte sie ihren frustrierenden Übergangsjob, in dem sie ohnehin nichts verloren hatte, gekündigt und danach einen Flug nach Sacramento gebucht. Schon in drei Tagen würde die Maschine abheben.

Chapeau. Ihr kleines Ich schien angesichts ihres Tatendrangs begeistert und hatte mit anerkennendem Lächeln geklatscht.

Und auch Lucie hatte laut gejubelt, als Zoe ihr am Telefon erzählte, dass sie innerhalb einer Stunde mal eben ihre Zukunft umgebaut hatte.

Zoe freute sich riesig darauf, ihre amerikanischen Freunde wiederzusehen. Auf die Rückkehr in ihr Praktikum, das kalifornische Klima und das fast schon heimische Feeling Carsonrocks.

In zwei Stunden würde sie mit Tom, Emily und Janie skypen und ihre Überraschung enthüllen. Sie konnte es kaum erwarten, ihre freudestrahlenden Gesichter zu sehen. *Yippie ...* Bei der Gelegenheit würde sie sie auch nach einer vorübergehenden Bleibe fragen.

Doch der Teil, der davor auf sie wartete, war alles andere als Yippie. Sie musste ihren Eltern die Entscheidung mitteilen.

Das Gespräch würde vermutlich so angenehm wie eine Wurzelbehandlung beim Zahnarzt werden. Sie wusste schon jetzt, dass ihr Vater im Dreieck springen würde. Viel zu groß war seine Freude bei ihrer überraschenden Heimkehr gewesen.

Zoe schluckte, während sich ihr Hochgefühl von der einen auf die andere Sekunde in Luft auflöste. Sie fühlte sich mies. Mit ihrer unvorhergesehenen Rückkehr hatte sie ihren Eltern Hoffnung gemacht. Hoffnung, dass ihre Tochter nun wieder daheimbleiben würde, dass ihr Abenteuer Auslandsjahr zwar gescheitert, dafür aber ein für alle Mal abgehakt war. Zoe wollte ihnen nicht wehtun und sie wollte auch nicht, dass sich ihre Eltern um sie sorgten. Natürlich hatte sie ihnen den Grund gesagt, warum sie plötzlich auf der Matte gestanden hatte, doch nun würde sie ins *Wespennest* zurückkehren. O je ...

Aber es nützte nichts. Mit schweißnassen Händen lief sie in die Küche. »Mama, Papa, wir müssen reden!«

»Bist du dir sicher, dass du das willst?«

Zoe konnte die Enttäuschung in den Augen ihrer Mutter sehen. Sie hatte ihre Eltern am Küchentisch zusammengetrommelt und soeben ihr Vorhaben enthüllt.

»Ja, ich bin mir sicher. Ich hätte meine Zelte nicht einfach abbrechen dürfen. Das ist mir jetzt klar geworden.«

Ihr Vater blickte finster vor sich hin, während er die Hände auf dem Küchentisch zusammenpresste. »Ich finde es ja löblich, dass du Verantwortung übernimmst und das, was du angefangen hast, zu Ende bringen willst, aber«, er stierte sie an, »geht es hier in Wahrheit nicht um etwas anderes?«

Zoe wusste, worauf ihr Vater anspielte. Sie versuchte, eine entschlossene Miene aufzusetzen. »Wenn du denkst, dass ich wegen eines bestimmten Mannes zurückgehe, täuschst du dich.«

»Und da bist du dir sicher? Schließlich sahen deine Pläne vor deinem überraschenden Abbruch ganz anders aus. Da hattest du noch über eine gemeinsame Zukunft mit diesem Dave nachgedacht.«

Zoe rollte mit den Augen. Er konnte es nicht lassen. Sie dachte einen Moment nach, dann begegnete sie ihrem Vater mit festem Blick. »Du hast recht, ich hatte andere Pläne. Aber das war, bevor *Dean* diese Nummer abgezogen hat.«

Ihr Vater schien sich ihre Worte durch den Kopf gehen zu lassen. »Ich erinnere mich gut an deinen Bericht. Zu gut.« Er knackte mit den Fingern. »Vielleicht sollte ich mit dir kommen und ihm eine kleine Abreibung verpassen. Die ist sowieso längst überfällig.«

»Das lässt du schön bleiben, Manni!« Ihre Mutter wedelte mit dem ausgestreckten Zeigefinger in seine Richtung. »Du wirst dich da raushalten. Das ist eine Sache zwischen Zoe und Dean.«

Wie ein bockiges Kind zog ihr Vater einen Flunsch. »Das ist gemein. Der Kerl hat unserer Tochter das Herz gebrochen. Warum darf ich ihm dann nicht auch etwas brechen?«

»Manni …« Der Tonfall ihrer Mutter war unmissverständlich.

Ihr Vater wand sich auf seinem Stuhl, bis er schließlich einen langen Atemzug ausstieß. Ergeben hob er die Hände. »Na schön, ich werde nicht mitfliegen.« Mit mürrischer Miene betrachtete er ihre Mutter. »Aber sollte das noch mal passieren, werde ich mich nicht mehr zurückhalten.«

»Es wird nicht noch mal passieren. Die Geschichte ist zu Ende.« Zoe blickte vor sich hin, ungläubig hinsichtlich ihrer eigenen Worte, ihrer festen Stimme.

Ihre Mutter rückte auf dem Stuhl vor, um nach Zoes Hand zu greifen. »Schätzchen, du hast noch kein Wort mit ihm geredet. Du weißt nicht, was tatsächlich hinter diesem Vorfall steckt.« Ein trauriger Ausdruck schlich in ihre Augen. »Wir kennen jetzt seine Vorgeschichte. Er ist ein gebrochener Mann.«

Zoe hatte sich ihrer Mutter anvertraut und ihr von Michelle, Deans großer Liebe, und ihrem tragischen Tod erzählt.

Ihr Vater kannte jedoch nur einen Teil der Wahrheit und sah gerade so aus, als hätte er einen schlechten Scherz gehört. »Soll das ein Witz sein, Geli? Der Typ begrapscht vor den Augen unserer Tochter eine andere und du willst das schönreden?« Er schnaubte. »Selbst wenn er als Kind seine Mutter verloren hat, das ist noch lange kein Freifahrtschein.«

Doch Zoe hatte ihm gar nicht richtig zugehört. Verdutzt starrte sie ihre Mutter an. Warum nahm sie Dean nach allem, was geschehen war, in Schutz? Sie kannte ihn nicht, hatte bis auf ihre kurze Kennenlernrunde noch kein Wort mit ihm gewechselt und war an dem Abend nicht dabei gewesen, als er Megan um ein Haar auf dem Tresen flachgelegt hätte.

Zoe zog ihre Hand weg. »Egal, wie gebrochen er ist, das ist noch lange kein Grund, sich an andere Frauen ranzuschmeißen. Und abgesehen davon«, sie hörte die Bitterkeit in ihrer Stimme, »hat er sich danach nicht einmal gemeldet und versucht, mir das Ganze zu erklären. Ich würde meinen, das sagt alles, oder?«

»Ganz genau!« Ihr Vater nickte. »Kluges Mädchen!« Ein Anflug von Stolz blitzte in seinen Augen.

Ihre Mutter warf ihm einen vernichtenden Blick zu, bevor sie sich mit lieblicher Stimme wieder an Zoe wandte. »Liebling, ich wollte damit nicht sagen, dass ich auf Deans Seite stehe. Natürlich halte ich zu *dir*. Ich meinte nur, dass wir nicht wissen, was ihn wirklich dazu bewogen hat, so weit zu gehen. Nach allem, was passiert ist und wie weit ihr zwei gekommen seid, kann ich mir nicht vorstellen, dass er eure Beziehung absichtlich zerstören wollte.«

Zoes Vater schnalzte mit der Zunge. »Sei nicht so naiv, Geli! Der Typ hat's versaut und damit basta! Er hatte seine Chance, nun ist es zu spät. Dave ist aus dem Rennen und darüber bin ich bestimmt nicht traurig.« Er setzte seine *Sherlock-Holmes*-Miene auf. »Er *ist* doch raus, oder?«

Während ihr Vater auf Zoes erneute Bestätigung wartete, bröckelte seine Miene. Der Ausdruck in seinen Augen wirkte fast ängstlich.

»Er ist raus. Wie gesagt, ich gehe nicht seinetwegen zurück. Ich möchte mein Praktikum zu Ende machen. So eine Gelegenheit werde ich vielleicht nie wieder bekommen.«

Es wurde still in der Küche. Während sich ihre Eltern

offenbar ihre Worte durch den Kopf gehen ließen, sahen sie mit trüber Miene vor sich hin.

Ihre Mutter nickte schließlich. »Du hast recht, Schatz. Du solltest dieses Jahr nicht wegwerfen. Du hattest dich so darauf gefreut, du warst Feuer und Flamme für dieses Praktikum …« Sie seufzte. Zoe konnte ihr ansehen, dass sie mit den Tränen kämpfte. »Ich wünschte zwar, du würdest noch ein bisschen länger hierbleiben, aber dein Praktikum hat Vorrang. Du musst das zu Ende bringen.« Ihre Mutter versuchte zu lächeln. »Auch wenn du mir unglaublich fehlen wirst.«

Zoe fühlte einen dicken Kloß in ihrem Hals. Auch für sie war die Situation nicht leicht, sie hatte es ja bereits geahnt.

»Das weiß ich doch, Mama. Ihr werdet mir auch fehlen.« Sie sprang auf, um ihre Mutter fest in die Arme zu schließen. Im Augenwinkel sah sie, wie ihr Vater aufstand. Sie löste sich von ihrer Mutter.

Mit bedröppelter Miene kam er vor Zoe zum Stehen. »Mein Lämmchen.« Er zog sie so abrupt an sich, dass Zoe ins Taumeln geriet. »Ich werde dich vermissen. Pass gut auf dich auf.« Er löste sich von ihr, um sie mit den Augen eines Adlers zu taxieren. »Denk dran: Ich habe eine gute Rechtsschutzversicherung. Sollte also doch etwas vorfallen, habe ich kein Problem damit, mehr als nur Worte einzusetzen.«

Während ihr Vater sie wieder an sich zog, lächelte Zoe kopfschüttelnd. Er würde sich niemals ändern, das hatte er wieder einmal bewiesen. Aber vielleicht würde sie diesmal tatsächlich auf sein Angebot zurückkommen. Natürlich nur im Falle des Falles …

4

Flattrig blickte Zoe aus dem kleinen Flugzeugfenster. Nur noch wenige Minuten und sie würde wieder amerikanischen Boden betreten. Ihr Herz machte einen Sprung.

Schon als der Flieger abgehoben war, war sie hypernervös gewesen. Obwohl sie nachts gerade einmal drei Stunden geschlafen hatte und vollkommen übermüdet war, hatte sie in der Luft kein Auge zutun können. Viel zu groß war die Aufregung, in ihr Abenteuer zurückzukehren, das sie so abrupt unterbrochen hatte.

In der letzten Stunde hatte sich Zoes Puls dann gefühlt verdoppelt. Immer wieder war eine universelle Frage durch ihr Gehirn gerattert.

Wie würde ihr Jahr zu Ende gehen?

Vor wenigen Monaten hatte sie ihr Auslandsabenteuer zwar ahnungslos, dafür aber mit umso größeren Erwartungen angetreten. Nun kannte sie alle Protagonisten und Sets ihres Films, hatte jedoch keinen Schimmer, wie das Schicksal ihr Drehbuch weiterschreiben würde, welche Überraschungen es für Zoe bereithielt.

Nachdenklich sah sie die Miniaturwelt außerhalb des Fliegers näher kommen. Ob sie ihr Glück wiederfinden würde? Hatte sie überhaupt eine Chance, ohne Dean in Carsonrock glücklich zu sein? Reichte es aus, ein tolles Praktikum und ihre lieben amerikanischen Freunde um sich zu haben? Oder würde immer ein gravierender Teil fehlen?

Auf der Lippe kauend, machte Zoe die Umrisse des Flughafens von Sacramento aus.

Es war wohl nur eine Frage der Zeit, bis sie Dean über den Weg laufen würde. Wie würde er reagieren? Würde er sich reumütig entschuldigen, ihr den damaligen Vorfall erklären? Oder würde er sie einfach ignorieren, so wie er es in den letzten Wochen getan hatte?

Ihr kleines Ich räusperte sich auffällig. *Wie wäre es mit einem Themenwechsel?*

Zerknirscht musste Zoe sich eingestehen, dass das kein schlechter Vorschlag war. Sie sollte einen großen Bogen um das Thema machen, das sich wie fiese Nadeln in ihr Herz bohrte. Sogleich verwarf sie ihre letzten Gedanken und dachte an Tom, Emily und Janie. Ein Lächeln zupfte an ihren Mundwinkeln.

Nun würde es nicht mehr lange dauern, bis sie ihre Freunde wiedersah. Zoe war schon gespannt, zu erfahren, was sich in den letzten Wochen in ihren Leben abgespielt hatte und was sie ohne sie erlebt hatten. Vor allem Janie hatte sicherlich einige interessante Anekdoten zu erzählen. Und nicht weniger freute sie sich darauf, wieder im Touristikcenter zu sitzen und ihren Aufgaben nachzugehen.

Zoe war gespannt auf ihr zweites Kapitel in Carsonrock, dessen Startschuss in Emilys Wohnung fallen würde. Von nun an würden Emily und sie nicht bloß Arbeitskolleginnen und Freundinnen sein, nein, sie würden sich auch eine Wohnung teilen. Ihre Freundin hatte sich nach Zoes Entscheidung, zurückkehren zu wollen, unmittelbar bereit erklärt, sie bei sich aufzunehmen. Zoe freute sich schon auf ihre neue WG, auf gemeinsame Abende in gemütlicher Runde mit ihren Freunden.

Der Flieger setzte zur Landung an. Zoe wippte mit den Beinen. Sie war nun so ungeduldig, wieder durchzustarten, dass sie am liebsten auf das Rollfeld gesprungen wäre.

Ja, sie war bereit. Bereit für einen Neuanfang. Ganz egal, was dieser für sie bereithielt.

Zoe fühlte sich wie in einem Déjà-vu. Fast alles war wie vor wenigen Monaten, als sie voller Abenteuerlust am Flughafen eingetroffen und ziellos umhergeirrt war. Nur dass sie heute ein Ziel hatte.

Nachdem sie die Fragen der Officer der U. S. Customs and Border Protection und das Einsammeln ihres Gepäcks hinter sich gebracht hatte, eilte sie durch die großen Hallen. Sie hörte den amerikanischen Akzent um sich herum und lächelte. Während ihr die Sprache und die Umgebung bei ihrer damaligen Ankunft fremd vorgekommen waren, lösten sie nun ein heimisches Gefühl in Zoe aus.

Wie damals beobachtete sie, wie Familien ihr Wiedersehen mit herzlichen Worten und Freudentränen in den Augen feierten. Wie sich Liebende nach einer Zeit der Trennung wiedervereint um den Hals fielen.

In Zoes Innerem kollidierte ein Gefühl mit ihrer Vorfreude: Wehmut. Es tat weh, andere Paare zu beobachten, mitanzusehen, wie schön es war, einen Partner zu haben, der sehnsüchtig auf einen wartete. Sie hingegen hatte niemanden.

Würdest du bitte mit dem Selbstmitleid aufhören? Ihr kleines Ich fuhr mit energischer Stimme durch ihre verstimmten Gedanken. *Du bist nicht allein, du hast deine Freunde.*

Zoe atmete tief durch. Ja, das stimmte. Sie hatte Tom,

Janie und Emily. Und auch wenn ihre Freunde sie aufgrund ihrer Arbeit und anderer Termine nicht abholen konnten, so würden sie in Carsonrock auf sie warten.

Zoe setzte einen Tunnelblick auf und beschleunigte ihre Schritte. Nicht mehr lange und sie würde den Ausgang und somit das rettende Taxi erreichen, das sie nach Carsonrock bringen würde. Die Vorstellung ließ ihre Beine in den Highspeed-Modus springen. Sie musste ein seltsames Bild abgeben, mit ihren beiden dicken Reisetaschen, die sie mit zotteligem Pferdeschwanz und glühendem Kopf hinter sich her zerrte.

»She seems to be Stevie Wonder ...«, hörte sie in der Sekunde eine Frau in ihrer nahen Umgebung rufen.

Abrupt blieb Zoe stehen. Diese Stimme kannte sie doch. Aber ... wie war das möglich?

Langsam drehte sie sich um. Mit großen Augen beobachtete sie, wie sich drei bekannte Gestalten durch die wartende Menge drängelten und zielstrebig auf sie zusteuerten. Als sie vor ihr zum Stehen kamen, glitten Zoe die Henkel ihrer Reisetaschen aus den Händen.

Da standen Tom, Emily und Janie ... Sie konnte es nicht fassen. Während sich Zoes Augen ungläubig weiteten, reckte Tom ein übergroßes Plakat in die Luft.

Welcome back, Frau Berlin!

Ihre Freunde ruderten freudig mit den Armen. »Surprise!«, riefen sie durcheinander und lachten.

Zoe schlug die Hände vor den Mund. Das gab's doch nicht. Sie waren *hier*. Ihre Freunde waren *alle* hier ...

Sie schüttelte den Kopf und Tränen schossen ihr in die Augen. Überwältigt suchte sie nach Worten, wollte sich bewegen und auf sie zustürzen, fand jedoch weder Sprache noch Impuls. Nur ihre Tränen lösten sich und kullerten über ihre glühenden Wangen.

Janie war die Erste, die auf sie zuschoss. »So glad having you back«, sagte sie und schlang ihre Arme um Zoe. Endlich erwachte sie aus der Schockstarre und erwiderte die Umarmung ihrer Freundin.

Als sie sich nach einer gefühlten Ewigkeit voneinander lösten, sah sie Tränen in Janies Augen. Schnell wischte sie sie weg.

»Jesus, ich und heulen … Darauf kannst du dir echt was einbilden.«

Zoe lachte zittrig und fühlte sich geschmeichelt. An der Aussage ihrer Freundin war etwas Wahres dran. Janie und ein Tränenmeer, das passte nicht zusammen.

Sie drückte sie noch einmal an sich. »Hach, es ist so schön, dich Verrückte zu sehen.«

Sie hörte ihre Freundin auflachen.

Als sie zurücktrat, stürzten Tom und Emily zeitgleich auf Zoe zu und schlangen ihre Arme um sie.

»Missed you so much«, raunte Tom an ihrem Ohr.

Zoe lächelte breit. Am liebsten wäre sie vor Glück zersprungen. Der Moment war so wundervoll, dass sie ihn gern eingefroren hätte.

»Es ist so schön, dich wieder bei uns zu haben«, meinte Emily. »Ich hoffe, die Überraschung ist uns gelungen?«

»Und wie!« Zoe löste sich und hüpfte von einem Fuß auf den anderen. »Ich wollte einfach nur schnell nach Carsonrock, euch wiedersehen«, erklärte sie, während sie sich die Tränen von den Wangen wischte. »Ich habe überhaupt nicht damit gerechnet, dass ihr hier sein könntet …«

»Ja, das haben wir gemerkt«, spöttelte Janie. »So wie

du an uns und diesem überhaupt nicht großen Plakat, das fast direkt vor deiner Nase hing, vorbeigesprintet bist …«

Wieder lachte Zoe. Wie sehr hatte sie den unvergleichlichen Humor ihrer Freundin vermisst. »Ich kann nicht glauben, hier zu sein. Mit euch.« Erneut hüpfte sie. »Ich freue mich so!«

Sie breitete die Arme aus und riss ihre drei Freunde so fest an sich, dass diese taumelten und lachten.

»Wurde wirklich Zeit, dass du zurückkommst«, sagte Emily, als sie zurückwich. »Carsonrock ist nur halb so schön, wenn du nicht da bist.« Sie zwinkerte Zoe aus verdächtig glänzenden Augen zu, griff nach ihrer Hand und drückte diese.

Ein paar Sekunden lang herrschte Schweigen, dann klatschte Janie in die Hände. »Come on, guys!« Sie hakte sich bei Zoe unter, während Tom bereits nach ihren Reisetaschen griff. »Let's go home! Ich muss Zoe auf den neuesten Stand meiner Sex-List bringen.«

Da war Zoe wieder, zurück in Carsonrock, ihrer so schmerzlich vermissten vorübergehenden Wahlheimat.

Sobald die Umrisse des kleinen Städtchens aufgetaucht waren, hatte sich ein warmes Gefühl in ihr ausgebreitet. Zoe klebte regelrecht an der Fensterscheibe von Emilys Wagen, mit dem ihre Freunde sie vom Flughafen abgeholt hatten. Ihre Augen flitzten über die vorbeifliegenden Hausfassaden, nahmen jede Straße, jeden Winkel auf. Drei lange Wochen hatte sie diese wunderschöne Stadt nicht sehen können. Wie sehr hatte ihr dieser Anblick gefehlt …

Zoe ließ die Scheibe herunter und saugte die überraschend frische Luft tief in ihre Lunge. Sie roch nach Laub und Herbst, der unübersehbar in Carsonrock eingezogen war. Nachdem sie am Anfang ihres ersten Aufenthalts den blühenden Frühling erlebt hatte, der in einen langatmigen, heißen Sommer übergegangen war, brachte die Farbe Rot das Städtchen nun zum Leuchten. Es kam Zoe vor, als wäre sie mehrere Monate weg gewesen. Bei ihrer Abreise hatten die Blätter gerade einmal gelb geschimmert. Nun das Rot zu beobachten, löste erneut Wehmut in ihr aus. Wie gern hätte sie den Wechsel der Jahreszeiten vor Ort verfolgt. Doch das Gefühl sollte nicht lange anhalten.

Es war toll, wieder hier zu sein. Die urigen Shops und Cafés, der Campus, das Diner, jeder noch so kleine Teil des Ganzen ließ Zoe bis über beide Ohren grinsen. Fast war es wie damals, als sie die Stadt zum allerersten Mal besichtigt hatte. Die Erinnerung war so lebendig, dass sich eine Gänsehaut auf ihrem Körper ausbreitete.

Als sie und ihre Freunde in Emilys Wohnung eintrafen, setzte sich dieses Gefühl fort. Bei vergangenen Besuchen hatte Zoe sich in dem kleinen, gemütlichen Zuhause ihrer Freundin stets wohlgefühlt. Dass sie nun selbst hier wohnen würde, war zwar nach dem, was geschehen war, seltsam, aber schön. Zoe fühlte sich direkt heimisch.

Lächelnd sah sie sich in ihrem neuen Zimmer um, das Emily bisher als großzügige Abstellkammer genutzt hatte. Hier würde Teil zwei ihres Abenteuers spielen …

Als Zoe gedankenverloren aus dem kleinen Fenster hinunter auf die Straße schaute, stürmte Janie in ihr Zimmer.

»Pizza ist da!«

Zoe grinste. Die Klappe war gefallen. Sie war nicht nur in Carsonrock, sondern auch in der Handlung ihres umgeschriebenen Drehbuchs angekommen.

5

Zwei Tage nach ihrer Landung hatte Zoe ihr Praktikum im Touristikcenter wieder aufgenommen. Sie hatte sich gefreut, Jack wiederzusehen. Mit einem breiten Grinsen auf seinem sommersprossigen Gesicht und einer herzlichen Umarmung hatte er Zoe willkommen geheißen.

Seitdem ging sie ihren Aufgaben wie gewohnt nach. Sie verarztete Touristen aus aller Welt, organisierte Stadtführungen und verkaufte Merchandise.

Zoe hatte innerhalb weniger Tage in ihren Alltag zurückgefunden. Alles lief prima. Toller Job, tolle Freunde.

Während sie Arbeit und Wohnung mit Emily teilte, traf sie auch Tom und Janie täglich. Sie quatschten und lachten, redeten über Gott und die Welt. Darüber, dass Tom momentan eine neue Ausstellung in dem Museum mitkonzipierte, in dem er als Museumspädagoge arbeitete. Darüber, welche lustigen und weniger lustigen Abenteuer Janie in den letzten Wochen horizontal erlebt hatte. Doch ein Thema hatte bisher keiner von ihnen auf den Tisch gebracht: Dean.

Während Zoe es vermied, ihren Freunden die Fragen zu stellen, die ihr unter den Nägeln brannten, trauten sich Tom, Emily und Janie wiederum nicht, das empfindliche Terrain zu betreten.

Dafür solltest du ihnen dankbar sein, bemerkte ihr kleines Ich spitz. *Dieses Thema ist nämlich tabu!*

Ja, das sollte es sein, das wusste Zoe. Doch war ihr auch klar, dass die Gefühle, die sie für Dean empfand, nicht von jetzt auf gleich verpuffen würden. Zwar hatte sie ihn seit ihrer Rückkehr nicht gesehen – das wollte sie auch gar nicht –, doch lag auf der Hand, dass sie eines Tages mit ihm zusammenstoßen würde. Und für diesen Moment hatte Zoe keinen Plan. Keine Idee, wie sie mit ihm umgehen sollte. Egal, was Dean getan hatte, sie hatte diesen Mann von ganzem Herzen geliebt – sogar so sehr, dass sie mit ihm vor den Altar getreten wäre. Aber dann … peng! Dean hatte ihre Liebe innerhalb weniger Sekunden in Schutt und Asche verwandelt und Zoe wusste immer noch nicht, warum. Ja, sie hatte Vermutungen, hatte allerlei Thesen über seine Beweggründe aufgestellt, doch bei keiner war klar, ob sie wirklich zutraf. Das konnte nur Dean allein beantworten.

Eigentlich wollte Zoe keine Einzelheiten erfahren, nicht wissen, was da noch zwischen ihm und Megan passiert war, nicht hören, ob er mittlerweile bereute. Dafür hatte er ihr einfach zu wehgetan. Doch tief in ihrem Innern ließen die Fragen sie nicht los. Auch wenn sie sie zurzeit stumm schaltete und Dean ausblendete, wusste sie, dass das Thema eines Tages vor ihren Freunden auf den Tisch kommen würde.

Momentan überwog jedoch die Erleichterung, dass Zoe ihre Entscheidung revidiert hatte und nach Carsonrock zurückgekehrt war. Nicht auszudenken, wenn sie ihren Praktikumsplatz verspielt oder ihre amerikanischen Freunde, die so eng an ihrer Seite standen, niemals wiedergesehen hätte.

Während Emily für ein Dach über ihrem Kopf sorgte, waren Tom und Janie auf ihre Art für Zoe da.

Tom, der zuvor neben Dean ihr Mitbewohner gewesen war, hatte die Sachen, die sie bei ihrer Flucht im Haus zurückgelassen hatte, geholt. Und das, ohne dass sie ihn darum gebeten hatte. Und Janie ... Janie versuchte, Zoe mit ihrem schrägen Humor von ihrem Liebeskummer abzulenken.

Als sie sich gestern mit ihr einen Cheeseburger im Diner gegönnt hatte – natürlich erst, nachdem ihre Freundin geprüft hatte, ob die Luft Deanrein war –, war Janie abrupt auf die Polsterbank gesprungen, sodass Zoe wie ein Schaf aus der Wäsche geschaut haben musste. Voller Inbrunst hatte sie Eddie Cochrans *Summertime Blues* mitgesungen, der in der Jukebox gelaufen war. Zoe hatte mit großen Augen dagesessen und ihre Freundin reglos dabei beobachtet, wie sie auf der Bank herumgehüpft war, bis sie schließlich einen Lachkrampf bekommen hatte, ihren ersten überhaupt nach dem Dean-Drama. Es hatte so gut getan, die Leichtigkeit des Moments zu genießen und das eigene schmerzlich vermisste Lachen in den Ohren zu hören, das dem andauernden Kummer einen Augenblick lang Sendepause auferlegte. Sogar Carol, die Kellnerin, und Roy, der Koch, hatten Janie begeistert zugejubelt und waren schwofend und klatschend durch das Lokal gezogen.

Zoe würde den Auftritt niemals vergessen, den Janie nur ihr zuliebe hingelegt hatte.

Ihre Freunde taten also eine Menge, damit es Zoe in der derzeitigen Situation besser ging, daher war es auch kein Wunder, dass immer noch das schlechte Gewissen an ihr nagte. Schließlich hatte Zoe nicht nur Dean, sondern auch ihre Freunde von jetzt auf gleich ahnungslos zurückgelassen.

Bei ihm war das vielleicht okay gewesen, doch nicht bei ihren Freunden. Zoe schämte sich, dass Tom, Emily und

Janie so aufmerksam und nett zu ihr waren, nachdem sie holterdiepolter einen Abflug gemacht hatte.

Als sie nun zu viert in Emilys Wohnzimmer lümmelten, krallte Zoe ihre Finger in den Schoß. Es war das erste Wochenende nach ihrer Rückkehr, die ihre Freunde in Form eines Spieleabends feiern wollten.

Dazu gehörte auch, dass sich die Mädels leckere Cosmopolitans mixten. Doch während Emily und Zoe noch bewusst auf dem Trockenen saßen und auch Tom an seiner ersten Bierflasche nuckelte, war der Shaker bei Janie im Dauereinsatz. Bereits den vierten Cosmo stürzte sie hinunter und konnte es kaum abwarten, dass sie endlich mit Scharade starteten.

Doch Zoe war noch nicht im Spielmodus. Ihr war klar, dass ihre Freunde den Abend nur ihretwegen veranstalteten. Sie wollten sie aufheitern und von ihrem Kummer ablenken, der wohl in Zoes Gesicht geschrieben stand.

Gleich würde Jim zu ihnen stoßen, doch bevor er kam, musste Zoe unbedingt noch etwas loswerden. »Hört mal zu, Leute …«

Die rege Unterhaltung über die Frage, welches Musikjahrzehnt besser war, verstummte.

Tom und Emily blickten scheinbar hellhörig auf, während Janie sie mit glasigen Augen musterte.

»Ich … wollte mich bei euch bedanken. Bei euch allen.« Zoe blickte zu Emily, die neben ihr auf dem Sofa saß, und griff nach ihrer Hand. »Dafür, dass ihr für mich da seid, mich bei euch unterbringt, als wäre es das Selbstverständlichste der Welt.«

»Es *ist* selbstverständlich.« Emily drückte Zoes Hand und sah sie bestimmt an.

Zoe zwinkerte ihr zu, bevor sie zwischen ihr, Janie und Tom hin und her blickte. »Und ich möchte mich bei euch dafür entschuldigen, dass ich mich nach dem Vorfall im Joe's einfach so verdrückt habe. Das war euch gegenüber nicht fair.«

Janie winkte ab. »Don't worry.« Sie lallte bereits. »Die Hauptsache ist doch, dass du zur Vernunft gekommen bist. Außerdem«, Janie schob ihr schwappend den fünften Cosmo rüber, den sie soeben gemixt hatte, »wozu hat man denn Freunde? Ist doch normal, dass man sich hilft, wenn es dem anderen mies geht.«

»Right«, murmelte Tom.

Zoe blickte zu ihm auf dem gegenüberliegenden Sofa. Sie stieß einen langen Atemzug aus. Ihre Rede für Tom hatte sie sich bis zum Schluss aufbewahrt.

»Tom, ich kann mir vorstellen, dass es für dich nicht einfach ist, hier mit mir zu sitzen, während Dean ... na ja ...« Zoe brach ab.

Tom lächelte. »Schon okay.«

»Nein, das ist eigentlich nicht okay.« Zerknirscht biss sie sich auf die Lippe. »Ich weiß, dass die Lage für dich echt blöd sein muss. Schließlich ist Dean dein Bruder und ich möchte nicht, dass du dich zwischen ihm und mir entscheiden musst.«

Zoe hatte bereits in den vergangenen Tagen über das Thema nachgegrübelt. Sie fragte sich, ob sie womöglich zu viel von Tom verlangte. Vermutlich stand er nun, da sie in die Staaten zurückgekehrt war, verzweifelt zwischen den Stühlen.

Mit festem Blick sah sie ihn an. »Es ist okay, wenn du zu Dean hältst.«

Tom schien einen Moment über ihre Worte nachzudenken. »Ehrlich gesagt, versuche ich, die goldene Mitte
zu finden. Klar, Dean ist mein Bruder, meine Familie. Aber
natürlich sehe ich auch deine Seite.« Er sah ihr tief in die
Augen. »Du bist meine Freundin, Zoe. Und ja, das, was
Dean getan hat, war daneben.« Er blickte zwischen Zoe
und seiner Bierflasche hin und her. »Weißt du, Zoe ...
Dean ... vermisst dich. Es tut ihm wahnsinnig leid.«

Toms Augen blieben an ihr hängen, als würde er prüfen,
welche Reaktion seine Worte bei ihr auslösten.

Zoe starrte ihn an. Im Wohnzimmer war es so still geworden, dass man eine Stecknadel zu Boden hätte fallen
hören können. Da war es nun, das Thema aller Themen.
Zoe hätte es gern noch hinausgezögert.

Im Augenwinkel bemerkte sie, wie Emily und Janie
Blicke tauschten. Schließlich wandte Zoe sich ab, sah zu
Boden. »So, tut er das?«, fragte sie leise.

»Natürlich.« Tom drehte seine Bierflasche in der Hand.
»An diesem Abend im Joe's kam Dean erst wieder zu sich,
als du rausgestürmt bist.«

Zoe sah auf. Als sie nichts sagte, fuhr Tom fort.

»Ich glaube, er war einfach ... geschockt ... von sich
und seinem Verhalten. So, als wenn er gar nicht er selbst
gewesen wäre ...«

Zoe ließ ihn nicht weiterreden. »Ach, wer war er denn
dann? Sein böser Zwilling?«

Während sie zynisch lächelte, stellte Tom seine Flasche
auf dem Couchtisch ab. »Er hat einen Fehler gemacht,
Zoe. Er hat sich unter Druck gesetzt gefühlt und eine Kurzschlussreaktion hingelegt. So etwas kann jedem passieren.«

Zoe   schnaubte.   »Kurzschlussreaktion?   Megan

anzugraben und sie fast auf dem Tresen flachzulegen, während ich daneben sitze, bezeichnest du also als Kurzschlussreaktion?«

Tom griff wieder nach seiner Flasche. »Ich denke, wir sind uns alle einig, dass sein Verhalten daneben war. Dean weiß, dass er es verbockt hat. Glaub mir, Zoe, er bereut und will es wiedergutmachen. Das ist doch, was zählt.«

»Das ist doch, was zählt?« Verständnislos hob Zoe die Hände. »Für mich zählt eher, dass es überhaupt so weit gekommen ist … Wie soll ich ihm nach all dem noch vertrauen, Tom?« Hilflos sah Zoe ihn an, bevor sie ihre Verzweiflung abschüttelte und mit fester Stimme fortfuhr. »Fakt ist, Dean hatte die Wahl. Niemand hat ihn gezwungen, zu Megan zu gehen und diese Nummer abzuziehen. Er hätte sich genauso gut dafür entscheiden können, mit mir zu reden. Aber nein …« Ungläubig schüttelte sie den Kopf. »Eine Frage, eine einzige Frage und er dreht durch.« Zoe sah ins Leere. »*This isn't a fairy tale*«, zitierte sie Deans damalige Worte. »Nur weil ich eine Richtung für unsere Beziehung wollte, bin ich die verdammte *Prinzessin auf der Erbse*.«

Wieder wurde es mucksmäuschenstill. Zoe bemerkte, wie ihre Freunde betreten vor sich hin starrten. Anscheinend wussten sie nicht, was sie dazu sagen sollten. Doch auf einmal war ein Schnaufen aus dem Sessel zu hören.

»*Prinzessin auf der Erbse?*« Janie lehnte sich vor, um nach Zoes unangetastetem Cocktailglas zu greifen. »Dann bist *du* aber die Erbse. Wenn sich hier einer wie 'ne bescheuerte Prinzessin benimmt, ist das Dean und nicht du.« Sie nahm einen großen Schluck. »Auch wenn ich schon ein paar Cosmos zu viel intus habe, weiß ich immer noch, wer hier Scheiße gebaut hat und zu Kreuze kriechen sollte.«

»Ich habe nichts Gegenteiliges behauptet.« Tom warf Janie einen ernsten Blick zu. »Ich wollte einfach nur sagen, wie mies sich Dean fühlt. Ich erwarte ja gar nicht, dass Zoe ihm verzeiht. Ich denke nur, dass es Sinn machen würde, wenn die beiden mal reden.«

»Reden?« Kerzengerade setzte Janie sich auf, sodass sie etwas von ihrem Cocktail verschüttete. »Shit.« Sie wischte die Tropfen mit der Hand weg. »Worüber sollen die beiden noch reden, Tom? Zoe hat recht, Dean ist zu weit gegangen. Und es ist garantiert nicht *ihre* Aufgabe, ihm hinterherzurennen.«

»Genau!« Zoe nickte. »Wo war er denn in den letzten Wochen? Da hatte er die Chance und es kam ... nichts.«

»Exactly.« Janie reckte ihr Glas in die Luft, sodass es ein weiteres Mal überschwappte. Im Augenwinkel sah Zoe, wie Emily mit den Augen rollte.

Tom lächelte Zoe scheu an. »Du hast Dean blockiert, schon vergessen?«

»Na und?« Janie leerte die Pfütze, die von ihrem Cocktail noch übrig war. »Es gibt ja wohl nicht nur das blöde Handy als Kommunikationsmöglichkeit. Selbst Rauchzeichen wären besser als nichts gewesen.«

Wieder zog Stille ins Wohnzimmer. Während Tom die Bierflasche in seiner Hand drehte, ging Janie hinüber zur Küchenzeile, um sich einen neuen Cosmo zu mixen.

Emily rückte näher an Zoe heran. »Weißt du, vielleicht solltest du wirklich mal mit Dean reden.«

Zoe wich zurück und sah Emily entgeistert an.

»Bevor du protestierst«, schob ihre Freundin hinterher, »solltest du darüber nachdenken, wie Dean sich gerade fühlt. Seit dem Megan-Gate hat niemand mit ihm gesprochen. Selbst Tom hat ihn in den ersten Tagen danach wie Luft behandelt.« Nachdem Emily zu ihm hinübergeschaut hatte, sah sie Zoe wieder mit durchdringendem Blick an. »Schon klar, Dean hat es vermasselt. Deswegen will er es ja wiedergutmachen. Er weiß bestimmt nur nicht, wie.«

»Und das ist Zoes Problem, weil …?« Janie kehrte mit ihrem neuen Cocktail zum Sessel zurück.

Emily warf ihr einen sichtbar genervten Blick zu, beachtete sie jedoch nicht weiter. Sie griff nach Zoes Hand. »Ich finde, du solltest ihn wenigstens anhören, ihm die Chance geben, alles zu erklären. Du weißt, was er in der Vergangenheit durchgemacht hat. Diese Erfahrung hat ihn geprägt … Ich denke, es wäre nicht richtig, wenn du Dean und eure Beziehung einfach so aufgibst.«

»Und ich denke, du verwechselst hier was. Ich habe und hätte unsere Beziehung *niemals* aufgegeben, das war ganz allein *er*.« Pikiert zog Zoe ihre Hand weg. »Mag sein, dass Dean bereut und leidet. Da er sich aber nun mal wie ein Arschloch verhalten hat, verstehst du hoffentlich, dass sich mein Mitleid für ihn in Grenzen hält.« Mit verschränkten Armen sank Zoe in die Kissen. »Und jetzt wäre ich euch dankbar, wenn wir das Thema wechseln könnten.«

Sie hatte genug gehört. Dean hatte für den heutigen Abend, obwohl er noch nicht einmal anwesend war, genug Aufmerksamkeit bekommen. Zoe wollte sich nicht seinetwegen mit Tom und Emily streiten. Sie wusste, dass die beiden es nur gut meinten, aber was zu weit ging, ging nun mal zu weit.

Dass es in der Sekunde an der Tür klingelte, kam Zoe gelegen.

Neben ihr erhob sich Emily. »Das wird Jim sein.«

6

Zoe blickte auf den Monitor und zog wilde Kreise mit dem Cursor. Heute war ein außergewöhnlich ruhiger Tag im Touristikcenter. Obwohl es bereits elf Uhr an einem Freitagmorgen war, hatte sich noch kein Urlauber blicken lassen. Normalerweise strömten die Reisenden schon um acht Uhr ins Center, weil sie ganz heiß darauf waren, zu erfahren, welche Wochenendveranstaltungen stattfanden. Heute herrschte jedoch gähnende Leere.

Schade, Zoe vermisste den Rummel. Sie mochte die heiteren Gespräche mit den Touristen, die aus allen Winkeln der Erde hierherkamen. Die Zeit verging nicht nur wie im Flug, die Plaudereien lenkten sie auch von ihren Grübelgedanken ab, die einfach keine Ruhe geben wollten.

Zoe war seit nunmehr zwei Wochen in Carsonrock und obwohl sie schnell in ihren amerikanischen Alltag zurückgefunden hatte, war sie nicht die Zoe, die sie vor ihrer Abreise gewesen war. Diese junge, energiegeladene Frau, die mit einem Strahlen im Gesicht aufgewacht und auch wieder schlafen gegangen war. Natürlich bereitete ihr das Praktikum immer noch große Freude und es war auch schön, ihre amerikanischen Freunde wieder um sich zu haben. Trotzdem wollte es ihr einfach nicht gelingen, den dunklen Schatten abzuschütteln, der sich an dem fatalen Abend im Joe's an sie geheftet und sie immer noch in seiner Gewalt hatte. Er quälte sie – beharrlich und stumm.

Zwei Wochen ... und Dean hatte sich nicht bei Zoe

blicken lassen. Kein Anruf, kein Brief, keine Entschuldigung. Nichts. Scheinbar war es ihm vollkommen schnuppe, dass sie wieder hier war. Nichts davon, was Tom und Emily über Dean gesagt hatten, hatte sich bestätigt. Weder hatte er Reue noch seine angeblich immer noch existierenden Gefühle für sie gezeigt.

Zoe kniff die Augen zusammen und schüttelte den Kopf. Sie musste damit aufhören. Sie durfte nicht zulassen, dass ihre Gedanken um ihn kreisten.

Auf der Suche nach Ablenkung glitt ihr Blick durchs Center und blieb an Emily hängen, die am Schreibtisch gegenüber saß. Mit müden Augen fischte diese vertrocknete Blätter aus dem Pflanzenarsenal, das um und auf ihrem Arbeitsplatz verteilt stand. Dabei gähnte sie ausgiebig. »It's like death here today.«

Zoe brummte: »Kann man wohl sagen.«

Doch mit der Langeweile sollte es vorbei sein, als die Tür zum Touristikcenter aufflog.

»Good mooorning, ladies!«

Janie sprang so ungestüm herein, dass Emily zusammenzuckte, ihr das Potpourri aus abgepflückten Blättern aus der Hand fiel und sich wie Laub auf dem PVC verteilte.

Emily zog einen Flunsch. »Danke.«

Janie kicherte nur. »Wurde scheinbar Zeit, dass euch jemand weckt.« Sie sah sich im leeren Center um. »Nix los heute, was?«

Zoe zuckte die Achseln. »Schlafen wohl noch alle.«

Janie schwang sich auf ihren Schreibtisch und wippte mit den Beinen, während Emily auf dem Boden herumrobbte.

»Hast du nichts zu tun?«, murrte diese.

»Du weißt doch, mein Wochenplan besteht zurzeit aus

vier Dingen: schlafen, essen, ausgehen und«, Janies Augenbrauen zuckten, »vögeln.«

Emily blickte ausdruckslos über die Kante ihres Schreibtischs. »Du hast trinken vergessen.« Sie warf die eingesammelten Blätter in den Mülleimer. »Vielleicht solltest du dir mal 'nen Job suchen.«

Janie schnaufte. »Lass mal, ins Hamsterrad kann ich noch früh genug steigen.«

Zoe schmunzelte. Sie wusste, dass ihre Freundin momentan nicht recht wusste, was sie mit ihrem Leben anfangen sollte. Zwar hatte sie ihr abgeschlossenes Studium in der Tasche, aber weder Antrieb noch Plan, wie ihre Zukunft aussehen sollte. Während Tom übergangslos angefangen hatte, im Museum zu arbeiten, lebte Janie in den Tag hinein und zog abends um die Häuser.

»Noch hat mein alter Herr den Geldhahn nicht zugedreht. Bis das passiert, werde ich die freie Zeit in vollen Zügen genießen.« Janie setzte ein zufriedenes Grinsen auf. »Who knows … Vielleicht packe ich nächste Woche meinen Rucksack und ziehe quer durchs Land.« Mit der Hand deutete sie um sich. »Hier kenne ich mittlerweile alles, sowohl Bars als auch Männer …«

»Wie wahr, wie wahr«, murmelte Emily, die wieder an ihrem Schreibtisch saß.

Janie ignorierte ihren Kommentar und fuhr mit strahlenden Augen fort. »Am besten wäre es, wenn ich auf meiner Tour an einem richtig coolen Ort landen würde. Mit richtig coolen Leuten, mit denen ich dann eine Band gründe. Ich würde megagern als Bassistin anheuern.« Ihr Blick wanderte in die Ferne. Zoe konnte sehen, wie Janie sich die Szene bildlich vorstellte. »Jede Nacht ein Gig in feiernder

Menge. Das wär's ... Zuerst auf der Bühne abrocken und später dahinter Party machen.« Sie grinste anzüglich. »Jede Nacht ein anderer Kerl ...«

Emily lachte. »Just like here.« Sie wandte sich ihrem Bildschirm zu.

Zoe dachte einen Moment nach. »Also ich finde das cool.«

Während Janie ein überraschtes Quieken von sich gab, rollte Emily hinter ihrem Monitor hervor und blickte Zoe sichtlich entrüstet an.

»Seriously?«

»Ja, definitiv. Warum auch nicht?« Zoe lächelte. »Wann hat man schon die Gelegenheit, sich auszuklinken und 'ne Zeit lang das zu machen, woran man Spaß hat? Ich finde, Janie sollte ihre Chance nutzen.« Sie nickte. »Wenn nicht jetzt, wann dann?«

Janie klatschte in die Hände. »Wenigstens eine, die mich versteht.« Sie warf Zoe Handküsse zu, dann schien ihr etwas anderes einzufallen. »By the way, heute Abend steigt eine fette Neunzigerparty im Joe's. Wollen wir da nicht hingehen?«

Während Janie sie erwartungsvoll ansah, verzog Zoe die Miene.

»Ich glaube eher nicht.« Zoe rollte mit ihrem Schreibtischstuhl hinter den Monitor. Im Augenwinkel sah sie, wie Emily und Janie Blicke tauschten.

»Listen«, hörte sie Emilys sanfte Stimme, sodass sie sie über den Bildschirm hinweg ansah. »Ich finde es nicht gut, dass du dich bei mir einigelst, Zoe. Du bist seit zwei Wochen zurück und noch kein einziges Mal ausgegangen. Vorher haben wir uns regelmäßig einen kleinen Drink nach der Arbeit genehmigt. Versteh mich nicht falsch«, Emily blickte Zoe lächelnd an, »ich finde es schön, abends mit dir auf dem Sofa zu sitzen und *Sex and the City* zu schauen, aber irgendwann … sollten wir auch mal wieder vor die Tür gehen.« Als Zoe etwas sagen wollte, hob Emily die Hand. »Schon klar, du willst Dean nicht begegnen, aber eines Tages … wirst du dich ihm stellen *müssen*. Und abgesehen davon, halte ich es immer noch für eine gute Idee, wenn ihr zwei euch aussprechen würdet. Dean hatte noch gar nicht die Chance, dir zu erklären …«

»Woh!« Nun schoss Zoes Hand in die Luft. »Natürlich hatte er die Chance!« Sie blickte Emily zornig an. »Du hast es bereits gesagt: Ich bin seit *zwei* Wochen hier und er hat keinerlei Anstalten gemacht, auf mich zuzugehen. Er wird ja wohl von Tom wissen, dass ich bei dir wohne, oder etwa nicht?«

Emily nickte. »He does.«

Zoe lächelte bitter und spürte einen Stich im Herzen. »Da haben wir es. Das sagt wohl alles.«

Für einen Moment verstummten die drei Freundinnen. Zoes Blick wanderte ins Leere. Da waren sie wieder, die Gedanken an den Mann, der ihr so gemein das Herz gebrochen hatte. Zoe gab es nicht gern zu, doch tief in ihrem Innern hatte sie sich gewünscht, dass Dean endlich aufwachte. Dass er um sie kämpfen, ihr beweisen würde, dass sie die *Eine* war. Die Frau, die an seine Seite gehörte und die er unbedingt zurückhaben wollte. Aber bisher war noch nicht einmal ein simples *Hallo* von ihm gekommen.

Als könnte Emily ihre Gedanken hören, wagte sie sich erneut vor. »Du darfst nicht denken, dass es Dean egal ist oder er nicht um dich kämpfen will. Er weiß einfach nicht, *wie*. Tom und ich haben es bereits erklärt. Er weiß nicht, wie er das, was er getan hat, wiedergutmachen soll. Er hat einfach … Angst.«

»Also meint er, es sei besser, *gar nichts* zu machen«, schnitt Zoe ihrer Freundin das Wort ab.

Als Emily weitersprechen wollte, sprang Janie vom Schreibtisch. Zoe beobachtete, wie sie Emily mit eiserner Miene fixierte. »Ich bin da ganz Zoes Meinung. Dean hatte genug Chancen. In den letzten Wochen hätte er den Mond vom Himmel holen können, um zu beweisen, wie wichtig es ihm ist, ihre Beziehung zu retten. Aber nein, der Herr hat es vorgezogen, die Hände in den Schoß zu legen. Tja, und nun … ist es vorbei. Damit muss er jetzt leben.« Janie drehte sich zu Zoe. »Du hast es nicht nötig, irgendeinem Kerl nachzulaufen. Dean schon gar nicht, nach dem, was er getan hat. Die Geschichte ist zu Ende und es wird Zeit, dass du nach vorn schaust.« Sie blickte Zoe beschwörend an. »Come on. Lass uns heute Abend zusammen ins Joe's gehen, ein bisschen Spaß haben, einen über den Durst trinken, whatever. Du hast in den letzten Wochen genug gelitten, findest du nicht? Du solltest deine Rückkehr nach Carsonrock feiern. Und wenn Dean da ist«, ihre Freundin zuckte die Achseln, »dann ist das halt so. Shit on him. Eines Tages wirst du ihm sowieso über den Weg laufen. Du kannst dich nicht dein restliches Jahr über auf Emilys Sofa verkriechen. Dafür ist deine Zeit hier viel zu kostbar.«

Verflucht richtig, mischte sich ihr kleines Ich aufgeregt in die Unterhaltung ein. *Du bist nicht zurückgekommen, um Emilys vier Wände anzustarren, Zoe. Du solltest rausgehen und deine Zeit, dein Leben genießen!*

Sowohl die Aussagen ihrer Freundin als auch die ihrer

kleinen Ausgabe hallten in Zoes Gehirn nach und ließen ein Wort vor ihrem inneren Auge erscheinen: *Verdammt.*

Die beiden brachten es auf den Punkt. Sie hatte ihr Abenteuer nicht wieder aufgenommen, um zwischen Wohnung und Touristikcenter zu pendeln. Da hätte sie auch daheim in ihrem alten Kinderzimmer bleiben können. Sie wollte die Zeit mit ihren amerikanischen Freunden teilen, mit ihnen lachen und feiern. Nun aber war sie auf dem besten Weg, sich ihr übriges Jahr von dem Mann versauen zu lassen, der schon das erste Kapitel ihres Abenteuers ruiniert hatte. Das zweite würde nicht an ihn gehen.

Dean hatte sich nicht bei ihr blicken lassen, na und? Dann war das halt so. Sie musste ihn abhaken und weiterziehen. Ihre Uhr tickte. In wenigen Monaten würde ihr Jahr vorbei sein. Was würde ihr von der Zeit hier in Erinnerung bleiben? Wie sie täglich im Touristikcenter und danach auf dem Sofa gehockt und in die Glotze gestarrt hatte? Nein! Es wurde Zeit, aus dem Schneckenhaus zu kriechen und neue aufregende Memoiren zu schaffen, das Abenteuer zu leben, das ihr geschenkt worden war.

»Ihr habt recht.« Entschlossen blickte Zoe zwischen Janie und Emily hin und her. »Ich bin heute Abend dabei!«

Es war so weit. In wenigen Minuten würde sie die Höhle des Löwen betreten, den Ort, an dem ihre Beziehung vernichtet worden war.

Der Gedanke jagte Luftlöcher durch Zoes Magen. Obwohl sie kapiert hatte, dass sie nach vorn sehen und mit ihrem Leben weitermachen musste, hatte das Fazit ihr geschundenes Herz noch nicht erreicht. Sie konnte die Angst nicht ausblenden, die sich immer weiter in ihr ausgebreitet hatte, je näher ihre Freundinnen und sie dem Joe's gekommen waren.

Die Gefahr, Dean zu begegnen, war hier mitunter am größten. Das Joe's war sein *Revier*, der Ort, an dem er auf die Jagd ging. Aber Zoe wusste auch, dass sie den Moment der Gegenüberstellung hinter sich bringen musste. Es war besser, die Kollision gezielt zu steuern, als von einer tickenden Zeitbombe im Hintergrund überrascht zu werden.

Und so standen Emily, Janie und sie nun vor dem Eingang der Bar und zögerten einzutreten. Sie jedenfalls zögerte, Janie würde wahrscheinlich längst an einem der Zapfhähne nuckeln.

Zoe betrachtete wehmütig die Fassade. Eigentlich hatte sie den Ort, der so unverkennbar nach heimlich gerauchten Zigaretten roch, immer geliebt. Doch an diesem Freitag stand sie zum allerersten Mal mit zitternden Knien vor der Tür. Während Janie bereits ungeduldig mit den Hufen scharrte – sie war schon von zuvor gekillten Shots angetörnt –, drehte sich Zoe der Magen um.

»Mir ist schlecht, ich weiß nicht, ob ich das heute Abend schaffe.«

Janie legte einen Arm um ihre Schultern, und zwar so fest, dass er einem Schwitzkasten ähnelte. »You can do it, girl«, lallte sie. »Mach dir keine Gedanken. Falls Dean tatsächlich da drin sein sollte, kriegt er eins auf die Mütze.«

»Ach, das ist noch nicht passiert?«, scherzte Zoe mit müdem Lächeln.

»Nein, Emily konnte mich leider immer wieder davon abhalten.«

Diese rollte mit den Augen. »Gewalt ist keine Lösung. Wann kapierst du das endlich?«

»Niemals!«, rief Janie. »Wenn jemand eine Abreibung verdient hat, soll er sie auch bekommen.« Sie reckte beide Fäuste gen Himmel, sodass sie beinahe das Gleichgewicht verlor. Zoe konnte sie gerade noch davon abhalten, den Asphalt zu küssen. Andere Besucher der Bar, die vor der Tür standen, drehten sich amüsiert grinsend zu ihnen um.

»Würdest du bitte aufhören, hier 'ne Szene zu machen?«, zischte Emily. »Ich kann auch mal einen Abend ohne Aufsehen verbringen.«

Zoe war klar, dass sie damit auf Janies vergangene Auftritte anspielte. Sie wusste von Emily, dass ihre Freundin es in ihrer Abwesenheit ein bisschen mit ihren Alkoholexzessen übertrieben hatte. Wie sehr sich Janie nach einem Leben auf der Bühne sehnte, hatte sie unter selbigem Einfluss an einem Abend im Joe's bewiesen. Während *Immigrant Song* von Led Zeppelin gelaufen war, war sie auf den Tresen geklettert und hatte abgerockt. Dumm nur, dass sie bei ihrer Hopserei umgeknickt und kopfüber in der johlenden Menge gelandet war.

»Bleib locker.« Janie ignorierte Emily abwinkend und torkelte zum Eingang. »Come on! I'm not gettin' any younger.«

Emily und Zoe sahen sich an. Das flaue Gefühl in Zoes Magen breitete sich aus. Schon jetzt fühlte sie eine unangenehme Nässe unter ihren Achseln. Dass sie auch immer so schwitzen musste, sobald Aufregung die Kontrolle übernahm.

Emily legte eine Hand auf ihren Rücken. »Du machst das schon. Wir sind bei dir.«

Zoe blickte zwischen ihr und Janie, die in dem Moment die Tür aufriss, hin und her. Ihre Freundinnen hatten recht.

Sie musste dadurch, egal, wie groß die Angst war, Dean über den Weg zu laufen.

Zoe versuchte, die Panik wegzuatmen. Und scheinbar funktionierte es. Innere Ruhe gewann die Oberhand. Sie nickte Emily zu, dann setzte sie ihre Beine in Bewegung und folgte Janie ins Innere.

Doch kaum hatte sie die Schwelle der Bar betreten, verdoppelte sich Zoes Herzschlag. Ihr Blick zuckte umher. Sie musste wie der *Terminator* wirken, der auf der Suche nach John Connor jeden Winkel abcheckte.

Obwohl es Freitagabend und das Joe's um diese Zeit normalerweise schon gut gefüllt war, hielt sich die Menge an feiernden Leuten in Grenzen.

Vor dem Tresen entdeckte Zoe eine Gruppe junger Männer, deren grinsende Gesichter aus Schmelzkäse geformt zu sein schienen. Geleckt vom Scheitel bis zur Sohle, mit durchgestylten Haaren und durchtrainierten Körpern lehnten sie am Tresen und orderten sichtlich gut gelaunt eine ganze Wagenladung Drinks.

Zoes Augen schnellten nach rechts. Dort standen immer noch die durchgesessenen Sofas, ebenfalls spärlich besetzt. Lediglich zwei Liebespaare hockten mit verschlungenen Beinen da und schmachteten sich verliebt an.

Während ihr kleines Ich bei deren Anblick würgte, atmete Zoe auf. Keine Spur von Dean.

Enttäuschung machte sich in ihr breit. Sie konnte sich nicht erklären, warum. Obwohl dieses Gefühl absolut verboten gehörte, hatte der offensichtlich dämliche Teil in ihr darauf gehofft, Dean zu sehen.

Zoe ignorierte ihn, als sie Janie mit den Armen rudern sah.

»Kommt her, die Luft ist rein!«, rief sie durch die Bar, sodass sich wieder alle Köpfe nach ihr umdrehten.

»Muss diese Frau immer so laut sein?«, zischte Emily neben Zoe und blickte beschämt zu Boden.

Janie machte es sich hingegen auf dem Sofa bequem, indem sie gleich die Füße hochlegte.

Bei ihrem Anblick schnalzte Emily mit der Zunge. Der Moment hätte nicht deutlicher hervorbringen können, wie verschieden Zoes Freundinnen waren. Während Emily bereits die Schweißperlen auf der Stirn standen, störte sich Janie nicht daran, was andere von ihr dachten.

Als Zoe und Emily das Sofa erreichten, auf dem Janie nun auch noch die Arme hinter dem Kopf verschränkte, keifte Emily los.

»Spinnst du?« Sie schlug Janies Beine herunter. »Willst du, dass sie uns rausschmeißen?«

Sichtbar verwundert richtete diese sich auf. »Warum sollten sie? Ich bin doch Stammgast hier.«

Wie zum Beweis winkte sie Joe zu, der hinter der Bar am Zapfhahn beschäftigt war. Dieser winkte grinsend zurück.

»You see?« Janie zeigte auf ihn, dann schoss sie hoch. »Ich gehe mal Bier holen.«

Und schon schwankte sie zum Tresen, wo sie nonchalant eins der Schmelzkäsegesichter anquatschte. Ein, wie Zoe zugeben musste, attraktives Kerlchen mit semmelblonden Haaren, die er hinter seine Ohren zu sperren versuchte, nur damit sie ihm gleich wieder ins Gesicht fielen. Dazu hatte er braun gebrannte Haut und konträr weiße Zähne, die garantiert gebleacht waren und in der Dunkelheit leuchten mussten.

Zoes Blicke glitten zwischen Janie und den Leuchtzähnen

sowie der Tür hin und her, luftanhaltend, sobald diese auf-flog. Sie wusste, dass sie noch lange nicht aus dem Schneider war. Der Mann, dessen Aura wie eine dunkle Wolke über ihr hing, konnte jede Sekunde hereinschneien.

Auf der einen Seite fürchtete sie sich vor diesem Moment. Vor dem ersten Wiedersehen, nachdem Dean ihre Beziehung bewusst oder unbewusst beendet hatte. Doch auf der anderen Seite wollte sie den Augenblick der Gegenüberstellung endlich hinter sich bringen.

Und wenn er gar nicht allein aufschlägt, warf ihr kleines Ich ein. *Wenn Megan dabei ist?*

Die Fragen ließen Zoes Magen erneut grummeln.

Was, wenn tatsächlich etwas zwischen den beiden gelaufen ist, vielleicht sogar noch läuft?

Zoe kaute auf ihrer Unterlippe. Bisher hatte sie diesen Gedanken nie zugelassen, hatte ihn immer verdrängt. Doch nun war sie zurück, zurück am *Tatort.* Da, wo das Auftauchen der billigen Kopie das Ende ihrer Beziehung besiegelt hatte. Zoe spürte, wie Flammen der Eifersucht in ihr züngelten.

Das konnte nicht sein. Wenn Dean seine Flirtoffensive wirklich erfolgreich zu Ende gebracht hätte, würden Tom und Emily ihn nicht so verteidigen, wie sie es während ihrer Unterhaltung getan hatten. Sie hätten Zoe davon erzählt und ihr garantiert nicht zu einer zweiten Chance geraten.

Mag sein, aber trotzdem hast du immer noch keine Antwort auf deine Frage …

Das stimmte und sie wusste, dass nur eine Person die Auflösung liefern konnte: Dean selbst.

Zoe verjagte die Gedanken. Sie musste die Eifersucht bändigen, die hier nichts mehr verloren hatte.

Es war wirklich Zeit, sich abzulenken.

Die Hände zum Himmel würde es wohl auf den Punkt bringen.

Natürlich lief kein deutscher Schlagerhit in einer amerikanischen Bar, aber genau so sah Zoes momentane Stimmung aus. Feucht fröhlich, pausenlos kichernd, mit lauter beschwipsten Schmetterlingen im gleichermaßen beschwipsten Gehirn.

Arm in Arm stand sie mit Janie vor dem Sofa und grölte zusammen mit ihr den Text zu *Fire Water Burn* der Bloodhound Gang. Wobei *lallen* das passendere Wort gewesen wäre.

So betrunken wie am heutigen Abend war Zoe lange nicht mehr gewesen, in den Staaten noch nie. Eigentlich müsste man ihr ein Schild umhängen: *offenes Feuer verboten.* So viel Alkohol rauschte durch ihr Blut. Was aber an diesem Abend noch sehr viel wahrscheinlicher war: Sie würde garantiert noch eine Runde rückwärts essen. Das bestätigte das Sofa, das gemeinsam mit ihr auf und ab hüpfte. Es wurde also bald Zeit für ein bisschen Wasser – für ihr oberes Stübchen, aber viel mehr noch für ihren tobenden Magen. Doch zunächst griff Zoe wieder nach Janies Hand und schallte schwankend weiter.

Die gähnende Leere im Joe's hatte sich mittlerweile in einen kochenden Kessel verwandelt. Die Bar platzte aus allen Nähten, kaum ein Zentimeter war noch frei. Die Leute tanzten und lachten, allesamt mit der Abrissstimmung infiziert. Und scheinbar rauchten sie auch heimlich in den Ecken. Zoe nahm den Geruch von Tabak wahr, der sich mit Schweiß und Alkohol mischte.

Neben ihr vertiefte sich Janie wieder in ein Gespräch mit Herrn Leuchtzahn. Sie hatte es geschafft, das nächste Opfer zwischen ihre gierigen Finger zu treiben. Und neben ihm auch den Rest der Gruppe, der feiernd um sie herumstand.

Natürlich waren die jungen Männer nicht aus Schmelzkäse gemacht. Sie waren sogar ganz sympathisch, wie Zoe im Laufe des Abends festgestellt hatte.

Es handelte sich um Fünftsemester der örtlichen Uni, die rein zufällig einem Gruppenfoto aus der Men's Health ähnelten. Und zugegeben sahen auch nicht alle perfekt modelliert aus. Doch Zoe war schnuppe, wer da in ihrer Umgebung stand. Sie war nicht hier, um irgendeinen Mann abzuschleppen. Sie war hier, um mit ihren Freundinnen zu feiern. Auch wenn sie gestehen musste, dass der Dunkelhaarige neben Herrn Leuchtzahn äußerst attraktiv war. Und dass Emily und Janie in diesem Moment nicht mit *ihr* Party machten, sondern mit ihren männlichen Anhängseln beschäftigt waren.

Während Janie bereits ihre Zunge in den Hals der Beute des Tages schob, war Emily in eine rege Unterhaltung mit Tom vertieft, der zu ihnen gestoßen war. Immer wieder steckten die beiden die Köpfe zusammen und warfen sich Blicke aus funkelnden Augen zu. Obwohl Zoes Promillezahl gerade durch die Decke schoss, hatte sie nicht zum ersten Mal das Gefühl, dass die beiden für rein platonische Freunde zu innig miteinander waren. Die Frage, was nach der damaligen, so epochalen Studentenparty zwischen Tom und Emily gelaufen war, hatte sich mittlerweile in ein echtes Mysterium verwandelt.

Doch auch heute würde Zoe es nicht lösen. Viel zu sehr war sie damit beschäftigt, sich auf ihren Magen zu konzentrieren, der jede Sekunde mehr drohte, seinen Inhalt loszuwerden. Während die Bloodhound Gang immer noch über das brennende Dach philosophierte, ließ Zoe Janie mit ihrem Opfer zurück und steuerte den Tresen an, um das dringend benötigte Wässerchen zu ordern.

Der Barkeeper hatte jedoch alle Hände voll zu tun. Es würde wohl eine ganze Zeit dauern, bis er endlich bei ihr ankam. Also vertrieb sich Zoe das Warten, indem sie beobachtete, wie Janie sich einen weiteren Shot in den gierigen Rachen kippte. Dabei registrierte sie, dass nicht nur El Leuchtzahn hinter ihrer Freundin her war. Auch die anderen schienen interessiert, diverse Körperflüssigkeiten mit ihr auszutauschen. Das bestätigten die gierigen Augen, die an Janies üppigem Dekolleté hängen blieben. Doch ihre Freundin schien das überhaupt nicht zu stören. Erhaben grinsend blickte sie in die Gruppe, scheinbar genoss sie es, wie eine Königin über dem männlichen Volk zu thronen, das seiner Majestät huldigte.

Nur ein Mann betete sie nicht an. Der attraktive Dunkelhaarige nahm in der Sekunde nicht ihre Freundin, sondern Zoe ins Visier.

Fast hätte sie das Gleichgewicht verloren, als er ihr erst zuzwinkerte und dann auch noch ein smartes Lächeln hinterherwarf. Sie war noch nie Profi in Sachen Flirten gewesen, aber an dem heutigen Abend, an dem gefühlt mehr Alkohol als Blut durch ihre Adern rauschte, sollte sie besser nicht in die nächste Höhle des Löwen geraten.

Schnell fuhr Zoe herum. Zu schnell. Nun schwirrte ihr Kopf noch mehr. Bekam sie nicht bald das blöde Wasser, würde sie tatsächlich auf den Boden reiern. Und nicht nur das. Zoe wusste, dass sie drauf und dran war, unzurechnungsfähig zu werden. Doch Joe sollte sie erhören. Endlich erreichte er sie und nahm ihre Bestellung entgegen.

Als Zoe die rettende Wasserflasche in der Hand hielt, blieb sie am Tresen stehen. Sie trank einen großen Schluck und ließ ihre Augen ein weiteres Mal zu Janie gleiten.

Ihre Freundin war dabei, sich durch die wilde Mähne ihres Auserkorenen zu wühlen und ihm dabei etwas ins Ohr zu flüstern, das ihn grinsen ließ. O ja, er würde heute Nacht garantiert als Janies Betthupferl enden.

Dann zuckte ihr Blick zu Tom und Emily, die wieder dicht an dicht saßen. Allmählich keimte in Zoe das Gefühl auf, nicht nur unheimlich betrunken, sondern auch unheimlich überflüssig zu sein. Jede ihrer Freundinnen hatte ein männliches Spielzeug, mit dem sich die eine geistig, die andere körperlich vergnügte. Und Zoe? Wer bespaßte sie?

Was ist das denn für eine dumme Frage, blaffte ihr kleines Ich sie an. *Da drüben steht doch einer, der nur darauf wartet.* Die Minikopie nickte in Richtung des Dunkelhaarigen.

Kaum hatte die Miniausgabe den Satz ausgesprochen, flogen dessen ebenso dunkle Augen zu Zoe zurück und taxierten sie. Sie hatten etwas Feuriges, Drängendes. Sie warfen Zoe ein unmissverständliches Signal zu, das direkt in ihrem Unterleib ankam.

Zoe fuhr zusammen. Es war lange her, dass dieses Gefühl da gewesen war. Es lag auf der Hand, worauf das Ganze hinauslaufen würde. Das sagte nicht nur der Ausdruck in seinen Augen, sondern auch das vielsagende Grinsen, das seine Lippen umspielte. Es wunderte sie bloß, dass er noch nicht zu ihr gekommen war und seine Absichten mit Worten deutlich gemacht hatte. Dean hätte schon längst zum Angriff angesetzt …

Fuck … Zoe biss sich auf die Zunge und verjagte seine grünblauen Augen, die nun auf ihrer inneren Leinwand prangten. Sie nahm einen weiteren Schluck Wasser und kämpfte sich dann zu Janie zurück, die gerade dabei war, einen neuen feuchten Kuss mit Herrn Leuchtzahn zu tauschen. Als ihre Freundin merkte, dass Zoe neben ihr stand, löste sie sich von ihrer Beute.

»Also, meine Süße, ich werde mich gleich mit … Verdammt, wie hieß er noch?« Sie kniff die glasigen Augen zusammen, als es ihr wieder einfiel. »Ach ja, Chris! Mit Chris zurückziehen.« Sie grinste anzüglich. »Noch hast auch du freie Wahl …« Janie machte eine ausladende Bewegung in Richtung des männlichen Volkes, als wäre es Freiwild. Ihr Blick blieb schließlich an dem Dunkelhaarigen hängen, mit dem Zoe gerade eben auf visuelle Tuchfühlung gegangen war. »Wie wäre es mit Eric? Er löchert mich deinetwegen schon die ganze Zeit.«

Ach ja? Das hatte sie gar nicht mitbekommen …

Zoes schwirrender Kopf war wie leer gefegt. Sie druckste herum. »Ich glaube … das wäre heute keine gute Idee.«

»Why not?« Sichtlich verblüfft sah Janie sie an.

Zoe blickte zwischen ihrer Freundin und Eric hin und her. Dieser sah neugierig dabei zu, wie sich die beiden Freundinnen unterhielten. Er musste Janies Vorschlag gehört haben, so wie er sich hellhörig vorbeugte. Und Janie plapperte nun so laut weiter, dass Joe es auch noch hören musste.

»Du musst langsam wieder aufs Pferd, ein bisschen Spaß haben. Und dafür ist er wohl am besten geeignet.«

Zoe wollte am liebsten im Erdboden versinken. Sie sagte nichts, schüttelte nur den Kopf. Dabei geriet die Bar immer mehr ins Schwanken. Sie wusste nicht, warum, doch sie fühlte sich in die Ecke gedrängt.

»Come on.« Janie versuchte, sie zu Eric zu zerren. »Eine Nacht bumsen wird dir gut tun und dich ablenken.«

Zoe riss sich aus ihrem Griff und wich zurück. »Nein, ich will nicht!«

Torkelnd tauchte sie in der Menge ab und schob sich an vor Schweiß klebenden Menschen vorbei, die so laut grölten, dass ihr Trommelfell dröhnte. Sie musste auf die Toilette, sie brauchte Wasser, um ihr plötzlich glühendes Gesicht abzukühlen.

Zoes Stimmung fiel in den Keller. Obwohl der Abend so gut gestartet und sie vorhin noch auf dem Zenit gewesen war, war nun die Luft raus. Warum?

Warum hörte sie nicht einfach auf Janie und hielt Small Talk mit diesem Eric? Reden war doch nicht verboten. Vielleicht war er ja sogar nett. Was hielt Zoe davon ab? Ihre Freundin lag richtig, sie musste wieder aufs Pferd. Es musste ja nicht gleich eine Beziehung sein – das ganz bestimmt nicht –, aber sie konnte sich doch körperlich amüsieren, sich von Mann zu Mann vögeln, während ihr Herz heilte. Ohne dass es ernst wurde und ohne Gefühle, die alles ruinierten. Zoe musste an Deans Devise denken: *Man sollte das machen, was einem Spaß macht.* Warum konnte das nicht auch ihr Motto werden? Solange sie hier war, würde das vielleicht helfen, über ihn hinweg zu kommen.

Als Zoe die Toiletten erreichte, hätte sie fast die Schlange übersehen, die davor wartete. Sie reihte sich ein und lehnte sich gegen die Mauer, darauf konzentriert, nicht das Gleichgewicht zu verlieren. Ihr dröhnender Schädel traf auf den kühlen Beton, der dabei half, ihre alkoholisierten Gedanken zu entnebeln. Sie hatte viel zu viel getrunken.

Und das nur wegen Dean.

Zoe fürchtete sich insgeheim so sehr vor dem Moment ihres ersten Zusammentreffens, dass sie tatsächlich auf die dumme Idee gekommen war, sich Mut anzutrinken. Wie unreif war sie bloß? Mittlerweile müsste sie doch wissen, wie der Hase lief, und vor allem genügend Schneid haben, ihrem miesen Ex in die Augen zu sehen.

Warum machte der Gedanke Zoe so fertig? Warum konnte sie ihn nicht einfach abhaken und weiterziehen?

Wieder tauchte Eric aus dem Dunst ihres alkoholisierten Gehirns auf. Und wieder fühlte sie dieses leise Ziehen in ihrem Unterleib. Es war wohl eindeutig, dass sie sich zu ihm hingezogen fühlte. Der Ausdruck in seinen dunklen Augen hatte sie vorhin ziemlich durcheinandergebracht. Und dieses Lächeln ... Er war ein Mann, mit dem sie sich vorstellen konnte zu schlafen. Und offensichtlich beruhte dieses Interesse auf Gegenseitigkeit. Er hatte Lust auf sie, sie hatte Lust auf ihn.

Wenn das so ist, warum stehst du dann hier? Ihr kleines Ich beäugte sie mit hochgezogenen Augenbrauen. *Warum lässt du dir diese Gelegenheit entwischen?*

Zoe kräuselte die Lippen. Sie wusste genau, warum.

Sie ließ Eric sausen, weil ihr Ex immer noch ihre Gedanken beherrschte. Und der, nebenbei bemerkt, war heute noch nicht einmal aufgetaucht.

Über ihre eigene Blödheit den Kopf schüttelnd, zog Zoe ihr Handy aus der Gesäßtasche. Vielleicht war es an der Zeit, einen Hauch Normalität einkehren zu lassen und Deans Blockierung bei WhatsApp aufzuheben. Das wäre zumindest ein Anfang. Ein Zeichen, dass ihm keine Sonderbehandlung mehr zuteilwurde. Dean war nur irgendein Name, ein flüchtiger Kontakt in ihrer langen Liste, ein

Niemand. Er sollte merken, dass ihr die ganze Sache inzwischen am Arsch vorbeiging.

Doch als WhatsApp ihr ein Ultimatum stellte, indem es *Blockierung aufheben?* fragte, schwebte ihr Daumen zögernd über dem Display. War sie wirklich schon so weit? Zoe wusste, dass seine Nachrichten, die er ihr in der Zeit geschrieben hatte, nicht auftauchen würden, aber was, wenn er es wieder versuchte? War sie wirklich stark genug, die Nummer mit der kalten Schulter durchzuziehen?

Verdammt! Mit mahlenden Kiefern stopfte sie das Handy wieder in ihre Tasche.

Feigling, flötete ihr kleines Ich. *Er hat sich kein einziges Mal gemeldet, seitdem du zurück bist. Warum sollte er es jetzt tun?*

Das stimmte natürlich. Aber trotzdem … Es war klar, dass Zoe sich etwas vormachte. Dean würde niemals bloß irgendein Name sein. Sie brauchte einfach Zeit. Wie sollte sie innerhalb von ein paar Wochen einen Mann abhaken, den sie für die große Liebe gehalten hatte?

Die Schlange setzte sich in Bewegung. Endlich kam das WC in greifbare Nähe. Zoe schob sich an dem blauhaarigen Mädchen vor ihr vorbei und deutete auf die Waschbecken. Die Blauhaarige lächelte und rutschte zur Seite. Erst jetzt sah Zoe, dass ihr Gesicht voller Piercings war. Vielleicht sollte sie das auch machen. Nicht das mit den Piercings, aber ihren Typ verändern. War das nicht normal nach einer Trennung? Sie musste sich ja nicht gleich die Haare in den Farben des Regenbogens färben.

Seufzend blieb Zoe vor dem Waschbecken stehen und blickte in den Spiegel. Oha, sie konnte von Glück reden, dass Dean nicht hier war, dass heute nicht das Wiedersehen aller Wiedersehen war. So würde sie sicherlich nicht triumphieren und ihm zeigen, welches Prachtexemplar er in den Wind geschossen hatte.

Zoe sah jämmerlich aus, regelrecht erbärmlich. Dass sie getrunken hatte, konnte man durch die dicken Wände des Joe's sehen. An ihren blassen Wangen, dem schwimmenden ausdruckslosen Blick. Und als ob das noch nicht reichen würde, hatten sich ihre Haare in ein Vogelnest verwandelt, während ihre Wimperntusche überall dort hing, wo sie nichts zu suchen hatte.

Kopfschüttelnd drehte sie den Hahn auf und spritzte sich das kalte Wasser ins Gesicht. Mit den Fingern wischte Zoe sich die verlaufene Tusche ab und zog ihren Lippenstift aus der Tasche, um zumindest ein bisschen Farbe in ihre Miene zu bringen. So sah man wenigstens, dass sie noch Puls hatte.

Wieder blickte Zoe sich an. Was war bloß aus ihr geworden? Was hatte Dean aus ihr gemacht?

Als sie merkte, dass das blauhaarige Mädchen hinter ihr wartete, machte sie ihr flüchtig lächelnd Platz. Mit der Hand fuhr Zoe über ihr taubes Gesicht, während sie eilig aus dem Waschraum schwankte und halb blind in jemanden hinein rannte.

»Oh, sorry …« Zoe nahm die Hand herunter und fror ein.

Vor ihr stand Dean. Er war derjenige, in den sie gekracht war.

Das gab's doch nicht. Das konnte nicht sein.

Dean starrte sie an, Zoe starrte zurück. In seine grünblauen Augen, in denen dieser unergründliche Ausdruck, das einnehmende Funkeln lag. In sein Gesicht, das so anmutig und vollkommen war. Wie Nebel hüllte Deans Aura sie ein. Die so geheimnisvoll, so betörend war, dass Zoe nicht anders gekonnt hatte, als ihr zu erliegen. Seinem Bann zu verfallen, der sie machtlos und leichtsinnig hatte werden und letztendlich in diese vernichtende Falle hatte tappen lassen.

Reglos standen sie einander gegenüber. Deans Kiefer zuckte. Sein Blick flog unruhig auf ihrem Gesicht herum. Es schien, als wollte er etwas sagen, doch Zoe ließ ihm keine Gelegenheit.

»Ich muss hier raus«, stieß sie hervor.

Zoe schob sich an Dean vorbei durch die Masse. Weil sie sie daran hinderte, schnell zu entkommen, fühlte sie sich kein bisschen mehr ausgelassen, sondern eingeschnürt.

Als sie in die Nacht hinaustrat, reckte sie den Kopf, als würde sie aus tiefstem Gewässer auftauchen, um gierig nach Luft zu ringen. Zoe saugte sie tief in ihre Lungen. So tief, dass ihr Gehirn vermutlich einen Flash bekam wie nach dem intensiven Zug an einer Zigarette.

Sie konnte es nicht fassen. Nach fünf Wochen Dean-Abstinenz, nach der Verwüstung, die er hinterlassen hatte, dem Zittern vor dem ersten Wiedersehen, war er nun aus dem Nichts aufgetaucht. Nein, noch viel schlimmer: Zoe war in ihn hinein gerannt. Wie in einen Laternenpfahl. Und der Aufprall hatte sie Sterne sehen lassen. Sie hatte nicht einmal eine Minute gehabt, um den Moment sacken zu lassen und sich ein paar Worte zurechtzulegen.

Zoe ballte ihre Hände zu Fäusten. Das war typisch. Warum hatte ihr nicht wenigstens jetzt ein Clou gelingen können? Nachdem sie doch schon die Megan-Szene so machtlos wie eine Komapatientin über sich hatte ergehen lassen. Unfähig, dazwischen zu fahren und Dean eine schallende Ohrfeige zu verpassen. Und jetzt war sie in die nächste Kollision gerasselt und ein weiteres Mal tatenlos geflohen.

»Zoe …«

Sie zuckte zusammen. Dean war ihr nach draußen gefolgt und stand nun hinter ihr. Sie rührte sich nicht, schloss bloß für ein paar Sekunden die Augen.

»Zoe, please.«

An seiner Stimme hörte sie, dass er näher gekommen war. Sie öffnete die Augen wieder, überlegend, sich umzudrehen, aber ihre Glieder wollten sich nicht bewegen.

»Ich weiß, dass ich der Letzte bin, den du sehen willst, aber trotzdem … wir sollten reden.«

»Reden?« Nun wirbelte Zoe doch herum. Dabei fühlten sich ihre Beine wie zwei unkontrollierbare Sprungfedern an. »Worüber willst du noch reden?«

Ihre Stimme war so unangenehm schrill geworden, dass sich einige Köpfe zu ihnen umdrehten. Die Raucher vor dem Joe's hatten sich nur eine kleine Zigarette gönnen wollen, bis sie für ungewollte Unterhaltung sorgte.

Zoe beachtete die neugierig gewordene Traube nicht. Sie konzentrierte sich viel mehr darauf, nicht das Gleichgewicht zu verlieren. Für diese Gegenüberstellung hatte sie eindeutig zu viele Promille im Blut.

Dean fasste sie an der Schulter und zog sie vom Publikum weg.

Im schwachen Licht der Straßenlaterne standen sie einander gegenüber. Zoe sah, wie er sie musterte.

»You're drunk«, meinte Dean schließlich.

Sie schnappte nach Luft. War das sein Ernst?

Sie wusste selbst, dass sie betrunken und ihr

Erscheinungsbild zum Gruseln war. Sollte er nach all den Wochen nicht ein anderes Thema als ihren Alkoholpegel anschneiden?

Während sich Wut wie eine Feuerwalze durch Zoe fraß, fuhr Dean fort. »Ich habe dich den ganzen Abend beobachtet und was ich sehen musste, hat mir nicht gefallen.«

Sie schnaufte. »Ist das eine neue Masche von dir? Frauen aus dunklen Ecken nachzuspionieren?«

Dean überging ihren Kommentar. »Zoe, ich habe dich schon einmal gewarnt und ich sage es noch einmal: Ist dir klar, wie gefährlich das ist?« Wieder musterte er sie von oben bis unten. »Look at you. Du kannst ja kaum noch stehen. Jeder, der es darauf anlegt, hätte leichtes Spiel. In diesem Zustand bist du das perfekte Opfer.«

»Na, du musst es ja wissen, Mr. Ladies' Man.«

Dean schürzte die Lippen, erwiderte jedoch nichts. Zoes Wut war dagegen umso lauter. Sie rammte ihre Hände in die Hüften.

»Was bildest du dir eigentlich ein? Wir haben uns fünf Wochen lang nicht gesehen – nachdem du diese beschissene Nummer abgezogen hast – und jetzt kommst du mit schlauen Sprüchen um die Ecke. Kein Wort zu dem, was an dem Abend in der Bar gelaufen ist, kein Wort der Entschuldigung, nichts. Stattdessen stellst du dich hierhin und schwingst eine Rede, nur weil ich es *einmal* übertrieben habe. Na bravo.«

Und das seinetwegen, ergänzte ihr kleines Ich spitz.

Zoe funkelte ihn an. »Du bist der Letzte, der mir eine Moralpredigt halten darf.« Sie setzte ein zynisches Lächeln auf. »Und jetzt werde ich wieder reingehen und mir noch ein paar Drinks genehmigen. Viel Spaß beim Beobachten.«

Als Zoe herumfahren wollte, packte Dean sie an der Schulter.

»Don't go, Zoe.« Mit flehendem Gesichtsausdruck sah er sie an. »Just give me five minutes.«

Obwohl sie zurück in die Bar wollte, zögerte sie. Ihr Blick wanderte zwischen ihm und der Tür hin und her. Sie wusste nicht, was sie davon abhielt, sich von ihm loszureißen und zurück ins Innere zu stürmen.

Auch ihrem kleinen Ich gefiel ihr Zaudern nicht.

Bist du verrückt? Es starrte sie entsetzt an. *Was ist los mit dir? Geh wieder rein!*

Doch Zoe bewegte sich nicht. Ihre Füße verharrten an Ort und Stelle. Die Wut, die vor wenigen Sekunden noch in ihr geschäumt hatte, ebbte ab. Etwas in ihr bröckelte.

Sie versuchte, einen stahlharten Ausdruck in ihre Augen zu legen. »Na schön ... Fang an.«

Dean trommelte mit den Händen auf seiner Jeans. Für ein paar Sekunden blickte er umher, als würde er sich seine Worte zurechtlegen. Als er Zoe wieder ansah, bohrte sich sein Blick in ihre Augen. Die feinen Haare an ihrem Körper stellten sich auf.

»Ich weiß, dass ich es versaut habe.«

So, meinst du?

Zoe schaltete ihre bissig grinsende Minikopie stumm. Obwohl es in ihrem Innern einen Teil gab, der ihr beipflichtete und sich am liebsten die Ohren zuhalten würde, war der andere stärker. Der Teil, der hören wollte, was Dean zu sagen hatte. Der auf dümmliche Weise hoffte, dass die Sache mit Megan womöglich nur ein Missverständnis gewesen war und alles gut werden würde.

Selbstredend, dass die Miniausgabe dafür nur ein Augenrollen übrighatte.

»Ich kann dir nicht erklären, was an dem Abend mit mir los war«, sprach Dean weiter. »Ich habe mich irgendwie … von dir in die Enge getrieben gefühlt.«

Als Zoe mit bereits aufgeklapptem Mund und hochgeschossener Hand protestieren wollte, setzte er schnell zu einer Erklärung an. »Ich weiß, du wolltest bloß unsere Richtung ausloten und ich …« Er atmete unruhig. »Ich habe mich wie ein Arschloch verhalten.«

Zoe klappte ihren Mund zu. Sie beobachtete, wie Deans Miene von einem demütigen Ausdruck eingenommen wurde.

»Ich habe einen Riesenfehler gemacht, ich weiß das. Aber glaub mir, Zoe, ich würde alles tun, um ihn rückgängig zu machen, nur … kann ich es leider nicht. Alles, was ich sagen kann, ist, dass es mir wahnsinnig leidtut. Ich habe das nicht gewollt, ich habe nicht gewollt, dass es so weit kommt.«

Zoe schnaubte. »Natürlich wolltest du das! Kein Mensch hat dich gezwungen, zu Megan zu gehen und mit ihr zu bumsen …«

»Ich habe nicht mit Kim geschlafen«, unterbrach Dean sie.

Der richtige Name der Kopie verwirrte Zoe. Doch sie wollte noch mehr hören. Mit zusammengekniffenen Augen wartete sie, dass er fortfuhr.

»Es ist nichts – wirklich *nichts* – zwischen uns passiert.«

Während er ihrem Blick standhielt, wirkte seine Miene ernst. Da hatte sie des Rätsels Lösung. Sie wusste, dass er in der Vergangenheit mit offenen Karten gespielt hatte. Trotzdem …

»Das ändert nichts, Dean. Du wolltest mir damit etwas sagen und die Botschaft ist klar und deutlich angekommen.«

»Nein … nein, so ist das nicht.« Er gestikulierte wild. »Ich empfinde nichts für sie. Ich habe dir damals gesagt, sie ist bloß 'ne Freundin, und das ist die Wahrheit.«

»Klar, das sah an dem Abend auch ganz danach aus.« Zoe lächelte spöttisch. In ihrem Innern zog sich etwas zusammen. »Es geht hier nicht bloß um Megan. Wir beide wissen, dass du nicht mehr beziehungsfähig bist, und nach deiner Erfahrung in der Vergangenheit kann ich dir das noch nicht mal verübeln.«

»Aber so ist es nicht. Zoe, ich liebe dich. Ich weiß nicht, warum ich an diesem Abend so überreagiert habe. Ich weiß nur, dass es nie wieder passieren wird. *Nie wieder* … Durch diesen blöden Fehler ist mir klar geworden, dass ich bereit für einen Neustart bin.« Deans Blick bohrte sich wieder in ihren. »Ich will nur dich. Ich will dich heiraten, ein Baby mit dir …«

»Stopp!« Abwehrend riss Zoe die Hände in die Luft. »Ich will so etwas nicht hören. Abgesehen davon, dass dir das *vor* dieser Aktion hätte klar sein müssen, wissen wir, dass das nicht die Wahrheit ist.« Sie schluckte. »Du willst mich nicht, Dean. Wenn das wirklich so wäre, wenn du mich wirklich lieben würdest, wärst du mir an dem Abend hinterher gekommen. Du hättest versucht, mit mir zu reden, hättest um mich gekämpft, aber … nichts, kein Lebenszeichen. Selbst jetzt …« Zoe raufte sich die Haare. »Seit *zwei* Wochen bin ich wieder hier und du hast dich nicht einmal blicken lassen. Du hast rein gar nichts getan, um mir zu beweisen, dass du mich liebst.«

Während Zoe Dean taxierte, senkte er den Kopf und

starrte zu Boden. Auch sie wandte nun den Blick ab. Sie sah die Raucher vor dem Joe's stehen, hörte ihr heiteres Gemurmel. Die Tür zur Bar ging auf und Fetzen von Bon Jovis *Always* drangen an ihr Ohr. Wie passend …

»Bitte, Zoe.«

Ihr Blick schnellte zu Dean zurück. Seine Miene wirkte traurig, aber da war noch etwas anderes. Sie erkannte Kampfgeist in seinen Augen.

»Ich wusste einfach nicht, was ich tun sollte. Wie ich das, was ich angerichtet hatte, wiedergutmachen sollte. Ich habe mich so geschämt …«

Er griff nach ihrer Hand und ein Stromschlag fuhr durch Zoes Körper. Es verblüffte sie, dass das Feuer nach dem, was passiert war, immer noch zwischen ihnen schwelte. Zoe starrte seine Finger an, biss sich auf die Lippe. Sie würde ihm gern glauben, aber etwas in ihr hielt sie zurück.

Ihr kleines Ich sprang laut fluchend auf und ab. Es gefiel ihm offenbar überhaupt nicht, was in Zoe vorging.

Und auch sie spürte nun, wie die Gefühle drohten, sie zu übermannen.

Hastig blickte sie zwischen Deans Gesicht und seiner Hand, die ihre immer noch festhielt, hin und her. Ein weiteres Mal rang sie mit sich. Etwas in ihr wollte weg, vor dem Mann flüchten, der ihr dieses Leid zugefügt hatte. Und diesmal war der verletzte Teil stärker.

Ohne dass ihr Gehirn noch einmal nachdenken konnte, folgte sie ihrem Impuls. Sie riss sich von Dean los und stolperte davon. Ihre Beine waren immer noch wie Wackelpudding, doch hielten sie in der Senkrechten. Sie hatte keine Ahnung, wo sie hinsollte, sie taumelte einfach die Straße entlang, ließ das Joe's hinter sich. Die kühle

Nachtluft schlug ihr entgegen, sodass sie zitterte. Sie hatte weder Pulli noch Jacke an. Dann hörte sie Deans Stimme hinter sich.

»Zoe, please.«

Doch sie dachte nicht daran, stehen zu bleiben. Sie hatte sich bereits einige Meter von der Bar entfernt, als sie erneut seine Stimme vernahm, diesmal näher.

»Zoe, please wait.«

Deans Finger legten sich um ihren Oberarm und hielten sie fest. Sie versuchte, seine Hand abzuschütteln, doch er ließ nicht los.

»Lass mich in Ruhe!«, rief sie. »Du hattest deine fünf Minuten.«

Dean zwang sie, sich umzudrehen, sodass sie ganz dicht vor ihm stand. Sie befanden sich vor dem VinSo, dem Nachtclub, aus dem die hohen Töne von *Stayin' Alive* drangen. Die Tür zur Disco flog auf und zwei kreischende Mädels kamen herausgestürmt. Das blinkende Licht der Stroboskope tanzte auf Deans Gesicht. Zoe erkannte ein Glühen in seinen Augen. Er atmete schneller, seine Schultern senkten sich hektisch auf und ab. Die Luft zwischen ihnen elektrisierte sich ein weiteres Mal.

Dean dirigierte sie vom Eingang des Clubs weg, drückte sie gegen den fensterlosen Backstein. Nur wenige Zentimeter trennten sie voneinander. Er löste seine Hand von ihrem Arm und umfasste ihre Hüfte. Es war so dunkel hier, dass sie den Ausdruck auf seinem Gesicht nicht sehen konnte. Doch sie fühlte seine brennenden Augen auf sich, hörte seinen sich überschlagenden Atem. Unwillkürlich beschleunigte sich auch ihre Atmung.

Was zum Teufel soll das werden, hörte sie die schneidende Frage ihres kleinen Ichs.

Zoe schüttelte den Kopf, als würde sie ihre Sinne wachrütteln. Mühsam riss sie sich los. »Fuck you!«

Wieder setzten sich ihre wackligen Beine in Bewegung, doch auch diesmal war Dean schneller. Er hielt sie fest, zog sie an sich und presste seine Lippen auf ihre. Seine Zunge schob sich in ihren Mund und entfachte ein wildes Spiel. Na, es hackte wohl!

Zoe wand sich aus seiner Umklammerung und stieß ihn weg.

»Spinnst du?« Ihre Hand schnellte nach oben und verpasste ihm die Ohrfeige, zu der sie an dem damaligen Abend nicht fähig gewesen war.

Dean hielt sich die Wange und schien von seinem eigenen Angriff verdattert. »Sorry … This went too far.«

Und ob er zu weit gegangen war. Was dachte er sich bloß?

Während sie ihn unsicher musterte, verschränkte Dean die Fäuste hinter dem Kopf und ging um die Ecke des Clubs. Zoe folgte ihm zögerlich. Er lehnte sich an die Mauer, über ihm blinkten die neonpinken Letter des VinSo.

Lange sah er sie an. Im grellen Licht wirkte sein Ausdruck erschöpft. »Es ist nur … du fehlst mir so wahnsinnig … Ich weiß, dass ich kein einfacher Mensch bin. Ich bin … verkorkst und vielleicht werde ich nie wieder normal sein. Vielleicht werde ich nie wieder der sein, der ich mal war. Ich weiß es nicht.« Er zuckte die Achseln, dann löste er sich von der Mauer. »All I know is … I love you and I never meant to hurt you.« Er sah sie flehend an. »Bitte gib mir eine Chance. Ich werde dir beweisen, wie ernst es mir ist.«

Während seine Worte in ihrem Kopf nachhallten, fiel Zoe die Szene ein, die sich damals zwischen ihnen im Diner abgespielt hatte. Als sie Dean ihre Gefühle offenbart hatte, hatte er genauso reagiert, wie er es soeben beschrieben hatte. Ihre Mutter hatte recht, er war ein gebrochener Mann, und sie durfte nicht zu schnell zu viel erwarten. Aber der verheerende Abend im Joe's hielt sie immer noch wie eine eiskalte Faust umklammert. Eine Welle aus Emotionen brach über Zoe herein. Die Gefühle für Dean, die in den vergangenen Minuten an die Oberfläche gekrochen waren, prallten auf die Demütigung und den Verrat, den Zoe nicht vergessen konnte.

»Ich würde dir so gern glauben, Dean. Ich verstehe deine innere Zerrissenheit, warum du dichtmachst. Aber ... das, was du an dem Abend getan hast, war einfach ...« Tränen stiegen in ihre Augen, doch sie musste ihren Satz zu Ende bringen. Zoe schluckte sie hinunter. »Du hast dich dafür entschieden, zu Megan zu gehen. Weißt du, wie das für mich war? Wie ich mich dabei gefühlt habe, zu sehen, wie du sie mit den Augen ausziehst, während ich daneben sitze?«

Ihre Stimme brach und die Tränen lösten sich. Mit zittrigen Fingern wischte sie sie weg. Als sie Dean wieder ansah, erkannte sie, dass ein scheinbar verdrossener Ausdruck seine Miene eingenommen hatte.

»Ich würde dir gern verzeihen, aber ... ich kann nicht.« Ein gequältes Lächeln kletterte auf ihre Lippen, während sie ihre Hand an seine Wange legte. »Ich habe dich geliebt, Dean. Von ganzem Herzen. Auch jetzt noch ... Aber ... ich kann dir einfach nicht mehr vertrauen.«

Es stimmte, sie liebte diesen Mann abgöttisch. Diese Tatsache war bereits bei ihrer allerersten Begegnung besiegelt worden. Wahrscheinlich würde der Bann, in den er sie gezogen hatte, sie niemals loslassen.

Zoe sah die Tränen in Deans Augen, die offensichtliche Hilflosigkeit, die sich in seiner Miene spiegelte.

Vorsichtig beugte sie sich vor, um ihm einen Kuss auf die Wange zu hauchen. Dann machte sie auf der Stelle kehrt und lief eiligen Schrittes davon.

7

»Echt jetzt? Das hat er gesagt?« Emily fiel der Löffel aus der Hand. »Er will ein Baby mit dir?«

Zoe nickte stumm. Während sie Deans Aussage in der letzten Nacht nicht an sich herangelassen und wie einen Ball abgeschmettert hatte, ließ sie sie nun zu. Und je mehr Zoe darüber nachdachte, desto unwirklicher kam sie ihr vor. Unwirklich, aber zugegeben schön.

Der Gedanke ließ ihr kleines Ich die Augen verdrehen.

Einen Tag nach ihrem Endspiel mit Dean saß Zoe mit Emily und Janie beim Frühstück im Diner. Nachdem sie über ihre nächtliche Gegenüberstellung geschlafen hatte, hatte sie deren Ausgang soeben ihren Freundinnen offenbart.

»Wow.« Ein begeistertes Lächeln breitete sich auf Emilys Gesicht aus. »Da hast du deine Bestätigung. Dean würde wohl kaum so weit gehen, wenn er dich nicht wirklich lieben würde.«

»Ach, komm schon!« Janie warf den Kopf in den Nacken, um sichtlich entnervt zur Decke zu blicken. »Wach auf, Em. Dean würde wahrscheinlich alles sagen, um Zoe rumzukriegen.«

»Nein, das glaube ich nicht.« Nachdenklich blickte Emily Janie an. »Warum sollte er sich diese Mühe geben, um eine Frau flachzulegen? Das könnte er einfacher haben.«

Zoes Freundinnen könnten unterschiedlicher Meinung nicht sein. Während Emily unermüdlich in Deans Team spielte, schwang Janie resolut die Contraflagge. So saßen sie Zoe auf der Bank gegenüber.

Sie linste immer wieder zu dem Tisch hinüber, an dem Dean und sie ihr allererstes Date gehabt hatten. Der ältere Herr, der heute dort saß und an seinem Kaffee nippte, würde bald das falsche Fazit ziehen, starrte sie noch länger zu ihm.

Zoe wandte den Blick ab und seufzte. Unglaublich, was seitdem alles geschehen war. Dass sie nach ihrem Hochmut so tief gefallen war … Doch hatte sie ja um das Risiko gewusst, auf das sie sich eingelassen hatte. Ihr kleines Ich hatte es schon damals großkotzig prophezeit.

Hatte ich, bestätigte es überflüssigerweise. *Wie sagt man so schön? Wer nicht hören will, muss fühlen.*

Zoe stocherte mit der Gabel in ihrem Rührei herum. »Glaubt ihr, ich habe die falsche Entscheidung getroffen?« Sie sah von einer Freundin zur anderen. Sie wusste nicht, warum die Frage auf einmal da war. Warum sie sie so aufwühlte, dass sie auf dem Polster hin und her rutschte.

»No way!«, rief Janie. »Dass du Dean nach der Nummer nicht mehr vertrauen kannst, ist absolut nachvollziehbar.«

Emilys Augen schweiften zwischen Zoe und Janie hin und her. »Denkt ihr nicht, dass ihr zu hart mit ihm ins Gericht geht?«

»Hm, gute Frage … Lass mich überlegen.« Spöttisch lächelnd tippte Janie mit dem Finger gegen ihr Kinn. »Nein.«

Ergeben hob Emily die Hände. »Ich will gar nicht schönreden, was er da getan hat. Aber es ist doch offensichtlich, wie sehr er bereut, wie sehr er sich diese zweite Chance wünscht.« Mit energischem Gesichtsausdruck sah sie Zoe an. »Vielleicht hast du deine Entscheidung überstürzt.

Vielleicht solltest du dir Zeit nehmen, um noch einmal in Ruhe über alles nachzudenken.« Hektisch fuhr sie durch ihre lockigen Haare. »Siehst du nicht, was für einen enormen Schritt Dean gemacht hat, Zoe? Vorher hat er nicht mal den nächsten Tag geplant und jetzt ... jetzt spricht er von einem *Baby*.« Emily lächelte gerührt. »Er hat sich wirklich geändert.«

»O my gosh!« Janie prustete neben ihr los. »Kaufst du ihm das etwa ab? Man kann viel erzählen, wenn der Tag lang ist. Das beweist überhaupt nichts. Schon gar nicht, dass das nie wieder passieren wird.«

Zoe gab es nur ungern zu, doch ihre innere Zerrissenheit wuchs von Argument zu Argument. Allerdings kam sie nicht dazu, die Situation zu filtern.

Emily rutschte auf der Bank zurück. »Ich bin felsenfest davon überzeugt, dass Dean es ernst meint. Und ich glaube, dass ihn dieser Fehler wachgerüttelt hat.«

»Schön, dass es erst klick macht, wenn er eine andere anbaggert.« Janie sah Emily mit hochgezogenen Augenbrauen an, doch diese zuckte nur mit den Schultern.

»Entscheidend ist doch, was *du* denkst.« Janies skeptischer Blick bohrte sich in Zoes Gesicht. »Meinst du wirklich, Dean hätte noch eine Chance verdient?«

Während ihre Freundinnen auf Zoes Antwort warteten, schienen sie die Luft anzuhalten.

Und Zoe ... wusste gar nichts mehr. Ihr Kopf war leer und doch randvoll mit den Meinungen ihrer Freundinnen.

Ihr kleines Ich grätschte dazwischen. *Darf ich dich daran erinnern, dass diese Frage gar nicht mehr zur Debatte stehen sollte?*

Stand sie eigentlich auch nicht. Zoe hatte Dean klar

gesagt, dass sie ihm nicht mehr vertrauen konnte und somit auch keine Beziehung mehr drin war.

Aber nun … war sie nicht mehr sicher. Hatten gestern womöglich nur ihre angesäuselten Sinne gesprochen? War sie überhaupt in der Lage gewesen, eine rationale Entscheidung zu treffen?

Zoe blickte aus dem Fenster. Sollte sie Dean vielleicht doch die Gelegenheit geben, zu beweisen, dass er die Aussagen, die er gestern von sich gegeben hatte, ernst meinte?

Die Frage hing noch in der Luft, als ihre innere Leinwand ansprang: Dean und Megan, zwischen exzessivem Flirt und Liveporno.

Es hatte so wehgetan. Und auch jetzt fühlte sie wieder, wie sich ihr Herz zusammenzog. Janie hatte recht. Selbst wenn es Dean leidtat und er ihr ewige Liebe schwor, Zoe würde von nun an immer Angst haben müssen. Angst, dass seine Unsicherheit zurückkehrte. Angst, dass er sich einen weiteren Fehltritt leistete. Und womöglich würde es dann nicht *bloß* beim Flirten bleiben.

Und Zoe wäre wieder die Dumme, die Betrogene. Würde sie ihm noch eine Chance geben, hätte Dean Narrenfreiheit. Schließlich wüsste er, dass Zoe eh wieder zurückkam.

Nein, das ging nicht. Sie musste damit aufhören, den Hampelmann für einen Kerl zu spielen.

Mit festem Blick sah sie ihre Freundinnen an. »Egal, was Dean sagt oder was ich noch für ihn empfinde … ich kann nicht. Ich kann ihm keine zweite Chance geben.«

8

»Nachschub!« Emily warf die Wohnungstür ins Schloss und wedelte mit einem dicken Blumenstrauß.

O nein, nicht noch einer ... Zoes Magen sackte in ihre Kniekehlen. Während sich ihr Körper versteifte, steckte ihre Freundin die Nase zwischen die Blüten.

»Mh, duftet herrlich.« Dann begutachtete sie den Strauß genauer. »Diesmal wohl ohne Brief.« Emily reichte ihr das Gebinde, lief zum Schrank und suchte nach einer Blumenvase.

Zoe musterte die pinken Rosen. Danach schweifte ihr Blick durchs Wohnzimmer, in dem ein ganzes Sammelsurium an Sträußen verteilt stand: weiße Margeriten, rosa und lila Tulpen, gelbe und rote Rosen.

Nachdem Emily die letzte Vase im Schrank gefunden hatte, füllte sie sie mit Wasser, nahm Zoe den Strauß ab und stellte ihn hinein. Seufzend sortierte ihre Freundin die Rosenstängel. »Ich verstehe nicht, warum du ihn nicht anrufst. Das ist so romantisch.«

Ja, das wäre es durchaus, wenn die Blumen nicht allesamt von einem Mann kommen würden, den Zoe gerade zu vergessen versuchte.

Eine Woche, nachdem sie entschieden hatte, dass ein Neuanfang ihrer Beziehung unmöglich war, hatte der erste Strauß vor Emilys Wohnungstür gelegen. Anbei ein Brief, der drei Sätze enthielt:

Zoe,

I know, I broke your heart and I deserve to suffer.

I destroyed the only thing that has meant something to me for years: your love.

Nevertheless, I don't give up hope that one day you'll forgive me.

Dean

Zoe war komplett überrumpelt gewesen. Mit zitternden Händen hatte sie den Brief gehalten und keine Ahnung gehabt, was sie von dieser Geste halten sollte, die scheinbar vom Himmel gefallen war.

Ihr kleines Ich hatte dafür eine umso deutlichere Erklärung gehabt. *Sieht ganz so aus, als wäre da jemand aus seinem Schneckenhaus gekrochen.*

Hastig hatte Zoe den Zettel zusammengefaltet und in den Schuhkarton gestopft, in dem sie alle Andenken an Dean aufbewahrte. Sie wollte ihn nicht wieder in ihre Gedanken lassen und schon gar nicht die Emotionen erlauben, die sie gerade mit aller Kraft verdrängte.

Dumm nur, dass Dean sich von ihrer ausgebliebenen Reaktion nicht hatte beeindrucken lassen. Drei Tage später war der nächste Blumenstrauß samt Brief in ihre Wohnung geflattert. Und da lediglich ein Buchstabe in ihm gestanden hatte, war klar gewesen, dass weitere folgen würden.

Und so war es auch gewesen. Nach *I* kam *love*, dann *you* und schließlich die Vollendung mit *forever*.

I love you forever …

Es hätte nicht deutlicher sein können, dass sich Dean nach seinem Versteckspiel auf eine neue Mission begeben hatte, die hieß: Zurückeroberung.

Natürlich ließ seine romantische Idee Zoe nicht kalt. Sie wusste, dass er mit seinen kleinen Liebesbekundungen das wiedergutmachen wollte, was sie ihm an dem Abend vor dem Joe's vorgeworfen hatte. Er handelte, kämpfte. Bloß, dass die Demonstration seiner Gefühle um Wochen zu spät kam.

Trotzdem bewirkte sie etwas. Obwohl Zoe Dean nicht in ihre Gedanken lassen wollte, hatte er es geschafft, sich wie ein Dämon in ihnen einzunisten. Sein plötzlich erwachter Kampfgeist machte es ihr unmöglich, nach vorn zu schauen und mit dem Kapitel abzuschließen, das eins der härtesten und emotionalsten in ihrem Leben war.

Zoe starrte die pinken Rosen an, die Emily neben zwei andere Sträuße auf den Couchtisch gestellt hatte. Auch wenn sie Deans Geste ignorierte und ihm damit zeigen wollte, dass es kein Zurück für sie gab, wusste Zoe, dass er bald einen anderen Weg einschlagen würde. Eines Tages würde Dean vor ihrer Tür stehen und sie zur Rede stellen. Die Frage war nur, wann.

Doch er kam nicht. Eine weitere Woche war ins Land gezogen, in der Zoe vorsichtig durchgeatmet hatte. Dean hatte weder selbst vor ihrer Tür gestanden, noch Blumen samt Brief dort abgelegt. Vielleicht hatte sie es geschafft und Dean zum Umdenken bewogen. Seine Bemühungen waren zwecklos und würden Zoes Entschluss nicht ändern.

Sehr zum Missfallen Emilys, die Zoe damit in den Ohren lag, sich noch einmal mit Dean auszusprechen. Offensichtlich fiel es ihrer Freundin, einer unverbesserlichen Träumerin, schwer, zu akzeptieren, dass nicht jedes Märchen sein Happy End fand.

Auch Tom wünschte sich, dass Zoe sich ihre Entscheidung noch einmal durch den Kopf gehen ließ. Das hatte er in den letzten Tagen immer wieder vorsichtig angedeutet.

Dabei konnte sie Toms Motiv weitaus besser nachvollziehen. Dean war sein Bruder und er wollte ihn glücklich sehen. Seine Empathie für ihn war im Gegensatz zu Emilys logisch und durchaus verständlich.

Trotzdem würde ihre Meinung Zoe nicht umstimmen. Momentan war sie einfach erleichtert, dass Dean die ganze Woche über kein einziges Signal gesendet hatte.

So kam es, dass sie am heutigen Freitag zum ersten Mal seit dem Start seiner Offensive gut gelaunt in den Feierabend startete. Lächelnd lief sie zum Supermarkt und schlenderte dort in aller Ruhe durch die Gänge, um Schokolade, Chips und Wein zu besorgen.

Zoe freute sich auf den nahenden Abend. Tom und Janie würden vorbeikommen und mit Emily und ihr eine Runde Scharade spielen.

Ihre Mitbewohnerin hatte allerdings noch einen Zahnarzttermin, sodass Zoe allein zu Hause eintraf. Gedankenverloren stieg sie die Treppe hinauf und verfluchte sich in der nächsten Sekunde für ihren Leichtsinn.

Als sie die letzten Stufen erklomm, sah sie, dass jemand an ihrer Wohnungstür lehnte.

Es war Dean.

O nein …

Wie zum Teufel war er hier hereingekommen?

Als er sie erspähte, löste er sich von der Tür und ging einen Schritt in ihre Richtung.

Zoe stagnierte auf der letzten Stufe und beäugte ihn.

Die letzten Wochen mussten ihn mitgenommen haben. Er wirkte ausgelaugt. Unter seine Augen hatten sich tiefblaue Schatten gegraben. Sonst hatte er jedoch nichts an Attraktivität eingebüßt, wie ihr dummes Herz feststellte, das aufgeregt in ihrer Brust flatterte.

Ein zaghaftes Lächeln zuckte um seine Mundwinkel. »Hi.«

Wachsam beobachtete Zoe ihn. Sie hatte keine Ahnung, was das hier werden würde. »Hi.«

»Sorry, dass ich dich einfach so überfalle«, erklärte er und musterte sie argwöhnisch. »You got my letters?«

»Habe ich.«

»Warum hast du mir nicht geantwortet?«

Einen Moment lang betrachtete sie ihn wortlos, sah, wie sich sein Gesicht anspannte, dann seufzte sie. »Weil es keinen Sinn mehr macht.«

Zoe hörte, wie er die Luft scharf einsog, und hatte keinen Schimmer, was sie tun sollte. Sollte sie ihn noch einmal anhören? Noch einmal ihre aussichtslose Geschichte durchkauen? Oder sollte sie ihn hier stehen lassen und in ihre Wohnung stürmen?

Dann überlegte sie es sich anders. Sie trat einen Schritt auf ihn zu und versuchte, ihn mit festem Blick anzusehen. »Dean, ich denke, es ist alles gesagt. Du kennst meine Meinung. Egal, was du tust, wie viele Blumen und Briefe du mir schickst, es wird nichts ändern.«

Verständnislos musterte er sie. »Aber das ist doch das, was du wolltest. Du wolltest, dass ich um dich kämpfe, dass ich dir zeige, dir beweise, wie sehr ich dich liebe. Wie sehr ich das mit uns wieder geradebiegen will …«

»Du kannst es aber nicht mehr gerade biegen«, fuhr

sie mit erhobener Stimme zwischen seine Worte. Sie versuchte, ihr sich überschlagendes Herz zu beruhigen. »Das hättest du vor sieben Wochen gekonnt. Nun ist es zu spät, okay?«

Zoe kramte nach den Schlüsseln in ihrer Tasche. Aus dem Augenwinkel sah sie, wie er den Kopf schüttelte.

»I don't get that.«

Sie sah auf.

»Wir lieben uns doch. Ich *weiß*, dass du mich noch liebst. Warum können wir es dann nicht noch mal versuchen? Warum gibst du mir nicht diese eine kleine Chance?«

Ihr Körper versteifte sich. »Dean, ich habe es dir bereits erklärt.«

Doch er ignorierte ihre Worte. »Lass es mich wiedergutmachen«, sagte er mit energischer Stimme. Dean stellte sich direkt vor sie und sah sie mit durchdringendem Blick an. »Lass mich diesen Fehler wiedergutmachen.«

Zoes Ohren klingelten. Sie wollte das nicht hören. Wie gern würde sie sich in dieser Sekunde einfach in Luft auflösen.

Wieder wühlte sie nach den Schlüsseln in ihrer Tasche. Wo waren diese verfluchten Dinger bloß? Gerade eben hatte sie sie doch noch gehabt.

Beeil dich, zischte ihr kleines Ich. *Sieh zu, dass du hier verschwindest, bevor er alle Register zieht.*

»Bitte, Zoe.« Dean war nun ganz nahe. So nahe, dass sie seine vertraute Körperwärme spürte.

Sieh ihn bloß nicht an!

Das tat sie nicht. Es war auch so schon schwer genug, sich gegen die Gefühle zu wehren, die wieder hochkochten und die er einfach nicht zur Ruhe kommen ließ.

»Zoe.« Seine Stimme glich einem Flehen und sie folgte dem magischen Singsang.

Sie hörte auf, in ihrer Tasche zu kramen. Langsam kroch ihr Blick auf sein Gesicht. Seine grünblauen Augen gruben sich in ihre.

»Ich liebe dich.« Er lehnte sich zu ihrem Ohr, sodass seine Lippen ihre Haut berührten. »Bitte gib uns nicht auf«, hauchte er. Dann wich er zurück und streckte die Hand aus, um sie auf ihre Wange zu legen. Mit dem Daumen strich er über ihre Lippen. Sie sah, wie seine Augen funkelten.

Ihr kleines Ich winkte panisch und krakeelte: *Wach auf, Zoe!*

Sie schüttelte den Kopf, um sich aus der Dean-Hypnose zu reißen. Das war also seine neue Masche? Nach Blumen und Briefen setzte er nun seinen Körper ein? Seine Anziehungskraft, um sie mürbezumachen, um sie – wie er es sonst immer erfolgreich geschafft hatte – rumzukriegen?

Sie sprang zurück. »Schluss damit!«, keifte sie, sodass Dean sie erschrocken ansah. »Hör auf, mich schwach werden zu lassen! Das funktioniert nicht mehr, okay?«

Sie vergrub ihre Hände in den Taschen ihres Parkas und fühlte Metall unter ihren Fingern. Erleichtert zog sie ihre Schlüssel heraus und stürmte an Dean vorbei. An der Tür drehte sie sich noch einmal um.

»Mein Vertrauen ist weg, Dean.« Sie schnippte mit den Fingern. »Es fällt nicht plötzlich vom Himmel, als wäre nichts passiert. Verdammt noch mal, du hast mir das Herz aus der Brust gerissen!« Sie hörte, wie sich ihre Stimme überschlug, und atmete tief durch. »Ich kann das nicht mehr. Bitte akzeptier das und gib mir Zeit, meine Wunden heilen zu lassen.«

Damit fuhr Zoe herum, schloss mit zittrigen Händen die Tür auf und knallte sie hinter sich zu.

Doch Dean akzeptierte es nicht. Gleich am nächsten Tag stand er wieder vor ihrer Tür und schellte Sturm. Zoe beobachtete durch den Spion, wie er mit ungeduldiger Miene auf der Klingel herumhämmerte.

»Zoe, please«, hörte sie seine drängende Stimme durch die Tür. »We need to talk.«

Sie blickte über ihre Schulter zu Emily, der sie erzählt hatte, was gestern im Hausflur geschehen war. Diese sah mit großen Augen zwischen ihr und der Tür hin und her.

Das musste ein schlechter Film sein. Zoes gestrige Wut kochte wieder hoch. Warum konnte er es nicht einfach gut sein lassen? Warum konnte er ihren Entschluss nicht respektieren?

»Bitte, Zoe«, wiederholte Dean hinter der Tür, »lass mich rein.«

Sie presste die Zähne aufeinander, fühlte die aufsteigende Hitze in ihren Wangen. Ihr Herz überschlug sich in ihrer Brust. Was sollte sie tun? Sollte sie ihn ignorieren, bis er es endlich verstanden hatte? Bis er aufgab?

Ihr kleines Ich schüttelte den Kopf. *Ignorieren funktioniert nicht, das weißt du.* Es krempelte kampfbereit die Ärmel hoch. *Komm schon, bring es hinter dich.*

Als Dean nach kurzer Pause wieder Sturm schellte, riss sie die Wohnungstür auf. Sie ließ ihm keine Gelegenheit für seinen Monolog.

»Es reicht, Dean! Ein für alle Mal!« Wild gestikulierte sie. »Es gibt nichts mehr zu sagen. Und selbst wenn, will ich es nicht hören.« Während er sichtlich perplex einen

Schritt zurückwich, sprudelten die Worte aus ihr heraus. »Ich kann und will es nicht mehr versuchen. Ich will nicht noch einmal so verletzt werden.«

Zoe beobachtete, wie der entschlossene Ausdruck aus seinen Augen wich und sich das schlechte Gewissen in ihnen spiegelte.

»Ich weiß, für dich – für euch«, sie fuhr herum und warf Emily einen Blick zu, »war das mit Megan nur eine Kurzschlussreaktion, aber für mich nicht.« Zoes Augen bohrten sich in Deans Gesicht. »Du hast das mit Absicht gemacht, Dean. Du *wolltest* mir wehtun und das hast du im Gegensatz zu deiner Behauptung sehr wohl gewusst.« Zoe hielt die Hand hoch und presste sie zu einer Faust zusammen. »Du hast mein Herz genommen und es vor meinen Augen zerquetscht. Und nun kommst du her – nach wochenlangem Nichtstun – und erwartest, dass ein paar Blumen und Briefe alles wiedergutmachen. Als ob nichts passiert wäre.« Sie schnappte nach Luft, um ihre zitternde Stimme zu beruhigen. Ihre Wangen glühten. Dann sammelte sie alle Kraft, die sie finden konnte, und taxierte ihn. »Ich kann dir nicht verzeihen, Dean. Ich kann keine Beziehung ohne Vertrauen führen, mit der ständigen Angst im Nacken, ob und wann dir wieder ein Ausrutscher passieren wird. Ich möchte mit meinem Leben weitermachen – *ohne dich*. Und ich *will*, dass du das endlich akzeptierst, dass du mich endlich in Ruhe lässt!«

Damit schlug Zoe ihm die Tür vor der Nase zu.

9

Vier Wochen waren seit Zoes Rückkehr nach Carsonrock vergangen. Sie konnte nicht glauben, dass sie, bis auf ihre ungeplante Unterbrechung, schon den achten Monat in den Vereinigten Staaten verbrachte. Acht Monate, in denen so viel passiert war.

Sie hatte den Frühling erlebt, der der Auftakt eines äußerst vielversprechenden Jahres gewesen war. Dann waren der grandiose Sommer und mit ihm ihre unvergessliche Reise gefolgt. Doch als die heißen Tage geendet hatten, war es auch mit ihrer Glückssträhne vorbeigewesen. Dabei hatte Zoe sich so auf die kommenden Monate gefreut. Darauf, den Wechsel der Jahreszeiten zu erleben und mitanzusehen, wie sich die Bäume in ein goldenes Gewand hüllten. Und natürlich darauf, Halloween in den Staaten zu feiern. Sie war so gespannt gewesen, wie die Amerikaner diesen Tag zelebrierten. Aber dann ... war alles anders gekommen.

Zoe starrte in ihren Tee und sah dabei zu, wie sich der Dampf über der Tasse kräuselte. Dann blickte sie auf und schaute aus dem Fenster neben ihrem Bett. Dichte Wolken hingen über Carsonrock, aus denen dicke Tropfen prasselten.

Sie zog die Decke enger um ihren Körper und seufzte. Das zweite Kapitel ihres Auslandsjahres war dabei, sich in ein Trauerspiel zu verwandeln. Es hatte überhaupt nichts mit dem ersten Abschnitt gemein, der so leichtfüßig gewesen und mit all der Romantik einer echten Liebeskomödie gleichgekommen war.

Das Schicksal hatte Zoe aus ihr herausgerissen, in ein anderes Genre geworfen und sah nun amüsiert dabei zu, wie sie festhing. Ade Euphorie, adieu Passion. Alles, was blieb, war eine universelle Ohnmacht, die sie daran hinderte, zu der fröhlichen Frau zurückzufinden, die sie vor dem Dean-Drama gewesen war.

Dabei hätte der Zeitpunkt nicht besser sein können, um durchzustarten. Zoe war es gelungen, ihren persönlichen Dämon abzuschütteln.

Nachdem Dean mit dreihundert Sachen über den Zurückeroberungshighway gedonnert war, hatte er sich nach ihrer Ansage in die Schildkröte zurückverwandelt, die sich stumm in ihrem Panzer verkroch. Er hielt sich daran, was sie verlangt hatte: Er ließ sie in Ruhe.

Warum schob sie dann Depris? Klar, es würde noch eine Weile dauern, bis sie den Liebeskummer verdaut hatte, aber dass Dean ihr nun die Gelegenheit gab, ihre Wunden heilen zu lassen, war doch ein idealer Anfang. Was dämmte ihren Optimismus so ein?

Du selbst! Ihr kleines Ich stöhnte. *Du bist 'ne Dramaqueen, Zoe. Anstatt dich in dein Leben zu stürzen, jammerst du nur rum.*

Zoe knirschte mit den Zähnen. Auch wenn sie es nur ungern zugab, ihre Minikopie hatte recht. Sie jammerte und verschleuderte damit wertvolle Zeit ihres Auslandsjahres. Dabei hatte sie sich doch so fest vorgenommen, jeden Tag ihres Abenteuers auszukosten. Und doch fand sie weder Weg noch Antrieb. Dass nun auch noch Weihnachten vor der Tür stand, machte alles nur noch schlimmer.

Zoe warf den Kopf in den Nacken und schloss für ein paar Sekunden die Augen. Am liebsten hätte sie sich die Decke über den Kopf gezogen.

Weihnachten ... Eigentlich waren das Zoes liebste Feiertage im Jahr. Bereits Wochen im Voraus war sie voller Aufregung. Sie liebte alles an Weihnachten. Den Duft nach Zimt, selbst gebackenen Keksen und Glühwein. Das wohlige Gefühl beim Schauen kitschiger Filme und Hören kommerziell konzipierter, aber dennoch besinnlicher Musik. Das allerschönste für Zoe war jedoch, über Weihnachtsmärkte zu schlendern und kleine Päckchen für ihre Liebsten zu kaufen. Nur würde daraus dieses Jahr leider nichts werden.

In Carsonrock und Umgebung gab es keine Weihnachtsmärkte und Päckchen würde Zoe auch keine kaufen, jedenfalls nicht für ihre Eltern und Lucie.

Zum allerersten Mal würde sie sie an den Feiertagen nicht sehen. Das war ein grotesker Gedanke. Seit ihrer Geburt hatte sie das Weihnachtsfest stets mit ihren Eltern verbracht. Es war das Normalste überhaupt gewesen, ein feststehendes Ritual wie das morgen- und abendliche Zähneputzen.

Ohnehin hatte Zoe wieder mit ihrem Heimweh zu kämpfen. Obwohl sie regelmäßig mit ihren Eltern und Lucie skypte, war es seltsam, ohne sie in dieser Situation zu stecken. Sie musste sich nicht nur durch ihre derzeitige *Krise* kämpfen, nein, sie würde auch noch mutterseelenallein unter dem Weihnachtsbaum sitzen. Nicht nur, dass ihre Liebsten Tausende Kilometer von ihr entfernt waren, auch ihre amerikanischen Freunde flogen über die Feiertage aus.

Während Emily ihre Familie in Los Angeles besuchte,

jettete Janie nach Chicago. Und Tom ... Der feierte natürlich mit Dean.

Na prima ...

Dabei hatte sie sich das Weihnachtsfest vor Monaten so lebhaft ausgemalt, dass Zoe die Bilder noch vor ihrem inneren Auge sehen konnte: Sie und Dean bei der Vorbereitung eines Festtagsmenüs, dessen Dessert sie später ins kuschelige Bett führte. Genau so hätte es ablaufen sollen. Doch anstatt Kerzenlichtdinner und heißer Kissenschlacht würde es für Zoe Tiefkühlpizza, Schoki, Netflix und eine Wagenladung Wein geben.

Na und? Ihr kleines Ich zuckte mit den Achseln. *Dann ist das halt so.* Es drückte ihren Arm. *Augen zu und durch, und danach,* die Minikopie setzte einen bohrenden Blick auf, *Schluss mit den Depris und hoch mit dem Hintern!*

10

Eins musste Zoe ihrem kleinen Ich lassen: Auch wenn es sie mit seinen Kommentaren regelmäßig zur Weißglut trieb und sie es dadurch liebend gern zum Mond schießen würde, lag es meist richtig.

Zoe hatte sich den Ratschlag ihrer Minikopie zu Herzen genommen und am Ende des Jahres einen dicken Schlussstrich unter die deprimierenden Ereignisse gezogen.

Der Silvesterabend hätte kein besserer Neubeginn für Zoe sein können. Emily und Janie waren von ihren Heimatbesuchen zurückgekehrt und sie hatten das neue Jahr feuchtfröhlich im Joe's begrüßt.

Obwohl Zoe davon ausgegangen war, Dean dort zu treffen, war er zu ihrer Erleichterung nicht aufgetaucht. Sie vermutete, dass er den Abend mit Tom zu Hause verbracht hatte. Sicher wusste sie es jedoch nicht, da Tom seit der Szene, die sich mit Dean im Hausflur abgespielt hatte, auf Abstand ging. Was Zoe ihm noch nicht einmal verübeln konnte, sie hatte es ja bereits geahnt. Blut war eben doch dicker als Wasser. Irgendwann würde er ihren Entschluss akzeptieren und sich wieder annähern, das wusste sie. Er brauchte einfach Zeit.

Momentan stand für Zoe ganz oben auf dem Plan, das nachzuholen, was sie in den letzten zwei Monaten versäumt hatte. Sie spürte, wie sich in ihrem Innern etwas löste, wie ihre Lebensfreude, die sich rar gemacht hatte, zurückkehrte. Zoe lachte wieder mehr, mit einem Lachen, das nicht gespielt war, sondern von Herzen kam.

Neues Jahr – neues Glück, dachte sie, während sie mit schnellen Schritten zum Friseur lief. Zoe grinste in sich hinein und konnte die Aufregung nicht unterdrücken, die sich allmählich in ihr breitmachte. Sie hatte keine Ahnung, was sie machen lassen würde, sie wusste nur, dass eine sichtbare Veränderung hermusste. Ob nun länger oder kürzer, blond, rot oder dunkel, sie würde ihre Laune entscheiden lassen. Ihre neue Frisur würde der erste Schritt zu Zoes neuem, alten Ich sein.

Und mit dem neuen Haarschnitt und Emily und Janie würde es abends zur Eighties Party ins VinSo gehen, den Vintage Sound Club, in den Hohlfrucht Danielle damals unbedingt mit Dean hatte gehen wollen.

Zoe war unheimlich gespannt. Es war das erste Mal, dass sie dort aufschlagen würde. Janie hatte den Club natürlich bereits ausgetestet und war sichtlich begeistert gewesen. Scheinbar wurden dort regelmäßig Mottopartys veranstaltet, die von Rock 'n' Roll über Glam Rock bis hin zu wilden Techno-Partys der Neunziger jedes Musikjahrzehnt durchstreiften.

Wieder umspielte ein Grinsen Zoes Lippen. Sie zog den roten Parka enger um ihren Körper und sog die erstaunlich kühle Luft Carsonrocks tief in ihre Lunge. Dieser Abend würde bombastisch werden, das prophezeite das angenehme Kribbeln in ihrem Magen. Fast war es, als wäre ein Schalter in ihr umgelegt worden. Anders konnte Zoe sich den Tatendrang nicht erklären, der mit einem Mal da war.

Sie tastete nach ihrem Smartphone in der Tasche ihres Parkas und steckte sich die Kopfhörer in die Ohren. Sofort hallte Tom Pettys Stimme durch ihren Kopf. Leise sang sie die Zeilen von *Into the Great Wide Open* vor sich hin und spürte, wie pure Leichtigkeit sie durchströmte.

Höhen und Tiefen gehörten zum Leben. Nach ihrem Fall würde es nun wieder bergauf gehen, das fühlte sie. Immerhin steckte sie mitten in ihrem Abenteuer. Sie hatte noch ganze vier Monate, um das Beste aus dieser Erfahrung herauszuholen. Und selbst dann musste noch nicht Schluss sein. Zoe könnte einen Verlängerungsantrag stellen, sodass ihr Praktikum noch ein halbes Jahr weiterlaufen würde. Und danach ... wer wusste das schon?

Zoe war ein freier Mensch, sie konnte tun und lassen, was sie wollte. Sie könnte in ein anderes Land gehen, von jetzt auf gleich nach Kuba, Australien oder Thailand fliegen. Alles, was sie dazu brauchte, waren ihre Papiere und das nötige Kleingeld. Vielleicht würde Janie sogar mitkommen. Zoe wusste ja, dass ihre Freundin ähnliche Pläne hatte. Die sahen zwar nicht vor, das Land zu verlassen, aber vielleicht würden sie ja ein gemeinsames Traumziel finden, an dem sie sich ein bisschen treiben lassen konnten. Zoe sollte sich ohnehin mehr von Janies Lebenseinstellung abgucken. Sie war jung, die Welt lag ihr zu Füßen, sie konnte alles ausprobieren. Es gab kein *Geht nicht.*

Mit diesem Gedanken stieß sie die Tür zum Friseur auf und betrat mit dem anhaltenden Grinsen auf ihrem Gesicht das Ladenlokal.

»Girl, your new look is amazing!« Während Janies Augen wiederholt über Zoes Haupt glitten, stieß sie einen Pfiff aus. »Die Idee mit dem Pony war absolut genial.«

Zoe zuppelte nervös an der Haarpartie herum, die fast

bis in ihre Augen ragte. »Meinst du wirklich? Ich fühle mich unglaublich fremd.«

»Definitely!« Janie nickte energisch, während sie mit übereinandergeschlagenen Beinen neben dem Waschbecken saß. »Dann noch der Long Bob dazu – perfekt! Nicole hat sich wirklich selbst übertroffen. Ich finde, der Schnitt macht dich sogar irgendwie … erwachsener.«

»Erwachsener?« Zoe erschauderte. Mit diesem Wort assoziierte sie Adjektive wie bieder, langweilig und – noch schlimmer – spießig.

»Not the way you think.« Janie verdrehte lächelnd die Augen. »Ich meine pfiffiger, smarter … Du siehst aus wie ein richtiges Hot Chick.«

»Ach, echt?« Zoe blickte mit großen Augen in den Spiegel.

Sie begutachtete zum dutzendsten Mal, was sie da hatte tun lassen. Nicole, die Hairstylistin, die Janie ihr empfohlen hatte, hatte ihr langes Haar in eine flotte Bobfrisur verwandelt und ihr dann noch einen Pony verpasst. Zoe hatte alles mit Angstschweiß im Nacken über sich ergehen lassen. Eigentlich war sie nicht der Typ, der seinen Look drastisch umwandeln ließ. Schon zwei Zentimeter weniger hatten in der Vergangenheit bei ihr oft zu Schnappatmung geführt. Doch Zoe hatte ja eine Veränderung gewollt – und hier war sie nun. Ihre lange Mähne, die sie geduldig herangezüchtet hatte, war ab.

Das unsichere Lächeln, das seit dem Friseurbesuch um ihre Mundwinkel gezuckt hatte, verwandelte sich in ein breites Grinsen. Offensichtlich hatte sie ihre Mission erfüllt. Das Mauerblümchen wurde in die hintere Reihe verfrachtet, um das heiße Hühnchen die Bühne betreten zu lassen.

»Dem kann ich mich nur anschließen.« Emily zwinkerte Zoe zu und kramte dann ihren Lippenstift aus der kleinen Handtasche. Sie pinselte ihn sorgfältig auf und formte einen burgunderroten Kussmund. »Die Veränderung ist dir echt gelungen.«

Janie sprang vom Waschtisch und klatschte in die Hände, sodass Emily und Zoe sie verdutzt ansahen. »Girls, wir sollten das zum Anlass nehmen, einen kleinen Mädelstrip zu machen.«

Während die beiden Freundinnen große Augen machten, war Janie bereits Feuer und Flamme. »Wie wäre es mit Florida? Wir könnten nach Miami Beach düsen, dort tagsüber am Strand chillen und nachts durch die Bars und Clubs ziehen.« Mit verträumter Miene blickte sie in die Ferne. »Ich kann uns da schon sehen. Einen Cocktail in der einen Hand, einen heißen Kerl an der anderen.« Sie grinste und sah ihre Freundinnen an, bevor ihr Blick an Zoe haften blieb. »What do you think? Ein bisschen Erholung würde uns allen gut tun, findet ihr nicht auch?«

Emily und Zoe tauschten einen Blick. Während es hinter Emilys Stirn sichtbar ratterte, wurde Zoe von Janies euphorischer Idee von Sekunde zu Sekunde mehr infiziert.

»Also ich … wäre dabei«, verkündete sie mit einem Grinsen, das immer breiter wurde.

Janie hüpfte quiekend auf Zoe zu und riss sie an sich. »That's gonna be awesome!«

Nachdem die beiden kurz gemeinsam auf und ab gehopst waren, blickten sie Emily gespannt an.

Diese zuckte lächelnd die Achseln. »Sounds good«, meinte sie schließlich und griff nach Zoes Hand. »Nun

sollten wir uns aber erst mal wieder ins Getümmel stürzen.«
Sie zog Zoe mit sich. »Na los, kommt schon.«

Sie liefen zurück in den Main Room des VinSo, dessen riesige Tanzfläche in der Mitte voller als noch vor zehn Minuten war. Zoe beobachtete die kleinen quadratischen Felder, die abwechselnd aufblinkten und an die Disco-Ära der Siebzigerjahre erinnerten. Sie lächelte. Sie waren erst eine Stunde hier, aber Zoe hatte der *Saturday Night Fever*-Charme des Clubs auf Anhieb gefallen.

Aus den Boxen dröhnte *Love Is a Battlefield* von Pat Benatar. Ohne dass Zoe die Gelegenheit hatte, ihren Blick weiter durch den Club schweifen zu lassen, packte Janie sie an der Hand, um sie zur Tanzfläche zu ziehen.

»Shake your booties!« Janie wackelte mit ihrem Hintern vor ihnen herum, sodass Zoe und Emily laut lachen mussten.

Textsicher schmetterten sie die Zeilen und bewegten sich dabei ekstatisch zur Musik. Es war lange her, dass Zoe getanzt hatte. Das letzte Mal war auf der Studentenparty gewesen, die mit diesem furiosen Finale in Form der ersten, einzigartigen Nacht mit Dean geendet hatte. Doch er war heute der Letzte, an den Zoe denken wollte. Sie schob den Gedanken beiseite und gab sich der Musik des Jahrzehnts hin, das sie neben der Rockmusik der Siebziger so liebte.

Egal, ob *Kids In America*, *Heart Of Glass* oder *Into The Groove* gespielt wurde, Zoe feierte jedes Lied. Am liebsten wäre sie die ganze Nacht auf der Tanzfläche geblieben, doch irgendwann verlangte ihr Körper nach einer Aqua-Pause.

Während sie sich mit den Mädels zur Bar drängelte, deutete Emily auf zwei junge Männer. »Schaut mal, wer da vorn am Tresen steht.« Sie blickte zu Janie. »Ist das nicht der Typ, mit dem du vor ein paar Wochen aus dem Joe's verschwunden bist?«

»Welcher von den vielen?«, fragte Janie mit einem frechen Grinsen auf dem Gesicht. Doch als sie erkannte, um wen es sich handelte, glaubte Zoe, eine leichte Röte auf Janies Wangen zu erspähen. »Upsi, der hier?«

Der war Chris. Der junge Student mit den Leuchtzähnen. Neben ihm stand Eric. Jener Eric, der an dem besagten Abend reges Interesse an Zoe geäußert hatte.

»Oh, war es so mies?«, fragte diese und stupste Janie dabei mit dem Ellenbogen an.

Janie blickte verlegen zur Seite. »Nope … Eher das Gegenteil.«

»Na, dann freu dich doch. Super Gelegenheit für ein Remake.« Wieder knuffte Zoe ihre Freundin, doch diese erwiderte nichts.

Sie hatten die beiden Männer erreicht.

»Ach.« Chris' Augen blieben blitzend an Janie hängen. »Das ist ja 'ne süße Überraschung.«

Sein Blick sprach Bände. Auch ihm schien die Nacht lebhaft im Gedächtnis geblieben zu sein. Zoe konnte fast den Film sehen, der sich in seinem Kopf abspielte.

»Ähm, ja …« Ohne Vorwarnung griff Janie Zoe bei den Schultern und schob sie vor. Diese kam mit verdutzter Miene vor den Männern zum Stehen. »Erinnert ihr euch noch an meine liebe Freundin Zoe?«, fragte Janie.

Eric nickte eifrig. »Klar, wie könnte man diese Frau vergessen?« Er betrachtete Zoe mit leuchtenden Augen. »Long time, no see.« Sein Blick blieb an ihren Haaren hängen. »Wie ich sehe, hast du eine neue Frisur … Steht dir.«

»Oh, vielen Dank.« Zoe zuppelte an den Strähnen ihres

Ponys herum. Im Augenwinkel sah sie, wie Chris Janie von ihnen wegmanövrierte.

»Ich habe mich damals gar nicht bei dir vorgestellt.« Eric streckte seine Hand aus. »Ich bin Eric.«

Zoe griff nach ihr. »Freut mich.«

Er hielt ihre Hand fest und taxierte sie mit seinen dunklen Augen.

Emily, die neben ihnen stehen geblieben war, blickte von einem zum anderen. »Scheint ganz so, als wäre ich hier überflüssig.« Ihre Augen schweiften zur Bar auf der gegenüberliegenden Seite. Als Zoe etwas sagen wollte, wandte sich ihre Freundin bereits zum Gehen. »Da drüben steht Tom. Ich gehe mal rüber. Bis später!«

Damit verschwand sie in der Menge. Zoe wollte noch den Hals recken, um nachzuschauen, ob Tom allein war, als Eric wieder in ihr Blickfeld kam.

»Du bist an dem Abend im Joe's plötzlich verschwunden.«

»Stimmt. Mir ist ... leider etwas dazwischengekommen.« Dass es Dean gewesen war, musste Eric ja nicht wissen.

»Verstehe.« Er nickte. »Dummerweise hatte Chris Janies Nummer nicht, sonst hätte ich ihn längst darauf angesetzt, dich ausfindig zu machen.«

Wow, also wenn der Typ nicht auf dich abfährt ...

Zoe lehnte sich an den Tresen. »Nun hast du mich ja gefunden.« Sie schenkte ihm ein geheimnisvolles Lächeln. Zumindest hoffte sie, dass es geheimnisvoll aussah.

Eric grinste breit. »Yeah, finally.« Sein Blick ging tief, er war so intensiv, dass Zoes Nacken prickelte. Dann nickte er mit dem Kopf in Richtung Tanzfläche. »Und du bist also auch Fan der Eighties?«

»Sonst wäre ich nicht hier.«

Eric sah sie aus zusammengekniffenen Augen an, als würde er überlegen. »Ich habe dich hier noch nie gesehen.«

»Ist heute eine Premiere für mich.« Mit einem Lächeln blickte Zoe ihn an. »Bist du oft hier?«

»Beinahe jedes Wochenende.« Eric griff nach seiner Bierflasche, die auf dem Tresen stand. »Möchtest du auch etwas trinken?«

Zoe fiel ein, warum sie zur Bar gelaufen war. »Wasser, bitte.«

Eric zog die Augenbrauen hoch. »Ich spendiere dir auch gern etwas Spannenderes.«

Sie lachte. »Schon okay.«

Während er die Bestellung orderte, beäugte Zoe ihn. Er war ein schöner Mann, das war nicht zu leugnen. Der Ausdruck in seinen Augen hatte etwas Verschmitztes, Undurchsichtiges. Etwas, das ein Kribbeln durch ihren Magen jagte. Sie hatte keine Ahnung, was das hier werden sollte.

Eric reichte ihr die Flasche Wasser. »Hier, tut bestimmt gut, nachdem du so ausgelassen getanzt hast.«

Er hatte sie also beobachtet. Während Zoe die Flasche dankend annahm, ließ sie ihn nicht aus den Augen. »Du gehst regelmäßig feiern?«, fragte sie schließlich.

»Yeah.« Ein Grinsen bildete sich auf seinen Lippen. »Ist das nicht Sinn des Studentenlebens?«

Zoe lächelte. »Was studierst du?«

»Politikwissenschaften.«

»Wow.«

»Jetzt verstehst du bestimmt, warum ich jedes Wochenende feiern *muss*.«

Wieder lachte Zoe. Dieser Eric war gar nicht unlustig. Stirnrunzelnd musterte sie ihn. »Wie alt bist du?«

»Dreiundzwanzig.«

»Oh …«

»Oh?« Eric schmunzelte. »How old are you?«

»Ich bin sechsundzwanzig.«

Der amüsierte Ausdruck verweilte auf seinem Gesicht. »Ist das ein Problem für dich, dass ich jünger bin?«

»Äh, nein. Warum sollte es?« Hitze strömte in ihre Wangen. »Wir reden ja nur.«

Eric lächelte breit. Dann biss er sich auf die Unterlippe. *Immer das Gleiche, wenn du nervös bist.* Ihre Minikopie rollte mit den Augen. *Bei solchen Aussagen kann er dich nur für einen Trottel halten.*

Schließlich fixierte Eric sie mit seinem Blick. »Du bist nicht von hier, oder?«

»Ich komme aus Deutschland«, erklärte Zoe. »Ich bin für ein Praktikum im Touristikcenter hergekommen.«

»Wow, pretty cool.« Eric schien beeindruckt. »Und wie lange bleibst du noch?« Ein blitzender Ausdruck schlich in seine Augen.

»Warum?« Mit einem Unschuldslächeln auf dem Gesicht sah sie ihn an.

»Just so.« Er zuckte die Achseln, doch sein schelmischer Blick blieb. »Wir … können uns ja mal treffen. Einfach … nur so.«

»Einfach nur so?«, hakte Zoe lächelnd nach.

»Na ja, du weißt schon …«

Während Eric sie mit einem selbstsicheren Lächeln beobachtete, fühlte sie, wie sie unsicher wurde.

War sie hierfür schon bereit? Es lag auf der Hand, worauf Eric aus war. Und dass ihr Aufenthalt befristet war, spielte ihm nur in die Karten. Ein paar Monate Vergnügen, dann würde sie sowieso von der Bildfläche verschwinden. Das altbekannte Klischee …

»Ähm …« Zoes Hand krampfte sich um die Wasserflasche. »Ich …« Hilflos eilten ihre Augen durch die Menge.

Komm schon, nicht wieder kneifen, meinte ihr kleines Ich drängend. *Du wolltest nach vorn sehen …*

Ja, das wollte sie. Aber hieß das auch, gleich mit dem ersten Mann Sex zu haben, der ihr schöne Augen machte?

»Listen.« Offenbar erkannte Eric ihre innere Bredouille. »Wir müssen ja nicht gleich heute Abend miteinander verschwinden. Wir können auch erst mal nur Handynummern austauschen.«

Das war's dann wohl mit dem Hot Chick. Wie konnte sie auch denken, dass sie eine andere Frau war, nur weil sie eine neue Frisur hatte?

Zoe friemelte am Papier der Wasserflasche. »Weißt du … Es ist nur …« Sie sah Eric an, dann seufzte sie. »Ich habe gerade eine heftige Beziehung hinter mir.«

»Oh, I'm sorry.« Er legte eine Hand auf ihre Schulter. »I didn't know.«

»Schon okay.« Zoe lächelte scheu.

Erzähl ihm doch gleich deine ganze Lebensgeschichte.

Sie ignorierte das Meckern ihrer Minikopie und begegnete Eric mit festem Blick. »Wir können gern Nummern austauschen.«

»War das etwa schon alles?« Janie begutachtete sie mit tadelndem Blick. »Es geht heute Abend nicht darum, bloß 'ne Handynummer mit nach Hause zu nehmen.«

Zoe hatte noch ein wenig Small Talk mit Eric gehalten und sich dann an Janie herangeschlichen. Ihre Freundin hatte sich mit Chris zurückgezogen und eine wilde Knutsch-orgie gestartet. Ganz offensichtlich war die plötzliche Schüchternheit von vorhin, die so gar nicht zu ihrer Freundin gepasst hatte, verflogen.

Die beiden waren sogar so tief in ihr Spielchen vertieft gewesen, dass sie Zoe gar nicht bemerkt hatten. Janie hatte sie schließlich entdeckt und sich von Chris gelöst, mit dem sie regelrecht verknotet gewesen zu sein schien.

Mit den Fingerspitzen wischte Janie sich über die Lippen-ränder. Ihr knallroter Lipgloss war so verschmiert, dass ihr Mund dem eines Clowns glich.

»Girl, wieso verschwindest du nicht mit Eric? Er ist heiß. Er wäre 'ne prima Gelegenheit, um Spaß zu haben.«

Zoe kaute auf ihrer Unterlippe. »Ich weiß nicht … Ich bin irgendwie noch nicht so weit.«

Janie trat einen Schritt näher. »Zoe, worauf willst du warten? Es wird Zeit, dass du dich endlich wieder amü-sierst.« Sie hob die Augenbrauen, sodass ihr Blick noch nachdrücklicher wurde. »Du musst Dean abhaken. *Er* trös-tet sich bereits mit anderen.«

Wie bitte, was?

Für einen Moment fühlte sich Zoe, als hätte ihr je-mand einen Schlag in die Magengrube verpasst. Das konnte doch nicht wahr sein … Ihre Augen starrten ins Nirgendwo.

Zoe war noch dabei, die Info zuzuordnen, als Janie nach ihrer Hand griff. Sie erwachte aus ihrer Betäubung und sah in die mitfühlenden Augen ihrer Freundin.

»Wir wussten doch, dass dieser Tag kommen würde. Er scheint verstanden zu haben, dass es kein Zurück für euch gibt. Daher macht er das einzig Vernünftige … Er lenkt sich ab.« Mit energischer Miene blickte sie sie an. »Und genau das solltest du auch machen.«

Doch Zoe konnte nur einen Gedanken fassen. »Wo ist er?« Sie stierte Janie an. »Wo hast du ihn gesehen?«

Janie seufzte, dann deutete sie zur gegenüberliegenden Bar. »Er steht da hinten mit zwei Granaten.«

Mit zwei Granaten?

Die Eifersucht schoss wie brodelnder Schaum in Zoe hoch.

Sie stellte sich auf ihre Zehenspitzen, um mit ihrem Blick über die Menge zur gegenüberliegenden Bar zu fahren.

Dort entdeckte sie Emily, die neben Tom stand und in eine rege Unterhaltung mit ihm vertieft war. Und daneben … Dean. Umrahmt von zwei Frauen. Die eine kannte Zoe. Es war Hohlfrucht Danielle, die in dem Moment ihr Hyänenlachen von sich gab. Es lag auf der Hand, dass sie es genoss, wieder in Deans Nähe sein zu können. Die andere Frau jedoch … Zoe kniff die Augen zusammen, aber sie kannte sie nicht. Mit ihren feuerroten Haaren und den langen, schlanken Beinen sah sie wie *Jessica Rabbit* aus.

Dean lehnte mit dem Rücken am Tresen und wechselte ein paar Worte mit der einen, dann wieder mit der anderen. Zu Zoes Überraschung wirkte er dabei allerdings nicht wie Casanova-Dean, der wie am Abend ihrer Trennung aufs Ganze ging. Er schien gentlemanlike seine Finger bei sich zu behalten.

Trotzdem konnte Zoe ihre Eifersucht, die gar nicht mehr da sein durfte, nicht bändigen. Was tat er hier? Dean hatte noch nie einen Fuß ins VinSo gesetzt, hatte bisher niemals hier rein gewollt. Und nun, da sie zum ersten Mal hier war, da sie zum ersten Mal wieder Spaß haben wollte, musste er ausgerechnet am selben Ort seinem gut geölten Hobby nachgehen.

Zoe ballte ihre Hände zu Fäusten. Dann fühlte sie, wie Janie nach einer ihrer Fäuste griff und ihre Aufmerksamkeit auf sich lenkte.

Mit festem Blick sah sie Zoe an. »Hör mal ... Scheiß einfach auf ihn. Egal, ob und mit wem er heute hier ist. Selbst wenn er mit Margot Robbie dort stehen würde ... Was soll's?« Sie zuckte die Achseln. »Ignorier ihn ... Lass dich lieber von Eric bespaßen. Das würde dir mehr bringen, als dich wieder mit dem alten Dean-Dämon auseinanderzusetzen.«

Während Janies Blick weich wurde, ließ sich Zoe ihre Worte durch den Kopf gehen.

Sie hatte Dean den Laufpass gegeben. Sie hatte gesagt, sie wolle weiterziehen, allerdings nicht regional. Es war doch klar gewesen, dass sie Dean irgendwann mit einer anderen Frau sehen würde. Da lag Janie richtig. Nur hatte Zoe noch nicht heute Abend damit gerechnet.

Na und? Jetzt ist es halt so. Ihr kleines Ich reckte kämpferisch den Hals. *Ein Grund mehr, nicht bloß verbale Konversation mit Eric zu betreiben.*

Eine Stunde später war Zoe von Wasser zu Bacardi-Cola gewechselt. Janie und sie hatten sich mit Herrn Leuchtzahn und sexy Eric in ein Separee zurückgezogen.

Die Abschirmung vom Rest des Clubs kam für Janie und Chris offensichtlich wie gerufen. Während Reden scheinbar nicht so ihr Ding war und sie lieber zu ihrer Knutschformation zurückkehrten, fanden Zoe und Eric überraschend fix interessante Themen zum Quatschen.

Zoe musste im Verlauf ihres Gesprächs feststellen, dass Eric ein unterhaltsamer Mann war, auch wenn einige seiner Ansichten noch etwas naiv daherkamen.

Ursprünglich stammte er aus Seattle und war nur nach Carsonrock gekommen, weil er Abstand zu seinem überdrehten Vater gesucht hatte. Dieser war wohl einer der erfolgreichsten Schönheitschirurgen an der Westküste und sah in seinem Protegé den nächsten Experten in Sachen Silikonimplantieren und Lippenaufspritzen. Das war allerdings niemals Erics Ziel gewesen, er träumte von einer Karriere als Staatsanwalt. Für diese musste er jedoch einen weiten Weg gehen. Nach seinem Bachelor, den er in ein paar Monaten in der Tasche haben würde und der lediglich eine Zwischenetappe war, ging es zum Aufbaustudium an eine Law School in New York. Zoe zog den Hut vor seiner Zielstrebigkeit, dem Weg, den er sich selbst so klar gelegt hatte.

So war der Abend dahingeflogen. Sie hatten zusammengesessen und sich über ihre Leben ausgetauscht, bis Zoe irgendwann, ob bewusst oder unbewusst, näher an ihn herangerückt war. Ihr war nicht klar, ob es an ihrem gestiegenen Alkoholpegel lag, doch fand sie Eric von Minute zu Minute anziehender. Sie mochte die Art, wie er enthusiastisch über ein Thema debattierte und dabei mit der Hand durch seine braunen Haare fuhr. In seinen dunklen Augen verweilte das geheimnisvolle Funkeln, das sie zu ergründen versuchte. Zoe hatte keine Ahnung, ob dieser blitzende Ausdruck nur ihretwegen da war. Was sie jedoch sicher sagen konnte, war, dass Erics Interesse in der letzten Stunde noch weiter gewachsen war. Während er sie immer wieder mit Fragen löcherte und offensiv mit ihr flirtete, machte er ihr am laufenden Band Komplimente. Dabei hatte er es ihr gleichgetan und war Zoe immer näher gekommen. Und als seine Lippen beim Reden irgendwann ihr Ohr berührt hatten, war ein Zucken durch ihren Unterleib gefahren.

Schließlich geriet ihr Gespräch ins Stocken und sie saßen dicht an dicht, um sich stumm anzublicken. Unbewusst hielt Zoe den Atem an. Um Erics Mundwinkel zuckte ein süßes Lächeln, das ihren Unterleib erneut in Aufruhr versetzte. Sie hätte ihn gern geküsst und wahrscheinlich dachte auch er darüber nach, doch dann lehnte er sich vor, um mit dem Daumen über ihre Wange zu streichen. Zoes Herz überschlug sich fast. Sie konnte regelrecht fühlen, wie ihre Lust aus dem Winterschlaf erwachte. Wie lange war das letzte Mal her? Sie überlegte. Es war am Anfang des Herbsts gewesen. Mit Dean natürlich.

Bei dem Gedanken fuhr ein flaues Gefühl durch ihren Magen. Während sie ernsthaft darüber nachdachte, mit Eric zu schlafen, stand ihr Ex-Freund auf der anderen Seite des Clubs und bereitete sich ebenfalls auf eine Kissenschlacht mit einer anderen vor.

Mit zwei anderen, korrigierte ihr kleines Ich.

Ohne dass Zoe es verhindern konnte, zog sich ihr Herz zusammen. Vielleicht war Dean auch schon längst mit Danielle und Jessica Rabbit verschwunden. Sie wusste es nicht. Seitdem Zoe ihn vorhin entdeckt hatte, hatte sie keinen Blick mehr auf die andere Seite riskiert.

»Hey, alles okay?« Erics Stimme mischte sich in ihre Überlegungen. »Du siehst irgendwie unzufrieden aus.«

Zoe fühlte sich ertappt und setzte sich kerzengerade auf. Sie schüttelte ihr Grübeln ab und schraubte ein Lächeln auf ihr Gesicht. »Nein, alles gut. Ich war nur in Gedanken.«

Erics aufmerksamer Ausdruck verwandelte sich in ein Grinsen. »Dann bin ich erleichtert. Ich dachte schon, ich würde dich langweilen.«

Zoe leerte ihr Bacardi-Cola-Glas. »Eric, du bist viel, aber garantiert nicht langweilig.«

Du solltest austesten, ob das für andere Bereiche auch gilt.

Wieder ignorierte Zoe den frechen Kommentar ihres kleinen Ichs und lächelte Eric an.

Dieser blickte zwischen ihr und der Tanzfläche hin und her. »Möchtest du vielleicht tanzen?«

»Oh ...« Zoe war überrascht. Niemals hätte sie damit gerechnet, dass Eric zur Sorte der Tänzer gehörte, geschweige denn, sie auffordern würde.

»Gern«, antwortete sie schließlich.

Eric lächelte, erhob sich und hielt ihr seine Hand hin. Zoe fasste nach ihr und stand zögerlich auf. Hoffentlich würde sie nicht stolpern oder sich auf dem Dancefloor wie *Pinocchio* bewegen.

Doch als sie sich unter die tanzende Menge mischten, musste sie feststellen, dass ihre Hüften erstaunlich locker waren. Auch Eric bewegte sich gut, wie sie zu ihrer noch größeren Verblüffung erkennen musste. Sie sah ihm tief in die Augen und gab sich den Klängen hin, die aus den Boxen dröhnten. Es war *Self Control* von Laura Branigan, ein Song, dessen Text in diesem Moment wie die Faust aufs Auge passte. Eric brachte sie gerade komplett aus der Fassung, wie er sie mit seinen dunklen Augen taxierte. Wie er näher rückte, um seine Hände auf ihre Hüften zu legen. Zoes Unterleib fuhr eine Runde Achterbahn. Was machte sie hier nur?

Na, was wohl? Ihr kleines Ich zog die Stirn kraus. *Dich auf eine heiße Nacht vorbereiten …*

O Gott, war sie wirklich schon so weit? Konnte sie nach dieser unglaublichen Beziehung, die solch ein bitteres Ende genommen hatte, mit einem Mann schlafen, der nicht Dean war?

Zoe kam zu keiner Antwort. Sie spürte, wie jemand sie beobachtete. Ihr Blick zuckte über ihre Schulter und vernahm, wie Dean zu ihnen herüberstarrte. Er stand immer noch mit Danielle und Jessica an der Bar. Doch während die beiden Frauen sichtlich vergnügt neben ihm lachten, sah er nicht begeistert aus. Er hatte die Arme vor der Brust verschränkt und beobachtete mit finsterer Miene, wie seine Ex mit einem anderen auf Tuchfühlung ging. Auch Tom und Emily standen am Tresen und schienen sich zu fragen, was Zoe hier tat.

Sie riss den Kopf herum und versuchte, sich auf Eric und ihren Tanz zu fokussieren. Zoe spürte seine Hände auf ihren Hüften, wie sie fest zupackten und drängender zu werden schienen. Wie fremdgesteuert legte sie ihre Arme um seinen Nacken und blickte ihm tief in die Augen. Ein lodernder Ausdruck lauerte in ihnen. Und mit einem Mal, ohne dass Zoe es geahnt hatte, fiel die Unsicherheit von ihr ab. Sie wusste nicht, woran es lag, ob es Eric oder dem Moment geschuldet war. Womöglich war es auch keins von beidem, sondern etwas in ihr hatte klick gemacht. Zoe fühlte Erics Atem auf ihrem Gesicht und ließ sich fallen, beflügelt von dem Augenblick, dem Knistern, das zwischen ihnen bis zur Decke des VinSo schwelen musste.

Sie reckte ihren Kopf und als ihre Lippen seine trafen, entzündete sich ein Feuerwerk in ihr. Sie öffnete den Mund, um mit seiner Zunge zu spielen. Er war ein guter Küsser, aber das hatte sie bereits geahnt. Ihr Spiel wurde wilder, verlangender. Anscheinend saß nicht nur sie seit längerer Zeit auf dem Trockenen.

Ihre Atmung beschleunigte sich, sodass sie sich luftholend von ihm löste.

Eric sah sie mit brennenden Augen an. »Wollen wir gehen?«

Da war sie nun, die Frage des Abends. Zoe blickte ein weiteres Mal über ihre Schulter. Sie sah, wie Dean mit der Hand über sein versteinertes Gesicht fuhr. Die Darbietung gefiel ihm ganz und gar nicht.

Zoe drehte sich wieder zu Eric, der ungeduldig auf ihre Antwort zu warten schien. Schließlich nickte sie, sodass er eilig nach ihrer Hand griff, um sie aus dem Club zu ziehen.

11

Zoe hockte mit angezogenen Beinen an Emilys Küchentisch. Die Sonnenstrahlen fielen durch das große Fenster auf ihr Gesicht und spendeten eine wohlige Wärme. Sie schloss die Augen und gab sich der Stille hin, die noch in der Wohnung herrschte.

Bereits seit sieben Uhr war sie auf den Beinen, hatte in der Nacht vielleicht zwei Stunden geschlafen – und das war schon großzügig gerechnet.

Zoe hatte sich vor einer halben Stunde in die Wohnung geschlichen, war unter die Dusche gesprungen und genoss nun mit einer großen Tasse Kaffee die Ruhe eines Sonntagmorgens. Eines ungewöhnlichen Sonntagmorgens nach einer ebenso ungewöhnlichen Samstagnacht.

Ein Lächeln tanzte um ihre Mundwinkel. Es war irgendwie unwirklich, was sich da in den letzten Stunden abgespielt hatte.

Zoe hatte mit Eric geschlafen, zweimal. Es lag fast drei Jahre zurück, dass sie ihren letzten One-Night-Stand gehabt hatte, und der war aufgrund einer Gesamtlänge von gerade einmal fünf Minuten nicht sonderlich befriedigend für sie ausgefallen. Gestern jedoch …

Sie würde lügen, wenn sie behauptete, die Nacht hätte ihr nicht gefallen. Es hatte gut getan, sich fallen zu lassen, ohne daran denken zu müssen, was morgen sein könnte. Einfach den Kopf auszuschalten und den Moment zu genießen.

Als das Bild ihrer Ankunft in Erics Wohnung über ihre innere Leinwand flackerte, biss sie sich lächelnd auf die Unterlippe.

Wie sie knutschend hineingestolpert waren und es zunächst nur beim leidenschaftlichen Küssen geblieben war. Es war schön gewesen, sich auf Erics Spiel einzulassen. Obwohl sie sich bereits im Club angeheizt hatten und Zoe mit einer stürmisch schnellen Nummer gerechnet hatte, hatte Eric sich langsam vorgetastet. Sie war entzückt gewesen, dass er ihr nicht gleich die Klamotten vom Leib gerissen und sich wie ein Hase beim Rammelwettbewerb verhalten hatte. Er hatte den Moment der Momente hinausgezögert und genau das hatte wahrscheinlich den Reiz ausgemacht.

Zoe schmunzelte. Es war gut gewesen, Eric war gut gewesen. Sie musste zugeben, dass sie sich glücklich schätzen konnte. Auch der zweite Mann, mit dem sie in den Staaten geschlafen hatte, hatte sich als Sexprofi entpuppt.

Sie kniff die Augenbrauen zusammen. Wenn sie so darüber nachdachte, konnte sie gar nicht sagen, welcher von ihnen besser war.

Dean hatte für seine Bettqualitäten ganz klar eine Eins mit Sternchen verdient. Er beherrschte beides: Mal war er langsam, mal schnell. Selbst wenn es hitzig zugegangen war, war Dean immer zärtlich geblieben. Er hatte ihr stets das gegeben, was sie gebraucht hatte.

Eric war hingegen ... Sie spürte, wie das Blut in ihre Wangen strömte. Nachdem sie langsam gestartet waren, war er im Laufe ihres Spiels immer fordernder geworden. Er hatte ihr deutlich gezeigt, was und wie sehr er es wollte. Und Zoe hatte es gefallen. Ihr hatte gefallen, von ihm mitgerissen zu werden. Der erste Orgasmus hatte ihre Hände so heftig ins Laken krallen lassen, dass sie es fast von der Matratze gerissen hätte.

Während sich ihr Unterleib ein weiteres Mal zusammenzog, stand für Zoe fest, dass die Nacht mit Eric nicht die letzte gewesen sein konnte. Das, was sich gestern in seinem Schlafzimmer abgespielt hatte, verlangte unbedingt nach einer Wiederholung. Sie spürte schon seine Lippen auf ihren, hatte seinen angenehmen Körpergeruch in der Nase. Sie fühlte seine Hände, die an ihren Haaren zogen, hörte sein Stöhnen, das sie auf dem Küchenstuhl hin und her rutschen ließ.

»Du bist aber schon früh auf den Beinen.«

Sie zuckte zusammen, als Emily in Pyjama und dicken Socken in die Küche schlurfte.

Schnell verscheuchte Zoe ihre Gedanken. »Ähm ja, dir auch einen guten Morgen.«

Emily goss sich eine Tasse des extra stark gekochten Kaffees ein und lehnte sich an die Küchenzeile. Während sie einen Schluck nahm, beobachtete sie Zoe aus aufmerksamen Augen. »Ist spät geworden, was?«

»Ein bisschen.«

Ohne Zoe aus den Augen zu lassen, ging Emily zum Küchentisch und setzte sich auf den Stuhl ihr gegenüber. »Du hast also mit diesem Eric geschlafen.«

»Ist das so offensichtlich?« Zoe fühlte immer noch die Hitze in ihren Wangen.

»Und deinem breiten Grinsen nach zu urteilen, war es gut.«

Während Emily sie mit unlesbarem Blick beobachtete, wusste Zoe nicht, was sie dazu sagen sollte. Normalerweise erzählte sie Emily alles. Sie wusste, dass sie ihrer Freundin vertrauen konnte. Doch am heutigen Morgen spürte Zoe, dass etwas anders war. Etwas, das sie vor einer detaillierten Beschreibung der Nacht zurückschrecken ließ.

Emily stieß einen tiefen Seufzer aus. »Vielleicht hättest du es nicht ganz so offensichtlich machen sollen. Du hättest zumindest so lange warten können, bis Dean gegangen wäre.«

Zoe schnalzte mit der Zunge. »Das ist jetzt nicht dein Ernst, oder? Du erwartest von mir, dass ich auf meinen Ex-Freund Rücksicht nehme, der mit Frau Hohlfrucht und Jessica Rabbit gleich *zwei* Frauen am Start hatte?«

Emily schien verdutzt. »Jessica Rabbit?«

»Die Rothaarige«, klärte Zoe auf.

»Du meinst Lexy.«

»Wie auch immer …«

Emily stützte ihre Ellenbogen auf den Tisch und blickte ihre Freundin mit ernsten Augen an. »Zwischen Dean und ihnen ist nichts gelaufen.«

»Du denkst jetzt nicht ernsthaft, dass ich das glaube, oder?« Überzogen grinsend lehnte Zoe sich auf ihrem Stuhl zurück. »Abgesehen davon, warst du etwa bei Dean im Schlafzimmer und hast dich selbst davon überzeugt?«

»Das war nicht nötig. Ich *weiß*, dass da nichts war.« Als Emily erkannte, dass Zoe ihr die Aussage nicht abkaufte, wurde der Ausdruck in ihren Augen noch durchdringender. »Wir sind alle zusammen gegangen. Dean hat die Mädels heimgebracht, danach ist er mit Tom nach Hause.«

Zoe dachte über ihre Worte nach. Schon gestern Abend hatte sie den Eindruck gehabt, dass Dean sich zurückgehalten hatte. Sein Verhalten war ganz anders als damals bei Megan gewesen …

Wenn ich dich kurz unterbrechen darf ... Ihr kleines Ich blickte sie stirnrunzelnd an. *Sollte das noch ein Thema für dich sein?*

Die Frage ließ Zoe wieder auf dem Boden der Realität ankommen. »Weißt du, Em, Dean kann tun und lassen, was er will. Er ist ein freier Mann. Es geht mich nichts mehr an, mit wem er die Nächte verbringt. Und für ihn gilt das genauso.«

Es wurde still in der Küche. Während Zoe ihre Kaffeetasse leerte, merkte sie, wie Emily sie beobachtete.

»Dean macht sich Sorgen um dich, Zoe«, sagte ihre Freundin schließlich.

»Wie aufmerksam von ihm.«

»Du solltest nicht gleich mit dem erstbesten Typen verschwinden.«

Schwungvoll stellte Zoe die Tasse auf dem Küchentisch ab. »Dean sollte sich um seine Angelegenheiten kümmern und sich aus meinem Leben raushalten.«

Emily massierte ihre Schläfen. Schließlich blickte sie Zoe aus sanften Augen an. »Zoe, begreif doch, Dean liebt dich. Ich verstehe ja, dass du sauer auf ihn bist. Aber ich finde es nicht fair, deine Wut an ihm auszulassen, indem du vor seinen Augen mit anderen Kerlen rumknutschst.«

Zoe sackte mit erhobenen Händen auf ihrem Stuhl zurück. »Ich lasse meine Wut nicht an Dean aus. Ich *bin* nicht wütend. Das gestern hatte nichts mit ihm zu tun, ich mache einfach mit meinem Leben weiter. Und das sollte er auch tun ... Ich dachte eigentlich, dass du mich in der Hinsicht verstehen würdest.«

»I do, I really do.«

»Anscheinend ja nicht, sonst würdest du so etwas nicht sagen.«

Für ein paar Sekunden wurde es wieder still in der Küche. Dann faltete Emily ihre Hände vor der Brust und sah Zoe eindringlich an.

»Ich möchte doch bloß ... Ich möchte nur, dass Dean und du ... wieder zueinanderfindet.« Hilfe suchend sah ihre Freundin zur Seite und ließ dann ihren Blick zu ihr zurückgleiten. »Er kommt nicht über dich hinweg, Zoe. Er kann nicht nach vorn sehen. Er kann sich nicht amüsieren oder sich mit anderen über dich hinweg trösten. Er kann es einfach nicht ... Dean versteht nicht, warum du ihm keine zweite Chance geben kannst. Und ich ... verstehe es ehrlich gesagt auch nicht.«

Zoe sprang so unvermittelt in die Höhe, dass Emily verblüfft aufsah.

»Okay, das reicht jetzt, Em. Ich bin es *so* leid. Dean hier, Dean da, alles dreht sich bloß um ihn ... Denkst du bei der ganzen Sache vielleicht auch mal an mich? Wie ich mir dabei vorkomme, wenn meine Freundin, die eigentlich zu *mir* halten sollte, immer auf Deans Seite steht? Du weißt, was er getan hat, du warst dabei. Ich kann nicht begreifen, warum er dir so wichtig ist, warum du so hartnäckig zu ihm hältst ...«

Emily unterbrach sie. »Weil du ihm nicht verzeihen kannst!« Auch ihre Freundin erhob sich nun. »Dean hat sich tausendmal entschuldigt, hat tausendmal bewiesen, wie sehr er dich liebt. Aber du ... Er könnte vor dir auf die Knie fallen und du würdest ihm trotzdem nicht vergeben. Was soll er denn noch machen? Zum Mars fliegen? Einmal quer durch den Pazifik schwimmen? *Was?*« Emily breitete scheinbar verzweifelt die Arme aus. »Ich kann nicht verstehen, wie du diesen Mann einfach gehen lassen kannst.

118

Ihr seid so ein tolles Paar gewesen, Zoe. Andere Frauen wären froh, wenn sie einen Mann wie Dean hätten. Wenn es da jemanden gäbe, der es wirklich ernst mit ihnen meint. Du hast dieses Glück und schmeißt es einfach weg.«

»Falsch!« Zoe zeigte mit dem Zeigefinger auf sich. »*Ich* habe es nicht einfach weggeschmissen. Das hat er getan.«

Sie starrte Emily an. Die Luft in der Küche war zum Zerreißen gespannt, das fühlte Zoe. Sie drehten sich im Kreis. Es war Zeit, die Situation zu entschärfen, egal, wie uneins sie waren.

Zoe atmete tief durch. »Em, ich will mich nicht mit dir streiten. Du hast deine Meinung, ich habe meine. Aber wenn du wirklich meine Freundin bist, akzeptierst du sie, ob sie dir nun gefällt oder nicht. Es ist mein Leben, meine Entscheidung. Wenn ich mit Eric schlafen will, ist das so. Die Sache ist nicht ernst, sie tut mir einfach gut.« Sie entfernte sich ein paar Schritte, um ihr Zimmer anzusteuern. »So nett ich deine Sympathie für Dean auch finde, er hatte seine Chance und hat's vergeigt.« Sie versuchte, jegliche Schärfe in ihren Blick zu legen. »Ihr müsst *endlich* aufhören, in der Vergangenheit zu leben. Es gibt kein Zurück mehr, zumindest nicht für mich.« Im Türrahmen blieb sie stehen. Sie presste die Handflächen gegeneinander. »Weißt du, ich würde mich wahnsinnig freuen, wenn unser Mädelstrip nach Miami klappen würde. Es wäre schön, nach den letzten Monaten mal abzuschalten und ein paar Tage rauszukommen ... Ich möchte aber, dass wir *alle* fahren, dass unser Trio komplett ist. Janie, ich *und* du.«

Emily blickte sie zunächst stumm an. Ihre Miene wirkte versteinert, dann entspannte sie sich sichtlich. Sie stieß die angehaltene Luft aus ihrer Lunge und umrundete den Tisch, um auf Zoe zuzugehen.

Emily ergriff ihre Hand. »Sorry, meine Empathie ist mit mir durchgegangen.« Sie lächelte vorsichtig. »Ich *bin* deine Freundin und ja … natürlich machen wir den Miami-Trip zu dritt.«

Zoe atmete auf. Sie ließ Emilys Hand los und schloss ihre Freundin fest in die Arme.

12

»Vielen Dank für die Einladung. Ich muss gestehen, ich war ein wenig ... verblüfft.«

Während Zoe Eric auf der Bank gegenüber saß, musterte sie ihn zwar mit einem Lächeln, konnte jedoch nicht verhindern, dass ihre Mundwinkel unsicher zuckten.

Eric lehnte sich mit den Ellenbogen auf den Tisch. »Ich dachte einfach, es wäre an der Zeit, dich zum Essen auszuführen, nachdem wir ... na ja ...«

»Schon so oft Körperflüssigkeiten ausgetauscht haben?«

Eric blickte schmunzelnd zur Seite. »So kann man es natürlich auch umschreiben.«

Sie saßen zusammen im Diner, dessen Besuch er vorgeschlagen hatte. Mittlerweile trafen sie sich bereits seit einem Monat. Zoe hätte es niemals für möglich gehalten, doch sie war tatsächlich dazu in der Lage, eine waschechte Affäre zu führen. Sie musste Dean recht geben, was seine damalige Behauptung anging: Sex entspannte die Leute. Sie hatte sich lange nicht mehr so gelöst wie seit Beginn der leidenschaftlichen Liaison mit Eric gefühlt. Dass er sie nun zum Essen einlud, verwunderte Zoe. Natürlich drehte sich zwischen ihnen nicht alles um Sex, sie redeten auch viel – wenn auch nur oberflächlich.

Zoes Eindruck hatte sich bestätigt: Erics Ansichten waren oft naiv und schlicht, aber das scherte sie nicht. Schließlich war der intellektuelle Austausch nicht Ziel ihrer süßen

Treffen, die sich bisher nie außerhalb ihrer vier Wände abgespielt hatten. Bis heute.

»Es ist nur …« Eric fuhr sich durch seine dunkelbraunen Haare. »Ich dachte, wir könnten mal etwas anderes machen, als übereinander herzufallen.«

Zoe lächelte verschmitzt. »Oh, ich falle aber doch so gern über dich her.«

Ihr Gefühl nach ihrer ersten Nacht hatte Eric fleißig bekräftigt: Er war phänomenal im Bett. Sie liebte es, mit ihm zu schlafen. Inzwischen war es ein richtiges Hobby von ihr geworden. Während andere ins Fitnessstudio gingen oder in einem Buch schmökerten, schloss sie sich mit Eric im Schlafzimmer ein und trieb leidenschaftlichen Bettsport.

Erics Augen funkelten. »Yeah, I know.« Er grinste, während er sie betrachtete.

Zoe war klar, dass ihm in dem Moment gemeinsame, nicht jugendfreie Bilder durch den Kopf rauschten.

»Für mich gilt das genauso. Ich kann es immer kaum erwarten, mich mit dir zu treffen«, raunte er.

Während sie sich tief in die Augen blickten, kam Carol an ihren Tisch, nahm ihre Bestellung auf und huschte zurück hinter die Theke. Eric und Zoe hatten sich an den letzten Fensterplatz in der Ecke gesetzt, was sich als gute Idee herausstellen sollte. Bei solch einem pikanten Thema konnten sie keine neugierigen Zuhörer gebrauchen.

»Anyway …« Eric klopfte mit der Handfläche auf den Tisch. »Ich habe von Chris gehört, dass ihr Mädels einen Trip nach Miami macht.«

»Richtig.« Ein Grinsen entfachte auf Zoes Gesicht. »In drei Wochen geht's los. Ich freue mich schon wahnsinnig.«

Das tat sie tatsächlich. Aus Janies Idee, mit der sie spontan herausgeplatzt war, war ein echter Plan geworden.

Zoe, Janie und Emily würden nach Florida fliegen und drei Tage in Miami Beach und zwei weitere in Key West verbringen. Sie war unheimlich gespannt, was sie erwarten würde. Und dass Emily mitkam, bedeutete Zoe viel.

Nach ihrer Auseinandersetzung hatten sie sich zwar versöhnt, doch hatte jede von ihnen ein paar Tage Abstand zur anderen gebraucht. Zoe musste wohl, wenn auch zähneknirschend, dulden, dass Emily unerschütterliche Dean-Anhängerin bleiben würde. Sie wusste, dass ihre Freundin mittlerweile eine tiefe Freundschaft mit Tom aufgebaut hatte. Und natürlich bekam sie durch ihn wesentlich mehr von Dean mit. Vielleicht war es so, wie Emily erzählt hatte. Vielleicht litt Dean tatsächlich ungemein, jedoch durfte sie ihre Empathie für ihn nicht über ihre Freundschaft stellen.

Und scheinbar hatte Emily das nun auch verinnerlicht. Drei Tage nach ihrem Zwist hatte sie noch einmal das Gespräch mit Zoe gesucht und ihr versichert, ab sofort mehr Neutralität walten zu lassen. Seitdem respektierte sie auch Zoes großen Appetit auf Eric. Natürlich wusste Zoe, dass ihre Affäre Emily ein Dorn im Auge war, doch sobald sie auf Eric traf, blieb sie zumindest nett.

»Finde ich echt cool, dass ihr das macht«, schaltete sich Eric in ihre Gedanken. »Chris und ich haben darüber nachgedacht, ob … na ja«, er druckste herum, »ihr etwas dagegen hättet, wenn wir mitkommen würden.« Bevor Zoe etwas sagen konnte, redete er weiter. »Wir wollen uns nicht aufdrängen. Wenn ihr uns nicht dabeihaben wollt, verstehen wir das. Es ist nur, dass Chris und ich auch schon lange dahin wollen, und es wäre doch schön, wenn wir das gemeinsam machen könnten.«

Während Eric mit gespannter Miene auf ihre Antwort wartete, kratzte Zoe sich an ihrem blonden Schopf. »Oh, ich … kann das nicht allein entscheiden. Da müsste ich erst mit Emily und Janie reden.«

»Janie hätte nichts dagegen«, sagte er wie aus der Pistole geschossen.

»Ach, ist das so …«

Seine Aussage überraschte Zoe. Sie hatte keine Ahnung gehabt, dass Janie Chris dabeihaben wollte. Klar, die beiden trafen sich zu aller Erstaunen immer noch, trotzdem war Zoe davon ausgegangen, dass sie einen Mädelstrip machen wollten.

Offenbar konnte Eric ihr die Grübelgedanken von der Stirn ablesen. Vielsagend blickte er sie an. »Wäre doch schön: du und ich zusammen in der schwülen Hitze Miamis. In einem Hotelzimmer, wo wir ungestört wären. Mit einer großen Dusche nebenan, die wir nur für uns hätten. In der wir noch ganz andere Dinge tun könnten …«

Während sich seine Stimme in ein raues Flüstern verwandelte, zog sich Zoes Unterleib zusammen. Die Vorstellung war schon verlockend … In Carsonrock konnten sie momentan nicht alle Freiheiten genießen. Egal, ob sie in Emilys Wohnung waren oder sich bei Eric trafen, der sich ein Apartment mit Chris teilte, sie waren fast nie ungestört.

Verführerisch lächelnd biss sich Zoe auf die Unterlippe. »Ich muss zugeben, das wäre schon ein netter Gedanke …«

»Oh, es wäre nicht nur nett.« Eric schüttelte mit verschwörerischer Miene den Kopf. »Viel mehr wäre es heiß und schmutzig.«

Zoes Drängen wurde ungeduldiger. »Du böser Junge«, flüsterte sie. »Jetzt kann ich mich gar nicht mehr auf das leckere Essen konzentrieren.«

Während Eric spitzbübisch grinste, brachte Carol ihre Bestellung. Sie machten sich über ihre Burger her. Nachdem sie kurze Zeit still ihr Essen genossen hatten, gab Eric einen genervten Laut von sich.

»Holy shit, gleich stehe ich auf und frage den Kerl, was er für ein Problem hat.«

Erics schroffe Aussage, die aus dem Nichts zu kommen schien, ließ Zoe verwundert von ihrem Essen aufblicken. »Wen meinst du?«

Er nickte in Richtung Theke. »Den Typen, der da am Tresen sitzt. Der starrt schon die ganze Zeit zu uns rüber.«

Zoe blickte über ihre Schulter und erstarrte. Der Mann, den Eric meinte, war Dean. Er war derjenige, der dort an der Theke saß und sich in dem Moment umdrehte, als sie hinübersah.

Wieder hatte dieser harte Ausdruck Deans Miene eingenommen. Zoe konnte die Bitterkeit in seinen Augen sehen.

Wann war er hereingekommen? Zoe hatte seine Anwesenheit gar nicht bemerkt. Vorhin, als sie das Diner betreten hatten, war er definitiv noch nicht hier gewesen.

Zoe sah weg und ließ sich auf dem Polster zurückfallen. Sie legte die Hände auf ihre plötzlich glühenden Wangen.

Seit dem Abend im VinSo hatte sie Dean nur flüchtig gesehen. Mal waren sie sich beim Einkaufen über den Weg gelaufen, an einem anderen Tag hatte er gerade das Joe's verlassen wollen, als sie mit ihren Freunden eingetroffen war.

Sie hatten sich gegrüßt und Dean hatte dabei kurz gelächelt. Sonst hatte es nichts zu sagen gegeben. Vermutlich wusste er durch Emily, die sich regelmäßig mit Tom traf, von Zoes Affäre. Das war wahrscheinlich auch der Grund, warum er Eric ansah, als würde er ihn jede Sekunde fressen wollen.

»What's wrong?«, fragte Eric in dem Moment.

Als Zoe aufblickte, sah sie, wie er sie mit wachsamen Augen musterte.

Sie seufzte. »Das ist Dean, mein Ex-Freund. Er ist derjenige, mit dem ich die heftige Beziehung hatte.«

Eric glitt zurück. Ein undefinierbarer Ausdruck trat auf sein Gesicht. Zoe konnte nicht sagen, ob es Verblüffung oder gar Wut war.

»*Das* ist dein Ex?« Er blickte zu Dean. »Der ist aber wesentlich älter als du, oder?«

»Er wird bald vierunddreißig.«

Fast schien es, als müsste Eric schlucken. »Wow ... Jetzt verstehe ich, weshalb dich mein Alter so verunsichert hat.«

Zoe zuckte die Schultern. »Das Alter ist nur 'ne Zahl. Mich interessiert nicht, wie alt jemand ist, wenn er mich stimuliert. Egal, ob nun geistig ... oder körperlich.«

Sie schmunzelte. Auch wenn die Situation unangenehm war, konnte Eric nichts für Deans Anwesenheit.

Er grinste. »I guess it is.«

Mit blitzenden Augen beugte er sich über den Tisch. Es war klar, dass er einen Kuss von ihr einforderte. Eigentlich wollte Zoe nicht, eigentlich wollte sie vor Deans Augen keine Intimitäten mit einem anderen Mann austauschen.

Das fällt dir aber früh ein, grätschte ihr kleines Ich in

ihre Überlegungen. *Darf ich dich daran erinnern, dass du ihm bereits im VinSo eine Show geliefert hast?*

Shit … Der Gedanke an den ersten Kuss mit Eric sorgte dafür, dass wieder Hitze in Zoes Wangen stieg. Sie musste der Miniausgabe dummerweise recht geben – auch wenn sie an dem Abend gut angetrunken gewesen war. Umso unangenehmer war es ihr jetzt. Aber sie konnte Eric keinen Korb geben, damit würde sie wohl das falsche Signal senden.

Somit lehnte sich Zoe ebenfalls vor, um mit Eric einen Kuss zu entfachen, der es in sich hatte. Sie wusste, dass er sich extra ins Zeug legte, dass Eric übertrieb, weil Dean sie wahrscheinlich beobachtete. Und offenbar tat er das tatsächlich, denn auf einmal hörte sie ein »Bastard« aus seiner Richtung.

Als sie sich von Eric löste, fuhr sie herum und sah, wie Dean aufgesprungen war und mit mahlenden Kiefern zum Ausgang hetzte. Er riss die Tür auf und verschwand aus ihrem Blickfeld.

Eric schien hingegen zufrieden, dass sein Vorgänger das Feld geräumt hatte. Als Zoe zu ihm zurückblickte, entdeckte sie ein majestätisches Lächeln auf seinem Gesicht.

Oha, hörte sie den Zweifel in der Stimme ihrer Minikopie. *Für einen Sex-Buddy freut er sich ein bisschen zu sehr, findest du nicht?*

13

Janie trat von einem Fuß auf den anderen. »Where the hell are they?« Wieder sah sie auf ihre Armbanduhr. »Wenn die nicht bald kommen, können wir den Flug canceln.«

Sie blickte Zoe an, die nun gleichermaßen unruhig die Abflughalle abscannte. Es herrschte reges Treiben am Sacramento International Airport. Unzählige Menschen wuselten zwischen den Check-in-Schaltern umher. Die einen mit kreischenden Kindern an der Hand, die anderen mit dem halben Hausstand unterm Arm. Dazwischen Businessleute, die mit Handy am Ohr und dem kleinen Handkoffer, den sie hinter sich herzogen, zu wissen schienen, wo es lang ging.

Und dann sie: Emily, Janie und Zoe warteten seit einer geschlagenen halben Stunde darauf, dass Chris und Eric zu ihnen stießen, damit sie endlich einchecken konnten.

»Da soll noch mal ein Mann behaupten, dass immer bloß die Frauen zu spät kommen«, murrte Janie, die mit einer hektischen Bewegung ihr Handy aus dem Rucksack kramte, um zum dutzendsten Mal Chris' Nummer zu wählen.

»Wieder nur die Mailbox.« Sie warf ihr Handy in den Rucksack zurück und stemmte die Hände in die Hüften.

»War doch klar.« Emily ließ sich auf ihren Koffer sinken und stützte ihr Kinn in die Hände. »Ich habe nichts anderes von den beiden erwartet.«

Zoe verdrehte die Augen, sparte sich jedoch einen Kommentar. Sie konnte Emilys Unmut verstehen. Chris und Eric würden sie tatsächlich nach Florida begleiten und somit ihren Mädelstrip zunichtemachen. Zoe hätte auf ihre Affäre im Schlepptau verzichten können, aber Janie nicht. Eric hatte im Diner die Wahrheit gesagt: Ihre Freundin war Feuer und Flamme, Chris mitzunehmen, und hatte letzten Endes die Teilnahme der beiden durchgesetzt. Was genau hinter Janies Affinität steckte, konnten weder Zoe noch Emily sagen. Und auch wenn Janie betont hatte, dass trotzdem noch genügend Mädelszeit bleiben würde, so war Emily offensichtlich nicht davon überzeugt. Kein Wunder also, dass sie angefressen war. Darüber hinaus war ihre Freundin immer noch kein großer Fan von Eric. Obwohl sie noch kein Wort außer *Hallo* und *Bye* mit ihm gewechselt hatte, war ihr dieser Mann zuwider.

»Na, endlich!«, hörte Zoe Janie in diesem Moment rufen.

Als ihr Blick durch die Menge glitt, sah sie, wie Chris und Eric auf sie zu sprinteten.

»Wo habt ihr gesteckt?«, meckerte Janie los. »Seid ihr über Mexiko hergekommen?«

»Sorry«, rief Eric mit erhobenen Händen. »Ich Dussel konnte meine ID nicht finden. Ich habe überall gesucht, bis mir einfiel, dass ich sie bereits in den Rucksack gesteckt hatte.«

»Organisation ist alles«, murmelte Emily mit giftigem Unterton.

Zoe warf ihr einen missbilligenden Blick zu und wandte sich dann an Eric. »Schon okay, die Zeit reicht ja noch.« Sie schlang ihre Arme um seinen Hals. »Ich dachte schon, ich müsste unsere heißen Tage allein in Florida verbringen«, raunte sie ihm ins Ohr, sodass Eric vielsagend grinste.

Er wickelte seine Arme um ihre Hüften, presste sie an

sich und küsste sie so leidenschaftlich, dass Zoes Unterleib aus dem Schlummermodus erwachte.

Im Augenwinkel sah sie, wie sich neben ihnen eine ähnliche Szene abspielte. Chris hatte Janie schwungvoll an sich gerissen und drückte ihr nun einen Kuss auf, der sie genüsslich seufzen ließ. Scheinbar wusste er genau, was er tun musste, um ihre miese Stimmung umschlagen zu lassen.

Emily, die noch immer auf ihrem Koffer saß, blickte sichtlich finster von einem zum anderen. »Na, das werden ja ein paar tolle Tage.«

Janie löste sich nach Luft schnappend von Chris. »Lass uns später genau da weitermachen.«

»Immer gern, Baby«, meinte er und gab ihr einen Klaps auf den Po. Dabei grinste er frivol, sodass seine Leuchtzähne die Abflughalle erhellten.

»Komm, ich nehme dein Gepäck.« Eric griff nach Zoes Reisetasche und setzte sich in Bewegung. Auch Chris und Janie machten sich startklar, nur Emily blieb auf ihrem Koffer sitzen.

Janie drehte sich zu ihr um. »Was'n los? Hast du es dir etwa anders überlegt?«

»Nope, geht ruhig schon vor. Ich muss noch warten.«

»Warten?«, fragte Janie mit zusammengezogenen Augenbrauen. »Worauf?«

Die Frage schwebte noch über ihnen, als sich ein Lächeln auf Emilys Gesicht ausbreitete. »Da seid ihr ja!«

Zoe fuhr herum und ihre Glieder gefroren. Zwei Männer liefen auf sie zu. Der eine war Tom. Der andere …

»Dean?« Janies Ausdruck wirkte verwirrt, verwandelte sich jedoch schnell in eine düstere Maske. Sie ließ ihre

Reisetasche los, die grob zu Boden plumpste. »This is a bad joke, isn't it?«

Auch Eric schien nicht begeistert davon, wer da in dieser Sekunde vor ihnen zum Stehen kam. Mit zusammengepressten Lippen ließ er das Gepäck sinken. »Was will der denn hier?«, brummte er.

Offensichtlich mit nach Miami fliegen, antwortete Zoes kleines Ich, das perplex auf die Reisetaschen starrte, die Tom und Dean dabeihatten.

»Surprise«, rief Tom mit einem unsicheren Lächeln.

Zoes Mund klappte auf, doch kein Ton drang heraus. Sie stierte Dean an, der zwei Meter von ihr entfernt stand und es scheinbar völlig normal fand, am Airport zu seiner Ex-Freundin samt Affäre zu stoßen.

Janie drehte sich zu Emily. »Würdest du uns bitte aufklären, Em? Mir war nämlich nicht bekannt, dass zwei blinde Passagiere mitkommen würden.« Sie blickte zwischen Tom, Dean und ihrem Gepäck hin und her. »Ich meine, Tom darf uns natürlich gern begleiten, aber der da bestimmt nicht.« Mit spitzem Zeigefinger zielte Janie auf Dean. »Mit dem werde ich mich garantiert in kein Flugzeug setzen.«

Während Janie vor Wut schäumte, kratzte Chris sich an seiner semmelblonden Mähne. Er hatte offenbar keinen Schimmer, warum seine Affäre so aufgebracht war.

»Baby, wer ist das?«, fragte er nun und musterte Tom und Dean.

Janie entspannte ihre Gesichtszüge und deutete auf Tom. »Das ist Tom, ein sehr guter Freund von mir.« Ihre Miene verwandelte sich in einen zynischen Ausdruck. »Und das daneben ist sein Bruder Dean, Zoes Ex-Freund. Stell dir vor, als sie noch zusammen waren, hat er vor ihren Augen eine andere trocken gebumst.«

Chris' Augen wurden groß. »Hui, krasse Aktion, Alter.«

Obwohl seine Miene ausdruckslos schien, konnte Zoe einen Anflug von Bewunderung in Chris' Blick sehen. So als wolle er Dean am liebsten fragen, ob er ihm bei einem Bierchen nicht mehr darüber erzählen könnte.

Dean blieb wie Zoe jedoch erstaunlich ruhig. Er hatte noch kein Wort gesprochen, sondern still zugehört.

Da Emily immer noch keine Erklärung geliefert hatte, stürzte Janie sich wieder in ihren Wutmodus. »Und was mich noch viel mehr interessieren würde, Em: Wie geht's dann in Miami weiter? Soll sich Zoe vielleicht auch noch ein Zimmer mit Dean teilen?«

»Na, wohl kaum!« Besitzergreifend wickelte Eric einen Arm um Zoes Hüfte und schenkte Dean einen vernichtenden Blick.

Zoe sah konfus zwischen Erics Arm und Dean hin und her. Nein, das konnte nicht real sein. Sie konnte unmöglich mit ihrer Affäre *und* ihrem Ex-Freund hier stehen, der auch noch allen Ernstes vorhatte, mit ihnen in die Maschine zu steigen.

Ihr Blick blieb an Dean hängen, der scharf Luft einsog. Ihm schienen weder Erics Anblick noch sein Kommentar zu gefallen.

In diesem Moment brach Emily endlich ihr Schweigen. »Jetzt mal ehrlich, Janie. Hast du wirklich geglaubt, dass ich mit euch allein fliege?« Sie zog die Augenbrauen hoch. »Ich bin davon ausgegangen, dass wir einen Mädelstrip machen, aber du wolltest unbedingt Chris und Eric dabeihaben. Dachtest du etwa, ich würde mich darüber freuen?

Dass ich vergnügt zwischen euch hänge, während ihr euch die Zunge in den Hals steckt?«

Janie blickte seufzend zur Decke. Anscheinend dämmerte ihr langsam, was hier vorging.

Emily stierte Janie an. »Wenn du unseren Reiseplan einfach umwirfst, darf ich das auch ... Ich möchte jemanden mitnehmen, mit dem ich befreundet bin. Mit dem ich etwas unternehmen kann, wenn ihr ... na ja ... *beschäftigt* seid.«

Oha ... Ein weiteres Mal musste Zoe zugeben, dass sie Emilys Groll nachvollziehen konnte. Doch die Art, wie sie ihr Unternehmen umgesetzt hatte, war nicht okay.

»Ich habe auch überhaupt nichts dagegen, wenn Tom mitkommt.« Janies Zeigefinger schoss wieder in Richtung Dean. »Aber *der* nicht!«

Tom schnellte zwischen Emily und Janie und formte mit seinen Händen ein Time-out-Zeichen. »Hört mal, Leute, ich weiß, dass wir euch gerade überrumpeln, und das tut mir leid. Wir wollen auf keinen Fall, dass ihr euch unseretwegen in die Haare bekommt.« Besorgt blickte er Emily und Janie an. »Dean und ich werden euch garantiert nicht stören. Ihr macht euer Ding, wir machen unseres. Natürlich wäre es schöner, wenn wir alle etwas zusammen machen, aber wenn ihr das nicht wollt, ist das auch okay. Nur sollten wir langsam zu einer Einigung kommen.«

»Dem kann ich mich nur anschließen«, meinte Chris mit einem ungeduldigen Blick auf sein Handy.

Um sie herum hetzten Reisende vorbei, aus dem Lautsprecher ertönte ein Last Call für den Flug nach Dallas.

»Also am einfachsten und fairsten wäre es wohl, abzustimmen«, schlug Eric vor.

Ha, das wird bei dir kaum nötig sein. Zoes kleines Ich

hatte im Gegensatz zu ihr den ersten Schock überwunden und lachte. *Deine Entscheidung steht dir bereits auf der Stirn geschrieben.*

»Gute Idee.« Janie nickte mit triumphierendem Lächeln.

In dieser Sekunde trat Dean vor, sodass alle mit großen Augen warteten. Er hob ergeben die Hände. »Schon klar, dass ich bei den meisten von euch nicht beliebt bin.« Dean sah Janie an. »Bei dir wohl am allerwenigsten, Janie. Ich kann vollkommen nachvollziehen, dass du Zoe beschützen und mich demnach nicht dabeihaben willst. Aber ob ich mitkommen darf, hast nicht du oder jemand anderes zu entscheiden. Dies ist ein freies Land und es ist mein gutes Recht, Urlaub zu machen.«

»Ja, aber nicht mit der Ex-Freundin«, knurrte Eric. »Das ist irgendwie pietätlos, findest du nicht?«

Die beiden Männer starrten einander an.

O oh … Wieder schnellte Zoes Blick von Eric zu Dean. Sie wollte etwas sagen, endlich handeln, konnte sich jedoch weder bewegen noch einen klaren Gedanken fassen. Ob Deans Auftauchen sie in ein Wachkoma verfrachtet hatte?

Stumm beobachtete Zoe, wie dieser seine Hände zu Fäusten ballte. Obwohl er schwieg, konnte sie ihm vom Gesicht ablesen, was er Eric in dem Moment am liebsten sagen würde.

Wieder schaltete sich Janie ein. »Natürlich ist dies ein freies Land und du darfst reisen, wohin du willst, Dean. Aber«, mit ihrem Arm machte sie einen Halbkreis, um auf Chris, Eric und Zoe zu deuten, »da das *unser* Trip ist und du nicht eingeladen bist, ist es irgendwie doch die Entscheidung der Allgemeinheit.« Sie lächelte siegessicher.

»Das ist nicht ganz richtig.« Emily stellte sich neben Tom und Dean. »*Ich* habe ihn eingeladen.«

Nun bildeten sie tatsächlich zwei Lager. Während die drei auf der einen Seite standen, stagnierten Janie, Eric und Zoe auf der anderen. Nur Chris blieb abseits und checkte gefühlt jede Sekunde die Uhrzeit.

Dean unterbrach das angespannte Schweigen. »Wenn das überhaupt jemand zu entscheiden hat, dann wohl Zoe. Sie ist die Einzige, bei der ich ein Nein akzeptieren würde. Alle anderen sollten sich da raushalten.«

Janies Lächeln löste sich in Luft auf. Sie wusste offenbar, dass Dean recht hatte. Sie und die anderen konnten ihm nicht verbieten, in den Flieger zu steigen.

»Alright.« Janie klatschte die Hände zusammen. Ihr angefressener Gesichtsausdruck sprach Bände. »Zoe, your turn!«

Alle Augenpaare richteten sich auf Zoe. Na, wunderbar ... Wie sollte sie über Deans Kurzurlaub entscheiden, wenn sich ihr Kopf in die unendlichen Weiten des Universums verabschiedet hatte?

Das schaffst du auch so, hörte sie ihr kleines Ich rufen. *Sag einfach Nein.*

Die Aussage ihrer Minikopie setzte Zoes Gedanken endlich in Bewegung.

Ja, das könnte sie natürlich. Sie wusste, dass Janie eine Abfuhr von ihr erwartete. Aber wollte sie das? Wollte sie so sein? Eine rachsüchtige Ex, die ihren Verflossenen am Flughafen stehen ließ?

Nach allem, was er dir angetan hat, hätte er es verdient ...

Mag sein. Trotzdem musste es so nicht ablaufen. Zoe

hatte doch ihren horizontalen Zeitvertreib dabei. Wenn Dean unbedingt mitwollte, würde er spätestens in Miami merken, dass er sich ein Eigentor geschossen hatte. Schließlich hatte ihm schon in Carsonrock nicht gefallen, was er zu sehen bekommen hatte. Und das waren lediglich Momentaufnahmen gewesen. In Florida würden sie fast eine ganze Woche aufeinanderhängen. Wenn er sich das unbedingt antun wollte …

Zoes Körper erwachte endlich aus der Schockstarre. Sie löste sich von Eric und ging auf Dean zu, der mit angespannter Miene auf ihre Entscheidung wartete. Seine Hände trommelten nervös gegen seine Jeans.

Weitere Gedanken fluteten ihr Gehirn. Auch wenn sie es nicht wollte, es nie ihre Absicht gewesen war – sie würde ihm die gleiche Show bieten müssen, die Dean damals mit Megan abgeliefert hatte. Vielleicht würde es dann klick bei ihm machen und er würde endlich das Handtuch werfen.

Als Zoe vor Dean zum Stehen kam, setzte sie eine ausdruckslose Miene auf. »Wie du schon gesagt hast, dies ist ein freies Land …«

»What the hell were you thinking?«, raunte Janie in ihr Ohr. »Warum hast du nicht einfach Nein gesagt?«

Dem miesepetrigen Ausdruck ihrer Freundin war deutlich zu entnehmen, dass sie sich immer noch nicht mit Zoes Entscheidung anfreunden konnte.

Zoe ließ den Blick zum Meer schweifen. »Weil«, sie zog die Sonnenbrille, die auf ihrer Nase saß, ein Stück herunter, um Janie verschwörerisch anzublicken, »Dean schon bald sehen wird, was er davon hat, mitgekommen zu sein.«

Ein Schmunzeln zuckte um Janies Mundwinkel, dann kniff sie die Augenbrauen zusammen. »Trotzdem verstehe ich nicht, was er sich dabei gedacht hat.«

Das verstand wohl nur Dean selbst. Wieder ließ Zoe den Blick zum Meer gleiten.

Nach fünfeinhalb Stunden Flug war ihre kleine, blindlings zusammengewürfelte Gruppe in Miami gelandet. Und hier saßen sie nun alle zusammen in einer Bar in Miami Beach, ohne aufeinander loszugehen. Wer hätte das nach Deans Schockauftritt am Flughafen gedacht? Nachdem sie endlich im Flieger gesessen hatten, war sogar eine friedvolle, aber spürbar tückische Ruhe eingekehrt.

Zoe blickte in die Gruppe. Neben ihr saß Janie, die sich nun Chris zuwandte, um eine weitere Knutschorgie zu starten. Zu ihrer anderen Seite saß Eric, der unter dem Tisch seine Hand auf ihrem Oberschenkel ruhen ließ. Ihnen gegenüber war das Grüppchen, das mit Ausnahme von Emily, gar nicht hier sein sollte.

Während diese in ein sichtbar heiteres Gespräch mit Tom vertieft war, saß Dean daneben. Er unterhielt sich immer dann mit Chris, wenn dieser die Zunge aus Janies Mund nahm.

Zoe sollte recht behalten. Bereits am Flughafen hatte sie geahnt, dass Chris sich gut mit Dean verstehen würde. Sie hatten bereits über allerhand Themen geplaudert, allen voran Autos und Motorräder. Sie konnte Chris regelrecht ansehen, dass er nur darauf lauerte, Dean nach anderen schlüpfrigeren Ereignissen zu löchern.

Natürlich war Janie von Chris' Sympathie für ihren Erzfeind nicht sonderlich angetan. Immer wieder versuchte sie erfolglos, ihre Affäre von Dean abzulenken.

Versteckt hinter der großen Sonnenbrille, blieben Zoes Augen unwillkürlich an ihrem Ex-Freund haften. Sie hatte ihn schon lange nicht mehr so intensiv angesehen. Zoe spürte, wie sie machtlos dahinschmolz. Es wäre gelogen, zu behaupten, Dean wäre plötzlich unsagbar unattraktiv. Sie beobachtete, wie er sich mit der dunklen Ray-Ban auf der Nase, die er auch auf ihrem Roadtrip dabeigehabt hatte, zurücklehnte und seine Unterarme auf der Banklehne ablegte.

Während ihre Augen wie hypnotisiert an ihm hingen, schlug ihr Herz schneller.

Törichtes Herz, tadelte sie sich selbst.

Es machte sie wütend, dass es immer noch so extrem auf Dean reagierte. Eigentlich müsste sie doch rasend sein vor Zorn. Wie Janie vorhin angemerkt hatte, hatte sie keine Ahnung, was Dean hier verloren hatte.

Stell dich nicht dumm, rüffelte ihr kleines Ich. *Du weißt, dass er nicht allein Emily zuliebe hier ist.*

Vielleicht wollte er sich ja in den Südstaaten das Hirn rausvögeln?

Ihre Minikopie schnaufte. *Na klar. Und morgen tanzen pinke Einhörner vom Himmel.*

Schon klar … Schon klar, dass Dean mit seinem Überraschungsauftritt ein anderes Vorhaben verfolgte. Aber das würde nicht aufgehen. Oder glaubte er im Ernst, Zoe würde ihre Meinung ändern, bloß weil sie im Urlaubsmodus war?

Sie schnaubte innerlich. Niemals!

Dabei wusste sie noch nicht einmal, ob Dean für diese Offensive verantwortlich war.

Zoes Blick löste sich von ihm, um zu Emily zu gleiten. Ihre Freundin hatte selbst zugegeben, die Aktion eingefädelt zu haben. Ob sie allerdings neben Tom auch Dean explizit darum gebeten hatte, mit nach Florida zu kommen, oder sie sich lediglich schützend vor ihn gestellt hatte – es somit seine eigene Entscheidung gewesen war –, blieb im Dunkeln.

Mit Emily musste sie also dringend ein Hühnchen rupfen. Und nicht nur bei Zoe herrschte Klärungsbedarf. Auch Janie war giftig. Selbst wenn sie darauf bestanden hatte, Chris und Eric mitzunehmen, so gab das Emily noch lange nicht das Recht, Überraschungsgäste in Form eines Ex-Freundes einzuladen.

Zoe seufzte. Da war sie bis ans andere Ende des Landes geflogen und wollte die letzten Monate endlich hinter sich lassen. Und wer saß ihr gegenüber?

Ihre Augen schweiften zu Dean zurück. Zoe zuckte zusammen. Es schien, als würde auch er sie in dem Moment beobachten. Augenblicklich beschleunigte sich ihr Puls. Es ärgerte sie, dass sie Deans Augen nicht sehen konnte. Sie wollte wissen, welcher Ausdruck in ihnen lauerte. Triumphierte er, dass sie ihn mitgelassen hatte, oder litt er, weil er Eric neben ihr ertragen musste?

Dieser glitt in dem Moment mit seiner Hand ihren Oberschenkel hinauf, um an einer Stelle zu verweilen, die unmittelbar reagierte.

Ein Lächeln zuckte um Zoes Mundwinkel, während sie nach Erics Hand tastete und sie enger gegen ihren Unterleib presste. Sie sah ihn an und er grinste vergnüglich. Dann beugte er sich zu ihr, um einen stürmischen Kuss zu entfachen.

Im Augenwinkel registrierte sie, wie Dean den Blick abwandte. Er hatte es ja so gewollt …

14

Miami Beach war der Wahnsinn. Schon gestern Abend hatte es Zoe umgehauen, als sie am Strand gestanden und auf das türkisfarbene Meer geblickt hatte. Bloß hatte da der Eklat des Tages noch zu sehr nachgehallt, sodass sie die Aussicht nicht gänzlich genießen konnte.

Heute sah das anders aus.

Nachdem ihr Grüppchen ein erstaunlich friedliches Frühstück hinter sich gebracht hatte, waren sie, sehr zu Zoes Verblüffung, alle zusammen aufgebrochen. Offenbar versuchte jeder von ihnen, ihre teils unfreiwillige Konstellation zu akzeptieren. Zoe riss sich zumindest Emily zuliebe zusammen. Sie wollte die freien Tage mit *beiden* Freundinnen genießen und sich nicht die Stimmung davon kaputt machen lassen, dass sich ihr Ex-Freund mitgeschmuggelt hatte.

Als sie den Beachwalk erreichten, verblasste die dunkle Wolke, die unsichtbar über ihnen schwebte, noch ein bisschen mehr.

Sie blieben auf dem Weg, der am Strand entlangführte, stehen und schauten sich um.

Der Anblick schien nicht nur in Zoe pure Begeisterung auszulösen. Während das blaugrüne Meer vor ihnen lag, erstreckte sich hinter dem Beachwalk eine Reihe von gigantischen Hotel- und Apartmentanlagen.

Obwohl Zoe kein Fan von solchen Ausmaßen war, erst recht nicht, wenn die Gebäude wie überdimensionierte

Dominosteine das Ufer säumten, passte das hiesige Bild. Die in den Himmel ragenden, verglasten Gebäude wirkten stylisch und schick und verpassten Miami Beach eine Prise Eleganz. Und obwohl sich hier so viele Bauten aneinanderreihten, wirkte der Abschnitt keineswegs beengt oder fantasielos. Vielmehr fragte sich Zoe beim Betrachten der gläsernen Gebäude, was sich wohl hinter den Fensterfronten abspielte und wie es sein musste, dort oben auf einem der Balkone zu stehen und diese Aussicht zu genießen. Egal, welche Seite man als Bewohner erwischte: Die Sicht musste erstklassig sein. Entweder konnte man den türkis schimmernden Atlantik, oder bei Anbruch der Dunkelheit die Lichter von Downtown sehen.

Zoes Blick schweifte zum Strand zurück. Die Lifeguardhäuschen brachten noch mehr Farbe ins Spiel. Während sie sich wie bunte Legosteine in den Sand gruben, stellte jedes von ihnen ein kleines Highlight dar. Die einen waren eckig, andere abgerundet. Auch farblich war alles dabei: Neben knalligem Rot, leuchtendem Orange und Froschgrün waren sogar Muster in Form von bunten Streifen und der amerikanischen Flagge vertreten.

Zoe konnte sich nicht sattsehen. Selbst der Beachwalk entpuppte sich als echter Hingucker: Verzierter Beton und nussbraunes Holz wechselten sich ab, um von üppigem Grün touchiert zu werden. Zwischen der kilometerlangen Promenade und dem Strand ragten Bäume, Sträucher und exotische Pflanzen in den Himmel und setzten einen weiteren Farbakzent. Im Zusammenspiel mit dem Holz ergab sich ein Bild, das perfekt zum tropischen Klima passte.

Nachdem ihre Gruppe einige Meter zurückgelegt hatte, schlugen sie einen der vielen Schleichwege ein, die sich zwischen dem Grün auftaten. Er führte zum Strand, an dem die Männer stehen blieben und sich ein weiteres Mal angetan umblickten. Emily, Janie und Zoe hockten sich nieder.

Zoe ließ den Augenblick auf sich wirken. Sie fühlte den weißen Sand unter ihren nackten Füßen, sah das in der Sonne glitzernde Meer. Sie schmeckte das Salz auf der Zunge, hörte, wie die Wellen an den Strand gespült wurden und sich Tom und Dean mit Chris in scheinbar weiter Ferne unterhielten. Aus einer Hotelanlage hinter ihr dröhnte lateinamerikanische Musik. Sie passte zu der gelockerten Strandatmosphäre, die Zoe einhüllte. Neben dem Drang, sich augenblicklich in die Fluten zu werfen, wurde etwas in Zoe ausgelöst, das sie nicht greifen konnte.

Obwohl sie momentan das große Glück hatte, im goldenen Kalifornien zu wohnen, spürte sie, dass auch der Sunshine State eine besondere Wirkung auf sie ausübte. Während der Westen der USA wild und trocken war und dieses intensive Gefühl von grenzenloser Freiheit versprühte, lockte hier das pure Strandfeeling, die scheinbare Leichtigkeit des Seins. Es war, als würde der Ort Zoe zuflüstern, darüber nachzudenken, ihre Zelte abzubrechen und neu aufzuschlagen.

»I'm really sorry.« Emily griff nach Zoes Hand. »Ich hatte nur Tom gefragt. Doch Dean hat das irgendwie mitbekommen und mich dann die ganze Zeit gelöchert, ob er nicht auch mitkommen darf. Ich habe ihm gesagt, dass ich das für keine gute Idee halte und es auch keinen Sinn macht, aber er war einfach nicht davon abzubringen.« Resigniert blickte Emily von Zoe zu Janie. »Ich will mich nicht streiten, Janie. Ich habe mich einfach darüber geärgert, dass Chris und Eric dabei sind, obwohl wir Mädels allein fliegen wollten. Ich kam mir wie das fünfte Rad am Wagen vor.«

Janie beäugte ihre Freundin eine Zeit lang und stieß einen tiefen Seufzer aus. »Ich will mich auch nicht streiten, Em. Ich muss zugeben, dass es vielleicht besser gewesen wäre, die beiden zu Hause zu lassen.« Sie linste zu den Männern, die ein paar Meter weiter im Sand saßen. »Jetzt haben wir nicht nur zwei, sondern gleich vier Kerle am Hintern. Der Ärger ist quasi vorprogrammiert.«

Ihr Grüppchen machte immer noch Pause am Strand. Während Tom, Dean und Chris zusammensaßen, sich rege unterhielten und dabei immer wieder lachten, hockte Eric ein wenig abseits und streckte sein Gesicht der Sonne entgegen, sodass sein ohnehin brauner Hautton noch dunkler wirkte.

Zoe und Janie hatten sich zunächst allein unterhalten, während Emily still vor sich hin gegrübelt hatte. Dann war sie aufgestanden und hatte sich zu ihren Freundinnen gesetzt, um den gestrigen Tag anzusprechen. Offenkundig war es so, wie Zoe vermutet hatte. Emily hatte Tom nur wegen Janies gekippten Reiseplans angesprochen und Dean hatte sich einfach selbst eingeladen.

Zoe drückte Emilys Hand. »Ist schon okay, Em. Ich werde die Tage mit ihm schon irgendwie überstehen.«

Schließlich war sie erwachsen. Auch wenn Dean der Letzte war, den sie sehen wollte, würde sie über seiner Anwesenheit stehen. Vielleicht war sie ja mittlerweile sogar so erwachsen, dass sie Freunde werden würden.

Wohl eher werden Zombies die Erde bevölkern, zischte ihre Minikopie.

Im Augenwinkel sah Zoe, wie Tom aufstand und zu ihnen herüberschlenderte.

»Hättet ihr etwas dagegen, wenn ich mich kurz mit Zoe allein unterhalte?«

Während Zoe Tom verblüfft ansah, sprangen Emily und Janie auf.

»Klar doch, aber hau rein, ich habe Hunger!«, rief Janie und klopfte Tom im Vorbeigehen fest auf den Arm.

Dieser lachte. »I'll do my best.«

Er blickte Zoe an, die ihn immer noch entgeistert musterte. Seit ihrer Entscheidung, trotz seines erwachten Kampfgeistes keinen Neuanfang mit Dean zu wagen, hatte sich Tom zurückgezogen. Obwohl bereits Wochen vergangen und sie sich regelmäßig im Joe's über den Weg gelaufen waren, hatte er nicht das Gespräch mit ihr gesucht.

»Hör zu, Zoe.« Tom wühlte mit einer Hand im Sand und ließ ihn durch seine Finger gleiten. »Es tut mir leid, dass Dean und ich einfach euren Mädelstrip gesprengt haben ...«

»Oh, das haben schon Chris und Eric erledigt.« Zoe blickte zu Chris, der Janie hinunter in den Sand zog und sich mit ihr hin und her wälzte, sodass sie vergnügt quiekte.

Eric beobachtete die beiden missmutig. Es lag auf der Hand, dass er mit Zoe genauso herumalbern wollte, ihn Deans Anwesenheit jedoch störte.

»Ja, Emily erzählte davon ...« Tom lächelte flüchtig, bevor er ernst wurde. »Zoe, ich wollte mich bei dir entschuldigen. Ich weiß, es war nicht richtig von mir, dass ich mich in den letzten Wochen zurückgezogen habe. Ich hatte einfach an deiner Entscheidung zu knabbern ...«

Zoe unterbrach ihn. »Schon in Ordnung, Tom. Er ist dein Bruder.«

Tom nickte. »Es fällt mir schwer, zu ertragen, wie mies es ihm geht.« Er blickte über seine Schulter zu Dean. Zoe sah, wie Tom mit den Kiefern mahlte. Als er sie wieder ansah, entspannten sich seine Züge. »Na ja, ich will jetzt nicht damit anfangen.«

Zoe atmete auf. Fast hatte sie damit gerechnet, sich erneut rechtfertigen zu müssen.

Tom legte eine Hand auf Zoes Knie und lächelte. »Jedenfalls würde ich mir wünschen, dass wir uns wieder annähern. Vielleicht haben wir ja ein paar schöne Tage in Florida zusammen. Ich freue mich auf jeden Fall sehr, dabei zu sein, auch wenn's nicht so geplant war.« Sein Lächeln nahm einen zerknirschten Ausdruck an.

Zoe griff nach Toms Hand und drückte sie. »Ich freue mich trotzdem, dass du dabei bist. Und ja, ich würde es toll finden, wenn wir wieder Kontakt hätten.« Sie lächelte erleichtert. »Du hast mir gefehlt.«

15

»Mann, habe ich einen Kater.« Janie tauchte ihr schmerzverzerrtes Gesicht in die Hände. »Diese Kopfschmerzen … Ich schwöre euch, ich werde nie wieder Alkohol trinken.«

Emily lachte. »Ich werde dich heute Abend gern daran erinnern.«

Zoe beäugte Janie, die nun mit ihren Händen durch ihren dunklen Bob fuhr, sodass ihre Haare in alle Himmelsrichtungen abstanden. Sie schob ihre volle Kaffeetasse zu ihrer Freundin. »Hier, trink das. Koffein wird dir helfen.«

Bei dem aufsteigenden Kaffeedampf rümpfte Janie die Nase. Sie schob die Tasse von sich. »Lass mal. Sonst kommt mir gleich alles hoch.«

Während Zoe sie weiter kritisch musterte, stand Emily auf, um sich noch einmal am Büfett zu bedienen. Sie saßen allein beim Frühstück. Die Männer wollten zusammen in den Fitnessraum, bevor sie zu ihnen stoßen würden. Zoe hoffte inständig, dass Eric und Dean dabei nicht mit den Hanteln aufeinander losgehen würden.

»Du hast es gestern echt übertrieben«, sagte Zoe.

Janie sah sie aus glasigen Augen an. »I know.« Sie stützte ihren Kopf mit der Hand ab. »Heute werde ich's ruhiger angehen lassen. Versprochen.«

Ihre Freundin schloss die Augen und Zoe schürzte die Lippen. Ihr Grüppchen war gestern wieder in der Bar am Strand versackt. Doch während sich Zoe bei den süßen Cocktails zurückgehalten hatte, hatte Janie die

Getränkekarte rauf und runter getrunken. Chris hatte sie sogar tragen müssen, als sie zum Hotel zurückgegangen waren. Zoe gefiel der Alkoholkonsum ihrer Freundin nicht, seitdem die Sache mit Herrn Leuchtzahn lief. Klar, Janie trank gern mal einen über den Durst, das war ein offenes Geheimnis, doch war es nie so exzessiv wie seit Beginn ihrer Affäre gewesen.

Zoe hatte gestern beobachtet, wie Chris Janie wiederholt dazu animiert hatte, einen weiteren Cocktail zu probieren, während er bei Bier geblieben war. Obwohl Zoe immer wieder eingeschritten war und versucht hatte, die Cocktails durch Wasser zu ersetzen, war ein Flip nach dem anderen in Janies Kehle gelandet. Sogar Dean hatte versucht, Janies Gelage einzudämmen, aber von ihm hatte sie natürlich am allerwenigsten etwas hören wollen.

Zoe legte eine Hand auf Janies Arm. »Findest du nicht, dass du mal eine Pause machen solltest?«

Ihre Freundin öffnete die Augen und schreckte hoch. Es schien, als wäre sie tatsächlich kurz eingenickt. »Eine Pause?«, fragte sie, bevor sie ausgiebig gähnte.

Zoe sah sie eindringlich an. »War ein bisschen viel in letzter Zeit. Vielleicht … solltest du mal einen Gang runterschalten.«

Janie kniff sichtlich verblüfft die Augenbrauen zusammen. Doch dann schien sie ernsthaft über Zoes Worte nachzudenken. »Hast ja recht. Vielleicht sollte ich wirklich einen Abend lang bei Wasser bleiben.«

Zoe seufzte erleichtert. Sie war froh, dass ihre Freundin Einsicht zeigte.

In dem Moment kehrte Emily mit einem vollen Teller Rührei an ihren Tisch zurück.

Janie schlug sich die Hand vor den Mund. »Muss das jetzt sein, Em?« Sie schluckte sichtbar. »Dieser Geruch geht gerade gar nicht.«

Emily zuckte lächelnd die Achseln. »Sorry, aber es gibt Leute, die Hunger haben.«

Als sie sich über die Eier hermachte, betraten die vier Männer offenbar frisch geduscht den Frühstücksraum. Eine Wolke aus herbem Duschgel und holzigem Parfüm nebelte sie ein. Abermals schluckte Janie. Ihr Gesicht wirkte bereits ein wenig grünlich.

Chris ließ sich neben sie fallen. »Na, Baby, fit für die nächste Runde?« Er zuckte mit den Augenbrauen, doch Janie sah ihn flehend an.

»Nicht wirklich.«

Chris legte einen Arm um ihre Schultern und strich mit den Fingerspitzen über ihren nackten Oberarm. »Wird schon wieder. Heute Abend bist du wieder einsatzbereit.«

Fassungslos verengte Zoe ihre Augen zu Schlitzen. Sah er denn nicht, wie fertig Janie war? Warum war es ihm so wichtig, ihren Alkoholpegel bis in den Himmel zu treiben? Stand er etwa auf Schnapsleichen?

Auch Emily schienen Chris' Aussagen nicht zu gefallen. Mit gekräuselten Lippen beobachtete sie ihn, dann tauschte sie einen Blick mit Zoe. Diese schnaubte.

»Ich glaube, Janie sollte heute mal kürzertreten.«

»Kürzertreten?« Chris blickte Zoe stirnrunzelnd an. »Wofür sind wir denn hier, wenn nicht zum Feiern?«

Sogleich zog er Janie an sich, um ihr einen Kuss aufzudrücken. Es schien fast so, als würde er ihr seine Zunge regelrecht aufdrängen.

Igitt ... Ihr kleines Ich verzog angeekelt das Gesicht.

Auch Zoe schüttelte sich und wollte zu einem weiteren Kommentar ansetzen, als die anderen Männer mit voll beladenen Tellern zu ihrem Tisch kamen.

Eric ließ sich neben ihr nieder, während Tom und Dean neben Janie auf der gegenüberliegenden Bank Platz nahmen.

»Bist du schon fertig?«, fragte Eric, als er Zoes leeren Teller erblickte.

»Irgendwie habe ich keinen richtigen Appetit.«

»So? Ganz im Gegenteil zu gestern Nacht, was?« Eric sprach extralaut und grinste frivol.

Hitze stieg in Zoes Wangen. Sie wollte auf der Stelle im Erdboden versinken.

Was denn? Ihr kleines Ich hob fragend die Hände. *Denk an deinen Plan. Genau solche Spitzen sollte Dean doch mitbekommen.*

Zoe blickte zu ihm. Natürlich hatte er Erics Satz gehört. Mit mahlenden Kiefern senkte er den Kopf und machte sich über seinen Bacon her.

Klar wollte Zoe Dean eine Show liefern. Ihm zeigen, dass er keinen Platz mehr in ihrem Leben hatte, dass sie ohne ihn prima weitermachen konnte, mittlerweile sogar zu einer unverfänglichen Affäre imstande war. Doch war ihr Konzept seit ihrer Landung nicht wirklich aufgegangen. Obwohl Eric jeden Moment ausnutzte, in dem er sie in die Finger bekam, und nur zu gern Intimitäten mit ihr austauschte, hielt Zoe sich zurück. Sie war hier nicht so gelöst wie in Carsonrock und wusste nicht, warum. Sie wusste nur, dass es mit Deans Anwesenheit zu tun hatte.

»Und, habt ihr schön trainiert?«, fragte Emily beiläufig, während sie auf ihrem Rührei herumkaute.

»Yeah«, antwortete Eric. »Morgens Krafttraining, abends Bettsport.«

»Exactly!« Chris erhob sich, um mit Eric abzuklatschen.

Baff blickte Zoe von einem zum anderen. Sie hatte keine Ahnung, was mit Eric los war. Solche Aussagen ließ er sonst in ihrer Gegenwart definitiv nicht fallen.

Zoes Lippen verwandelten sich in einen schmalen Strich. Aus dem Augenwinkel bemerkte sie, wie Dean zu ihr herübersah. Wieder würde sie sich am liebsten in Luft auflösen.

»What else we do today?«, fragte Eric kauend.

Zoe überlegte kurz. »Wir könnten zum Ocean Drive laufen.«

»Cool.« Er nickte. »Dann sehen wir bestimmt wieder ein paar Lambos.«

»Lambos?« Zoe blickte Eric stirnrunzelnd an.

»Lamborghini«, klärte er auf und tätschelte ihren Kopf. »Frauen und Autos, zwei Welten treffen aufeinander.«

Leise Wut stieg in Zoe hoch. Sie setzte ein zynisches Lächeln auf. »Ach, ist das so? Du denkst also, Frauen haben keine Ahnung von Autos?«

»Baby, das ist chromosomenbedingt.« Eric lächelte sie an, als wäre sie ein absoluter Volltrottel. »Das ist wie Männer und Hausarbeit.«

»Wow.« Mit verächtlichem Ausdruck schmiss sich Emily auf der Bank zurück. »Welcome to the twentyfirst century.«

Doch Eric legte bloß die Stirn in Falten.

Zoe ließ das Autothema jedoch keine Ruhe. »Nur weil nicht jede Frau auf ein Auto abfährt, das hässlich und protzig ist, heißt das nicht, dass wir ahnungslos sind.« Während sie Eric anstierte, sah sie im Augenwinkel, wie Dean schmunzelte.

»Protzig?« Eric grinste. Er schien nicht zu merken, wie wütend Zoe bereits war. »Das ist ein Statussymbol. Sobald ich mein Examen in der Tasche habe, werde ich mir auch einen Lambo kaufen.«

Zoe sah ihn abschätzig an. »Dann hast du einen schlechteren Geschmack, als ich dachte.«

»Do you think?« Eric legte Messer und Gabel beiseite, um sich zu ihr zu drehen. »Welche Autos sprechen dich denn geschmacklich an?«

Sie brauchte nicht lange zu überlegen. »Ein 1970er Ford Mustang zum Beispiel. Oder eine Corvette C3.«

»Yep, das sind sehr schöne Autos.« Dean nickte mit einem anerkennenden Grinsen.

Während alle Köpfe zu ihm herumfuhren, zuckte ein Lächeln um Zoes Mundwinkel. Sie wusste, dass er wohl der Einzige am Tisch war, der sie verstand.

Eric gefiel seine Aussage scheinbar gar nicht. Er stierte ihn mit zusammengekniffenen Augen an.

»Come on, Zoe.« Chris schnaufte. »Mit solch antiken Schätzchen kann man wirklich niemanden beeindrucken.«

»Sehe ich genauso.« Eric nickte. »Da ist doch alles alt, kein Hightech, nichts.«

Dean zuckte die Achseln. »Kann man alles aufrüsten.«

»Ach ja?« Eric blickte ihn mit herablassendem Ausdruck an.

»Yep.« Dean lächelte unberührt. »Ich mache das oft in meiner Werkstatt.«

Die beiden Männer starrten einander an. Es schien, als würde Dean nur auf einen weiteren Kommentar seines Kontrahenten warten.

»Aufrüsten?« Janie, die still und immer noch leicht

grünlich im Gesicht neben Chris gesessen hatte, schlug wieder die Hand vor ihren Mund. »Ich werde jetzt eher abrüsten.«

16

Welcome to the candy store!

So fühlte sich Zoe, als sie über den Ocean Drive flanierte. Mitten im Herzen des Art Deco Districts Miamis tat sich eine knallbunte Welt auf, die sie in Staunen versetzte. Bonbonfarbene Häuser reihten sich aneinander, um mit einer ebenso außergewöhnlichen Architektur zu beeindrucken. Ob Türkis, Flieder, Rosa oder Zartgelb, Zoe konnte sich nicht entscheiden, welcher Pastellton schöner war. Jedes Haus ließ sie mit offenem Mund stehen bleiben, um ihre großen Augen über die Fassade gleiten zu lassen.

Auf der einen Seite das rauschende Meer, auf der anderen die bunte Meile, auf der das Leben pulsierte. In South Beach kam eine Energie zusammen, die einmalig und ganz anders als im Westen der USA war. Und auch hier funktionierte das Zusammenspiel von Vergangenheit und Moderne. Während am Beachwalk die eleganten Apartmentanlagen in die Höhe ragten, lockte dieser Stadtteil gerade wegen seiner nahezu einhundertjährigen Bauart allerlei Besucher an. Neben etlichen Hotels säumten hier Cafés, Restaurants und Bars die Straßen.

Zoe konnte es gar nicht erwarten, bis die Dämmerung einsetzte, die Neonlichter angingen und sie sich ins hiesige Nachtleben stürzen konnte.

Als sie gerade dabei war, den weiß-orangefarbenen Oldtimer vor dem Avalon Hotel zu bewundern, brauste ein Lambo, wie Eric ihn bezeichnete, an ihr vorbei.

Zoe kräuselte die Lippen und blickte dem lilafarbenen Gefährt mit genervtem Blick hinterher.

»Da hätten wir das Beispiel unsagbar schlechten Geschmacks.«

Zoe zuckte zusammen. Sie hatte gar nicht bemerkt, dass Dean neben ihr zum Stehen gekommen war.

Ihre Gruppe hatte sich heute erneut gemeinsam auf Erkundungstour begeben. Während Emily und Tom einen Blick auf den Stadtplan warfen, ließen sich Eric, Chris und die verkaterte Janie auf einer Bank nieder. Offenbar war ihre Freundin dankbar für die Pause, denn sogleich legte sie ihren Kopf auf der Rückenlehne ab.

Zoe blickte Dean an, der dem Lambo mit hochgezogenen Augenbrauen hinterher sah. Dann wandte er den Blick ab und nickte in Richtung des Oldtimers auf der gegenüberliegenden Straßenseite.

»Da sieht der doch schon besser aus.«

Zoe lächelte. »Finde ich auch.«

Sichtlich überrascht schaute Dean sie an. Anscheinend hatte er nicht damit gerechnet, dass Zoe etwas erwidern würde.

Er grinste, während er um sich blickte. »Ich muss sagen, Miami Beach hat was. Das hatte ich nicht erwartet.«

»Ich auch nicht.« Zoe nickte. Dabei ging ihr die Frage durch den Kopf, was das hier werden sollte und warum sie sich überhaupt auf ein Gespräch mit dem Mann einließ, der in ihren Reiseplänen gar nicht vorgekommen war.

Das frage ich mich auch, bemerkte ihr kleines Ich.

Dean suchte scheinbar nach Gesprächsstoff. Er drehte sich zu ihr und musterte ihren Rucksack. »So Bobby's back again?«

Nun konnte Zoe nicht anders, als zu lachen. »Ja, du weißt doch, mein treuer Begleiter kommt überall mit hin.« Bilder ihres gemeinsamen Trips rauschten durch ihren Kopf.

»Hast du ihn denn diesmal vorher leer gemacht?«

Während Dean seine Hände in den Taschen seiner Jeans vergrub, grinste er. Natürlich musste er ihr das auf die Nase binden.

»Ha ha.« Zoe verdrehte die Augen, konnte sich ein Lächeln jedoch nicht verkneifen. »Man höre und staune, ich lerne tatsächlich dazu.«

Nicht wie in San Francisco, wo sie vor dem Kilometermarsch zur Golden Gate Bridge vergessen hatte, die Bücher aus Bobby, ihrem Rucksack, zu kramen.

Deans Blick schweifte ein paar Sekunden lang über ihr Gesicht, bis er an ihren Haaren hängen blieb. »Sieht übrigens gut aus, deine neue Frisur. Wenn mir auch die langen Haare besser gefallen haben.«

»Danke«, sagte sie verhalten, um sogleich an ihrem Zopf zu friemeln.

Deans Blick hing immer noch an ihr. Sie konnte nicht deuten, ob sein Ausdruck heiter oder wehmütig war. Dann wandte er sich ab und blickte in die Ferne. »War ein wirklich schöner Trip mit dir.«

Zoe konnte an seinem abwesenden Blick erkennen, wie er gedanklich zu ihrer gemeinsamen Tour zurückkehrte, zu den Dingen, die sie erlebt hatten. Auch auf ihrer inneren Leinwand flackerten Bilder. Doch diesmal hatte sie nicht die Landschaft, sondern sein Auto vor Augen. Wie sie mit Dean auf dem Fahrersitz diese heiße Nummer gehabt hatte.

Hitze schoss in ihre Wangen. Warum musste sie ausgerechnet an diese Szene denken?

Offensichtlich konnte Dean in ihren Kopf schauen, denn er blickte schmunzelnd zur Seite.

Es wurde still zwischen ihnen. Während andere Touristen um sie herumwuselten und ein Auto mit lautstarkem Reggaeton an ihnen vorbeifuhr, spürte Zoe, wie sich die Luft zwischen ihnen elektrisierte.

Hallo, was soll das werden, wenn's fertig ist, maulte ihre Minikopie.

Dean räusperte sich. Es schien, als würde er von ihrem Trip ins Hier und Jetzt zurückkehren. Er blickte zu der Bank, auf der Eric, Chris und Janie saßen. Das hieß, die Männer saßen, Janie hatte die Beine hoch und ihren Kopf auf Chris' Schoß gelegt.

Deans Miene verfinsterte sich. »Dein Freund starrt zu uns rüber.«

Abrupt verpuffte das Gefühl, das Zoe eingenommen hatte.

»Das ist nicht mein Freund«, schoss es aus ihr heraus.

»So?« Dean legte die Stirn in Falten. »Also nichts Ernstes? Das wundert mich. Ich dachte, schnelllebige Geschichten wären nichts für dich.«

»Ich habe meine Meinung eben geändert«, entgegnete Zoe prompt.

Dean beobachtete sie, als würde er ihren Satz werten. »Ich glaube nicht, dass du das kannst.«

»Was?«

»Na ja«, er stockte kurz, »Sex ohne Gefühle haben.«

Zoe zuckte die Achseln. »Wie man sieht, kann ich es doch.«

Eine Pause entstand, in der Dean sie einen Moment betrachtete. »Ist er nicht ein bisschen zu unreif für dich?«

»Mag sein, aber«, ein überzogenes Grinsen kletterte auf ihr Gesicht, »ich will ihn ja nicht heiraten.«

Das wollte ich nur dich, ergänzte Zoe im Stillen.

Dean nickte, während sein Blick wieder in die Ferne schweifte. »Aber er will das vielleicht.« Er sah zu ihr zurück.

Zoe stutzte. Sie beäugte Dean mit großen Augen, dann lachte sie. »Guter Witz.«

»That wasn't a joke.« Seine ernste Miene sah auch nicht danach aus, als würde er Witze machen. »Ich glaube, er steht auf dich.«

Zoe linste zu Eric hinüber. Er beobachtete sie tatsächlich und dass seine Affäre ein Pläuschchen mit ihrem Ex hielt, schien ihm nicht zu gefallen. Während Chris lebhaft über ein Thema debattierte, saß Eric stumm daneben. Mit grimmigem Gesicht drehte er sein Handy in der Hand.

»Ach was. Er weiß doch, worum es hier geht.«

»Vielleicht war das mal so, aber jetzt«, Dean hielt kurz inne, »hat er seine Meinung wohl geändert.«

»Hat er dir das gesagt?«

»There's no need to.« Er zog die Stirn kraus, als wäre es das Offensichtlichste der Welt. Verächtlich schnaufte er. »Kleiner, arroganter Snob.« Seine Augen flogen unruhig über ihr Gesicht, bevor er sie schließlich eindringlich fixierte. »Was hat dieser Kerl, dass du es so lange mit ihm aushältst?«

Denk doch mal nach, witzelte ihr kleines Ich.

Im Gegensatz zu Zoe, die Dean ahnungslos anstarrte, hatte ihre Minikopie Spaß an seiner Eifersucht.

Na los! Sie machte eine scheuchende Geste. *Passende Gelegenheit, um ihm eins reinzuwürgen.*

Doch während Zoe zögerte, nickte Dean mit mahlenden Kiefern.

»Already clear.« Bitter lächelnd blickte er zur Seite. »Anscheinend ist er in anderen Sachen besser als im Definieren eines schönen Autos.«

Dean sah zu ihr zurück. Sie konnte den Schmerz in seinem Blick erkennen und fragte sich erneut, warum er sich diesen Trip antat. Allerdings verspürte sie dabei keine Genugtuung, keine Bestätigung des *Er wird schon sehen, was er davon hat*-Gefühls. Dean tat ihr einfach leid. Sie wollte ihn nicht quälen.

»Hey, alles in Ordnung hier?«

Zoe zuckte zusammen. Sie hatte nicht gesehen, wie Eric aufgestanden und auf sie zu gestapft war. Er blickte zwischen ihr und Dean hin und her.

»Ja … ja, ist alles okay.« Zoe zwang sich ein Lächeln auf die Lippen. »Wir haben uns nur gerade darüber unterhalten, wie schön es hier ist.«

Dean reagierte nicht. Er starrte Zoe immer noch an.

Eric lächelte gelöst. »Fine.« Er stellte sich hinter sie, um seine Arme um ihren Körper zu wickeln.

Auch wenn Zoe sein Gesicht nicht sehen konnte, wusste sie, dass er Dean beobachtete. Mit den Händen fuhr Eric über ihren Körper.

»Come on, Baby.« Er legte seine Lippen an ihr Ohr. »Lass uns 'ne Zeit im Hotel verschwinden. Ich möchte ein bisschen mit dir allein sein.«

Bevor Zoe etwas sagen konnte, sah sie, wie Dean mit mahlenden Kiefern nickte. Er machte auf der Stelle kehrt und steuerte Tom und Emily an, die nun ebenfalls neben Chris und Janie auf der Bank saßen. Die beiden bemerkten ihre Anwesenheit jedoch nicht. Anscheinend ging es Janie besser, denn sie tauschte wieder stürmische Küsse mit Chris aus.

Als sich Zoe zu Eric umdrehte, stellte sie fest, dass er Dean mit einem triumphierenden Lächeln hinterherblickte. »Ich dachte schon, der verschwindet nie.«

Sie zog die Augenbrauen hoch. »Musste das sein?«

Verblüfft schaute Eric sie an. Dann wurde er ernst. »Jetzt mal ehrlich, Zoe. Worüber habt ihr geredet?«

»Nichts Wichtiges.«

Er kniff die Augenbrauen zusammen, als würde er sondieren, ob sie die Wahrheit sagte. Dann legte sich ein vielsagendes Lächeln auf seine Lippen. »Vergessen wir ihn … Wie wäre es stattdessen«, seine Finger hakten sich in ihren Hosenbund und zogen sie an seinen Körper, »wenn wir jetzt unsere geräumige Dusche austesten?« Er beugte sich hinunter, um mit seinen Lippen über ihren Hals zu streichen. »Ich könnte eine kleine Abkühlung gebrauchen.«

Seine Hände wanderten über ihre Hüften zu ihrem Po und fuhren über ihn. Als er zukniff, hielt sie kurz den Atem an. In ihrem Kopf herrschte Chaos. Während ihre Gedanken noch bei dem Gespräch mit Dean hingen, fuhr der Rest ihres Körpers Achterbahn.

Erics Lippen bahnten sich derweil einen Weg zu ihrem Mund. Als er sie küsste, fühlte sie seine aufsteigende Ekstase, sein Drängen. Seine Zunge verlangte nach einem wilden Spiel mit ihrer.

Ohne nachzudenken, löste sie sich von ihm. »Okay, lass uns verschwinden.«

Hallo, gute Laune, wo bist du?

Nüchtern wie eine Nonne hing Zoe am Tresen des Tropicana und nuckelte an ihrem zweiten alkoholfreien Eistee.

Was war passiert? Der Tag war doch so gut gestartet. Ihre Erkundungstour am Ocean Drive hatte Zoe geflasht und nachdem sie mit Eric, der ihr zwei unglaubliche Orgasmen beschert hatte, aus dem Hotel getreten war, hatte ihre Stimmung immer noch bei einer guten Acht auf der Zehnerskala gelegen.

Aber nun? Nichts …

Zoe drehte sich um und blickte durch das atmosphärische Lokal. Die Bar hatte ihr auf Anhieb gefallen. Tropische Accessoires wie ein sandbedeckter Boden und Palmen, die zwischen den Tischen zur Decke ragten, luden dazu ein, sich barfuß in einen der Liegestühle zu schwingen, die überall verteilt standen. Auch die Hängematten, die zwischen den Palmen gespannt waren, sahen verlockend aus. Chris und Janie schienen sich jedenfalls sehr wohlzufühlen, so wie sie wieder auf Sexkurs gingen. Zoe beobachtete schmunzelnd, wie Chris unauffällig versuchte, seine Hand unter Janies T-Shirt zu schieben.

Sie wandte den Blick ab und sah zu Emily, die mit Tom und Eric auf einem der Rattansofas saß. Im Gegensatz zu ihr hatte Emily in puncto Alkoholverzehr heute offenbar den Turbo eingelegt. In ihrer Hand hielt sie bereits die dritte Piña Colada, an deren Strohhalm sie genüsslich zog. Dabei hörte sie Tom und Eric gebannt zu, die ausgelassen über ein Thema diskutierten.

Obwohl Zoe interessierte, worum es bei dem Gespräch ging, blieb sie an Ort und Stelle und ließ ihren Blick zurück zum Tresen gleiten. Ein paar Meter neben ihr hockte Dean auf einem Barhocker und unterhielt sich mit dem Barkeeper, der der Bruder von Hulk Hogan hätte sein können. Frisur und Bart sahen dem Original zum Verwechseln ähnlich, nur der Bauchspeck fiel beim Barkeeper ein wenig üppiger aus. Er erzählte Dean gerade von einem Metallica-Konzert, das er vor ein paar Monaten besucht hatte und das immer noch Begeisterungsstürme bei ihm auslöste.

Ihr Blick blieb an Dean hängen. Tief in ihrem Innern wusste sie, dass er derjenige war, der ihre Stimmung gekippt hatte. Die Worte, die Zoe heute Mittag mit ihm gewechselt hatte, wollten ihr einfach nicht aus dem Kopf gehen. Der Ausflug in die Vergangenheit hatte ihr die Erinnerungen wie Schmetterbälle um die Ohren gehauen. Immer wieder tanzten sie über ihre innere Leinwand.

Dean hatte Zoe mit etwas konfrontiert, das sie ganz tief vergraben und für sehr lange Zeit hatte ruhen lassen wollen.

Sie hatte das Knistern zwischen ihnen gespürt, die Luft, die sich aufgeheizt hatte. Selbst als sie danach mit Eric im Hotelzimmer verschwunden war, hatte sie an nichts anderes als an Dean denken können.

Verlegen fuhr Zoe mit der Hand über ihr Gesicht. Sie hatte mit Eric geschlafen. Und dabei an Dean gedacht. Was zum Teufel war bloß mit ihr los? Sie schüttelte den Kopf, als würde sie so ihre Gedanken ordnen können.

Und was – von dem Gefühlschaos, das Dean stiftete, einmal abgesehen – hatte er ihr da heute eigentlich wegen Eric sagen wollen?

Ich glaube, er steht auf dich.

Was hatte er denn da geredet? Sie und Eric hatten eine Affäre, mehr nicht. Es war bloß Sex. Das musste Dean doch selbst am besten wissen.

Wenn du ehrlich bist, weißt du genau, wovon Dean geredet hat. Ihr kleines Ich blickte sie mit ernsten Augen an. *Er hat lediglich das bestätigt, was du schon geahnt hast.*

Aber das konnte doch nicht sein. Klar, Eric kuschelte sich danach gern noch ein paar Minuten an sie. Er mochte es auch, sich mit ihr zu unterhalten. Aber war das nicht normal? Zoe war ja nicht gerade Profi, was das erfolgreiche Führen von Affären anging.

Wie machten andere das denn? Hallo, rein, raus, bis zum nächsten Mal?

Selbst Dean war manchmal mit Danielle ausgegangen. Aber sie war ja auch ein Amüsiermädchen gewesen ...

Komm schon, Zoe, du brauchst nur eins und eins zusammenzuzählen. Ihre Minikopie faltete die Arme vor dem Körper. *Denk nur mal an Erics Verhalten im Diner, am Flughafen, hier ...*

Als der Groschen bei Zoe immer noch nicht fallen wollte, hob ihr kleines Ich die Augenbrauen. *Er ist eifersüchtig.*

Zoe erstarrte. Natürlich ... Die Wahrheit kam in Bildern: wie Eric sie stets an sich zog, sobald Dean in der Nähe war. Die Sprüche, die er von sich gab. Seine miese Laune, als ihr Ex-Freund es gewagt hatte, mit ihr zu reden ...

Mit der Hand fuhr sich Zoe durch ihre Haare. *Fuck ...*

Wie hatte es bloß so weit kommen können? Sie kamen doch aus zwei völlig verschiedenen Welten. Eric war drei Jahre jünger als sie, angehender Jurist und stammte aus einer der wohlhabendsten Familien an der Westküste. Was wollte er mit der Praktikantin aus Deutschland, die einer einfachen Arbeiterfamilie entsprungen war?

Am besten fragst du ihn das selbst ...

Zoes Magen drehte sich um. Daran würde wohl

tatsächlich kein Weg vorbeiführen. Sie musste die Sache klären, bevor sich Erics Gefühle intensivierten.

Sie legte sich die Hand auf ihre Stirn. Warum musste bei ihr in Liebesdingen alles schieflaufen?

Dean, den sie wirklich geliebt hatte, hatte sie abserviert. Und Eric, mit dem sie lediglich eine lockere Geschichte hatte haben wollen, verliebte sich in sie.

Zoe verstand die Welt nicht mehr. Die Liebe war keine Liebe mehr und Affären keine Affären.

Sie schüttelte den Kopf, bevor ihre Augen zu Eric glitten. Als er ihren Blick auffing, bedeutete er ihr, zu ihm zu kommen, doch sie winkte ihn heran.

Er stand auf und schlenderte zu ihr. Als er sich neben sie an den Tresen stellte, blickte er ihr tief in die Augen. Er strich eine Haarsträhne aus ihrem Gesicht.

»Tom und ich hatten gerade ein interessantes Gespräch über die politische Entwicklung unseres Landes ...«

Zoe hörte Eric gar nicht zu. Sie wusste nicht, wie sie anfangen sollte, und druckste herum.

Als er die Unsicherheit in ihrer Miene bemerkte, hielt er inne. »What's up?«

Sie seufzte.

Augen zu und durch!

Zoe nahm all ihren Mut zusammen und begegnete Eric mit festem Blick. »Sag mal, ich ... bin doch bloß eine Affäre für dich, oder?«

Sie wartete auf eine Reaktion. Doch Eric antwortete nicht, sondern sah sie nur mit einem Ausdruck an, den Zoe nicht deuten konnte.

»Du empfindest nichts für mich, oder?«, fragte sie, um sicherzugehen, dass er sie richtig verstand.

Erics Augen wanderten über ihr Gesicht. Schließlich lächelte er schüchtern. »Na ja …«

O nein …

»Du bist eine wirklich tolle Frau, Zoe. Ich … bin gern mit dir zusammen.« Er blickte auf seine Schuhe, dann sah er sie wieder an. »Ich weiß auch nicht, irgendwann in den letzten Wochen … war auf einmal dieses Gefühl da. Immer wenn wir uns gesehen haben, wollte ich nicht, dass du gehst.« Er fixierte sie. »Für mich geht es schon lange nicht mehr bloß um Sex.«

Zoe schloss für einen Moment die Augen. *Also doch …*

Sie blickte Eric an, kaute auf ihrer Unterlippe, hatte keine Ahnung, was sie jetzt machen sollte. Doch er kam ihr zuvor.

»Zoe, lass es uns einfach versuchen.« Er griff nach ihrer Hand. »Wir verstehen uns gut. Warum dann nicht einen Schritt weitergehen?« Er lächelte sie auffordernd an. »Komm schon, du magst mich doch auch. Wir reden über so viele Dinge. Ich habe noch nie mit einer Frau, mit der es bloß um Sex ging, so viel und so intensiv geredet.«

Intensiv geredet? Ihr kleines Ich zog die Augenbrauen zusammen. *Über Alltag und Hobbys zu quatschen, ist für ihn tiefgehendes Reden?*

»Eric, ich …«

Er ließ sie nicht zu Wort kommen. »Du könntest im September mit mir nach New York gehen. Dort nehmen wir uns eine kleine Wohnung.«

Woh, was? Immer schön durchatmen …

Während Zoe mit großen Augen schluckte, sprudelte es nur so aus Eric heraus.

»Du könntest dein Praktikum doch verlängern, es dort

zu Ende machen. Und danach überlegen wir, wie es weitergehen soll ...«

»Eric.« Deutlich sagte Zoe seinen Namen, sodass er aufhörte zu reden und sie irritiert anblickte. Sie drückte seine Hand. »Ich ... muss dir leider sagen, dass ich nicht so wie du empfinde.«

Ihr Satz ließ Erics Lächeln schwinden.

Sie seufzte. »Tut mir leid, aber ... für mich ist das nur eine Affäre. Ich wollte nie mehr ...«

»Aber das könnten wir doch jetzt ändern ...«

Zoe hob die Hand, sodass er nicht weiterredete. »Ich möchte es aber nicht ändern.« Sie sah ihn eindringlich an. »Ich finde dich nett und wir haben viel Spaß miteinander. Du bist ein toller Mann, aber du und ich ... daraus wird nichts.«

»Wieso nicht?« Ein verzweifelter Ausdruck prangte auf Erics Miene. »Ist es, weil ich jünger bin als du?«

»Nein, du weißt, dass das Alter keine Rolle für mich spielt.«

»Aber was ist es dann?« Hilflos hob er die Hände. »Ich glaube, ich bringe alles mit, was eine Frau will.«

Zoe nickte energisch. »Tust du auch, ganz sicher.«

Anscheinend war Eric am Ende mit seinem Latein. Mit offenem Mund starrte er sie an.

Zoe wusste nicht, was sie noch anbringen sollte. Es war so, wie sie gesagt hatte. Sie empfand nichts für Eric. Auch wenn er ganz bestimmt ein guter Fang wäre, so konnte sie ihm nun mal keine Gefühle vorspielen.

Erics Miene versteinerte sich. »Es ist Dean, oder?« Er blickte zu seinem Kontrahenten, der die Szene zwischen ihnen zu beobachten schien. »Du liebst ihn immer noch.«

»Nein … es ist nicht wegen Dean«, stammelte Zoe.

Eric schnaubte. »Und ob es so ist! Ich habe doch deine Blicke gesehen. Wie du ihn angaffst. Wie du dich veränderst, wenn er in der Nähe ist.«

»Was? Nein, so ist das nicht.« Hilfe suchend blickte Zoe durch die Bar. Sie sah, wie Chris aus der Hängematte sprang und mit genervter Miene etwas zu Janie sagte. Ihre Freundin hatte sich aufgerichtet und schaute Chris fragend an.

Dann zuckte Zoes Blick zu Dean, der immer noch zu ihr und Eric linste. Er wirkte mit seinen wachsamen Augen angespannt. Und auch Eric registrierte wohl sein Belauern.

»Mind your own business!«, brüllte er Dean zu. »Es geht dich einen Scheiß an, was ich mit deiner Ex zu besprechen habe!«

»Eric, hör auf.« Entsetzt griff Zoe nach Erics Arm, doch er riss sich los.

»Ist doch wahr. Was glotzt der dich immer so an? Der soll sich verdammt noch mal 'ne neue Freundin suchen und dich in Ruhe lassen.«

»Was hast du gesagt?« Dean sprang auf und stapfte mit wütenden Schritten auf Eric zu.

O *shit* …

»Sag das noch mal, du kleiner Pisser!«

Die beiden Männer standen nun dicht an dicht. Zoe fühlte, dass die Luft kurz davor war, zu brennen.

»Was stimmt nicht mit dir, Mann?«, keifte Eric los. »Fliegst mit deiner Ex in den Urlaub, obwohl die das gar nicht will. Kapierst du nicht, dass du hier nichts mehr zu suchen hast?« Erics Augen funkelten böse. »Verpiss dich einfach und überlass Zoe mir!«

»Dream on«, knurrte Dean. Er setzte ein höhnisches

Lächeln auf, während er auf Zoe deutete. »Diese Frau wird nie dir gehören. Sie ist 'ne Nummer zu groß für dich, mein Freund.«

»Ach ja?« Eric trat noch näher an Dean heran, sodass sich ihre Nasenspitzen fast berührten.

»Ja!« Dean kniff die Augen zusammen. »Zoe wird sich nie ernsthaft für einen arroganten Snob wie dich interessieren.«

Während Zoe die Szene vor ihren Augen wie betäubt verfolgte, umspielte ein zynisches Lächeln Erics Lippen.

»So?« Er senkte seine Stimme, doch sie konnte trotzdem hören, was er sagte. »Aber bumsen wollte sie den arroganten Snob trotzdem.«

Dean sog scharf die Luft ein, aber Eric war noch nicht fertig.

»Und weißt du was?« Er grinste. »Ihr hat's merklich gefallen.«

»Eric, hör auf!«, rief Zoe noch, doch es war zu spät.

In dieser Sekunde holte Dean mit seiner Faust aus und verpasste Eric einen Kinnhaken. Dieser taumelte zurück und landete auf dem Boden.

»Scheiße, Eric!« Zoe kniete sich hin und wollte ihm aufhelfen, doch Eric stieß sie weg. Er umfasste sein Kinn und bewegte den Kiefer. Schließlich stand er auf und sah zwischen Dean und Zoe hin und her.

»Ihr zwei verdient einander.« Eric stierte Zoe aus funkelnden Augen an. »I'm done with you!« Er setzte sich in Bewegung, um den Ausgang anzusteuern, doch kurz vor der Tür drehte er sich noch einmal um. Ein sarkastisches Lächeln zuckte um Erics Mundwinkel. »Freie Bahn, Zoe. Ich werde meine Sachen packen, dann kannst du mit Dean gleich direkt im Zimmer vögeln.«

Er machte auf dem Absatz kehrt und trat mit dem Fuß gegen die Tür, sodass diese aufflog. Während Zoe Eric nachsah, kam ihr Gehirn nicht hinterher. Sie konnte nicht fassen, was sich soeben abgespielt hatte. Sie blickte zu Dean, der sie mit mahlenden Kiefern fixierte. Sie starrten einander an, ohne ein Wort zu sprechen. Dann wandte Zoe den Blick ab.

Um sie herum war es totenstill geworden. Sie fühlte die Blicke der anderen auf sich. Alle, die hier waren, mussten ihre Szene gesehen haben.

Zoes Kopf zuckte zu Emily und Tom, die vom Sofa aufgestanden waren. Während sich Emily erschrocken die Hand vor den Mund geschlagen hatte, stand Tom mit ungläubiger Miene neben ihr. Dann blickte Zoe zu Janie, die allein in der Hängematte saß und sie ebenso geschockt ansah.

Zoe schüttelte den Kopf. Sie musste hier raus. Schnurstracks steuerte sie die Toiletten an. Im Augenwinkel bemerkte sie, wie Dean ihr nachsah.

»Ich kann nicht fassen, dass Dean Eric eine reingehauen hat.«

Während Janie abwesend vor sich hin sah, ließ Zoe den Anhänger ihrer Kette hin und her gleiten.

»Ich schon ... Eric hat ihn provoziert.«

Emily, Janie und Zoe waren immer noch im Tropicana. Obwohl Zoe nach dem Eklat am liebsten ins Hotel geflüchtet wäre, hatte sie sich dazu entschieden, nicht zu gehen. Stattdessen hatte sie ihren Mädels erzählt, was in der letzten halben Stunde geschehen war.

Nun saßen die drei in einer Nische zusammen und blickten betrübt vor sich hin.

Nur Emily hatte sich nach dem Kinnhaken schnell gefangen. Anscheinend sorgte ihr lustig gestiegener Alkoholpegel dafür, den Vorfall nicht zu sehr zu dramatisieren. Während sie an dem Cocktailschirmchen in ihrem Glas herumfummelte, blickte sie von einer Freundin zur anderen. »Girls, eigentlich war das doch absehbar.«

Zoe und Janie sahen auf.

»Ich meine, kommt schon, die Luft zwischen Dean und Eric hat doch schon am Flughafen gebrannt. Mich wundert's, dass es nicht schon sehr viel früher dazu gekommen ist.«

Da hatte Emily natürlich nicht unrecht. Die Gemüter hatten sich schon *vor* ihrem Kurztrip aufgeheizt.

Zoe blickte zu Dean, der neben Tom am Tresen saß. Auch er hatte das Feld nicht geräumt. Die beiden steckten die Köpfe zusammen und redeten. Das hieß, Tom redete. Dean saß bloß da und hörte zu, was sein sichtlich aufgebrachter Bruder ihm zu erzählen hatte. Wild gestikulierend hielt Tom einen flammenden Monolog. Zoe hätte zu gern gewusst, worüber er disputierte. Wahrscheinlich darüber, dass es töricht von Dean gewesen war, sich ihrem Trip aufzudrängen.

»Wo ist Eric eigentlich hin?«, fragte Emily.

Zoe zuckte die Schultern. »Wahrscheinlich ins Hotel seine Sachen holen. Ich glaube nicht, dass wir ihn noch einmal wiedersehen.«

»Ist vermutlich auch besser so, bevor sie sich gegenseitig die Schädel einschlagen.« Emily griff nach ihrem Cocktail und schüttete den Rest in sich hinein.

»Ich möchte nur mal wissen, was Chris zu all dem sagt.« Mit mürrischer Miene spähte Janie durch die Bar. Scheinbar war Chris seit der Eskalation zwischen seinem Freund und Dean wie vom Erdboden verschluckt.

»Was war eigentlich vorhin zwischen euch los?« Zoe fiel Chris' genervter Ausdruck ein, als er aus der Hängematte gesprungen war.

»Er versteht nicht, warum ich heute nüchtern bleiben will. Er wollte mir die ganze Zeit einen Cocktail aufschwatzen.« Janie senkte die Stimme. »Chris meint, mit einer gewissen Promillezahl würde es anschließend noch heißer hergehen.«

Emily verzog das Gesicht. »Danke für die Info, die niemand braucht.«

Doch bei Zoe sprangen augenblicklich die Alarmglocken an. »Findest du das in Ordnung von ihm? Willst du dich von ihm zu 'ner Alkoholikerin machen lassen, nur damit er mehr Spaß in der Kiste hat?«

»Of course not!« Doch Janies gerunzelte Stirn offenbarte, dass sie ins Grübeln geriet. »Wobei ich zugeben muss, dass an seiner Theorie etwas dran ist. Einmal haben wir es gar nicht mehr in die Wohnung geschafft. Wir haben es mitten im Hausflur ...«

»Woh!« Emily formte mit den Händen ein Time-out-Zeichen. »Danke, Janie, aber weitere Details sind wirklich nicht notwendig.«

Janie grinste und wurde dann wieder ernst. »Wo steckt er bloß?« Wieder irrte ihr Blick durch die Bar.

»Vielleicht hat er sich rausgeschlichen?«, warf Emily ein.

»Nein, das glaube ich nicht.« Nachdem ihre Augen ein weiteres Mal umhergewandert waren, zuckte Janie die Schultern. »Wird schon auftauchen ... Mädels, ich muss dringend pullern.«

Damit sprang sie auf und verschwand in Richtung der Toiletten.

Augenblicklich lehnte sich Emily zu Zoe, um sie zu mustern. »Und, stimmt es, was Eric gesagt hat?«

Zoe zog die Augenbrauen zusammen, sodass Emilys Blick noch ungeduldiger wurde.

»Dass du ihm wegen Dean einen Korb gegeben hast?«

»Em, Eric und ich, das war nie was Ernstes. Ich hätte niemals eine Beziehung mit ihm angefangen.«

Emily taxierte sie. Offensichtlich dachte sie darüber nach, ob Zoe die Wahrheit sagte. Als sie gerade etwas entgegnen wollte, hörten sie plötzlich lautstarkes Gekeife, das aus den Toiletten zu kommen schien.

Emily und Zoe fuhren herum und beobachteten, wie Janie mit wutverzerrtem Gesicht auf sie zulief. Kurze Zeit später kam Chris hinter ihr her. Während er damit beschäftigt war, seine Jeans zuzuknöpfen, rief er wiederholt Janies Namen.

Als Janie ihren Tisch erreichte, holte Chris sie ein.

»Baby, es war nicht so, wie es aussah.«

Janie lachte schrill. »Ach, nein?« Sie stemmte ihre Hände in die Hüften. »Du hast also mit dem billigen Flittchen keine Nummer auf der Toilette geschoben?«

Erschrocken blickten Zoe und Emily zu den Toiletten. Eine knapp bekleidete Frau mit zahlreichen Tattoos trat heraus und stahl sich in Richtung Ausgang.

Janie blickte ihr hinterher und lächelte zynisch. »Was hast du dann da drinnen gemacht?« Sie tippte mit dem Finger gegen ihr Kinn. »Let me guess: Du hast dich in der Toilette geirrt und dabei ist dein Schwanz versehentlich in sie hineingerutscht.«

Hilflos hob Chris die Hände. »So ähnlich.«

»So ähnlich?«, kreischte Janie.

Zoe stand auf und stellte sich vor ihre Freundin. »Weißt du, Chris, es ist besser, wenn du jetzt gehst.«

Doch Chris beachtete Zoe gar nicht. Er blickte an ihr vorbei. »Baby, hör mir zu. Wir hatten doch noch gar nicht richtig angefangen.« Wie ein Unschuldslamm hob er wieder die Hände. »Ich bin gar nicht gekommen.«

»Toll, da bin ich aber erleichtert!« Janie verschränkte die Arme.

Zoe trat einen Schritt auf Chris zu. »Geh jetzt einfach«, sagte sie mit Nachdruck in der Stimme.

Doch Chris starrte sie nur an. Hinter ihm tauchten Tom und Dean auf. Als Chris sie bemerkte, drehte er sich zu ihnen. »Ehrlich, ich bin gar nicht gekommen. Ich verstehe nicht, warum sie jetzt so einen Affen macht.«

Mit hilfloser Miene blickte er von Tom zu Dean. Anscheinend galt sein angebliches *Nicht-Kommen* als Entschuldigung.

Dean fasste ihn an der Schulter. Während alle gebannt den Atem anhielten und mit einem weiteren Kinnhaken rechneten, blickte er Chris unmissverständlich an. »Hey, man, you should go now.«

Chris sah zu Janie, die immer noch hinter Zoe stand und finster vor sich hinstarrte. Er seufzte und fuhr schließlich nickend herum. Mit langsamen Schritten ging er auf den Ausgang zu.

Zoe blickte durch die Bar. Heute Abend sorgte ihre Gruppe für ungewollt viel Entertainment. Alle Gäste blickten Chris hinterher, der sich nun an der Tür noch einmal umdrehte. Er sah zu Janie, die den Blick sofort abwandte. Mit gesenktem Kopf ging er hinaus.

»Ich glaube, ich bin im falschen Film.« Janie raufte sich die Haare. »Das muss doch ein schlechter Scherz sein … Erst die Fast-Schlägerei zwischen Dean und Eric und jetzt … das.« Betrübt blickte sie in ihr Wasserglas.

Zoe und Janie saßen wieder an ihrem Tisch zusammen. Emily war nach dem zweiten Drama zu Tom an den Tresen geflüchtet, um mit ihm die Ereignisse des Abends bei einem Cocktail Revue passieren zu lassen. Während sich die beiden aufgeregt unterhielten, saß Dean daneben und konzentrierte sich auf sein Bier, das er in seiner Hand drehte.

Zoe strich über Janies Rücken. »Vergiss den Typen.« Sie versuchte, ein Lächeln aufzusetzen. »Nimm einfach dein kleines schwarzes Notizbuch und setz einen Haken hinter ihn. Als Kommentar kannst du ja schreiben: *Geiler Sex, aber mieses Arschloch.*«

Janie lächelte schief. »Dann müsste ich ehrlicherweise *Best Sex ever* schreiben.«

»Von mir aus auch das.«

Zoe wusste, dass es dieses schwarze Notizbuch tatsächlich gab. Darin notierte Janie alle Eroberungen, die bei ihr in der Kiste gelandet waren. Jedoch fanden sich dort nicht nur Nummer und Name, sondern auch ein kurzes, aber knackiges Urteil des Stelldicheins. Janie hatte Zoe einmal hineinspähen lassen, nachdem sie hackedicht aus dem Joe's getorkelt waren. Von spitzenmäßig bis außerordentlich mies war jegliche Kritik samt Anmerkung zu finden gewesen. *Raketenschwanz, Riesenboa, Mini-Gürkchen* und Sätze wie *Hat meine Mumu nicht gefunden* hatten Zoe Tränen lachen lassen.

Bei der Erinnerung daran musste sie erneut schmunzeln, doch Janie war nicht nach Lachen zumute. Sie stützte ihren Kopf in die Hände und blickte ins Leere.

Wieder legte Zoe ihre Hand auf Janies Rücken. »Hey, was ist denn los? Chris war doch bloß 'ne Affäre.« Mit der anderen Hand deutete sie um sich. »Hier sind ein Haufen anderer Kerle, mach doch einen von denen klar und lenk dich ab.«

»Keine Lust.« Janie seufzte und sah Zoe mit ernsten Augen an. Offenbar dachte sie nach. »Eigentlich dürfte ich so was gar nicht sagen, aber ich … mochte Chris.«

Zoe und ihr kleines Ich rissen die Augen auf. *Verzeihung, könntest du das noch einmal wiederholen?*

Janie nickte angesichts des entsetzten Ausdrucks in Zoes Gesicht. »Tja, wer hätte das gedacht? Die gute alte Janie hatte tatsächlich Herzchen in den Augen.«

Während Zoe sie immer noch angaffte, brachte sie kein Wort heraus. Janie und verliebt? Das passte so gut zusammen wie Die Flippers und Marilyn Manson – gar nicht.

Sie dachte daran zurück, was Janie ihr einmal nach ein paar Cosmos erzählt hatte: Bisher war sie nur ein einziges Mal wirklich verknallt gewesen und das lag laut Janie bereits Lichtjahre zurück. Danach hatte es keinen Mann gegeben, der ähnliche oder tiefgehende Gefühle bei ihr hervorgerufen hätte.

Wieder einmal fiel Zoe die deutliche Parallele zu ihrer Freundin Lucie auf, die Liebe gleichermaßen für eine hormonelle Hysterie hielt. Ihre beiden Freundinnen glaubten nicht an die wahre Liebe und die wahre Liebe glaubte nicht an sie. Sowohl von Lucie als auch von Janie hatte Zoe bereits unzählige Male den gleichen Satz gehört: Männer waren einzig und allein zum Bumsen da. Was also hatte Chris, dass Janie ihren Grundsatz über Bord warf?

Vielleicht einen goldenen Schwanz, warf ihr kleines Ich stirnrunzelnd ein.

Wie so oft ignorierte Zoe ihre Minikopie und starrte Janie an. Allmählich hatte sie verdaut, was ihre Freundin soeben enthüllt hatte. »Magst du ihn, weil ... er so gut im Bett war? Ist es das?«

Janie schmunzelte. »Auch, ja. Aber das war es nicht allein.« Sie seufzte. »Mit Chris hat einfach *alles* Spaß gemacht, nicht nur das Bumsen. Er hat einen wirklich außergewöhnlichen Humor. Wir haben so viel gelacht ... und geredet. Wir haben über Gott und die Welt gequatscht, seine Ansichten haben mich echt inspiriert.« Ihr leuchtender Blick glitt in die Ferne und verblasste schließlich. »Ich dumme Kuh dachte wirklich, er würde auch so empfinden, aber ...« Sie winkte ab.

Ein weiteres Mal musste Zoe wie ein dümmlich dreinschauendes Schaf wirken. Sie hatte keinen Schimmer gehabt, dass sich ihre Freundin und Herr Leuchtzahn auch auf geistiger Ebene blendend miteinander verstanden hatten. Ihre *Beziehung* hatte auf Zoe stets rein körperlich gewirkt. Doch als sie die Enttäuschung in Janies Augen sah, musste sie ihren Eindruck revidieren.

Sie griff nach Janies Hand. »Tut mir leid.«

Ihre Freundin nickte. »Schon okay, ich bin ja selbst schuld.«

Sie verfielen in Schweigen. Während Zoe verzweifelt über ein paar aufmunternde Worte nachdachte, wurde ihr klar, warum Janie Chris unbedingt in Florida hatte dabeihaben wollen. Und nun ... Liebe war einfach ... scheiße.

»Wow, look at that«, sagte Janie in diesem Moment, sodass Zoe aufsah.

Janie nickte in Richtung Eingang. »Sieht ganz so aus, als würde Dean wieder auf die Jagd gehen.«

Noch bevor Zoe überhaupt hingeschaut hatte, zog sich ihr Herz zusammen.

Als sie sich schließlich traute, einen Blick zu riskieren, kam es ihr vor, als würde sie bei lebendigem Leib in Beton gegossen.

Offenbar war Dean aus seiner Ohnmacht erwacht. Lässig lehnte er am Pfeiler gegenüber des Tresens, wo er in ein Gespräch mit einer blonden Südstaatenschönheit vertieft war. Dabei gab er Blicke aus seinem beeindruckenden Flirt-Repertoire zum Besten. Zoe kannte diese Masche nur zu gut, immerhin war sie selbst darauf hereingefallen, und auch Blondie war drauf und dran, ihm ins Netz zu gehen.

Während sie an der Wand lehnte und die Arme hinter dem Rücken verschränkte, kicherte sie immer wieder und blickte verlegen zur Seite.

Zoe spürte, wie der Stachel der Eifersucht sie pikte. Sie griff nach dem Untersetzer, der vor ihr auf dem Tisch lag. Was zum Teufel tat er da? War Dean nicht *ihretwegen* mitgeflogen? Warum stand er dann da vorn und baggerte eine Frau an, die bestimmt einen dämlichen Vornamen wie Tiffany-Sunshine hatte?

Ihr kleines Ich sah sie mit hochgezogenen Augenbrauen an. *Weil du heute vor seinen Augen mit Eric im Hotel verschwunden bist?*

Klar, Dean wusste ja nicht, dass Zoe dabei die ganze Zeit an ihn gedacht hatte.

Was gar nicht hätte passieren dürfen.

Während ihre Minikopie sie mit strafendem Blick

segnete, musste Zoe ihr zustimmen. Nein, das hätte es tatsächlich nicht. Was war bloß los mit ihr?

»Zoe, alles okay?« Janies Blick flitzte zwischen dem Gesicht ihrer Freundin und deren Hand hin und her.

Zoe hatte gar nicht gemerkt, wie fest sie den Untersetzer in ihre Faust gepresst hatte. Er war drauf und dran, in seine Einzelteile zu zerbröseln.

»O ähm, ja, natürlich«, stotterte sie.

Als Zoe sah, wie Janie nachdenklich die Augenbrauen zusammenzog, warf sie die Reste des Untersetzers auf den Tisch und sprang auf.

»Ich ... äh ... muss mal.«

Sie zog so schnell von dannen, dass Janie ihr irritiert nachsah.

Doch anstatt den Weg zu den Toiletten einzuschlagen, pirschte sich Zoe an Dean und *Tiffany-Sunshine* heran. Sie lehnte sich an den anderen Pfeiler neben ihnen, von dem aus sie Fetzen ihres Gesprächs mitbekam.

»Du denkst also, ich sollte mit dir aufs Zimmer gehen?«, fragte Tiffany in dem Moment, sodass Zoe der Mund aufklappte.

Sie versuchte, unauffällig zu den beiden zu linsen, und sah, wie Tiffany wieder verlegen lächelte. Zoe wusste, dass ihre Zurückhaltung Dean noch mehr reizte, die Jagd so nur noch interessanter wurde.

»Na klar«, antwortete er kühn.

Was?

Dean senkte die Stimme. »Natürlich können wir auch zu dir gehen. Mir ist das gleich.« Er setzte ein Grinsen auf, das Tiffany-Sunshine dahinschmelzen ließ. Sie klimperte ihn mit ihren langen, vermeintlich falschen Wimpern an.

Zoe wandte den Blick ab. Ihr Magen zog sich zusammen. Ihre Augen glitten zum Tresen, wo Tom und Emily Zoe interessiert musterten. Kein Wunder, sie drückte sich hier wie *Inspektor Clouseau* herum.

Ach, auch schon gemerkt? Ihr kleines Ich stemmte die Hände in die Hüften. *Sieh zu, dass du hier verschwindest.*

Doch Zoe konnte sich nicht bewegen, ihre Füße schienen am Boden festzukleben.

»Und was hast du da mit mir vor?«, fragte Tiffany dümmlich, doch Zoe hörte das Schnurren in ihrer Stimme. Sie traute sich nicht, einen weiteren Blick zu riskieren. Das brauchte sie auch nicht, selbst ohne hinzuschauen, lag auf der Hand, worauf die Szene hinauslaufen würde.

»Ein paar nicht jugendfreie Spielchen spielen«, antwortete Dean. »Ich muss dich jedoch warnen«, er legte eine Spannungspause ein, »ich bin ein äußerst leidenschaftlicher Spieler.«

Wieder kicherte Tiffany. Dann wurde es still zwischen den beiden. Obwohl Zoe immer noch nicht hinsah, wusste sie genau, was sich neben ihr abspielte. Während Tiffany so tat, als würde sie über Deans Vorschlag nachdenken, aber vermutlich schon bei der Frage war, ob ihr Slip der passende für eine heiße Nacht war, durchbohrten sie Deans brennende Augen.

»Na schön«, meinte Tiffany dann. »Ich gehe mal kurz für kleine Mädchen und dann … können wir los.«

»Great, I'll be here.«

Tiffany-Sunshine wackelte mit ihrem üppigen Hinterteil an Zoe vorbei. Am liebsten hätte sie sie angesprungen und ihr die platinblonden Haare ausgerissen.

Zoe kam nicht hinterher. An diesem Abend überschlugen

sich die Ereignisse. Erst hatte sich herausgestellt, dass ihre Affäre gar keine gewesen war. Dann war das Platzhirschgehabe zwischen Dean und Eric eskaliert, sodass Dean ihn niedergeschlagen hatte. Und obwohl das längst gereicht hätte, war Chris mit dem Tattoo-Girl auf der Toilette verschwunden, während Janie in derselben Bar saß.

Und jetzt ... jetzt machte Dean seine Nummer vierundsechzig klar.

Obwohl Zoe es nicht sollte, blickte sie wieder zu ihm. Und erstarrte. Dean lehnte immer noch an dem Pfeiler, aber anstatt auf sein Handy zu schauen oder Löcher in die Luft zu gucken, sah er sie direkt an.

Erwischt, flötete ihr kleines Ich.

Hitze kletterte in Zoes Wangen. Sie wusste genau, dass sie sich lächerlich machte. Trotzdem konnte sie den Blick nicht von Dean abwenden.

Ohne sie aus den Augen zu lassen, zog er seine Hände aus den Hosentaschen und verschränkte die Arme vor der Brust. Zoe versuchte, in seinem Blick zu lesen. Versuchte, herauszufinden, was hinter der Show mit Tiffany stecken mochte. Aber die Antwort blieb aus. Deans Pokerface funktionierte immer noch einwandfrei. Mit unlesbarer Miene hielt sein Blick sie fest, ohne dabei zu verraten, was in ihm vorging.

Sann er auf Rache oder war es ihm schlichtweg egal? Hatte er Zoe nun tatsächlich abgehakt, um sich frohen Mutes in seine geliebte Jagd zu stürzen? Sie wusste es nicht.

Ohne dass sie es verhindern konnte, setzten sich ihre Füße in Bewegung. Doch anstatt zu Janie zurückzulaufen, schlugen sie den Weg zu Dean ein.

Falsche Richtung, kreischte ihr kleines Ich.

Aber sie konnte nicht bremsen. Es war so, als würde Zoe an unsichtbaren Fäden hängen.

Sie rückte immer näher an Dean heran. Er reckte den Kopf, um ihr diesen Blick zu schenken. Jenen, der sie immer so unglaublich nervös gemacht hatte. Und auch jetzt verfehlte er seine Wirkung nicht. Ihr Herzschlag beschleunigte sich.

Kurz vor ihm stoppten ihre Füße.

Na, jetzt bin ich ja mal gespannt ...

Sie überhörte den Kommentar und starrte Dean an. Er starrte zurück, wort- und reglos.

Zoe hatte keinen Schimmer, was sie sagen sollte. Wie es überhaupt so weit hatte kommen können, dass sie in dieser Sekunde vor ihm stand. Es ging sie nichts mehr an, was Dean trieb. Er könnte sich direkt vor ihren Augen mit Tiffany amüsieren und sie würde nichts dagegen unternehmen können. Sie waren getrennte Leute.

Aber sie musste jetzt etwas sagen. Tiffany würde gleich zurück sein und dann würden sie gehen.

»Ich ... ich ...«, stotterte sie.

Deans Augen weiteten sich scheinbar gebannt.

Hilflos irrte Zoes Blick umher. Es gab so viel, das sie ihm sagen wollte, und doch war bereits alles gesagt. Ihre Geschichte war passé, das Kapitel beendet. Sie hatte hier nichts verloren. Sie hatte nicht das Recht, ihm die Tour zu vermasseln. Dean hatte alles getan, um sie zurückzugewinnen, aber sie hatte ihn gnadenlos abblitzen lassen.

Nun war es zu spät.

»Ich wäre dann so weit«, hörte Zoe eine Stimme hinter sich sagen.

Sie fuhr herum und sah, wie Tiffany-Sunshine lächelnd

zwischen Dean und ihr hin und her blickte. Anscheinend störte es sie nicht, dass nun eine andere Frau vor ihrer nächtlichen Eroberung stand.

Zoe blickte zurück zu Dean, der sie immer noch anstarrte, scheinbar ungeduldig wartend, was ihre Aktion zu bedeuten hatte.

Mit der Hand strich Zoe über ihr glühendes Gesicht. »Tut ... tut mir leid ...« Sie schüttelte den Kopf, als würde sie so wieder zur Besinnung kommen.

Stolpernd setzten sich ihre Füße in Bewegung. Sie peilte den Ausgang an. Nachdem sie die Tür aufgerissen hatte, rannte sie auf die Straße. Sie blieb stehen und sog die schwüle Nachtluft Miamis in ihre Lungen.

Du bist völlig übergeschnappt, Zoe.

17

»Hey, dreamy girl!« Janies Finger schnippten vor Zoes Gesicht herum. »Wir sind da.«

Zoe kehrte ins Hier und Jetzt zurück. Sie richtete sich auf der Rückbank auf, auf der sie in der letzten halben Stunde tief heruntergerutscht und in ihre Gedanken abgedriftet war. Dabei hatte sie gar nicht mitbekommen, wie Emily das Ortsschild von Key West passiert hatte.

»Key West, get ready! We're comin' …«, flötete diese.

Die drei Mädels saßen im Leihwagen und hatten nach vier Stunden Fahrt ihren zweiten Zielort erreicht.

Zoe hatte keine Ahnung, was sie an der südlichsten Spitze Floridas erwarten würde. Doch das, was sie während ihres mehrstündigen Trips gesehen hatte, gefiel ihr überaus gut. Allem voran die hiesige Natur: karibisches Flair, wohin das Auge reichte. Mit türkisklarem Wasser und weißen Stränden, an denen sie am liebsten sofort ein Sonnenbad genommen hätte.

Obwohl der Landstrich der Keys sehr schmal war, gab es dennoch Städtchen, die sie immer weiter in Richtung Süden lotsten.

Wer allerdings in Orten wie Key Largo oder Marathon pulsierendes Leben wie in Miami erwartete, der irrte sich. Auf den Keys ging es ruhig zu, es gab keine großen Malls, keine verstopften Straßen oder Lärm der Großstadt. Stattdessen herrschte stille Idylle mit ein paar Häusern, Hotels und hin und wieder einem Fast-Food-Restaurant. Wer hier wohnte, musste ein Fan von Abgeschiedenheit sein. Während es für Zoe schon ein Albtraum war, dass der nächste Starbucks fünf Blocks entfernt war, so liebten die Bewohner offensichtlich genau dieses simple Life auf den Florida Keys.

Doch sah man über das Gefühl der Einöde und das Risiko hinweg, von einem Hurrikan erwischt zu werden, der hier bereits hergefegt sein musste, wie manch zersplitterte Boote preisgaben, war Zoe von den Keys schwer beeindruckt. Umgeben vom glasklaren Ozean, der mit seinen kleinen Koralleninseln wie ein zerklüfteter Teppich aussah, spürte Zoe, wie sie wieder von diesem leichtfüßigen Gefühl eingenommen wurde.

Sie fragte sich, was sie in Key West erwarten würde, dem Ort, der angeblich so ganz anders als der Rest der USA ticken sollte.

Mittlerweile waren sie nur noch zu fünft. Chris und Eric hatten sich für die verbleibenden Tage ein Zimmer in einem anderen Hotel in Miami gesucht. Die gesamte Gruppe würde demnach erst am Tag des Rückflugs wieder aufeinandertreffen. Zoe wollte nach den Dramen, die sich im Tropicana abgespielt hatten, gar nicht an die Bombe denken, die dann hochgehen würde.

Während die drei Mädels in einem Auto zusammensaßen, hatten sich auch Tom und Dean einen Leihwagen genommen und waren mit ihnen in Richtung Key West aufgebrochen. Zoe war froh, dass sie mit zwei Autos unterwegs waren, sonst würde sie wohl gerade auf Deans Schoß sitzen.

Der Gedanke an ihn löste ihr leichtherziges Gefühl in Luft auf.

Sie hatte Dean heute nur flüchtig gesehen. Beim

Frühstück war er nicht aufgetaucht – klar, die Nacht mit Tiffany-Sunshine musste heiß und lang gewesen sein. Wahrscheinlich hatte Dean nach den letzten Monaten riesigen Nachholbedarf und einen noch größeren Appetit gehabt. Tiffany-Sunshine würde wohl für ein paar Tage nicht richtig laufen können.

Wieder hatte Zoe dieses Gefühl, das gar nicht mehr da sein sollte. Die Vorstellung, wie Dean eine andere Frau berührte, sie küsste und mit ihr die Dinge tat, die zuvor mit Zoe gelaufen waren, ließ ihre Eifersucht wie bittere Galle hochsteigen.

Seit dem Gespräch gestern Mittag war nichts mehr, wie es gewesen war. Sie verfluchte die gedankliche Rückkehr zu ihrem gemeinsamen Trip, die Bilder, die auf einmal wieder so klar waren, als wären Dean und sie erst letzte Woche dort gewesen. Die Erinnerung hatte etwas in Zoe geweckt, das eigentlich schlafen sollte. Nicht nur das. Das Knistern, die Spannung zwischen Dean und ihr, die auf einmal da gewesen war, hatte ihre Gefühle an die Oberfläche zurückgetrieben.

Dabei hatte Zoe sich geschworen, nie wieder in Deans Nähe zu kommen, gar nicht erst das Minenfeld zu betreten, das unter ihr detoniert war. Sie hatte sogar einen Schlachtplan aufgestellt, dessen Umsetzung ihr in den letzten Monaten wirklich gut gelungen war.

Zoe hatte Deans Zurückeroberungsmission zunichtegemacht und stattdessen nach vorn gesehen. Sie hatte es geschafft, sich nach dem Tiefschlag aufzurappeln, hatte sich sogar in eine Affäre gestürzt, die sämtliche Lebensgeister in ihr zurückgeholt hatte. Sie hatte es genossen, nur ihren Körper sprechen zu lassen, während ihr Herz Sendepause hatte. Das war schön gewesen, bis Eric auf einmal mit diesen Gefühlen um die Ecke gekommen war.

Sie hatte es ja schon damals im Diner geahnt, als er so seltsam auf die Nachricht reagiert hatte, dass ihr Ex-Freund anwesend war. Und auch wenn Eric sich nicht in sie verliebt hätte, wäre Zoe früher oder später klar geworden, dass Dean recht hatte. Sie war nicht für schnelllebige Sachen geschaffen, zumindest nicht auf Dauer. Sie brauchte echte Emotionen, Vertrauen und vor allen Dingen einen Partner, mit dem sie auf einer Wellenlänge war. Mit Eric hatte es nicht ganz gematcht. Abgesehen davon, dass der körperliche Aspekt im Vordergrund gestanden hatte, war seine oft naive Auffassung meilenweit an ihrer eigenen vorbeigegangen. Vermutlich war es so, wie Dean gesagt hatte: Eric war zu unreif.

Zoe konnte nur eins ziemlich sicher sagen: Bisher hatte es nur einen einzigen Mann gegeben, mit dem sie all das gehabt hatte, was sie sich jemals gewünscht hatte – den sie von ganzem Herzen geliebt hatte. Den sie immer noch liebte, wenn sie ehrlich war. Bloß weil sie ohne Dean weitermachte, hieß das nicht, dass sich auch ihre Gefühle in Luft auflösten. Aber nun war es gleich, was sie noch für Dean empfand.

Mit der gestrigen Eröffnung der Jagdsaison hatte Dean bewiesen, dass auch er einen Schlussstrich gezogen hatte. Sie wusste nicht, was genau es gewesen war. Sie wusste nur, dass irgendetwas in Dean klick gemacht haben musste. Etwas hatte ihm gesagt, dass Zoe es nicht mehr wert war, um sie zu kämpfen.

Ich glaube, ich stehe gerade auf dem Schlauch. Ihr kleines Ich kratzte sich am Kopf. *Ich dachte, das Dean-Thema wäre durch. Du weißt doch, dass es mit ihm kein Happy End geben wird.*

Ja, das wusste Zoe durchaus. Selbst wenn sie es noch einmal miteinander versuchten, würde Zoes Angst, dass Dean wieder kalte Füße bekam, nicht verschwinden. Sie würde immer zittern müssen. Schließlich hatte die Sache mit Megan eindeutig bewiesen, dass es lichterloh unter der Oberfläche brannte, dass Dean gar nicht mehr beziehungsfähig war. Und doch ... waren diese Gefühle da. Vermutlich würden sie immer da sein, Zoe würde Dean immer lieben. Umso mehr tat der Gedanke weh, dass es wieder andere Frauen in seinem Leben gab, dass Zoe lediglich Nummer dreiundsechzig bleiben würde.

»Da ist es!«, rief Janie auf dem Beifahrersitz, sodass Zoe zusammenzuckte. »Da ist das Hotel.«

Sie schob die trüben Gedanken beiseite, die drohten, sich in ihre Eingeweide zu graben, und schraubte sich ein Lächeln auf.

»Na, endlich!«

Puh, würde sich in diesem Moment ein Swimmingpool vor Zoe auftun, würde sie ohne zu zögern hineinspringen.

Sie fühlte sich wie im Dschungel – bloß ohne Dickicht. Während sie im Westen der USA von trockener Hitze umzingelt gewesen war, wurde sie hier von tropischer Schwüle eingenommen. Ihr Schwitzen tat ihrem Gefallen an Key West jedoch keinen Abbruch.

Die Mädels, Tom, Dean und sie waren noch nicht lange unterwegs, aber eins wusste Zoe nun mit Bestimmtheit: Key West *war* anders.

Die Stadt, das Lebensgefühl und vor allem die Bewohner

tickten nicht wie die amerikanische Mehrheit. Das verrieten schon die T-Shirts, die sie in Souvenirshops entdeckt hatte und die mit ihren Aufschriften kein gutes Haar an republikanischen Politikern ließen.

Selbst der Friedhof war anders. Natürlich war ein Friedhof immer noch ein Friedhof. Doch während man normalerweise Grabinschriften wie *In ewiger Liebe* oder ähnliche Sensitivität vorfand, waren auf den Gräbern hier Grüße verewigt, die alles andere als feinfühlig ausfielen. Sprüche wie *I told you, I was sick*, *Loser*, *Are you happy now?* oder *The idea is to die young as late as possible* hatten sie vorhin laut lachen lassen.

Spätestens hier wurde offensichtlich, dass die Conchs, wie sich die Einwohner von Key West nannten, einen besonderen Humor hatten. Sie waren gechillter, mit einer angenehmen Leichtigkeit, die selbst auf leeren Straßen nachhallte. Zoe wunderte es nicht, dass viele Aussteiger Key West als Ziel wählten. Hier konnte man entschleunigen, den Stress quasi an der Stadtgrenze zurücklassen. Selbst die Häuser reflektierten die Gelassenheit ihrer Bewohner.

Um Zoe war es augenblicklich geschehen, als sie den Conch-House-Stil in Old Town Key West entdeckte. Von Palmen eingegrünt, stachen die Holzbauten wieder in den wunderbaren Pastelltönen hervor, die schon in Miami für reichlich Herzklopfen bei ihr gesorgt hatten.

Zoe konnte sich einfach nicht sattsehen. Fast bei jedem Haus blieb sie stehen, um es heimlich – was ihr natürlich nicht gelang – auf Foto zu bannen.

Oft erstreckten sich die Häuser über zwei Etagen. Umschlossen von einer romantischen Veranda, luden sie dazu ein, den Abend bei Grillenzirpen und herüberklingender Musik der Duval Street ausklingen zu lassen.

Diese war die Hauptader von Old Town. Über zwei Meilen erstreckte sich die Straße durch die Stadt, von Nord nach Süd.

Schlug man die nördliche Richtung ein, kam man zum Mallory Square, jenem Punkt, an dem der Sonnenuntergang wie ein Festival zelebriert wurde.

Ging man nach Süden, erreichte man den Southernmost Point, den südlichsten Zipfel Floridas. Die dort prangende schwarz-rot lackierte Boje war vermutlich der Foto-Hotspot Key Wests.

Die Duval Street selbst war das Herz der Stadt, hier pulsierte das Leben. Ob ausgefallene Souvenirshops, exzellente Restaurants oder aber der Wunsch, die Nacht zum Tag zu machen, in dieser Straße war alles möglich.

Viele Bars wie das Sloppy Joe's, in das zu seiner Zeit schon Ernest Hemingway eingekehrt war, spiegelten mit ihrer Urgemütlichkeit das typische Conch-Flair perfekt wider.

Doch heute stiegen die fünf nicht hier ab, sondern zogen in Richtung Norden.

Am Mallory Square saßen sie dann tatsächlich in der front row. Am Rande des Ozeans hatten sie die beste Sicht auf das allabendliche Schauspiel in Form der orangefarbenen Scheibe, die langsam im tiefblauen Golf von Mexiko verschwand.

Zoe beobachtete mit leuchtenden Augen, wie der Himmel alle Farben des Regenbogens durchspielte, wie die Dämmerung mit jedem untergehenden Zentimeter näher rückte. Allerdings konnte sie den Moment nicht so genießen, wie er es verdient gehabt hätte.

Bei dem Bild der untergehenden Sonne musste sie unweigerlich an diesen einen besonderen Abend am Highway One denken. Als Dean und sie am Strand gesessen und dem Sonnenuntergang mit diesem magischen Gefühl zwischen ihnen zugesehen hatten. Als sie noch so glücklich verliebt und voller Leidenschaft für den anderen gewesen waren. Dieses Hochgefühl war in der Sekunde jedoch so weit weg wie der Highway One selbst. Obwohl Dean nur wenige Meter neben ihr stand, war er ihr ferner denn je.

Zoe riskierte einen Seitenblick, um Deans Augen aufzufangen. Anscheinend musste ihm die gleiche Erinnerung durch den Kopf gehen, sein Gesicht verriet zumindest, dass es nicht der hiesige Sonnenuntergang sein konnte, der seine Züge so steinern aussehen ließ.

Schnell wandte sie den Blick ab. Das Herz rutschte ihr in die Hose. Sein Ausdruck wirkte regelrecht verachtend. Zoe musste ihn so anwidern, dass sich seine Miene vor lauter Groll zusammenzog.

Als das Spektakel vor ihnen vorbei war, klatschte Janie in die Hände. »Guys, the show's over. Now what?« Sie blickte in die kleine Runde. »Ich habe einen Bärenhunger. Wie wäre es mit einem kleinen Snack und einem anschließenden Abstecher in eine der Bars?«

Tom und Emily nickten. »Hervorragende Idee!«

Zoe schüttelte den Kopf. »Macht ihr mal. Ich werde zum Hotel zurücklaufen, ich bin echt k.o.«

Janie machte ein verdutztes Gesicht. »Come on, für einen Happen Essen wird deine Kraft bestimmt noch reichen.«

»Sorry, aber ich habe echt keinen Hunger.« Zoe zwinkerte Janie zu. »Es ist in Ordnung für mich, wenn ihr allein geht.«

Emily legte einen Arm um ihre Hüfte. »Zoe, wir sind nur zwei Tage in Key West. Wer weiß, ob wir hier noch einmal hinkommen … Komm schon, lass uns zusammen den Abend und die Stadt genießen.«

Emily blickte sie mit einem breiten Lächeln an, doch Zoe war die Lust vergangen, weiter mit Dean und seinem Miesepeter-Gesicht durch Key West zu laufen.

Als Emily sah, dass Zoe immer noch nicht bereit war, sich auf ihren Vorschlag einzulassen, zog sie sie zur Seite.

»Zoe, what's goin' on? Im Auto hast du kaum gesprochen und gestern Nacht bist du einfach aus der Bar abgehauen, ohne einen Ton zu sagen.« Sie sah Zoe mit prüfenden Augen an. »Ist es wegen Eric?«

»Es geht nicht um Eric«, antwortete Zoe, ohne weiter nachzudenken.

Emilys Augen wurden groß. Schließlich nickte sie und lugte zu Dean, der gemeinsam mit Tom und Janie einen Blick auf den Stadtplan warf.

Zoe seufzte. »Dass Dean gestern Abend vor meinen Augen eine andere klar gemacht hat, hat mich irgendwie …« Sie strich sich ein paar verirrte Haarsträhnen aus ihrem Gesicht. »Ich weiß auch nicht. Es tat einfach … weh. Und davon abgesehen, merke ich, dass er nicht in meiner Nähe sein will. Er sieht mich die ganze Zeit total grantig an.«

Emily schüttelte den Kopf. »Ach was, das glaube ich nicht. Ich meine, klar, es war abzusehen, dass er irgendwann mit seinem Leben weitermachen würde – du hast ihm schließlich ausreichend zu verstehen gegeben, dass du kein Interesse hast –, wobei …« Sie kniff die Augen zusammen. »Seit wann stört es dich, wie er dich ansieht?«

Zoe spürte schon das Glühen in ihrem Gesicht aufsteigen und blickte ausweichend zur Seite. »Keine Ahnung, ich möchte einfach nicht, dass er schlecht von mir denkt.«

Emily zog die Augenbrauen hoch. »Warum sollte er schlecht von dir denken? Weil du eine Affäre mit Eric hattest?« Sie schnaubte. »Scheinbar ist er ja gestern Nacht ebenso auf seine Kosten gekommen.«

Zoe spürte wieder diesen Stich in ihrem Innern. Kannte Emily etwa Details?

Bevor sie etwas sagen konnte, redete Emily weiter.

»Ich glaube, ihr habt nun beide mit eurer Beziehung abgeschlossen. Vielleicht sucht Dean einfach nur nach einem Weg, wie er mit dir umgehen soll.«

Wow, das überraschte Zoe. Von Emily hatte sie eher wiederholt emsige Argumente erwartet, warum Dean und sie immer noch zusammengehörten. Aber nun zuckte ihre Freundin bloß die Schultern.

»Aber das müsst ihr natürlich nicht heute Abend herausfinden.« Damit griff Emily nach Zoes Hand und zog sie zu den anderen zurück. »Leute, es bleibt dabei, Zoe geht ins Hotel. Habt ihr euch entschieden, wohin wir gleich gehen?«

Als Janie etwas sagen wollte, ergriff Dean das Wort.

»Mir ist ehrlich gesagt auch nicht nach Ausgehen. Ich werde zusammen mit Zoe zurücklaufen.«

Was?

»Prima! So muss sie nicht allein gehen.« Emily fasste Zoe bei den Schultern und bugsierte sie zu Dean. Dieser sah sie mit einem Blick an, den Zoe keiner Kategorie zuordnen konnte.

War es Spannung? Freude? Oder wurde ihm erst in dieser

Sekunde bewusst, auf welche Schnapsidee er sich da eingelassen hatte?

Zoe blickte ihn verunsichert an. Sie hatte keine Ahnung, was das geben sollte. Sie würden bestimmt eine geschlagene Stunde bis zum Hotel brauchen. Worüber sollte sie mit ihm reden? Ihrem Ex, der sich gestern Nacht mit einer anderen vergnügt hatte?

Danke, Emily! Ihre Freundin hatte sie in eine absolut unangenehme Situation gebracht.

Schon mal drüber nachgedacht, dass das genau ihr Plan gewesen sein könnte?

Allmählich dämmerte es Zoe. Emily hatte sie genau dahin manövriert, wo sie sie haben wollte. Eine ganze Stunde allein mit Dean. Schon klar, welche Absicht Emily verfolgte. Doch Zoe war selbst schuld. Was jammerte sie auch herum, dass sie zurück ins Hotel wollte?

Tom und Janie hatten sich indes offenbar mit der Planänderung angefreundet und rieben sich die Hände.

»Na dann wäre ja alles geklärt.« Janie hakte sich bei Tom unter. »Let's go! The nightlife is not waitin' for us.«

Kaum hatte sie die Sätze ausgesprochen, wandten sich die beiden zum Gehen. Emily hakte sich an Toms anderem Arm unter und drehte sich noch einmal zu Dean und Zoe um.

»Bis morgen!«

Sogleich tauchten die drei in der Menge ab, die nach Old Town strömte.

Da standen sie nun. Während alle anderen um sie herum Spaß haben würden, hatte Zoe einen Spießrutenlauf vor sich. Dabei hatte ihr Plan doch ganz anders ausgesehen. Sie hatte allein und schon gar nicht mit dem Mann zusammen sein wollen, der sie mittlerweile verabscheute.

Zoe trat von einem Fuß auf den anderen. »Du brauchst mich wirklich nicht zu begleiten. Ich will dich nicht davon abhalten, mit den anderen zu feiern«, schlug sie optimistisch vor.

»Schon okay. Wir haben ja denselben Weg.«

Mit Zoes innerlich zusammenfallender Hoffnung setzten sie sich in Bewegung.

… zweihundertfünfundneunzig, zweihundertsechsundneunzig, zweihundertsiebenundneunzig …

Es war eine seltsame Angewohnheit von Zoe, doch sobald sie neben jemandem herlief, neben dem sie gar nicht herlaufen wollte, zählte sie jeden ihrer Schritte. Vermutlich, um ihre rotierenden Gedanken zum Schweigen zu bringen. Und dass sie immer noch keinen Plan hatte, worüber sie mit Dean reden sollte, machte die Situation nicht angenehmer.

Den hatte er wohl auch nicht, denn Dean schlenderte ebenso wortlos neben ihr her.

Jedes Mal, wenn Zoe einen Seitenblick riskierte, sah sie, wie er mit mahlenden Kiefern und starrem Blick in die Ferne sah. Fühlte auch er sich wie auf der Folterbank? Oder dachte er gleichermaßen über die Einleitung eines Gesprächs nach? Über ein Thema, das harmlos genug war, es anzusprechen, ohne dass augenblicklich ein emotionales Munitionslager in die Luft flog?

Was hatte Dean bloß geritten, sie zu begleiten? Außer Tiffany-Sunshine letzte Nacht natürlich …

Als die Eifersucht wieder an Zoes innerer Tür kratzte, drang plötzlich seine Stimme an ihr Ohr.

»Soll ich dir Bobby mal abnehmen?«

»Ähm, danke, das geht schon.«

Wieder Stille. Doch nach wenigen Sekunden nahm Dean neuen Anlauf.

»Und, wie gefällt dir Key West?«

»Sehr gut. Ich mag die Bewohner und ihre Häuser.«

»Ach ja? Dabei leuchten sie gar nicht.«

Zoe warf ihm einen Blick zu und sah, wie er grinste. Sie wusste, dass er damit auf Las Vegas und ihre Begeisterung für das nächtliche Blinken und Glitzern anspielte.

Ein Teil der Anspannung fiel von ihr ab und sie lächelte. »Trotzdem gefallen sie mir.«

»Aber der Art Deco District in Miami hat dich noch ein bisschen mehr geflasht, oder?«

Zoe sah ihn mit großen Augen an.

»Ich habe dein Strahlen auf dem Ocean Drive gesehen«, klärte Dean auf.

»Du weißt doch, ich habe eine Schwäche für alles, was funkelt.«

»Yep, I know.«

Zoes Blick haftete immer noch auf ihm und es schien, als würde Dean tief in seine Gedanken gezogen, sodass sich wieder Schweigen zwischen ihnen ausbreitete.

Dann seufzte er. »Tut mir leid wegen gestern.« Dean schnipste mit den Fingern, als wäre ihm die Erklärung unangenehm. »Dass ich Eric eine reingehauen habe, meine ich. Und auch, dass ihr dann … na ja … so unschön auseinandergegangen seid.«

Zoes Herzschlag beschleunigte sich. Sie würden also doch ans Eingemachte gehen.

»Er hat dich provoziert, und das nicht zum ersten Mal … Ich konnte es verstehen, auch wenn es nicht in Ordnung war.«

Er beobachtete sie, als würde er darauf warten, dass sie sich auch zu seinem zweiten Satz äußerte. Als sie jedoch schwieg, fuhr er fort.

»Habt ihr noch mal geredet?«

Zoe schüttelte den Kopf. »Nein, da gibt es nichts mehr zu reden. Ich empfinde nicht dasselbe für Eric, wie er für mich. Ich verstehe, dass er sauer ist.«

Im Augenwinkel bemerkte sie, wie Dean nickte. »Ich habe es gleich gesehen«, sagte er.

Zoe drehte den Kopf zu ihm und kniff die Augenbrauen zusammen.

»Wie er dich damals im Diner geküsst hat, das war offensichtlich.« Dean redete, ohne sie anzusehen. »Noch deutlicher wurde es natürlich, als ich am Flughafen zu euch gestoßen bin.« Er grinste vor sich hin.

Zoe erkannte, dass er den hämischen Ausdruck zu verstecken versuchte, doch die Schadenfreude stand ihm ins Gesicht geschrieben.

»Na ja, deine Anwesenheit war ja auch nicht geplant«, erinnerte sie ihn mit tadelnder Stimme.

Zoe hoffte auf eine Erklärung, aber Dean zuckte nur die Achseln.

Ein paar Sekunden liefen sie wieder schweigend nebeneinander her. Die Schatten wurden allmählich länger, aber die Luft war immer noch genauso heiß wie vor wenigen Stunden. Zoe blickte zu einem Haus, das hinter ein paar Palmen auftauchte. Ihre Augen fuhren über die obere Etage und sie fragte sich, ob hinter den beiden Flügeltüren das Schlafzimmer lag und wie prickelnd es sein musste, sich bei dieser Aussicht zu lieben. Sie wusste nicht, warum sie auf solch einen Gedanken kam, aber sie spürte, wie er ein Kribbeln in ihr auslöste.

Dean drehte seinen Kopf zu ihr und sah sie mit eindringlichem Blick an. »Hat er eigentlich die Wahrheit gesagt?«

»Was meinst du?«, fragte sie.

»Na ja … Dass … es dir mit ihm gefallen hat.«

Ihr kleines Ich sprang wie das HB-Männchen in die Höhe und rammte seine Hände in die Hüften. *Spinnt der?* Es lief knallrot an. *Gib ihm ja keine Antwort darauf!*

»Ich …«, stotterte Zoe, »ich glaube nicht, dass dich das etwas angeht.« Sie stierte Dean an. »Ich frage dich ja auch nicht, wie es mit Tiffany-Sunshine war.«

»*Tiffany-Sunshine?*« Verdutzt, aber lächelnd sah Dean sie an.

»Na, die Südstaatenschönheit gestern.«

»Ach, die …« Deans Lächeln verwandelte sich in ein Grinsen, während er zur Seite blickte.

Zoes Eifersucht explodierte.

»So gut also.« Schnaufend wandte sie den Blick ab. »Muss ja echt 'ne heiße Nacht gewesen sein.«

Dean verzog keine Miene. »Nicht so heiß wie gestern Mittag bei Eric und dir.«

Zoe sah zu ihm zurück. Sie wollte etwas sagen, ihn angiften, die Worte lagen bereits auf ihrer Zunge, doch sie schluckte sie hinunter. Sie sollten das Thema einfach lassen.

Sie seufzte. »Vielleicht sollten wir über etwas anderes reden.«

Obwohl sie das dringend tun sollten, spürte Zoe, wie sich die Luft zwischen ihnen aufheizte. Die Spannung schwelte wie ein in der Ferne heranrollendes Gewitter.

»Whatever you say«, brummte Dean, während er nach vorn sah. »Trotzdem ist mir immer noch nicht klar, was du an diesem Kerl gefunden hast.«

»Das frage ich mich bei Megan auch«, entgegnete Zoe trocken, sodass er sie sichtlich erschrocken von der Seite ansah. Doch sie war noch nicht fertig. »Oder bei Danielle, der Frau ohne Gehirn, die du lautstark nebenan gebumst hast.«

Für einen Moment war Dean scheinbar damit beschäftigt, zu verdauen, was Zoe soeben rausgehauen hatte. Aber er fing sich wieder.

»Das war etwas anderes«, sagte er leise.

»Ach ja, wieso?« Zoe blieb stehen und verschränkte die Arme. »Warum war es etwas anderes? Es ging auch nur um das Eine.«

Dean hielt ebenfalls an und ging die wenigen Schritte zu ihr zurück. Er taxierte sie. Nur ein paar Zentimeter trennten sie voneinander.

Als er nichts sagte, durchbrach Zoe die Stille. »Genau wie gestern, richtig?« Sie schnalzte mit der Zunge. »Ich hoffe, es hat Spaß gemacht mit deiner Nummer vierundsechzig.«

Sie machte einen Bogen um ihn und marschierte weiter. Dean schien kurz hinter ihr zu stocken, doch dann holte er sie mit schnellen Schritten ein.

»Zoe.« Er hielt sie an der Schulter fest. »Zoe, warte.«

Doch sie schüttelte ihn ab und eilte weiter.

Wieder rief Dean hinter ihr. »Zoe … da ist nichts passiert.«

Seine Worte ließen ihre Füße abrupt stehen bleiben. Sie drehte sich zu ihm. »Klar doch.« Ihr Mund verzog sich zu einem bitteren Grinsen. »Du ziehst alle Register, um sie dann einfach stehen zu lassen. Wer's glaubt …«

Dean ging auf sie zu. Als er vor ihr zum Stehen kam, sah

er ihr tief in die Augen. »Genau deswegen habe ich es getan. Genau diese Reaktion wollte ich sehen.«

Während sie ihn ahnungslos anstarrte, zuckte ein Lächeln um seine Mundwinkel. »Das war ein Test. Ich dachte, wenn ich dir wirklich egal bin, wenn du wirklich nichts mehr für mich empfindest, wird es dich nicht weiter stören, wenn ich eine andere Frau anbaggere. Und siehe da«, Dean grinste, »du standest plötzlich neben uns.«

Was? Das war alles bloß Fake?

Offensichtlich ja. Ihr kleines Ich schnaubte. *Und du bist so doof und fällst drauf rein.*

Oh. Mein. Gott. Hitze strömte in Zoes Wangen. Dean hatte sie auf die Probe gestellt und sie hatte genau das geliefert, was er sehen wollte.

»Aber … ich … habe doch gar nichts gemacht. Ich hatte gar nicht gesehen, dass ihr neben mir steht. Ich … brauchte einfach ein bisschen Ruhe von dem Abend.«

Zoe, du bist eine absolute Niete im Lügen.

Und Dean durchschaute sie ebenfalls. »Ach ja, hast du deshalb zu uns rüber gestarrt? Weil du uns nicht gesehen hast?« Er lachte. »Zoe, ich weiß, dass du gute Augen hast.«

»Na, und wenn schon …« Wieder machte sie auf dem Absatz kehrt.

Das war ihr echt zu blöd. Sie war doch kein Versuchskaninchen, mit dem er irgendwelche Tests machen konnte, bloß um sie dann wie eine Idiotin vorzuführen. Zoe hatte die beiden belauscht, na und? Weder war sie wie eine Furie zwischen sie gefahren noch in Tränen ausgebrochen. Ihr Verhalten sagte rein gar nichts.

Sie hörte Deans Stimme hinter sich. »Zoe, wait.«

Doch sie dachte nicht im Traum daran, stehen zu bleiben

und sich auslachen zu lassen. Deswegen musste er sie vorhin so seltsam angesehen haben. Vermutlich hatte er darüber nachgedacht, wie er sie am besten mit seinen Testergebnissen konfrontieren konnte. Aber es reichte, er hatte seinen Spaß gehabt.

In der Ferne konnte sie bereits die Umrisse des Hotels ausmachen. Noch ein paar Hundert Meter und sie würde in ihr rettendes Zimmer flüchten können.

»Zoe, please.« Wieder versuchte Dean, sie am Arm zu erwischen, doch sie schüttelte ihn ab und beschleunigte ihre Schritte. Mittlerweile musste sie eine echt alberne Figur machen, wie sie hier durch die schwüle Hitze Key Wests stürmte.

»Come on, Zoe. Let's talk again.«

»Reden?«, rief sie atemlos über ihre Schulter. »Worüber willst du noch reden? Ich denke, du hast mich genügend vorgeführt.«

»Zoe, du weißt, dass das nie mein Ziel war.«

War das so? Vorhin schien es ihn jedenfalls zu amüsieren, dass sie sich wie eine Geheimagentin am Pfeiler herumgedrückt hatte.

»Ich habe dich nie vorführen wollen«, rief er hinter ihr, als sie endlich den rettenden Eingang des Hotels erreichte.

Zoe brauste hinein, an der verblüfften Rezeptionistin vorbei und peilte schnurstracks die Fahrstühle an. Sie hämmerte auf dem Knopf herum.

Neben ihr kam Dean zum Stehen. »Zoe, was war es? Was hast du mir gestern sagen wollen?«

»Nichts«, zischte sie.

»Das glaube ich dir nicht.«

Sie sah Dean nicht an, spürte jedoch, wie er sie fixierte,

wie er ungeduldig nach einer Antwort lechzte. Selbst wenn sie es wollte, sie wusste nicht, was sie ihm gestern eigentlich hatte sagen wollen. Sie war viel zu sehr mit der Tatsache überfordert gewesen, dass Dean dabei war, seine Trophäen-sammlung zu erweitern.

Der Fahrstuhl kam mit dem erlösenden *Pling*. Als sich die Türen öffneten, sprintete Zoe hinein und Dean hinter-her. Na, wunderbar. Würde er gleich auch noch mit in ihr Zimmer kommen?

Sie drängte sich in die Ecke und schnappte nach Luft. Es kam ihr vor, als hätte sie eine Sporteinheit hingelegt.

Dean baute sich vor ihr auf und taxierte sie so intensiv mit seinen grünblauen Augen, dass sie nicht anders konnte, als ihn anzusehen. Sie beobachtete, wie sich seine Schultern auf und ab senkten, wie er ebenso schnell atmete wie sie. Sein Körpergeruch drang in ihre Nase. Das holzige Dusch-gel, das sich mit seinem Schweiß mischte. Allerdings war das kein unangenehmer Geruch, im Gegenteil. Sie spürte, wie sich ihr Unterleib zusammenzog.

Dean rückte noch näher, sodass sie seinen heißen Atem auf ihrem Gesicht fühlte.

»Ich will dich, Zoe«, hauchte er. Er beugte sich zu ihrem Ohr. »Ich werde dich immer wollen.«

Sein Flüstern ließ ihren Unterleib so laut schnurren, dass Zoe Angst hatte, er könnte es hören.

Ihre Atmung beschleunigte sich. Sie wusste, dass sie nicht dem Sprint geschuldet war, den sie vorhin hingelegt hatte. Und sie wusste auch, dass sie bereits mitten in dem Verführungsprogramm des Dean Baxter steckte. Doch im Gegensatz zu der Flurszene vor ein paar Monaten, in der sie ihn so fest entschlossen abgeschmettert hatte, war ihre Abwehr heute so stabil wie eine bröckelnde Steinmauer.

Wieder elektrisierte sich die Luft zwischen ihnen. Sie war zum Zerreißen gespannt.

Was tat sie hier bloß?

Dean kam noch näher und presste seinen Körper an ihren. Als Zoe die Härte in seiner Jeans spürte, schnappte sie nach Luft.

Er lehnte sich zurück und gab ihr diesen Blick. Den, der sie noch kribbeliger werden ließ. Machtlos beobachtete sie, wie er sich wieder vorbeugte, wie seine Lippen unaufhaltsam näher kamen. Als sie ihre trafen, entbrannte ein Kuss, den es so mit Eric nie gegeben hatte, den es überhaupt noch nie gegeben hatte. Die Intensität haute sie um, brachte ihren Unterleib dermaßen in Wallung, dass sie die Arme um Deans Nacken schlang und ihn ansprang, um ihre Beine um ihn zu wickeln. Sie wollte ihn, sie wollte ihn so sehr. Sie fühlte seine Zunge, wie sie wieder das vertraute Spiel aufnahm, das sie immer so in Verzückung gebracht hatte und es jetzt wieder tat.

Sie hörte die leise Musik im Lift, die in ihren Ohren gefühlt immer lauter wurde. Es war ein Lied von Guns n' Roses, *Don't cry*.

Zoe saugte die Zeilen in sich auf, während sie sich so brennend küssten.

Es stimmte, sie gingen einander nicht aus dem Kopf. Sie konnten sich und die Zeit, die sie gehabt hatten, nicht loslassen. Zoe hatte versucht, Dean zu vergessen, hatte ihn aus ihren Gedanken verbannt. Tief in ihrem Innern hatte sie gewusst, dass es da noch diese Gefühle gab. Ob sie sie nun ignorierte oder nicht, vermutlich würden sie immer da sein.

Zoe hatte sich ein Leben ohne Dean aufgebaut, nur um wieder genau da zu landen, wo sie nie wieder hingewollt hatte.

Nur einmal noch, ein letztes Mal, sagte sie sich. Ihn noch einmal fühlen, noch einmal mit ihm zusammen sein. Sie würde Deans gebrochenes Herz nicht heilen, ihm seine Angst nicht nehmen können, das wusste sie. Ihr zweiter Anlauf würde genauso schiefgehen wie der erste. Da war sich Zoe sicher. Vielleicht nicht jetzt, vielleicht nicht morgen. Aber irgendwann.

Doch jetzt wollte sie diesen Moment genießen. Dieses Gefühl, das schon so lange nicht mehr da gewesen war.

Wild knutschend taumelten sie aus dem Fahrstuhl und steuerten sein Zimmer an. Dean öffnete ungeduldig die Tür und sie stolperten hinein.

Er drückte sie gegen die Wand, griff unter ihr kurzes Sommerkleid und zerrte ihren Slip herunter, während sie sich an den Knöpfen seiner Jeans zu schaffen machte. Sie fühlte die Härte unter ihren Fingern, biss sich verlangend auf die Lippe.

Dann packte er sie wieder, um sie zum Bett zu dirigieren. Sie fielen auf das Laken, seinen Unterleib an ihren gepresst. Sie stöhnte wieder, öffnete schon die Beine für ihn.

Doch plötzlich stagnierte er, sah sie aus Augen an, in denen nicht nur die Flammen zum Himmel schlugen. Zoe fühlte die alte Vertrautheit, die Gefühle, die nie weg gewesen waren. Mit dem Daumen strich Dean über ihre Lippen, ihre Wange, um dann wieder einen Kuss zu entfachen, der ihr auch noch das letzte Fünkchen Verstand raubte. Und dann passierte es. Das, was eigentlich nie wieder hätte passieren sollen. Heute, hier und jetzt schon gar nicht.

Mit einem heftigen Stoß drang er in sie ein, sodass Zoe

für eine Sekunde die Luft wegblieb. Sie spürte sein Pulsieren. Er würde nicht lange durchhalten, das stand fest.

»Sorry, es ist lange her«, keuchte er.

Sie küsste ihn vorsichtig, legte ihre Hände auf seinen Po, dirigierte ihn langsam. Er stöhnte, hielt inne.

»I missed you so much«, flüsterte er.

Zoe legte ihre Hand auf seine Wange. »Ich dich auch.«

Danach lösten sie sich auf. In eintausend Konfetti, die glitzernd durch die Luft tanzten. Zoe fühlte sich unglaublich frei und unglaublich gut. Diesen Moment würde sie niemals vergessen. Es war der schönste Abschied, den sie sich vorstellen konnte.

18

Drei Monate später

Zoe blickte von ihrem Kaffee auf, in den sie gedankenverloren gestarrt hatte. Sie lächelte. Der Ausblick gefiel ihr. Sie liebte die ruhige, mit Palmenhainen gesäumte Straße. Das große Haus im Conch-Stil, das auf der gegenüberliegenden Seite ruhte. Die bunten Adirondack Chairs, die verstreut in dessen Vorgarten standen.

Ihr Blick löste sich vom Fenster und schweifte durch das kleine Café. Als sie das Coconut Palms zum ersten Mal betreten hatte, hatte sich Zoe direkt verliebt. Die Shabby Chic Einrichtung mit ihren zusammengewürfelten Pastelltönen hatte ein breites Lächeln auf ihr Gesicht gezaubert. Dazu tropische Accessoires samt Grünpflanzen und Zoe war sich sicher gewesen: Sie hatte ein neues Wohlfühllokal gefunden.

Sie seufzte. Zwar war das Coconut Palms ganz anders als das gute alte Diner in Carsonrock, doch löste es haargenau dasselbe Gefühl in Zoe aus: Sie fühlte sich heimisch.

Beinahe jede Mittagspause verbrachte sie in dem Café. Dabei saß sie jedes Mal direkt an der Fensterfront, genoss ihren Kaffee vom ersten bis zum letzten Schluck und verlor sich in der idyllischen Aussicht.

Aber heute war das anders. Der Kaffee schmeckte zwar wie immer und auch das Bild hinter der Scheibe entzückte Zoe, doch lag ein tiefer Schatten auf ihrer Freude.

Sie hatte einen Fehler gemacht. Einen entscheidenden,

alles verändernden, verdammt dummen Fehler. Einen Fehler, der an dem besagten Abend mit Dean, der eigentlich ein Abschied gewesen sein sollte, passiert war.

Zoe schloss für einen Moment die Augen, sah, wie die Szene über ihre innere Leinwand flackerte.

Dean und sie hatten das Kondom vergessen. Etwas, das ihr noch nie, wirklich noch nie nie nie passiert war.

Zoe wippte mit den Beinen, als ihr Blick ein weiteres Mal auf den Schwangerschaftstest fiel, der neben ihrer Kaffeetasse lag. Auf dem ein Wort prangte, das so simpel und doch so weitreichend war: *Pregnant*.

Zoe war schwanger.

Sie schüttelte den Kopf, verdrängte das Ergebnis, das ihr Leben von der einen auf die andere Sekunde ins Chaos stürzte. Stattdessen fluteten Erinnerungen ihre Gedanken.

In den letzten Wochen war so viel passiert, dass Zoe nicht hinterherkam.

Sie hatte es tatsächlich getan. Sie hatte ihre Zelte in Carsonrock abgebrochen und war zusammen mit Janie, die sich ebenfalls nach einem Tapetenwechsel gesehnt hatte, nach Key West gezogen.

Obwohl sie erst vor zwei Wochen hergekommen waren, hatten sie sich schon eingelebt. Die Wohnung, die sie teilten, lag zwar außerhalb der Altstadt – die Mieten dort waren einfach unbezahlbar –, aber trotzdem fühlten sie sich wohl. Ihre Bleibe war hell, geräumig und nicht weit vom Strand entfernt, sodass sie jederzeit spontan zum Sonnenbaden aufbrechen konnten.

Auch in Key West arbeitete Zoe im Touristikcenter. Sie hatte einen Verlängerungsantrag für ihr Praktikum gestellt, das Mitte Mai abgelaufen war. Der Behördenkram hatte enorm viel Aufwand in Anspruch genommen, aber es hatte sich gelohnt. Zoe würde noch ein halbes Jahr in den Staaten bleiben können. Und nicht nur das: Die Arbeit im hiesigen Touristikcenter gefiel ihr genauso gut wie in Carsonrock. Ihre neue Supervisorin Brenda konnte locker mit Jack mithalten. Sie war zielstrebig, aber fair.

Auch Zoes Kollegen – diesmal arbeitete sie mit zwei Mitarbeitern zusammen – waren nett. Zwar hatte es mit ihnen noch nicht viel privaten Austausch gegeben, aber nichtsdestotrotz hatten sie bisher einen freundlichen und hilfsbereiten Eindruck hinterlassen.

Natürlich war weder Zoe noch Janie der Abschied von Carsonrock leicht gefallen. Sie liebten das kleine Nest, das ihnen so sehr ans Herz gewachsen war, die Lokalitäten, in die sie fast täglich eingekehrt waren. Ihnen fehlten das Diner, das Joe's und ihre Freunde.

Tom und Emily waren überrumpelt gewesen, als Janie und Zoe ihren Umzugsplan enthüllt hatten. Doch sie verstanden die Faszination, die Anziehungskraft, die von Key West ausging. Und ihre Freunde hatten gewusst, dass sie mit dem Gedanken spielten, sich für eine gewisse Zeit an einem anderen Ort niederzulassen. Bloß hatten sie nicht erwartet, dass Zoe und Janie Ernst machen würden. Genauso wenig wie Zoes Eltern …

Während Zoe schon bei vergangenen Videotelefonaten kein Geheimnis daraus gemacht hatte, ihr Praktikum verlängern zu wollen, hatten ihre Eltern offenbar gehofft, dass sie aufgrund der Geschichte mit Dean doch ihre amerikanischen Zelte abbrechen und nach Hause kommen würde. Doch nachdem sie den ersten Schock verdaut hatten, war Freude und auch Stolz durchgeblitzt, dass Zoe die

Möglichkeit hatte, ihren Traum auszuleben. Auch wenn sie während der letzten Gespräche den Eindruck gehabt hatte, dass die Haare ihres Vaters noch ein bisschen schütterer und weißer geworden waren.

Im Gegensatz zu Zoe, die die gleiche Arbeit bloß an einem anderen Ort verrichten konnte, hatte Janie eine ganz andere Richtung eingeschlagen.

Gleich am ersten Tag hatte sie ihren Traum wahr werden lassen und als Bassistin in einer Punk-Girlband namens Pussy Power angeheuert. Seitdem stand sie an vier Abenden in der Woche auf der Bühne einer urigen Kneipe in der Duval Street. Nach den Auftritten feierte sie mit der Band, wobei das Aufreißen von Männern genauso dazugehörte, wie das vorherige Stagediving.

Janie hatte Chris und seine Toilettennummer hinter sich gelassen und war wieder fleißig auf Abschleppkurs. Zoe hatte bereits aufgehört zu zählen, wie viele Männer sich am nächsten Morgen aus ihrer Wohnung geschlichen hatten. Immerhin verzichtete sie seit der Geschichte mit Chris darauf, zu tief ins Glas zu schauen, und das erleichterte Zoe.

»It's just perfect«, schwärmte ihre Freundin seit ihrem Umzug tagtäglich aufs Neue. Offensichtlich führte sie nun das Leben, nach dem sie sich seit längerer Zeit gesehnt hatte. Es fehlte nur noch eine Tour mit der Band quer durch die USA.

Zoe hatte es dagegen ruhig angehen lassen. Bisher hatte sie nur wenige Abende zusammen mit Janie gefeiert, schließlich hatte sie eine Arbeit, bei der sie morgens um acht Uhr am Schreibtisch sitzen musste. Hätte sie gewusst, welche Hiobsbotschaft in ihr schlummerte, wäre sie wohl nicht brav und artig zeitig schlafen gegangen …

Mit einem verzerrten Lächeln blickte Zoe an die Decke des Cafés. Wie hatte sie bloß so dumm sein können? Sie hatte es geschafft, das perfekte Leben lag zu ihren Füßen: Zusammen mit einer ihrer besten Freundinnen lebte sie in einem der schönsten Orte der Staaten. Hier hätte sie noch einmal alles aus ihrem Abenteuer herausholen können.

Aber nein …

Zoe tauchte ihr Gesicht in die Hände, bevor ihr Blick zum wiederholten Mal auf den Schwangerschaftstest fiel.

Ich habe keine Ahnung, wie du aus dieser Nummer rauskommen willst, meldete sich ihr kleines Ich mit matter Stimme zu Wort.

Das hatte Zoe auch nicht …

19

Ja, das Kapitel mit Dean würde wohl niemals enden ... Egal, was Zoe tat, sie kam nicht von ihm los. Wie zähes Kaugummi, das sich trotz mühevollen Abkratzens nicht gänzlich lösen wollte, hingen sie aneinander.

Vielleicht war Zoe auch bloß eine kleine unbedachte Fliege, die, einmal im Netz der Spinne gelandet, nie wieder aus ihren Fängen entkam. Wahrscheinlich würde sie so lange ausharren müssen, bis Dean sich gnädig zeigte und sie fraß.

Zoe grinste schief. Na gut, dieses Szenario war melodramatisch, aber ein Fünkchen Wahrheit verbarg sich doch in ihm.

Während sie auf dem Weg zum Touristikcenter war, donnerten die Gedanken durch ihr Gehirn. Sie waren so laut, so aufwühlend, dass sie die schöne Umgebung, an der sie sich sonst täglich erfreute, nicht wahrnahm.

Zoe war Dean tatsächlich ins Netz gegangen. Mal wieder ... Natürlich war sie selbst schuld gewesen, sie hatte sich schließlich bei vollem Bewusstsein auf ihn eingelassen. Mittlerweile wusste sie, dass sie einen Riesenfehler gemacht hatte. Nicht nur, was ihre ungeplante Schwangerschaft anging. Sie hatte Dean ein falsches Signal gesendet, eine Botschaft, die er auf verhängnisvolle Art ausgelegt hatte.

Zoe erschauderte, als sie an die Szene zurückdachte, die sich einen Tag nach der Rückkehr von ihrem Florida-Trip abgespielt hatte. Als Dean mit einem breiten Grinsen im Gesicht vor Emilys Wohnungstür gestanden hatte.

Sie schloss für einen Moment die Augen und sah ihn wieder vor sich, mit all der Zuversicht in seinem Blick.

»Hey, are you ready?«

Zoe hatte geschluckt und ihn mit übergroßen Augen angesehen. Das Sandwich, in das sie ein paar Sekunden zuvor gebissen hatte, war ihr fast im Hals stecken geblieben. »Was meinst du?«

Er lachte. »Na, mit packen.«

»Packen?«

»Sure, what else?« Dean hatte ihr einen flüchtigen Kuss aufgedrückt und sie hatte wie in Stein gemeißelt beobachtet, wie er sich an ihr vorbeigeschoben und in die Wohnung getreten war. »Hast du noch gar nicht angefangen?« Lächelnd hatte er um sich geblickt und die Hände zusammengeschlagen. »Dann helfe ich dir schnell. Umso eher sind wir wieder daheim.«

»Daheim?« Zoe musste geklungen haben, als hätte ihr jemand das Gehirn amputiert. Mit immer noch weit aufgerissenen Augen hatte sie verfolgt, wie Dean durch die Wohnung gestürmt war.

»Äh …« Sie war hinter ihm her gestolpert.

Als er ihr Zimmer ausgemacht hatte, war er hineingelaufen und hatte den Schrank aufgerissen. »Wow, ich hatte vergessen, wie viele Klamotten du hast. Holst du mal deine Reisetaschen?« Er grinste. »Eigentlich hättest du nach dem Trip gar nicht auspacken müssen …«

Zoe war endlich aus ihrer Ohnmacht erwacht. »Dean, was ist hier los?«, hatte sie ihn mit einer unbehaglichen Ahnung unterbrochen. »Ich habe keinen Schimmer, was das werden soll.«

Er war zu ihr herumgefahren und hatte sie mit

zusammengekniffenen Augen gemustert. »Na, ich bin her-gekommen, um dich und deine Sachen abzuholen.« Stirn-runzelnd hatte er auf ihre Reaktion gewartet. Als Zoe nichts sagte, ihn bloß anstarrte, fuhr er mit gesenkter Stimme fort. »Der Abend im Hotel hat eins wohl ziemlich klar bewiesen.« Ein verliebtes Grinsen war auf seine Lippen ge-klettert, während sie den Atem angehalten hatte. »Wir sind bereit für einen Neuanfang.«

»Wir sind *was?*«, hatte sie gekrächzt.

Dean hatte die Augenbrauen zusammengezogen. Es war deutlich, dass ihn ihre Frage verunsicherte. »Ich dachte ... was wir uns gesagt haben ... die Gefühle, die da waren ...«, hatte er gestottert, bevor er wieder zu sich fand und selbstsicher lächelte. »Stehe ich gerade auf dem Schlauch? Hast du das etwa nicht gefühlt? Ich meine, das ist doch nicht grundlos passiert. Warum hättest du mit mir schlafen sollen, wenn du nichts mehr für mich empfindest? Wenn du nicht auch einen Neustart wollen würdest?«

Fuck. Zoe hatte für ein paar Sekunden die Augen ge-schlossen.

Du bist so dämlich, hatte ihr kleines Ich mit über dem Kopf zusammengeschlagenen Händen gegiftet. *War doch klar, dass die Nummer Konsequenzen hat.*

Verzweifelt hatte Zoe versucht, sich zu erklären. »Dean, das ... das war kein Signal von mir. Das war ...«

Was? Ein Fehler? Der Beweis deiner grenzenlosen Dummheit?

Zoe hatte ihre bissige Minikopie ignoriert und die un-schöne Wahrheit enthüllt. »Ein Abschied.«

Dean schnaubte. »Ein Abschied?« Er strich über seine

entsetzte Miene. »Ein *Abschied*?«, hatte er mit ungläubiger Stimme wiederholt.

»Ich … ich weiß auch nicht. Der Moment war so … da war plötzlich wieder diese Spannung zwischen uns. Und du … du bist immer so … unwiderstehlich.« Schon beim Reden hatte Zoe gehört, wie mies ihre Erklärung klang. Sie stotterte weiter. »Nur ein letztes Mal … ich wollte dich ein letztes Mal fühlen.«

»Wie nett.« Dean war zu ihrem Bett gegangen und hatte sich darauf sacken lassen. Ein bitteres Lächeln zuckte um seine Mundwinkel, während er sie taxierte. »Sag mir eins, Zoe. Seit wann ist Sex der passende Weg für einen Abschied?«

Sie hatte die Augen niedergeschlagen und sich fest auf die Lippe gebissen. In dieser Sekunde war ihr bewusst geworden, welch irreparablen Schaden sie angerichtet hatte.

Mit zitternden Knien war sie auf Dean zugegangen und hatte sich neben ihm niedergelassen.

»Tut mir leid«, sagte sie schließlich mit leiser Stimme, während sie ihn von der Seite belauerte. Sie hatte nicht gewusst, welche Worte halfen, das Geschehene besser zu erklären. Wie sie die Aktion wiedergutmachen sollte, mit der sie ihm soeben das Herz herausgerissen hatte.

Dean hatte stumm vor sich hingestarrt, doch dann war sein Kopf herumgeruckt. Voller Härte hatte er sie angesehen. »Du hast es aus Rache getan, oder?« Er presste die Lippen aufeinander. »Um mir wegen Kim eins reinzuwürgen, stimmt's?«

Zoe gestikulierte hilflos. »Nein, natürlich nicht. Ich … ich habe es dir doch schon erklärt. Du und ich, das hat keine Zukunft. Ich werde immer Angst haben müssen, dass sich das, was mit ihr passiert ist, wiederholt.« Sie griff nach Deans Hand. »Du weißt doch, dass du nicht mehr beziehungsfähig bist ...«

Er war so abrupt aufgesprungen, dass Zoe zusammengezuckt war. »Und ich habe dir gesagt, dass es nicht noch einmal passieren wird, dass ich aus meinem Fehler gelernt habe.« Dean hatte sich vor ihr aufgebaut und sie mit Augen angesehen, in denen die Wut nur so getobt hatte. »Hörst du mir eigentlich zu, Zoe? *Ich liebe dich.* Ich sage das nicht einfach so. Du weißt ganz genau, wie schwierig es für mich war, so weit zu kommen. Und nun ... hängst du dich an dieser einen Sache auf, verbeißt dich in ihr, als wäre sie das Maß der Dinge. Zu stur, um zu sehen, um was es wirklich gehen sollte.« Deans Blick war weicher geworden. Sie registrierte, wie Bitterkeit an die Stelle der Wut trat. »*Um uns*, Zoe. Unsere Liebe. Sie ist, was wirklich zählt.« Er hatte sich abgewandt, kurz geschwiegen, dann den Kopf geschüttelt. »Es ist zwecklos«, sprach er mit matter Stimme weiter. »Du wirst mir nie verzeihen. Egal, was ich tue, was ich auch sage, du wirst mir das immer vorwerfen.« Ein trauriges Lächeln erklomm seinen Mund. »Ich dachte, diese eine Nacht hätte alles geändert, hätte bewiesen, dass wir eine Chance haben. Aber nein ... du wolltest nur noch mal mit dem kaputten Dean Baxter bumsen.« Er schnaufte. Sein Lächeln hatte sich in eine gehässige Fratze verwandelt. »Ich hoffe, die Nummer war's wert.«

Dean hatte sie noch ein paar Sekunden lang mit einem Ausdruck angestarrt, der ein unangenehmes Prickeln in ihrem Nacken ausgelöst hatte. So kannte Zoe ihn nicht. Sie hatte die Wärme immer geliebt, die in seinem Blick lag, wenn er sie ansah. Doch die gab es nun nicht mehr. An ihre Stelle waren Groll und Verachtung getreten.

Dann war er aus ihrem Schlafzimmer und mit lautem Türknallen aus der Wohnung gefegt.

Zoe lehnte sich an die Hausfassade, vor der sie zum Stehen gekommen war. Übelkeit packte sie. Sie wusste nicht, ob sie von ihrer Schwangerschaft herrührte oder es diesmal an der Erinnerung lag, die so verdammt klar war.

Sie presste die Hand vor den Mund, fixierte das mintfarbene Holzhaus auf der gegenüberliegenden Straßenseite und atmete hektisch, schluckte.

Zoe hatte Dean aufs Übelste verletzt. Schlimmer noch, sie hatte ihm Hoffnung gemacht. Eine fatale, falsche Hoffnung, die sich wie schleichendes Gift in ihm ausgebreitet hatte. Injiziert durch ihren Körper, um Dean schließlich mit ihrer jämmerlichen Erklärung den Todesstoß zu verpassen.

Zoe hasste sich dafür, dass sie im ausschlaggebenden Moment, in dem sie rational hätte denken müssen, schwach geworden war. Sie hatte Lust über Verstand gestellt und damit alles zerstört.

Kein Wunder, dass er sie nun verabscheute, dass er kein Wort mehr mit ihr redete.

Nachdem Dean aus ihrer Wohnung gestürmt war, hatte sie verzweifelt versucht, Kontakt mit ihm aufzunehmen, noch einmal mit ihm zu reden, sich zu erklären – erfolglos. Weder hatte er auf ihre Anrufe noch auf ihre Nachrichten reagiert. Auch ihre Umzugspläne hatte Zoe ihm nicht persönlich überbringen können. Tom hatte es Dean ausrichten müssen, aber selbst darauf war keine Reaktion erfolgt. Kein wütender Anruf, keine emotionsgeladene Zeile, nichts.

Dann war Zoe mit Janie nach Key West gezogen und hatte seitdem keinen blassen Schimmer, was in Deans Leben los war. Und noch weniger wusste sie, wie sie mit dieser Situation umgehen sollte.

Das hier war too much. In den letzten Monaten war so viel in Zoes Leben passiert, dass sie das Gefühl hatte, einer Ohnmacht nahe zu sein. Sie saß nicht mehr auf dem Regiestuhl, sie war vom Schicksal in die Zuschauerreihen verfrachtet worden, von wo aus Zoe tatenlos mitansehen musste, welch absurde Handlung es sich für sie ausgedacht hatte.

Sie war mit ihrer Affäre nach Miami geflogen, mit ihrem Ex-Freund im Bett gelandet – und schwanger heimgekehrt ... Sie erwartete ein Kind von dem Mann, der sie bis zuletzt immer noch geliebt hatte – und den Zoe insgeheim auch noch liebte.

Moment mal ... Ihr kleines Ich grätschte mit ausgestrecktem Zeigefinger in ihre deprimierten Gedanken. *Hast du schon mal darüber nachgedacht, dass Dean gar nicht der Vater sein könnte?* Seine Augen weiteten sich. *Dass es vielleicht von Eric ist?*

Zoes Blick eilte umher. Ihr Herz verwandelte sich in ein galoppierendes Pferd. Daran hatte sie bisher noch keinen einzigen Gedanken verschwendet. Könnte es tatsächlich so sein?

Sie presste die Finger gegen ihre Schläfen und glitt gedanklich zu dem Trip zurück, der ihr Leben von Grund auf verändert hatte.

Ja, sie hatte einen Tag vor der verhängnisvollen Tat Sex mit Eric gehabt. Zweimal sogar. Doch hatten sie jedes Mal ein Kondom benutzt, ganz im Gegensatz zu dem Stelldichein mit Dean. Daher war sie bisher nie auf die Idee gekommen, seine Vaterschaft anzuzweifeln.

Sie schüttelte den Kopf. Nein, Dean war der Vater. Definitiv.

In dem Moment wusste Zoe nicht, was schlimmer war. Ein Kind von Eric zu erwarten, für den sie keine Gefühle hatte entwickeln können, oder dass der Mann Vater werden würde, der aufgegeben hatte, um sie zu kämpfen, der sie fallen gelassen hatte.

Zoe blickte zum wolkenlosen Himmel hinauf, in das Azurblau. Tränen verschleierten ihre Sicht. Sie war allein. Vollkommen allein.

Sie vergrub das Gesicht in den Händen, schluchzte leise und hörte wieder die Stimme ihres kleinen Ichs, diesmal leiser.

Und wie soll's nun weitergehen?

Sie blickte auf, starrte ins Leere. Sie hatte keine Ahnung. Zoe hatte sich ihre Zukunft verbaut und keinen Plan, wie es weitergehen sollte.

Sie wusste nur eins: Sie saß in der Scheiße. Und das tief.

20

»Sag das noch mal. Ich glaube, meine Lauscher funktionieren nicht mehr richtig.« Lucie steckte den Zeigefinger in ihr Ohr und drehte ihn wild hin und her. »Du hast nicht allen Ernstes gesagt, du bist schwanger, oder?«

Während ihre Freundin mit aufgerissenen Augen und heruntergefallener Kinnlade auf den Bildschirm starrte, wiederholte Zoe die Worte, die sie selbst noch nicht glauben konnte.

»Mit deinen Ohren ist alles in Ordnung und das ist auch kein schlechter Scherz ... Ich bin schwanger.«

Stille. Fehlte nur zartes Grillenzirpen oder – besser noch – die Musik von Jeopardy im Hintergrund.

Zoe hatte es getan. Sie hatte ihre Dummheit per Skype publik gemacht. Nachdem sie hin und her überlegt hatte, welcher Freundin sie die Wahrheit zumuten konnte, war ihre Entscheidung schließlich auf Lucie gefallen. Im Gegensatz zu ihren amerikanischen Freundinnen – Janie würde Dean wahrscheinlich die Eier abreißen, während Emily Zoe und ihn bereits vor dem Traualtar sah – war Lucie unvoreingenommen.

Diese schüttelte apathisch den Kopf. Während sie immer noch ins Leere sah, presste sie die aneinandergedrückten Handflächen an ihren Mund. »Scheiße«, murmelte sie mit rauer Stimme.

Zoe konnte auf dem Bildschirm sehen, wie es im Kopf ihrer Freundin ratterte. Wie sie versuchte, die Information, die sie soeben erhalten hatte, einzuordnen, es ihr aber scheinbar nicht gelang.

Lucie blickte auf, wollte etwas sagen, brach jedoch ab. Zoes Nachricht hatte ihre Freundin offensichtlich in einen Schockzustand versetzt. Während sie sonst die Handlung der fiesesten Slasher-Filme mit unbeeindruckter Miene verfolgte und dabei zusah, wie Zoe sich am liebsten unter dem Sofa verkriechen würde, wirkte sie angesichts der heutigen Hiobsbotschaft wie in Beton gegossen.

Schließlich regte es sich auf dem Monitor. Lucie knabberte an ihren Fingernägeln. Etwas, das sie nur dann tat, wenn sie hypernervös war. »Und nun? Was willst du jetzt machen?«

Da war sie, die Frage aller Fragen. Die Frage, auf die Zoe keine Antwort hatte.

Während Lucie immer noch mit weit aufgerissenen Augen auf eine Reaktion wartete, zuckte Zoe die Schultern. »Ich habe keine verdammte Ahnung.« Sie stieß hörbar Luft aus. »Das ist es ja: Ich weiß nicht, was ich machen soll … Ich bin echt rettungslos bescheuert.«

Zoe sah sich in dem kleinen Ausschnitt auf dem Bildschirm und erkannte, wie verloren sie wirkte.

Lucie schien zu verstehen, was in der Sekunde in ihr vor sich ging, wie verzweifelt sie war. Zoes Freundin setzte sich auf und entspannte ihre panischen Züge. »Jetzt atmen wir erst mal durch.« Mit den Händen bedeutete sie Zoe, runterzufahren. Sie selbst schloss die Augen und nahm mehrere tiefe Atemzüge. Dann blickte Lucie sie mit fokussierter Miene an. »Wichtig ist, dass wir einen kühlen Kopf bewahren und eine Lösung für dich finden. Erste Schritte aufstellen, die gemacht werden müssen. Ganz egal, wie dumm du gehandelt haben magst, du kannst die Situation nicht mehr ändern. Das heißt ... könntest du schon, aber ...«

Lucie verstummte und blickte Zoe mit unsicherem Blick an, doch diese schüttelte nur den Kopf.

»Bist du dir sicher?«, hakte Lucie nach.

Obwohl Zoe bisher nur ganz kurz über diese Option nachgedacht hatte, stand für sie fest, dass sie nicht infrage kam. »Ich könnte es nicht wegmachen lassen, das würde ich mir niemals verzeihen.«

Lucie nickte stoisch. »Das verstehe ich und ich will dir da auch nicht reinreden. Das ist allein deine Entscheidung.« Sie ließ den Satz einen Moment sacken, dann fuhr sie fort und klopfte mit dem Finger gegen ihr Kinn. »Was also sollten wir als Erstes tun?« Wieder blickte sie Zoe unsicher an. »Vielleicht Dean anrufen und ihn einweihen ...?«

»O nein!« Zoe ließ Lucie nicht zu Ende reden. Ihre Hände schossen hoch, um den Vorschlag sogleich abzuschmettern. »Nein, nein, nein! Auf gar keinen Fall! Das muss warten.«

Lucie legte einen sanften Ausdruck in ihre Augen. »Zoe, du musst es ihm sagen. Er ist der Vater ...«

Ja, das würde sie auch, aber jetzt noch nicht. Wie sollte sie Dean diese Nachricht überbringen, wo sie doch auf seiner Liste der meistgehassten Personen ganz oben stehen musste?

Zoe blickte Lucie bestimmt in die Augen. »Später. Jetzt muss ich erst mal einen Weg finden, allein damit klarzukommen, die Nachricht realisieren.«

Obwohl sie deutlich sah, dass ihre Meinung Lucie nicht gefiel und sie am liebsten sofort weiter protestieren würde, schwieg ihre Freundin. Mit missfallender Miene blickte sie auf den Bildschirm und seufzte schließlich tief.

»Also gut, aber irgendwann wirst du es ihm sagen müssen. Schon allein, um das Finanzielle zu regeln.«

Bei dem Satz drehte sich Zoes Magen um. Sie wollte nicht an Dinge wie Unterhalt denken.

»Wie sieht's aus, warst du schon beim Arzt?«, fuhr Lucie fort. Dann schien ihr etwas anderes einzufallen. Zerknirscht blickte sie auf den Bildschirm. »Sorry, ich habe noch gar nicht gefragt … Wie geht es dir überhaupt? Körperlich? Merkst du schon irgendwas?«

Zoe lächelte schief. »Nein, ich war noch nicht beim Arzt und bis auf die Übelkeit geht's mir gut.« Sie zuckte die Achseln. »Die Hosen drücken ehrlich gesagt schon ein bisschen …«

»Hast du denn vorher nichts gemerkt?«, fuhr Lucie mit hochgezogenen Augenbrauen dazwischen.

Zoe dachte an den Tag zurück, als sie sich den Schwangerschaftstest besorgt hatte. Als sie einen Blick in ihren Kalender geworfen und dabei festgestellt hatte, dass das bereits zweite entscheidende Kreuzchen, das sich sonst zuverlässig wiederholte, nicht da war, wo es hätte sein müssen. Zoe spürte jetzt noch, wie das Blut gesammelt in ihre Füße gesackt war. Nein, sie hatte es nicht gemerkt, vielleicht hatte sie die Wahrheit auch einfach ausgeblendet. Die Müdigkeit, die sie manchmal direkt von der Arbeit ins Bett geführt hatte. Die leichte Übelkeit, die sich vor Wochen schon bemerkbar gemacht hatte.

»Na ja …« Zoe lächelte verzerrt, doch Lucie winkte ab.

»Ist ja auch egal.« Mit ernsten Augen sah ihre Freundin sie an. »Ich denke, das Beste wäre, wenn du dir das

Ergebnis von einem Arzt bestätigen lassen würdest. Das sollte der erste Punkt sein, den wir in Angriff nehmen.«

Während sie laut darüber nachdachte, ob Zoe in Amerika so problemlos wie in Deutschland zum Arzt gehen konnte, schweiften Zoes Gedanken ab. Es war, als würde nicht sie, sondern eine völlig Fremde hier sitzen, der Zoe über die Schulter blickte und erleichtert war, nicht in ihrer Haut zu stecken. Aber es war keine Fremde, *sie* war diejenige, die sich dieses *Problemchen* eingebrockt hatte.

»... der Arzt wird dir auch sagen können, wann es so weit ist, wie viel Zeit dir also bleibt, um alles regeln zu können. By the way«, Lucie hielt abrupt inne, »geht das überhaupt? Darfst du dein Kind in Amerika zur Welt bringen? Ich habe mal gehört, dass die Amis bei solchen Sachen extrem streng sind. Zumal dein Praktikum zeitgleich auslaufen dürfte und du dann wahrscheinlich nach Hause müsstest ... Da müssen wir uns unbedingt schlaumachen ...«

Immer mehr Hürden türmten sich vor Zoes innerem Auge auf. Ein weiteres Mal schweiften ihre Gedanken ab. Wie hatte sich ihr Leben von jetzt auf gleich in solch einen Albtraum verwandeln können?

Lucie rasselte den Fragenkatalog weiter runter. »Würdest du es überhaupt in den Staaten bekommen wollen oder dafür lieber heimreisen? Und wenn doch die USA, wo? In Key West oder in Carsonrock?«

Zoe massierte sich die bereits pochenden Schläfen. Fragen über Fragen, auf die sie keine Antworten hatte. »Keine Ahnung ... Ich weiß es nicht.«

»Na gut, darüber müssen wir jetzt auch noch nicht nachdenken.« Zoe konnte sehen, wie ihre Freundin erneut grübelte. »Und dein Praktikum?«

»Was ist damit?«

»Kannst du es so überhaupt beenden?«, hakte Lucie nach.

»Ich denke schon. Ist ja nur ein halbes Jahr. Das dürfte ich durchhalten.«

Endlich mal etwas, das sie halbwegs wusste.

»Und danach?« Wieder legte Lucie ihre Stirn in Falten. »Wie soll es dann weitergehen? Falls du in den Staaten bleiben darfst, wirst du zurück nach Carsonrock ziehen, damit Dean sich beteiligen kann?«

Zoe schluckte. Wie sollte das gehen? Wie sollte sie mit dem Mann neutral umgehen können, der sie nun verachtete? Wie sollte sie mit ihm ein gemeinsames Kind großziehen? Von dem er, nebenbei bemerkt, noch gar nichts wusste? Wie sollte sie es überhaupt ertragen, sein Casanova-Leben mitanzusehen, zu beobachten, welche Frauen Platz in seinem Trophäenschrank fanden?

»Zoe?«

Ihre Augen eilten zum Bildschirm zurück, auf dem Lucie mit sorgenvoller Miene wartete.

»Ich weiß nicht, ob ich das kann, Lu. In seiner Nähe sein, meine ich.« Zoe fuhr mit der Hand über ihr Gesicht. »Du hättest seinen Ausdruck sehen sollen. Wie verletzt er war ...«

»Der wird sich schon wieder einkriegen«, versuchte Lucie, sie zu beruhigen. »Ist doch klar, dass er verletzt ist. Er hatte ganz andere Erwartungen als du. Er dachte, dass ihr nach dieser Nacht wieder zusammen wärt.«

Musste ihre Freundin so deutlich machen, wie offensichtlich falsch sie gehandelt hatte?

»Du musst ihm einfach ein bisschen Zeit geben.

Irgendwann wird die Wut verblassen und dann kannst du ihm auch von dem Baby erzählen.«

Wieder zog sich Zoes Magen zusammen. Der Gedanke löste bereits jetzt eine solch gewaltige Angst in ihr aus, dass sie keinen Schimmer hatte, wie sie diese Aufgabe jemals bewältigen sollte.

»Allein wirst du es nicht schaffen, Zoe«, drang Lucies leise Stimme an ihr Ohr, sodass sie aufsah. »Ich sage das nicht gern, aber du wirst Deans Hilfe brauchen, vor allem finanziell. Mag sein, dass du eine Zeit lang zurechtkommst, aber dann ... Soweit ich weiß, gibt es in den USA weder Mutterschaftsurlaub noch Eltern- oder Kindergeld. Er wird dir also helfen *müssen*.«

Na wunderbar. Und wenn er genau das nicht wollte? Mit ihrer Hilflosigkeit hatte Dean sie doch in der Hand. Er konnte sie am ausgestreckten Arm verhungern lassen, im wahrsten Sinne des Wortes.

Zoe raufte sich die Haare, sodass nicht nur Chaos in, sondern auch auf ihrem Kopf herrschte.

Prima, das ist doch genau das, wovon du immer geträumt hast, meldete sich jetzt auch noch ihr kleines Ich mit sarkastischem Ton zu Wort. *Von einem Mann abhängig zu sein ...*

»Kopf hoch, Zoe. Wir schaffen das schon. Du bist nicht allein. Du hast Freundinnen, die dir helfen werden«, versuchte Lucie, sie aufzumuntern.

»Ich will aber keinem zur Last fallen«, entgegnete Zoe und konnte ihre Verzweiflung von dem kleinen Ausschnitt auf dem Bildschirm ablesen. Das war tatsächlich niemals ihr Ziel gewesen. Sie wollte kein Leben, über das sie nicht selbst bestimmen konnte, in dem sie auf die Hilfe anderer angewiesen war. Sie wollte frei sein, nach Lust und Laune entscheiden können. Zoe wollte nicht in eine Rolle gezwängt werden, die sie von der Gunst anderer abhängig machte. In der sie sich, von allen Nöten abgesehen, ohnehin erst Jahre später gesehen hatte.

Tja, das kommt dabei heraus, wenn man ohne Gummi mit dem Ex vögelt … Die Stimme ihrer Minikopie triefte vor Ironie. Anscheinend holte sie alle Kommentare nach, die ihr angesichts der Nachricht über ihre Schwangerschaft im Hals stecken geblieben waren.

»Du fällst keinem zur Last, Zoe. So wie ich Emily und Janie einschätze, würden sie dich garantiert nicht im Stich lassen, bloß weil du einen dummen Fehler gemacht hast. Apropos, was sagen sie überhaupt zu dieser Hiobsbotschaft?«

Während Lucie mit gespannter Miene wartete, lächelte Zoe unsicher. »Sie wissen es noch nicht.«

Ein überraschter Ausdruck eroberte Lucies Gesicht. »Ich bin also die Erste?« Sie lächelte schief. »Dann erübrigt sich wohl die Frage, ob du es deinen Eltern schon erzählt hast.«

Whäm! Bald würde Zoes Magen ein einziger Knoten sein. Bei dem Gedanken daran, es ihren Eltern sagen zu müssen, verkrampfte sich alles in ihr. Ihr Vater würde wohl wie eine Rakete zum Mond schießen. Nicht auszudenken, was er Dean antun würde …

Scheinbar sah Lucie die Panik auf Zoes Gesicht, aus dem nun auch das letzte bisschen Farbe gewichen war. »Am besten reden wir an einem anderen Tag darüber, wie du es ihnen beibringst. Jetzt ist erst mal wichtig, dir einen Arzt zu suchen und über die nächsten Schritte nachzudenken. Und es natürlich Emily und Janie zu erzählen.«

21

»Congratulations!« Mrs. Miller, die Ultraschalltechnikerin, drehte den Monitor zu Zoe, sodass diese eine bessere Sicht hatte. »Das hier«, die Technikerin deutete auf die Umrisse eines kleinen Menschleins, »ist Ihr Baby.«

Sie lächelte, während Zoe der Mund aufklappte. Sie rieb sich die Augen, um sie dann noch einmal über den Bildschirm eilen zu lassen. Das da war ein Baby. *Ihr* Baby ... Zoe konnte es nicht fassen ...

»Es ist ungefähr fünf Zentimeter groß«, fuhr Mrs. Miller fort. »Es sieht alles sehr gut aus. Die Entwicklung ist völlig normal, kein Grund zur Beunruhigung.«

Doch Zoe hörte nur mit einem Ohr zu. Sie sah, wie das kleine Herz auf dem Bildschirm emsig pochte, und schluckte. Tränen sammelten sich in ihren Augen, während ein Lächeln um ihre Mundwinkel zitterte. Ein warmes Gefühl breitete sich in ihrem Innern aus, eingedämmt von der anhaltenden Bestürzung, die ihre Emotionen in diesem Moment vollkommen auf den Kopf stellte.

Mrs. Miller beendete die Untersuchung und stand auf. »Sie können sich anziehen und im Sprechzimmer Platz nehmen. Dr. Blankett wird gleich alles Weitere mit Ihnen bereden.« Sie zwinkerte ihr zu, dann verließ sie das Untersuchungszimmer.

Zoe konnte sich jedoch nicht von der Stelle rühren. Sie kämpfte mit den Tränen, ihrem Gefühlschaos. Sie hatte keine Ahnung, wie sie diese Tatsache jemals realisieren sollte. Wie hypnotisiert starrte sie auf den mittlerweile schwarzen Bildschirm.

Es war also wahr, der Test hatte nicht gelogen … Sie war tatsächlich schwanger.

Eine halbe Stunde später trat Zoe aus der Praxis. Sie war immer noch nicht gänzlich ins Hier und Jetzt zurückgekehrt. Dr. Blankett, ihr behandelnder Gynäkologe, hatte vorhin immer wieder über ihre Sprachlosigkeit geschmunzelt, die ihr überdeutlich im Gesicht gestanden haben musste.

»That wasn't the plan, was it?«, hatte er sie schließlich direkt, aber freundlich gefragt. »The baby?«

»Ich, äh …«, hatte Zoe gestottert und dann mit einer absurden Mischung aus Nicken und Kopfschütteln reagiert.

Der Arzt seufzte. »Manchmal ist das im Leben so. Man bestellt Kaviar und bekommt Grünzeug.« Er hatte schallend gelacht, sodass sein üppiger Bauch wippte.

Zoe hatte ihn mit geweiteten Augen beobachtet. Wenigstens einer konnte lachen. Sie hatte ja gewusst, dass der Humor der Conchs eine Nummer für sich war.

Dr. Blankett hatte sich auf seinen Schreibtisch gestützt. »Spaß beiseite. Sie werden das schon hinkriegen, Miss Prinzler. Sie sind eine gesunde junge Frau. Außerdem bleibt Ihnen noch genügend Zeit, um sich an Ihren Mitbewohner zu gewöhnen. Stichtag ist der zwanzigste November.«

Zoe erstarrte. Der zwanzigste November. Du meine Güte, sie würde noch in diesem Jahr Mama werden … Der Gedanke streckte sie erneut nieder.

Was hast du denn gedacht? Ihr kleines Ich schnaufte. *Du bist doch keine Elefantenkuh.*

Zoe hatte den Kommentar der Minikopie abgeschüttelt und versucht, sich wieder auf den Arzt zu konzentrieren.

Dieser hatte noch etwas in Ihrer Patientenakte vermerkt und ihr dann das Ultraschallfoto in die Hand gedrückt. »So, ein kleines Andenken, bis Sie uns das nächste Mal besuchen.« Er stand auf und zwinkerte ihr zu. »Und nicht vergessen: Fehler passieren im Leben. Trotzdem ist die Lage nicht hoffnungslos. Selbst Oscar Wilde wusste schon: *Am Ende wird alles gut. Wenn es nicht gut ist, ist es nicht das Ende.*« Ein weiteres Mal hatte Dr. Blankett dröhnend gelacht und dann ihre Hand gedrückt. Während er sie aus dem Sprechzimmer geleitet hatte, hatten sich Zoes Beine wie Gummi angefühlt.

Als sie nun vor dem Gebäude stand, im gleißenden Sonnenlicht, wusste sie nicht, ob sie lachen, weinen, schreien oder alles gleichzeitig tun sollte.

Sie zog das Ultraschallbild aus ihrer Hosentasche und blickte es an. Ein Lächeln zuckte um ihre Mundwinkel. Mit dem Finger strich sie über die Umrisse ihres Babys. Deans Baby ...

Bei dem Gedanken presste sie die Augenlider zu, sodass sich die Tränen, die immer noch hartnäckig lauerten, lösten. Mit zitternden Fingern wischte sie sie weg. Zoe atmete durch, sie musste sich sammeln, einen kühlen Kopf bewahren, die nächsten Schritte planen. Und doch ließ das Chaos in ihrem Innern, die Erschütterung, keinen klaren Gedanken zu.

Rein theoretisch wusste sie genau, wie der Ablauf aussehen sollte: Dean anrufen, beichten, eine Lösung mit ihm finden. Das klang logisch und war vermutlich das Sinnvollste, was Zoe tun konnte. Was sie tun *musste*.

Trotzdem … Allein bei dem Gedanken, sich Dean stellen zu müssen, nach dem, was zwischen ihnen geschehen war, dem Groll, den er gegen sie hegte, verschlimmerte sich ihre Schockstarre.

Reiß dich zusammen, Zoe, hörte sie die eindringliche Stimme ihres kleinen Ichs. *Auch wenn es dir eine scheiß Angst macht, du musst es Dean sagen. Es geht hier nicht allein um dich, es ist auch sein Baby.*

Ja, das stimmte wohl. Dieses Baby würde sie auf ewig miteinander verbinden, ganz egal, wie doof sie einander fanden. Diesem kleinen Wesen war es schnuppe, welche Vergangenheit oder welche Zukunft sie miteinander verband, es würde sie beide brauchen.

Zoe dachte an vorhin zurück, an den Moment, als sie seinen emsigen Herzschlag auf dem Monitor gesehen hatte. Wieder wurde ihr Inneres von diesem überwältigenden Gefühl eingehüllt. Ob es ihr passte oder nicht, sie war schwanger und sie würde diese Situation akzeptieren müssen, mit allem, was dazugehörte.

Ihr kleines Ich hatte recht, es ging nicht mehr allein um sie. Es ging um ihr Baby, dem es nach der Geburt an nichts fehlen durfte, das auf kluge und neutrale Entscheidungen ihrerseits angewiesen war. Sie wollte das Beste für das Kleine und das beinhaltete nun mal, den Kindesvater mit ins Boot zu holen.

22

Zoe lehnte sich in ihrem Sitz zurück und linste zu Janie, die neben ihr eingeschlafen war. Der Kopf ihrer Freundin war zur Seite gefallen, doch das störte ihren offensichtlichen Tiefschlaf nicht. Immer wieder gab sie ein lautes Schnarchen von sich, sodass sich der Passagier im Sitz vor ihnen belustigt umdrehte.

Gestern Nacht hatte Janie noch einen langen Gig gehabt. Zoe hatte sie direkt vor der Bar eingesammelt und war mit ihr zum Miami International Airport gedüst. Bereits während der Fahrt hatte ihre Freundin ihren Rausch ausgeschlafen, doch scheinbar gab es noch einen Rest Alkohol, den es wegzuschlummern galt.

Zoe beneidete Janie um ihre Freiheit, um das ausgelassene Leben, das sie derzeit führte. Sie hatte das wahr gemacht, von dem andere träumten. Ihre Band war mittlerweile so erfolgreich, dass sie nun auch in anderen Bars auftraten und sogar Anfragen von angesagten Rockclubs in Boston und West Hollywood bekommen hatten.

Die Nachricht, dass ihre beste Freundin schwanger war und folglich bald pleite sein würde, war daher reichlich ungelegen gekommen. Aber Zoe hatte das Geheimnis nicht länger vor Janie verbergen wollen.

Nach ihrem Arztbesuch hatte sie sich Janie, nachdem diese nachmittags aus dem Bett gefallen war, gekrallt und sie eingeweiht. Ihre Freundin war ins Bad gestürzt und hatte die Stücke, die sie soeben von ihrem Toast abgeknabbert hatte, an die Toilette übergeben. Danach war sie in die Küche zurückgekehrt, hatte sich seelenruhig an den Tisch gesetzt und gesagt: »Okay, Gehirn und Magen sind jetzt gleich leer, erzähl weiter.«

Natürlich war danach genau die Reaktion gefolgt, die Zoe geahnt hatte. Nach dem Rückwärtsessen und dem einhergehenden Schock war Janie in den Wutmodus gefallen und hatte die Worte ausgesprochen, die Zoe prophezeit hatte: »Ich werde Dean die Eier abreißen!«

Glücklicherweise war Janies Rage schnell abgeebbt. Sie hatte darauf verzichtet, zum Telefon zu stürmen und ihm ihre Hass-Tirade zu überbringen. Doch wahrscheinlich nur, weil Zoe sie in ihr Vorhaben eingeweiht hatte, Dean mit ins Boot holen und dafür nach Carsonrock reisen zu wollen.

»Prima«, hatte ihre Freundin garstig lächelnd gezischt, »das passt mir sogar besser. Dann kann ich ihn mir vor Ort vorknöpfen.«

Zoe hatte einen Flug in Richtung Sacramento gebucht und fünf Tage später saßen sie in der Maschine …

Nicht mehr lange und sie würde vor Dean stehen und ihm die Botschaft überbringen, die er vermutlich für einen schlechten Scherz hielt. Aber es war kein Scherz … Im November würde ihr Baby zur Welt kommen.

Zoe blickte hinunter auf ihre kleine Rundung und strich liebevoll über sie. Ein Lächeln zuckte um ihre Mundwinkel. Obwohl sie nun Gewissheit hatte, fiel es ihr immer noch schwer, zu realisieren, welch gravierende Veränderung auf sie zurollte. Ihr Blick löste sich von ihrem Bauch und wanderte aus dem Flugzeugfenster. Wieder wurde sie in den Strudel aus Gedanken gezogen, der seit dem positiven Schwangerschaftstest in ihrem Kopf rotierte.

Zoe hatte weniger als ein halbes Jahr, um alles Wichtige zu regeln, um sich auf die Geburt und die Zeit danach vorzubereiten. Weder wusste sie, wo sie zukünftig leben wollte, noch wie sie überhaupt über die Runden kommen sollte.

Ihr Praktikum lief Mitte November aus, danach würden die Amis sie vor die Tür setzen. Oder würden sie bei ihr eine Ausnahme machen, weil der Kindesvater Amerikaner war? Selbst wenn, sie war nicht mit Dean verheiratet und allein mit einem neugeborenen Baby würde sie wahrscheinlich nicht arbeiten können. Und Janie, die bereits ihre Hilfe, sowohl finanziell als auch als Babysitter, angeboten hatte, würde seine Rolle nicht übernehmen können.

Die Situation war schon jetzt, ohne dass das Baby überhaupt auf der Welt war, zum Verzweifeln. Und die finanzielle Frage war nicht das einzige ungelöste Problem.

Es dauerte nicht mehr lange, bis sie ihr kleines Geheimnis nicht mehr würde verstecken können. Schon bald würde sie auch Brenda, ihrer Supervisorin, von ihm erzählen müssen. Und auch Tom, Emily und natürlich ihre Eltern, die allesamt immer noch keinen Schimmer hatten, würden von der gravierenden Veränderung in Zoes Leben erfahren.

Auf der Lippe kauend beobachtete Zoe, wie die Miniaturwelt immer größer wurde. In wenigen Minuten würde die Maschine landen – und Zoe die Zukunft ihres Babys in die Hand nehmen.

»Ich freue mich so, euch zu sehen.« Abermals drückte Emily Zoe an sich. »Ihr fehlt uns unglaublich.«

Tom nickte zustimmend. »Ohne Janie ist es wirklich langweilig geworden.« Sein Arm machte einen Halbkreis. »Mit dir war im Joe's wesentlich mehr los.«

»Ich bin halt die geborene Entertainerin.« Während Janie
frech grinste, überzog ein neckischer Ausdruck Emilys Gesicht.

»Das stimmt wohl … Das ungeplante vom Tresenfliegen
hat alle zum Lachen gebracht.«

Janie zuckte unbeeindruckt die Achseln. »So konnte ich
schon mal das Stagediving üben.«

Emily legte eine Hand auf Janies Arm. »Hach, ganz egal,
welchen Mist du immer angestellt hast, Tom hat recht.
Ohne dich ist es langweilig.«

Janie grinste breit und tätschelte Emilys Hand.

Bei dem Anblick ihrer Freunde breitete sich ein Lächeln
auf Zoes Gesicht aus. Es war schön, wieder in Carsonrock
zu sein. Im guten alten Joe's, in dem sie zu viert auf einem
der abgewetzten Sofas lümmelten. In dem sie der Geruch
nach schalem Bier und heimlich gerauchten Zigaretten um-
nebelte – auch wenn die Mischung heute Zoes anhaltender
Übelkeit neuen Antrieb gab.

Nachdem sie nach ihrer Ankunft mit Tom und Emily
im Diner essen gewesen waren, waren sie in die Bar eingekehrt, um sich noch ein paar Drinks zu genehmigen. Dass
Zoe heute ausschließlich an Wasser nippte, begründete sie
mit einer leichten Magenverstimmung, sodass Tom und
Emily nicht weiter nachhakten. Sie waren ohnehin damit
beschäftigt, sich verliebte Blicke zuzuwerfen und Händchen
zu halten.

»Na, dass ihr zwei zusammen seid, ist ja so verwunder-
lich wie die Kotzorgie nach einer langen Partynacht.« Janie
lächelte amüsiert, während sie Tom und Emily musterte.

Die beiden blickten scheinbar peinlich berührt durch die
Bar.

»Na ja …« Tom kratzte sich an seinem braunen Schopf. »Nach ein paar Startschwierigkeiten haben wir entschieden, es nun doch miteinander zu versuchen. Und momentan …«

»… läuft es ganz gut«, beendete Emily den Satz, sodass die beiden kicherten.

Janie verdrehte die Augen. »Ich hoffe, ihr gehört bald nicht zu der Sorte Paar, die in den gleichen Klamotten rumlaufen.« Sie schüttelte sich. »Das wäre echt gruselig.«

Janie blickte Zoe mit einem derart empörten Ausdruck an, dass diese in lautes Gelächter verfiel. Doch Tom und Emily hörten gar nicht richtig zu. Wieder steckten sie die Köpfe zusammen, um sich zunächst etwas ins Ohr zu flüstern und dann einen zärtlichen Kuss entstehen zu lassen, der von Sekunde zu Sekunde wilder wurde.

»Hey, Romeo und Julia, nehmt euch ein Zimmer«, witzelte Janie hörbar, sodass wieder ein paar Köpfe zu ihnen herumschnellten.

Emily löste sich von Tom und wischte mit dem Finger ihren verschmierten Lippenstift weg. »Du kannst es nicht lassen, oder?«, zischte sie.

Doch Janie kicherte bloß.

Zoe klopfte auf ihre Oberschenkel. »Ich find's jedenfalls toll, dass ihr zusammen seid. Das hatte ich mir von Anfang an gewünscht.«

Wenigstens ihre Freunde waren happy. Ihre vergangene Rolle als Amor sollte tatsächlich, wenn auch etwas verspätet, Erfolg haben.

Tom und Emily lächelten schüchtern. Dann wandte Tom sich wieder Zoe und Janie zu. »Erzählt mal, wie ist das Leben am anderen Ende des Landes?«

»Gut, gut.« Zoe nickte schnell. »Im Touristikcenter läuft

alles bestens, auch wenn mir da drüben eine Emily fehlt.«
Sie zog eine Schnute, sodass Emily nach ihrer Hand griff.

»Oh, wie süß … Aber wir Emilys können halt nicht überall sein.«

Tom kam direkt mit der nächsten Frage um die Ecke. »Und die Liebe? Gibt's da Neuigkeiten? Hast du schon jemanden kennengelernt?«.

»O ja, schon eine ganze Menge«, antwortete Janie. Obwohl natürlich Zoe gemeint war, war ihre Freundin eingesprungen. Sie wusste, auf welch empfindlichem Terrain sich Tom mit dem Thema bewegte.

»Kann ich mir lebhaft vorstellen.« Er lachte augenrollend. »Deine Definition von Liebe ist mir nur allzu bekannt.«

Janie schnalzte mit der Zunge. »Wohl die beste überhaupt. Eine Nacht rein, raus, aus die Maus.«

Alle lachten, doch schließlich blickte Tom Zoe lauernd an. Er wartete auf ihre Antwort, also tat sie ihm den Gefallen.

»Bei mir gibt's nichts Neues.« Ihre Hand fuhr über ihren Minibauch, den sie, obwohl es noch nicht nötig war, unter einem Oversize-T-Shirt zu verstecken versuchte. »Ich bin immer noch solo.«

»Schade. Aber da wird sich in den nächsten Monaten bestimmt noch was ergeben. Wobei … Muss ja nicht immer gleich was Festes sein«, meinte Emily augenzwinkernd.

Zoe zog die Stirn kraus. Solch eine Aussage aus Emilys Mund? Der stets letzten Optimistin unter der Sonne? Anscheinend hatte sie die letzte Hoffnung auf eine Zoe-Dean-Reunion aufgegeben.

Und Tom offensichtlich auch. »Absolutely. So eine hübsche Frau wie du wird sicher nicht lange allein bleiben.«

Zoe lächelte schief und hörte die leise Frage in ihrem Kopf, ob sie nicht allmählich mit der Wahrheit rausrücken sollte. Auch Janie stieß sie sanft mit dem Ellenbogen an. Also wagte sich Zoe vorsichtig vor.

»Kommt ... Dean eigentlich noch?«

Während ihr Herz schneller klopfte, rutschte Tom auf dem Sofa herum. »Im Moment sehe ich ihn nicht besonders oft, er ist viel auf Achse.« Er lächelte unsicher. »Ich habe ihm aber erzählt, dass du in der Stadt bist und heute hier sein würdest.«

»Verstehe ...«

Zoes Magen zog sich zusammen. Dean machte es wirklich spannend. Während sie noch darüber nachgrübelte, wie sie ihm das Ergebnis ihrer verhängnisvollen Nacht beibringen sollte, ließ er im Dunkeln, ob er überhaupt erscheinen würde.

Ich habe doch gesagt, ruf ihn an, motzte ihr kleines Ich sogleich los. *Das wäre der einfachste Weg gewesen.*

Du Schlaumeier, warum sollte er jetzt ans Telefon gehen, wenn er seit Wochen nicht mit mir redet, konterte Zoe stumm.

Ihre Minikopie zuckte unbeeindruckt die Achseln.

Tom deutete zur Tür. »Da hast du deine Antwort.«

Zoes Kopf schnellte herum.

Da stand er. Dean hatte das Joe's betreten und alles, was Zoe denken konnte, war: *Das ist der Vater meines Babys.* Und der zweite Gedanke lautete: *Er sieht immer noch verdammt gut aus.*

Eine Hand in der Jeanstasche vergraben, blickte er um sich. Er hatte ein Hemd über ein T-Shirt geworfen, auf dem dieses Mal das Logo von Black Sabbath prangte. Seine

Haare waren ein bisschen gewachsen, aber die längere Frise mit dem Undercut stand ihm. Wie ihm einfach alles stand.

Zoes Herz verfiel in noch aufgeregteres Klopfen. In diesem Moment konnte sie nicht einordnen, ob es seinetwegen oder wegen ihrer geplanten Enthüllung war.

Als Dean sie entdeckte, hob er die Hand und deutete zum Tresen. Sie nickte und fragte sich, was ihr Auftauchen in ihm auslöste. Ob es purer Brechreiz war oder ihm das Thema keine Ruhe ließ, das sie so unschön hatte auseinandergehen lassen.

Dean schwang sich auf einen Hocker und sah wartend zu ihr herüber.

Das war wohl Zoes Auftritt. Die Stunde der Wahrheit war gekommen.

Mit zitternden Knien stand sie vom Sofa auf. »Ich gehe mal zu Dean.«

Während Tom und Emily nickten, formte Janie ein *Good luck* mit den Lippen.

Noch nie war Zoe ein Gang so unglaublich lang vorgekommen. Sie fühlte sich wie auf dem Weg zur Schlachtbank. Während sie einen Fuß vor den anderen setzte, sagte sie sich immer wieder still vor: *Du schaffst das, du schaffst das!*

Was soll er denn machen, fragte ihre Minikopie mit amüsierter Stimme. *Außer schreiend wegzulaufen und sich einen Strick zu nehmen.*

Zoe ignorierte ihre Sprüche. Sie hatte in dieser Sekunde nicht die Nerven, sich mit ihrem bissigen kleinen Ich auseinanderzusetzen.

Als sie schließlich vor ihm zum Stehen kam, atmete sie hörbar aus. »Hi.«

»Hi.« Dean drehte sich mit einem scheuen Lächeln auf den Lippen zu ihr. »Hast du Urlaub?«

»Ja, aber nur ein paar Tage.«

Er runzelte die Stirn. »Und da fährst du ausgerechnet nach Carsonrock?«

»Sagen wir mal so, es ist eine Art … Zwangsurlaub.«

Zoe hoffte, dass er auf ihre Antwort eingehen, noch einmal nachhaken würde, doch er nickte bloß stumm.

»Wie geht's dir?«, platzte es aus ihr heraus. Sie musste dieses Gespräch irgendwie in Gang bringen. Sie wollte nicht direkt die Nachricht hinausposaunen, die alles zwischen ihnen verändern würde.

»I'm good.« Dean lächelte breit. »Die letzten Wochen waren gar nicht übel.«

»Das ist prima.«

Wieder gerieten sie ins Stocken. Zoe trat von einem Fuß auf den anderen. Er würde es ihr leichter machen, würde er mehr Fragen an sie richten. Es war so seltsam, so hölzern zwischen ihnen, als wäre da eine unsichtbare Mauer. Sie vermisste die Vertrautheit, das Gefühl der Nähe, das sonst immer da gewesen war. Selbst nachdem sie frisch getrennt und Zoe so unglaublich wütend gewesen war, waren sie sich immer noch auf eine verquere Art nahe gewesen. Aber heute …

Joe stellte ein Bier vor Dean auf den Tresen, von dem dieser einen großen Schluck nahm.

Wieder sah er sie an. »Wie ist es dort drüben? Ist das Leben in Key West besser als hier?«

Zoe hörte einen Hauch Spott aus seiner Stimme heraus, ging jedoch nicht darauf ein. »Besser nicht, aber anders. Anders schön.«

»Fine.« Wieder nippte er an seinem Bier. »Und die horizontale Statistik? Kommst du da gut voran?«

Zoe klappte die Kinnlade herunter. Das Blut sackte in ihre Beine. Während sie noch damit zu tun hatte, den Inhalt seiner Frage zu analysieren, giftete er weiter.

»Immerhin ziehst du ja nun alle Register, um an Sex zu kommen. Ganz egal, ob der andere Gefühle für dich hat.«

Deans Augen bohrten sich in ihre. Da war nichts, keine Emotion, nur Kälte. Und er hatte immer noch nicht genug.

»Ist es nicht so, Zoe? War doch bei Eric nicht anders, oder?« Er schnalzte mit der Zunge, während er sich zum Tresen drehte. »Der arme Tropf. Mittlerweile tut er mir fast leid. Verliebt sich in dich, aber du ... ts ts ts ... hast nur Bumsen im Kopf.«

Zoe schluckte. Sie hatte keine Ahnung, was sie darauf sagen sollte. Sogar ihr kleines Ich starrte sprachlos auf die Szene. Deswegen hatte er sie also herübergelotst, um verbal mit ihr abzurechnen.

Auch wenn Zoe sich nicht von ihm provozieren lassen sollte – schließlich hatte sie noch eine ernste Angelegenheit mit ihm zu bereden –, konnte und wollte sie die Sätze nicht auf sich sitzen lassen.

Sie räusperte sich. »Ich finde es hochinteressant, dass du mir etwas übers Bumsen erzählen willst, während du selbst früher die Hauptrolle in deinem Porno gespielt hast.«

Deans Augen verengten sich. Es war offensichtlich, dass ihn der Inhalt ihres Konters überraschte, doch er fing sich wie immer schnell. »Du sagst es! Früher ...« Er schnaubte. »Ich habe kein Geheimnis aus meinem Lebensstil gemacht, aber du ... Du spielst die Heilige Jungfrau und dann ... *Bämm!* ... schnappt die Falle zu.«

»Dean, du weißt genau, dass das nicht stimmt, dass ich so nicht bin.« Zoe taxierte ihn. »Das mit Eric war eine lockere Geschichte, das war von Anfang an klar. Aber das mit dir …« Sie presste die Lippen aufeinander. »Du wusstest verdammt gut, wie ernst es mir mit dir war.«

»Ach ja? Und die Aktion in Key West? War es dir da auch ernst?«

Zoe fuhr mit der Hand über ihr Gesicht. Das Gespräch lief nicht annähernd in die Richtung, in die es laufen sollte.

Sie sah wieder auf und presste die Handflächen aneinander. »Dean, noch einmal: Es tut mir leid. Ich habe dir niemals wehtun wollen. Ich weiß, dass ich an dem Abend einen Riesenfehler gemacht habe. Ich würde ihn gern rückgängig machen – du ahnst ja nicht, *wie* gern –, aber … ich kann es nun mal nicht.«

Er sagte nichts, betrachtete sie bloß stumm. Schließlich stieß er die gesammelte Luft aus seiner Lunge. »Ich dachte nur …« Seine Kiefer mahlten. »Ich dachte, es wäre alles klar zwischen uns. Aber ganz offensichtlich habe ich da falschgelegen.« Damit wandte er sich wieder seinem Bier zu, von dem er einen weiteren tiefen Schluck nahm.

Zoe wusste nicht, was sie darauf sagen sollte. In ihrem Kopf herrschte ein heilloses Durcheinander. Sie fühlte sich deplatziert und hatte keine Ahnung, wie sie ihn jetzt noch mit der Wahrheit konfrontieren sollte. Als sie einen Blick zu ihren Freunden warf, sah sie, wie Janie sie beobachtete. Anscheinend ahnte ihre Freundin, dass Zoe kurz davor war, einen Rückzieher zu machen. Mit der Hand deutete Janie an, nun endlich den Angriff zu starten.

Zoe schluckte, dann nahm sie all ihren Mut zusammen. »Dean, ich … wir müssen über etwas reden.«

Er schnaufte. »Was sollten *wir* noch zu bereden haben, Zoe?« Mit einer Mischung aus Ironie und Wut sah er sie an.

Seine Worte wollten nicht aufhören, wie Gewehrsalven auf sie niederzuprasseln. Sie bohrten sich wie spitze Pfeile in ihr Herz. Deans Frage sagte alles: Es gab kein Zurück mehr für ihn. Er hatte Zoe, unter deren Herz sein Kind schlummerte, abgehakt.

Alles in ihr zog sich zusammen, Tränen schlichen in ihre Augen, die sie in diesem Moment nicht gebrauchen konnte. Sie musste es ihm sagen. Jetzt.

Als sie erneut den Mund öffnete, sah sie, wie sich eine rothaarige Frau in einem schwarzen Pencil Kleid von hinten näherte. Wie sie einen Finger an ihre ebenso rot bemalten Lippen legte.

Als sie Dean erreichte, schlang sie die Arme um ihn und drückte ihm einen dicken Kuss auf die Wange.

»Hey, Baby«, schnurrte die Unbekannte.

Zoe fiel die Kinnlade herunter. Als Erstes realisierte sie, dass sie diese Frau schon einmal gesehen hatte. Damals an dem Abend im VinSo, als sie im Begriff gewesen war, Eric abzuschleppen. Sie war das getunte Jessica Rabbit Imitat, das neben Dean gestanden hatte.

»Hey, Cutie.« Dean stand auf und zog die Rothaarige an sich. Er gab ihr einen leidenschaftlichen Zungenkuss, der Zoe erstarren ließ. Das Blut sackte ein weiteres Mal in ihre Beine. Sie blickte zwischen den beiden hin und her und konnte nicht glauben, was sich da vor ihren Augen abspielte. Es war, als würde ihr jemand das Herz mit der bloßen Hand aus der Brust reißen. Als würde ihr Leben wie ein Stück Papier in der Hand zerknüllt werden.

Zoe hörte, wie eine Frau in der anderen Ecke laut

auflachte. Es war ein hässliches, schrilles Lachen, das ihr in den Ohren wehtat. Der Geruch von schalem Bier stieg wieder in ihre Nase, sodass sich ihre Übelkeit einer gefährlichen Grenze näherte. Dann hörte sie Bob Dylan *Like a Rolling Stone* aus den Boxen schmettern.

Zoe hatte einmal aufgeschnappt, dass er den Song für Marianne Faithfull geschrieben hatte, nachdem diese ihn verlassen hatte. Er war so voller Biss, so voller Häme, eine Abrechnung in Liedform, dass es Zoe eiskalt den Rücken herunterlief. Heute sang Bob Dylan nicht für Marianne Faithfull, heute sang er für *sie*.

Dean war dabei, mit ihr abzurechnen, mit ihrer kalten Zurückweisung. Mit der Nacht in dem Hotel. Er fühlte sich immer noch gedemütigt, das hatte er vorhin eindrucksvoll klar gemacht.

Als er sich von der Rothaarigen löste, blickte er Zoe triumphierend an. So als hätte er seit Wochen auf diesen Moment gewartet. »Darf ich vorstellen, Zoe? Das ist Lexy, *meine Freundin*.«

Die letzten beiden Wörter ließen Zoes Herz verkrampfen. Der Schmerz strömte durch ihre Blutbahnen und breitete sich wie ein gefährliches Virus in ihrem gesamten Körper aus. Sie fühlte, wie ihre Kopfhaut prickelte, und versuchte, sich zusammenzureißen.

»Oh … hallo«, sagte sie mit belegter Stimme. Sie hörte sich fremd und weit weg an.

Lexy lächelte und entblößte dabei ein Lippenbändchen-Piercing. »Hey, freut mich!«

Diese Frau war eine echte Erscheinung. Mit ihren gewellten Haaren, der toupierten Elvis-Tolle und den bunten Tattoos auf den Armen sah sie aus wie ein modernes

Pin-up-Girl. Und im Gegensatz zur billigen Megan-Kopie wirkte Lexy nicht innerlich leer, sondern charismatisch und ehrlich nett. Würde sie nicht in diesem Moment mit Dean Händchen halten, könnte sich Zoe glatt vorstellen, mit ihr befreundet zu sein.

Augenblicklich kam sie sich unsichtbar vor. Sie fühlte sich wie der fette Wal, der sie schon bald sein würde.

Lexy ist seine Nummer vierundsechzig, rauschte es durch Zoes Kopf. Und was noch viel schlimmer war: Sie war mehr als eine lockere Affäre. Sie hatte Zoes Platz eingenommen.

Dean riss Zoe aus ihrer Erstarrung. »Worüber wolltest du noch gleich mit mir reden?«

Ja genau, weswegen war sie hier? Um ihm ihre Schwangerschaft zu beichten? Ha, wie konnte sie ihm das jetzt noch sagen? Wie sollte sie jetzt überhaupt noch ein Wort herausbringen?

Erneut öffnete Zoe den Mund, doch alles, was herauskam, waren unverständliche Stotterer.

Reiß dich zusammen, verdammt noch mal, fauchte ihr kleines Ich.

Sie räusperte sich. »Ich … ich …«

Nein, es war zwecklos. Sie konnte es ihm nicht sagen, zumindest nicht hier und jetzt, während Jessica Rabbit neben ihm stand. Auch ohne sie wäre der Moment nach dem gerade geführten Gespräch, nicht passend.

Zoe seufzte. »Ach, nicht so wichtig. Das kann warten.«

Damit fuhr sie herum und steuerte die Eingangstür des Joe's an. Sie musste an die frische Luft, sie musste atmen. Sie fühlte, wie kleine Bröckchen ihren Hals hochstiegen, wie das gerade Erlebte sie von den Füßen riss.

Sie stürzte zur Tür hinaus und hechtete zum nächsten

Gebüsch – und spuckte. Wie gern hätte sie auch das ausgespuckt, was sie da soeben gesehen hatte.

»Das geht jetzt seit etwa vier Wochen mit ihnen«, hatte Tom mit zerknirschter Miene zugegeben, nachdem Zoe in die Bar zurückgekehrt war.

Eigentlich hatte sie das Joe's an diesem Abend nicht mehr betreten wollen. Wäre es nach ihr gegangen, hätte sie sich in das nächste Taxi gesetzt und wäre zum Flughafen gerast. Aber sie war nicht allein hier. Janie und sie hatten gemeinsam Carsonrock und ihre Freunde besuchen wollen. Also hatte sie ein paarmal tief durchgeatmet, ihre Gefühle und den verbleibenden Mageninhalt hinuntergeschluckt und war zurück zu ihren Freunden gegangen, die mit betretenen Gesichtern gewartet hatten.

Tom seufzte. »Ich ... wir waren uns nicht sicher, ob wir es dir erzählen sollen. Also haben Emily und ich entschieden, erst mal gar nichts zu sagen und abzuwarten, wie sich die Sache zwischen Dean und Lexy entwickelt.«

Aha, deswegen war Tom vorhin so nervös geworden, als sie gefragt hatte, ob Dean heute Abend noch kommen würde. Er hatte einfach nicht gewusst, wie er mit der Situation umgehen sollte, und Emily offensichtlich auch nicht.

Diese griff nach Zoes Händen. »Wir hätten nicht gedacht, dass er sich ausgerechnet heute Abend mit ihr treffen würde. Er wusste ja, dass du hier sein würdest ...« Ihre Freundin sah sie mit mitfühlenden Augen an. »Sonst wären wir eher damit rausgerückt – ehrlich.«

Klar, ihre Freunde hatten keine Ahnung von Deans Racheplänen gehabt. Dass er Zoe heute Abend seine neue Freundin vorführen würde, um ihr damit zu sagen: *Hey, sieh dir das an. Ich bin über dich hinweg. Du bedeutest mir nichts mehr.*

Zoe saß nur da und knetete mit einem Gesicht, aus dem sämtliche Farbe gewichen sein musste, ihre Finger, während ihr die Erkenntnisse wie Schuppen von den Augen fielen.

Dean musste lange auf diesen Abend gewartet haben, auf die Gelegenheit, ihr für die bittere Zurückweisung eins reinzuwürgen. Während er seinen Triumph auskosten konnte, gab es für ihre Freunde in diesem Moment nichts zu feiern. Es war offensichtlich, dass Tom und Emily von ihrem schlechten Gewissen geplagt wurden. Nur deswegen hatten sie vermutlich so überaus zuversichtlich über Zoes derzeit totes Liebesleben geredet.

Als sie eine Zeit lang beobachtete, wie Tom düster vor sich hin starrte und Emily an ihren Fingernägeln knibbelte, richtete sie das Häufchen Elend, in das sie zusammengesackt war, auf. »Leute, macht euch keine Gedanken.«

Tom und Emily blickten sie an.

»Ich kann nachvollziehen, wie ihr euch gefühlt haben müsst. Dass ihr nicht wusstet, ob und wie ihr es mir sagen sollt.« Zoe versuchte zu lächeln. »Ihr braucht ganz sicher kein schlechtes Gewissen zu haben.«

»Nein, bestimmt nicht«, rief Janie, die zuvor still zwischen ihren Freunden gesessen hatte. »Aber Dean. Er sollte sich schämen, so eine Nummer mit dir abzuziehen.«

Zoe konnte ihr ansehen, wie wütend sie war. Während rote Farbe in Janies Wangen kletterte, schüttelte sie bebend den Kopf. Es lag auf der Hand, dass auch sie nicht mit solch einem Ausgang gerechnet hatte.

Im Augenwinkel sah Zoe, wie Tom nickte. »Janie hat recht.«

Verblüfft blickten sie ihn an.

Tom betrachtete mit mahlenden Kiefern seine Hände, die auf seinem Schoß lagen. »Dean sollte sich wirklich schämen. So etwas macht man nicht.«

Zoe kaute auf ihrer Unterlippe. War das so? Nach dem, was sie getan hatte?

Sie stand auf und ließ sich neben Tom fallen. »Weißt du, Tom, ich kann Dean verstehen. Seine Wut. Ich habe nicht mit fairen Karten gespielt und das muss ich jetzt ausbaden.«

Oh, Tom hatte ja keine Ahnung, welche Konsequenzen dieser eine Fehler nach sich zog …

Tom beäugte sie unsicher. »Hast du …« Sein Blick flog auf Zoes Gesicht herum. »Hast du noch Gefühle für ihn?«

Während er mit großen Augen wartete, stieß Zoe einen Seufzer aus. »Ich werde immer Gefühle für deinen Bruder haben, Tom.«

Mehr sagte sie nicht. Ihre Freunde sollten nicht wissen, dass Zoe nie aufgehört hatte, Dean zu lieben. Dass sie sich insgeheim gewünscht hatte, dass dieser Abend eine andere Wendung nehmen würde. Dass Dean sie nach ihrem Geständnis, das immer noch hinter ihren versiegelten Lippen wartete, in seine Arme nehmen und Dinge wie *Ich lasse dich damit nicht allein* und womöglich sogar *Vielleicht finden wir ja doch einen gemeinsamen Weg* sagen würde.

Träum weiter, hörte sie ihr kleines Ich murren.

Emily beugte sich über Tom und griff nach Zoes Händen. Mit ernsten Augen blickte ihre Freundin sie an. »Bist du deswegen hier? Weil du ihn um eine neue Chance bitten wolltest?«

Zoe konnte fast sehen, wie ihre Freunde die Luft anhielten. Während Tom und Emily mit weit aufgerissenen

Augen auf ihre Antwort warteten, sah sie, wie Janie hinter ihnen wild gestikulierte. Sie gab Zoe zu verstehen, nun endlich mit der Wahrheit rauszurücken.

»Ich ... also ...« Zoe räusperte sich und lächelte unsicher. »Eigentlich ging es ... um etwas anderes.«

Sie klappte den Mund zu und wieder auf. Sie wollte es ihren Freunden so gern sagen. Tom und Emily hatten verdient, die Wahrheit zu wissen. Doch dann ... Zoe presste die Lippen aufeinander. Nein, sie konnte es nicht. Tom war Deans Bruder und Emily ... Sie kannte ihre Freundin. Wahrscheinlich hoffte sie tief in ihrem Innern, dass Dean und Zoe doch noch wie durch ein Wunder zusammenkommen würden. Und dieses Wunder schlummerte bekanntlich in Zoes Bauch. Sie würde vermutlich sofort zu Dean rennen und ihn von Lexy wegzerren.

Zoe blickte Janie an und schüttelte unmerklich den Kopf, sodass ihre Freundin verständnislos die Hände hob.

»Ich wollte noch mal mit Dean reden«, erklärte sie stattdessen. »Wir sind so unschön auseinandergegangen, das wollte ich so nicht stehen lassen. Aber wie ich sehe«, sie zwang sich ein Lächeln auf die Lippen, »ist das nicht mehr nötig. Ihm geht es gut.«

Zoe drehte sich um und sah zu Dean, der sich mit Lexy zurückgezogen hatte und an einer Wand lehnte. Er zwirbelte eine ihrer Haarsträhnen mit seinen Fingern und lachte.

Zoes Lächeln schwand. Bevor sie in einen Strudel aus schweren Gedanken gezogen werden konnte, erwachte Deans Frauenradar.

Als würde er Zoes Blick auf der Haut fühlen, drehte er sich zu ihr. Allerdings lachte er ihr nicht entgegen, als würde er sich weiterhin in seinem gelungenen Racheunternehmen suhlen. Stattdessen verwandelte sich sein Lachen in ein scheues Lächeln. Auch sein Blick wirkte nicht mehr so hart wie vorhin, als er Zoe all die Schmähungen um die Ohren gehauen hatte. Er sah ungläubig aus, beinahe zweifelnd.

Zoe wandte den Blick ab. Nein, dieser Abend war ganz anders als erhofft abgelaufen. Sie war mit ihrem Problem keinen Schritt weitergekommen.

Sie hörte, wie Janie in die Hände klatschte. »Na gut, ich würde sagen, Schluss mit der Trauerstimmung und her mit den Drinks!« Mit einem Satz sprang sie auf und blickte durch die Bar. »Und her mit den kleinen Studenten!«

23

Zoe fuhr mit der Hand durch den feinen Sand und ließ ihn durch ihre Finger rieseln. Sie blickte auf den Ozean, der seine ruhigen Wellen an Land spülte. Obwohl bereits der späte Nachmittag angebrochen war und die Sonne tief am Horizont stand, dominierte Schwüle.

Es war Juli und drückende Hitze hatte Key West erreicht. Trotzdem ging Zoe darin auf, hier am Strand zu sitzen, die Strahlen auf ihrem Gesicht zu fühlen und das sanfte Rauschen des Meeres zu hören. Sie verlor sich in der Aussicht auf den scheinbar nicht enden wollenden Golf von Mexiko.

»Ist das herrlich«, hörte sie Janie neben sich murmeln. »Hier will ich nie wieder weg.«

Zoe löste ihren Blick von dem wunderschönen Panorama und sah zu ihrer Freundin, die neben ihr im Sand lag. Ein genüssliches Lächeln hatte sich auf ihr Gesicht gelegt, während sie die Arme hinter dem Kopf verschränkte.

»Ich auch nicht«, sprach Zoe leise. Dabei war sie sich bei der Aussage alles andere als sicher. Obwohl sie sich mittlerweile unglaublich wohl in Key West fühlte, konnte auch der tolle Ort nicht bei der Lösung ihres Problems helfen, das wie eine dunkle Wolke über Zoe schwebte.

Sie blickte hinunter zu ihrem Bauch, der gut an Umfang zugelegt hatte, legte ihre Hand auf ihn und strich sanft darüber. Als Zoe spürte, wie sich ihr Baby bewegte, breitete sich ein Lächeln um ihre Mundwinkel aus.

Es war, als würde es mit ihr kommunizieren wollen.

Sobald sie ihren Bauch berührte, folgte die Reaktion in Form eines zarten Strampelns.

Zoes Blick blieb an ihrem Bauch hängen. Dass in ihrem Körper ein Menschlein heranwuchs, war für sie immer noch nicht greifbar. Drastischer noch: Dass sie bereits in der neunzehnten Schwangerschaftswoche und das Baby knapp siebzehn Zentimeter groß war, haute sie mehr denn je aus den Schuhen. Und als sie vor zwei Tagen zum ersten Mal wahrgenommen hatte, wie sich ihr Baby bewegte, waren sämtliche Emotionen mit ihr durchgegangen.

Diesen Moment würde Zoe wohl niemals vergessen. Wie sie nach der Arbeit am Küchentisch gesessen und eine Zeitschrift durchgeblättert hatte und es aus heiterem Himmel passiert war: Ein kleiner Schmetterling berührte mit seinen zarten Flügeln ihr Inneres.

Als Zoe realisiert hatte, dass der Schmetterling ihr Baby war, waren ihr die Tränen nur so aus den Augen geschossen. Sie hatte ihre zitternden Hände auf den Bauch gelegt und übers ganze Gesicht gelächelt. Diese Sekunden, die so einmalig waren, waren mitunter die schönsten ihres bisherigen Lebens gewesen.

Genauso wundervoll sollte es weitergehen. Zoe hätte die Schwangerschaft gern in vollen Zügen genossen, dem Lebensabschnitt, der auf sie wartete und komplett anders, aber besonders sein würde, aufgeregt entgegengefiebert. Doch die Sorgen, die sie derzeit beherrschten, überwogen und vergifteten ihre Freude über dieses Baby.

Seitdem sie ihre Freunde in Carsonrock besucht und Dean ihr dabei seine neue Freundin unter die Nase gehalten hatte, war sie keinen Schritt weitergekommen. Weder hatte sie es noch einmal gewagt, Kontakt mit ihm aufzunehmen, noch hatte er sich bei Zoe gemeldet. Wozu auch? Er war ja glücklich mit Lexy …

»Hast du dir mittlerweile überlegt, wie du es Dean sagen willst?«

Janie riss sie abrupt aus ihren Gedanken. Zoe löste den Blick von ihrem Bauch und sah ihre Freundin mit großen Augen an. Sie hatte gar nicht mitbekommen, dass sich Janie aufgesetzt hatte, die nun mit angespannter Miene auf ihre Antwort wartete.

»Ich … äh … Ich habe keine Ahnung, wie ich das anstellen soll, wie ich ihm das jetzt noch sagen kann.«

Janie zog die Augenbrauen hoch. »Wie du ihm das jetzt noch sagen kannst?«, wiederholte sie mit irritiertem Blick. »Was soll das bedeuten?«

»Na ja«, Zoe glitt mit den Fingern durch den Sand, »jetzt, wo er doch so glücklich mit Lexy ist …«

»How do you know that?«

»Von Tom. Er hat's mir erzählt.«

Janies Gesicht verwandelte sich in eine mürrische Miene. »Vielen Dank, Herr Plappermaul.«

Zoe gestikulierte. »Es ist nicht seine Schuld. Ich … habe ihn gefragt und er hat mir die ganze Geschichte erzählt.« Sie ließ ihren Blick in die Ferne schweifen. »Dean hat Lexy schon vor Monaten kennengelernt, als er … na ja … als er noch dabei war, um mich zu kämpfen.« Sie biss sich auf die Lippe. Wie dumm sie doch gewesen war … Hektisch erzählte Zoe weiter. »Lexy hat wohl gleich ernsthaftes Interesse angemeldet, sich aber zurückgehalten, da Dean ihr von mir erzählt hat. Doch als wir dann nach Key West gezogen sind und er den Umzug als endgültiges Aus gewertet hat, hat er nach einer Zeit angefangen, Lexy zu daten.«

Wieder lächelte Zoe bitter. »Tja, Pech für mich, Glück für sie. Aus ihrer anfänglichen Freundschaft ist wohl ziemlich schnell mehr geworden. Und nun … nun sind sie das neue Superpaar.«

Nach dem letzten Wort, das Zoe mit einem galligen Unterton über die Lippen gegangen war, hielt sie inne. Ihr Blick fror ein. Sich selbst dabei zuzuhören, wie der Ex in einer neuen Beziehung aufging, war vollkommen verrückt, aber real.

Sie hatte es versaut. Sie hatte Dean davongejagt – schlimmer noch –, sie hatte ihn in die Arme einer anderen getrieben. Einer Frau, die bereits geduldig gelauert hatte und für Zoes Idiotie überaus dankbar sein musste.

Ob es ihr gefiel oder nicht, sie musste sich eingestehen, dass Dean ihr damals vor dem Joe's die Wahrheit gesagt hatte. Er *war* bereit für eine feste Bindung. Die Geschichte mit Lexy belegte es doch: Zoe hatte mit ihrer Prognose meilenweit danebengelegen. Dean war alles andere als beziehungsunfähig. Er hatte aus dem Fehler, der ihn die Beziehung mit Zoe gekostet hatte, gelernt. Er musste das Risiko einer möglichen Enttäuschung, eines neuerlich gebrochenen Herzens, in Kauf nehmen. Musste die Angst akzeptieren, die vermutlich immer in seinem Kopf lauern würde – mit dem entscheidenden Unterschied, dass er sich nicht länger von ihr beherrschen ließ.

Wenn er sein Glück finden wollte, hatte er keine andere Wahl, als über seinen Schatten zu springen. Und genau das hatte er bei Lexy getan. Wer weiß, vielleicht war sie sogar die Richtige.

Janie legte eine Hand auf Zoes Schulter. »I'm sorry. Ich kann mir vorstellen, wie mies die Vorstellung sein muss.«

Ihre Freundin schwieg kurz, dann sprach sie weiter. »Trotzdem … ist das kein Grund, nicht an dich und dein Baby zu denken.«

Zoe sah zu Janie zurück. Diese blickte sie mit eindringlicher Miene an.

»Du musst eine Lösung finden, Zoe. Du darfst dabei keine Rücksicht auf Dean und seine neue Freundin nehmen. Er hat dir das eingebrockt, also muss er auch dafür geradestehen. Du musst das nicht allein ausbaden.«

Zoe drehte den Kopf weg. Achselzuckend fixierte sie die orangefarbene Sonne, die sich dem Ozean näherte. »Mag sein.«

»Mag sein?« Sie hörte Janies ungläubige Stimme. »That's a fact! Egal, wie glücklich Dean momentan ist, es wäre falsch, ihm das Baby und die Konsequenzen daraus vorzuenthalten.«

»Ich habe gar nicht vor, es ihm vorzuenthalten«, meinte Zoe in einem Tonfall, der hoch und zickig klang.

»Ach ja? So wie du es gerade auch Tom, Emily und deinen Eltern nicht vorenthältst?«

Zoes Kopf schnellte wieder zu ihrer Freundin herum, die sie mit hochgezogenen Augenbrauen betrachtete.

Klar, Janie hatte recht. Bisher hatte nicht nur Dean keine Ahnung, auch ihre Eltern und Freunde tappten immer noch im Dunkeln.

»Ich werde es ihnen sagen. Ich werde es allen sagen. Wenn der richtige Zeitpunkt gekommen ist.« Damit wandte Zoe den Blick wieder ab.

Im Augenwinkel sah sie, wie Janie mit der Hand über ihren glatten Bob strich. Dabei fluchte sie leise. »Zoe, wie lange willst du noch warten? Du bist fast im fünften Monat. Du weißt, wie viele Dinge es noch zu klären gibt …«

Unvermittelt raffte Zoe sich auf, sodass Janie sie verdutzt musterte. »Ja, Janie, ich weiß, wie viele Sachen ich noch klären muss. Ich kenne mein Problem sehr gut. Und es bringt überhaupt nichts, mir noch mehr Druck zu machen. Ich weiß auch so, dass meine Lage nicht einfacher wird.«

Mit verschränkten Armen fuhr sie herum und eilte über den Strand. Hinter sich hörte sie Janies Rufen.

»Zoe ... Zoe, warte doch.«

Hastig atmend holte Janie sie ein und baute sich vor ihr auf. Sie fasste Zoes Arm und sah sie mit mitfühlenden Augen an.

»Ich will dir doch gar keinen zusätzlichen Druck machen«, erklärte sie mit sanfter Stimme. »Ich will dir bloß helfen. Ich weiß, wie scheiße deine Situation ist, wie ungerecht. Ich möchte nicht, dass du leidest. Ich möchte, dass es dir gut geht, dass du eine Lösung findest. Für dich ... und dein Baby.«

Janie blickte auf Zoes Bauch und lächelte verträumt. »Ich will, dass es Edgar gut geht.«

Zoe prustete. »Edgar?«

»Nach meinem Lieblingsschriftsteller«, erklärte ihre Freundin mit rosa verfärbten Wangen. Sie zuckte die Achseln. »Poe würde natürlich auch gehen.«

Zoe zog die Stirn kraus. »Wir wissen doch gar nicht, was es wird.«

»Na und? Falls es ein Junge sein sollte, hätten wir schon mal zwei Namen und damit eine Sorge weniger.«

Zoe beobachtete ihre Freundin und ein Lächeln huschte über ihr Gesicht. Dann glitt ihr Blick zu Boden. Sie vergrub ihre Füße im feuchten Sand. »Tut mir leid«, sagte sie leise. »Ich wollte dich nicht anpampen. Es ist nur ... ich weiß einfach nicht weiter. Das ist alles so … so kompliziert. Es gibt so viele Dinge, die geklärt werden müssen, dass ich keine Ahnung habe, wo ich überhaupt anfangen soll.« Sie blickte zum Himmel, in der Hoffnung, dass dort eines Tages die Lösung stehen würde.

Ihr kleines Ich lachte verächtlich. *Im Lexikon taucht bestimmt dein Gesicht unter dem Wort Naivität auf …*

Janie griff nach ihren Händen. »Hey, du bist nicht allein, okay?« Eindringlich sah sie Zoe an. »Deine Freunde sind für dich da, ich bin für dich da. Ich lasse dich nicht hängen.« Sie löste ihre Hände und zog Zoe an sich. »Irgendwas wird uns schon einfallen.«

Zoe vergrub ihren Kopf an Janies Schulter und fühlte, wie sich eine Träne löste. Wie gern wäre sie auch so zuversichtlich wie ihre Freundin …

Ein Punkt weniger auf Zoes langer Liste …

Zwei Wochen nach ihrem ernsten Gespräch mit Janie am Strand hatte Zoe immerhin Brenda und ihren Kollegen von der Schwangerschaft erzählt. Ihren fleißig wachsenden Bauch würde sie sowieso bald nicht mehr verstecken können und allmählich hatte sie sich unwohl dabei gefühlt, jeden Tag mit Oversize-Sachen im Touristikcenter aufzulaufen.

Brenda hatte ihr unsicher lächelnd gratuliert. Es war offensichtlich gewesen, dass die Nachricht über Zoes Schwangerschaft ihre Supervisorin verwunderte – befand sie sich doch mitten in einem Auslandspraktikum. Brenda hatte jedoch darauf verzichtet, nachzuhaken, unter welchen Umständen dieses Baby zustande gekommen war. Zoe hätte auch nur ungern die Wahrheit erzählen wollen. Dass die

Geschichte mit dem Kindesvater – der noch immer keine Ahnung hatte – passé war und sie selbst am Rande eines Nervenzusammenbruchs stand, eignete sich nur bedingt als publike Posse.

Zoe war dankbar für Brendas Diskretion gewesen und hatte ihr versichert, ihr Praktikum zu Ende zu bringen, solange ihr Zustand es zuließ.

Wenigstens eine Sache war nun geklärt, wohl die geringste von allen.

Als Zoe nach ihrem Gespräch mit Brenda heimkehrte, war Janie nicht in der Wohnung. Sie hatte Zoe einen Zettel da gelassen, auf dem sie gekritzelt hatte, dass sie etwas erledigen müsse und Zoe nicht auf sie warten solle.

Zoe ließ sich auf dem Sofa nieder und legte die Füße hoch. Sie genoss es, ein paar Stunden Ruhe zu haben. Seit dem Gespräch mit Janie am Strand fühlte Zoe sich auf seltsame Weise noch mehr unter Druck gesetzt. Sie wusste, dass Janie konkretes Handeln von ihr erwartete. Wahrscheinlich hätte ihre Freundin liebend gern selbst zum Telefonhörer gegriffen und Dean die Baby-News um die Ohren gehauen, aber sie tat es nicht. Stattdessen spürte Zoe, dass Janie von Woche zu Woche unruhiger wurde. Schließlich hütete sie ein Geheimnis, von dem Tom und Emily nichts wussten. Sie konnte sich vorstellen, wie schwierig die Situation für ihre Freundin sein musste. Auf der einen Seite durfte sie sich vor Tom und Emily, mit denen sie regelmäßig skypten, nicht verplappern. Auf der anderen war ihr klar, dass Zoe ein Problem vor sich herschob, für das dringend eine Lösung her musste.

Während ihre Gedanken abdrifteten, klingelte es an der Tür.

Zoe stöhnte. »Wer ist das denn jetzt?«, grummelte sie und stand schwerfällig auf. Sie schlurfte zur Tür, während es ein zweites Mal läutete. »Ist ja gut.«

Zoe verdrehte die Augen. Da hatte sie einmal fünf Minuten Ruhe …

Damit der Störenfried nicht zum dritten Mal nervte, drückte sie den Türöffner und wartete an der geöffneten Wohnungstür, wer wohl die Treppen hochspazieren würde.

Als die Frau mit den violetten Haaren in ihr Sichtfeld kam, klappte Zoe die Kinnlade herunter.

»Das gibt's ja nicht …«, murmelte sie und schlug die Hände vor den Mund.

Lucie hievte ihren schweren Koffer die letzten Stufen hinauf und blieb mit einem lauten Stöhnen und unübersehbaren Schweißringen vor ihr stehen.

Sie wischte über ihre Stirn. »Verdammte Scheiße, das ist ja hier wie in 'ner Sauna!«

»O mein Gott!« Zoe zog ihre Freundin an sich, die sie gleichermaßen fest in die Arme schloss. Als sie sich voneinander lösten, blickte Zoe Lucie mit weit aufgerissenen Augen an.

»Was … was machst du hier? Ich kann's nicht glauben.« Tränen schossen in ihre Augen. Wie gut es tat, ihre Freundin nach Monaten wiederzusehen.

Lucie wischte sich ebenfalls über die Augenwinkel und riss dann die Arme in die Luft. »Tada! Überraschungsbesuch aus der Heimat!« Doch als ihr Blick zum Bauch ihrer Freundin glitt, erstarrte sie. »Heilige Scheiße, es ist also wirklich wahr …«

Zoe nickte stumm. Wahrscheinlich starb gerade Lucies letzte Hoffnung, dass all das ein übler Scherz gewesen sein könnte.

Lucies Augen schweiften zu Zoes Gesicht zurück und ein Lächeln zuckte um ihre Mundwinkel. So standen sie sich im Hausflur gegenüber, mit ungläubigen, aber seligen Mienen. Bis Lucie aufs Innere der Wohnung deutete. »Darf ich reinkommen oder soll ich meinen Koffer im Flur auspacken?«

Zoe konnte sich nicht daran erinnern, wann sie in den letzten Wochen so gelacht hatte, dass ihr die Wangen schmerzten. Wann sie überhaupt dieser Tage ein Lächeln gezeigt hatte, das echt war. Doch an diesem Abend war alles anders. Wenigstens für eine kurze Zeit durfte Zoe fröhlich sein und ihre Gedanken in die Heimat reisen lassen.

Bei Pizza vom Lieferdienst hatten sie es sich auf dem Sofa gemütlich gemacht. Sie quatschten über die Uni, gemeinsame Freunde und Partys, die Lucie besucht und natürlich nicht allein verlassen hatte.

Irgendwann war Lucie dann ernst geworden. »Du kannst dir denken, dass ich nicht gekommen bin, um mit dir über vergangene Partyexzesse zu plaudern, auch wenn das natürlich irre lustig ist …«

Lucies Lächeln wich einer bedrückten Miene und sie erklärte, dass ihre Sorge um Zoe von Videotelefonat zu Videotelefonat größer geworden war. Dass die offenbar lähmende Hilflosigkeit ihrer Freundin ihr keine andere Möglichkeit gelassen hatte, als Zoe einen Besuch abzustatten. Sie hatte sofort ein Visum beantragt, sich in den Flieger geschwungen und in Miami einen Leihwagen genommen. Ohne schon einmal hier gewesen zu sein, war sie losgefahren und erfolgreich am Ziel angekommen. Im Gegensatz zu Zoe, die wahrscheinlich im Golf von Mexiko gelandet wäre.

Da die Semesterferien gerade erst begonnen hatten, würde Lucie ein paar Wochen bleiben können.

Sie taxierte Zoe mit festem Ausdruck. »Ich weiß, deine Lage ist, um es mit einem Wort zu sagen, beschissen. Ich verstehe, dass du dich am liebsten verkriechen würdest, aber das geht nun mal nicht ... Du bist jetzt fast in der zweiundzwanzigsten Woche, Zoe. Es wird Zeit, dass wir deine Zukunft in Angriff nehmen.«

Zoe hielt kurz die Luft an. Schließlich stieß sie sie mit einem langen Atemzug aus. »Ich weiß.«

Während ihr Blick durchs Wohnzimmer eilte, erzählte sie von ihrer Ausweglosigkeit, von der Verzweiflung, zum ersten Mal in ihrem Leben nicht den Hauch einer Ahnung zu haben. Und von der Scheu, Dean die Schwangerschaft zu beichten. Sie ließ ein weiteres Mal seine Racheaktion im Joe's Revue passieren, seine Kälte, mit der er ihr an dem Abend begegnet war. Und natürlich auch die Tatsache, dass Lexy nun die neue Frau an seiner Seite war.

Lucie wartete einen Moment, dann griff sie nach Zoes Hand. »Auch wenn ich nicht ansatzweise in deiner Haut stecke, kann ich nachfühlen, wie schwierig das für dich ist. Ich weiß, wie sehr du Dean geliebt hast, und es tut mir leid, dass eure Geschichte so mies geendet ist, aber ...« Ihr Blick nahm einen bestimmten Ausdruck an. »Du *musst* es ihm sagen, Zoe. Abgesehen davon, dass er der Vater des Kindes ist, ist er der Einzige, der dir helfen kann.« Sie rutschte auf dem Sofa hin und her. »Du kannst keine Rücksicht auf seine Gefühle nehmen, ob er dich nun hasst oder nicht. Du musst an dich und vor allem an das Baby denken.« Lucie streckte aufzählend die Finger. »Du musst so viel klären, Zoe. Die Geburt, die Kosten, das Geld ...

Ob und wie du hierbleiben kannst. Einfach alles ist gerade offen.«

»Ich weiß«, wiederholte Zoe. Natürlich wusste sie das und noch deutlicher war, dass kein Weg an Dean vorbeiführen würde. Abgesehen davon, dass er als Vater des Kindes Mitspracherecht hatte, war er tatsächlich der Einzige, der ihr in der Situation unter die Arme greifen und eine gemeinsame Lösung mit ihr ausarbeiten konnte.

»Wenn du die Sache mit Dean nicht klärst, werden die Behörden ihm nachher das volle Sorgerecht erteilen.«

Lucies Aussage ließ Zoe vor Angst erstarren.

»Wenn du das Kind auf amerikanischem Boden bekommst, gilt auch amerikanisches Recht. Es bekommt automatisch die amerikanische Staatsangehörigkeit. Und da Dean Amerikaner ist und du Ausländerin ...«

»... wäre es möglich, dass sie ihm das Kind zuweisen«, beendete Zoe den Satz mit fast tonloser Stimme.

»Wahrscheinlich ja.«

Während Zoe den Kopf in die Hände tauchte, strich Lucie mit der Hand über ihren Rücken.

»Wir werden eine Lösung finden, Zoe. Irgendwas *muss* uns einfallen ...«, versuchte ihre Freundin, sie aufzumuntern.

Doch Zoe konnte nur an den Tag der Geburt denken. Die Vorstellung prangte wie eine dramatische Filmszene vor ihren Augen: Wie sie das Baby in den Armen hielt, ungläubig und dennoch vor Glück platzend. Wie plötzlich die Tür zum Krankenzimmer aufflog und Leute der Regierung in dunklen Anzügen hereinstürzten. Wie sie ihr das Kind aus den Armen rissen und sie allein zurückließen, auf die drohende Ausweisung wartend.

Die Bilder jagten ein Loch durch ihren Magen.

Als Zoe wieder aufsah und Lucie durch einen Tränenschleier anblickte, hörte sie den Schlüssel in der Tür.

Ihre Augen flogen in den Flur und registrierten, wie Janie hereinkam, gefolgt von Tom.

Zoe setzte sich kerzengerade auf. Mit bebenden Fingern wischte sie die Tränen aus ihren Augenwinkeln.

»Tom?«, fragte sie aus allen Wolken fallend.

Was war heute los? Erst kreuzte Lucie vor ihrer Tür auf und nun stand Tom bei ihnen im Flur. Er stürmte an Janie vorbei, ließ dabei seine Reisetasche neben Lucies Koffer fallen und kam mit besorgter Miene vor Zoe zum Stehen.

»Was ist denn los, Zoe?« Verwirrt blickte er von ihr zu Lucie, auf der sein Blick ein paar Sekunden lang verweilte, bevor er wieder Zoe fixierte. »Janie meinte, es sei ein Notfall und ich solle sofort kommen.«

Zoe beobachtete, wie er neben ihr aufs Sofa sackte und nach ihren Händen griff. Unter seine Augen hatten sich tiefe Ringe gegraben.

Sie schluckte den Schock hinunter und sah mit finsterer Miene zu Janie, die nun ebenfalls das Wohnzimmer betrat. »Das ist nicht dein Ernst, oder?« Sie schnaubte. »Du hast Tom gesagt, er soll herfliegen?«

Janie schenkte Lucie ein kurzes Nicken als Begrüßung, dann wandte sie sich mit erhobenen Händen Zoe zu. »Tut mir leid, Zoe, ich will dich nicht in die Ecke drängen, aber ich habe am Strand gemerkt, dass wir zwei allein nicht weiterkommen. Also dachte ich, wir holen Tom ins Boot.« Mit flehendem Ausdruck sah sie Zoe an. »Ihm kannst du dich anvertrauen.«

»Mir was anvertrauen?«, fragte Tom mit angsterfüllten Augen.

»Nichts.« Zoe schenkte ihm einen kurzen Blick, bevor sie sich wieder voll und ganz auf Janie konzentrierte. »Du weißt, dass ich es ihm nicht sagen kann. Wenn er es weiß, wird er es Dean stecken«, zischte sie. Dann dämmerte es ihr, sodass sie ungläubig auf der Couch zurückfiel. »Genau das wolltest du, oder? Da ich mich nicht traue, es Dean zu sagen, soll Tom den Botschafter spielen.«

»Was nicht sagen?« Während Toms Augen sichtlich verzweifelt zwischen Zoe und Janie hin und her huschten, starrten die beiden Freundinnen einander an.

Der arme Kerl, er hatte überhaupt keine Ahnung, was hier los war.

Zoe wandte den Blick ab und sah Lucie an, die bisher stumm neben ihr gesessen hatte. Doch diese gaffte nur Tom an, sodass Zoe vor den Augen ihrer Freundin herumschnipste. Als Lucie ihren Blick von ihm löste, setzte Zoe einen beschwörenden Ausdruck auf.

»Ich … äh …«, Lucie sprang auf, um Janie die Hand entgegenzustrecken, »ich bin übrigens Lucie, Zoes Freundin aus Deutschland.«

Janie musterte sie irritiert und griff dann nach Lucies Hand. »Freut mich, ich bin Janie. Du hast ja sicherlich schon ein paar Storys von mir gehört.«

»Klar, du bist meine Schwester im Geiste«, meinte Lucie mit einem Grinsen im Gesicht.

Janie zog die Augenbrauen zusammen und betrachtete Lucie mit einem zaghaften Lächeln.

»Ich liebe dein Motto, was Männer angeht«, sprudelte es aus Lucie heraus. Zoe wusste, dass sie bloß Zeit schinden wollte. Zeit, in der Zoe sich überlegen sollte, was sie dem armen Tom erzählte.

»Rein, raus, aus die Maus.« Lucie lächelte verschmitzt. »Könnte glatt von mir sein.«

Auf Janies Gesicht breitete sich ein Grinsen aus. »Wir sollten uns bei passender Gelegenheit mal näher unterhalten.«

»Definitiv«, stimmte Lucie zu.

Tom schien hingegen ungeduldig zu werden. Während er wieder zwischen Zoe und Janie hin und her sah, fuhr er mit den Händen über seine Oberschenkel.

»Seriously, why am I here?«, fragte er langsam, aber bestimmt, bis sein Blick an Zoes rundem Bauch hängen blieb, der unter ihrem T-Shirt hervorlugte. »Oh my God ...«

Während er mit riesigen Augen die Hand vor den Mund schlug, zuppelte Zoe an ihrem Shirt herum.

Was soll das bringen, witzelte ihr kleines Ich. *Du bist aufgeflogen.*

»Ich glaube, ich halluziniere gerade ... Das ... das kann nicht sein«, stotterte Tom.

Während Janie hörbar ausatmete und dabei sichtlich erleichtert wirkte, setzte Zoe sich auf.

»Du halluzinierst nicht, Tom. Es ist leider wahr.« Hilflos hob sie die Hände. »Ich ... bin schwanger.«

Eine halbe Stunde später sah Tom immer noch so aus, als hätte er gerade ein waschechtes Alien durch die Wohnung marschieren sehen. Er hatte sich auf dem Sofa zurückgelehnt und sah dabei ins Leere.

Im Wohnzimmer war es so still, dass Geräusche aus den anderen Wohnungen zu ihnen drangen. Der Mieter unter ihnen schmetterte *Summer Of '69* unter der Dusche, während in dem Apartment über ihnen ein Actionkracher aus dem Fernseher dröhnte.

Janie hockte im Schneidersitz auf dem Teppich und kaute auf ihrem Kaugummi herum.

Tom setzte sich auf und drehte sich zu Lucie, als würde ihm einfallen, dass sie auch noch da war. »Entschuldige, ich habe mich vorhin bei all der Aufregung gar nicht vorgestellt.« Über Zoe hinweg reichte er ihr seine Hand. »Ich bin Tom, Deans Bruder.«

Lucie ergriff sie und grinste. »Dachte ich mir schon.« Sie zwinkerte ihm zu. »Ich bin Lucie. Freut mich wirklich sehr, dich kennenzulernen.«

Zoe blickte ihre Freundin an und erkannte das Funkeln in ihren Augen, das immer da war, wenn ihr ein Mann besonders gut gefiel. Als die beiden sich immer noch die Hand schüttelten, sah sie zu Tom, der gleichermaßen fasziniert wirkte. Zoe dachte an Emily und warf ihm einen warnenden Blick zu, sodass er hastig seine Hand löste. Sich räuspernd fiel er wieder aufs Sofa zurück.

Nach ein paar Sekunden schüttelte er den Kopf. »Ich kann's nicht fassen … Dean wird Vater …« Ein Lächeln huschte über sein Gesicht, doch dann sah er Zoe verunsichert an. »Und … es ist ganz sicher von Dean? Ich meine …« Er sprach nicht weiter. Zoe verstand auch so, worauf er hinauswollte.

»Es ist nicht von Eric«, stellte sie klar. »Dean ist zu neunundneunzigkommaneun Prozent der Vater.«

Angesichts ihres unnachgiebigen Blicks nickte Tom schließlich. Doch seine Gedanken schienen abzuschweifen. Es wurde wieder still zwischen ihnen.

Dann kratzte Tom sich an seinem braunen Schopf. »Und warum bin *ich* dann hier?« Er lächelte unsicher. »Müsste jetzt nicht Dean hier sitzen?«

»Ja, müsste …«, antwortete Janie an Zoes Stelle und erntete dafür einen düsteren Blick von Zoe.

»Er hat also überhaupt keine Ahnung?«, hakte Tom nach.

Zoe blickte zu Boden. »Nein.«

»Warum nicht? Warum sagst du es ihm nicht einfach?«

»Weil … weil …« Zoe sah auf und hob machtlos die Hände.

»Weil sie Angst hat«, antwortete Lucie für sie.

»Angst? Wovor? Du kennst Dean, er würde dich damit nicht hängen lassen.« Tom lächelte. »Ich bin mir sogar ziemlich sicher, dass er sich freuen würde.«

»Siehst du!« Janie riss die Arme hoch. »Du machst dir umsonst Gedanken.«

Tom sprach weiter. »Vielleicht würde er deswegen sogar Lexy verlassen.«

»Genau das ist der Punkt!«, rief Zoe wie aus der Pistole geschossen. »Genau das will ich eben nicht.«

Die drei blickten sie überrascht an. Lucies Gesicht wirkte wie ein einziges Fragezeichen.

»Aber … wieso nicht, Zoe?« Lucie griff nach Zoes Hand. »Das ist doch das, was du dir insgeheim wünschst, oder nicht? Dass Dean und du wieder zueinanderfindet.«

Klar, Lucie hatte recht. Zoe liebte Dean und sie würde wohl niemals aufhören, ihn zu lieben. Verborgen in ihrem Innern hoffte sie natürlich, dass Dean und sie noch einmal neu anfangen würden. Dass sie ihre schwierige Vergangenheit abhaken und endlich nach vorn sehen würden. Doch sie wusste, dass es dafür zu spät war. Sie hatte ihre Chance gehabt, das Schicksal hatte sie ihr quasi als Geschenk auf einem Silbertablett serviert. Aber Zoe hatte sie achtlos weggeworfen. Sie hatte es vermasselt.

»Nicht um jeden Preis.« Zoe lächelte bitter. »Er soll nicht die Beziehung mit der Frau aufs Spiel setzen, mit der er jetzt glücklich ist. Ich will keine Liebe zerstören, nur weil Dean und ich in der Vergangenheit einen dummen Fehler gemacht haben.«

Sekunden verstrichen, in denen es in den Köpfen ihrer Freunde sichtbar ratterte.

Schließlich sah Janie sie mit großen Augen an. »Du hast also nicht bloß Angst vor seiner Reaktion?«

»Anfangs ja.« Zoe nickte und blickte Tom an. »Als wir euch in Carsonrock besucht haben, wollte ich es Dean sagen. Und euch natürlich auch«, setzte sie nach, »aber dann …«

»… ist Lexy aufgetaucht«, beendete Tom ihren Satz.

»Richtig.« Zoe stieß einen langen Luftzug aus. »Es ging nicht mehr allein darum, meine Angst davor zu überwinden, wie er nach allem, was zwischen uns passiert ist, reagieren könnte.« Sie hielt inne. »Klar habe ich immer noch Schiss, aber nun … gibt es diese neue Frau an seiner Seite … Ich will ihm das nicht kaputt machen.«

Tom dachte einen Moment über ihre Aussage nach. »Ich verstehe natürlich, was du meinst, aber du wirst trotzdem irgendwann mit der Wahrheit rausrücken müssen, Zoe.« Er seufzte. »Klar, Dean ist glücklich mit Lexy, aber … das eine hat mit dem anderen nichts zu tun …«

Sein Satz versetzte Zoe einen Stich, doch Tom war noch nicht fertig.

»Er ist der Vater, Zoe. Er sollte, *muss* es erfahren.«

»Mein Reden«, antworteten Janie und Lucie im Chor, sodass sie kurz lächelten.

Zoes Gedanken rotierten. Als sie gerade etwas erwidern wollte, klingelte Toms Handy.

Er zog es aus seiner Hosentasche und blickte aufs Display. Mit der anderen Hand strich er über sein stoppeliges Kinn. »Fuck«, murmelte Tom und sah Zoe an.

»Es ist Dean, oder?«, fragte diese mit weit aufgerissenen Augen. Ihr Herz klopfte schneller.

Tom nickte kaum merklich, während er wieder aufs Display sah. »Was soll ich ihm sagen?« Seine Augen schweiften zu Zoe zurück. »Er weiß von dem Notfall.«

»Er weiß es?«, quiekte sie.

»Er war dabei, als ich Hals über Kopf aus dem Haus gestürmt bin, um mit dem Taxi zum Flughafen zu rasen.« Toms Blick verharrte auf ihrem Gesicht. »Er macht sich Sorgen.«

Zoe kniff die Augen zusammen. Ob das stimmte? Doch Janie ließ ihr keine Zeit zum Überlegen.

»Gib ihr das Handy!«, rief sie, während sie aufsprang und wild herumhüpfte. »Zoe, das ist die Gelegenheit! Dean weiß doch schon, dass etwas nicht stimmt. Jetzt kannst du es ihm sagen.«

Zoe blickte zu Lucie, die ebenfalls ermutigend nickte.

Na los doch, krakeelte nun auch ihr kleines Ich mit geraften Haaren. *Worauf wartest du?*

Zoes Blick fiel auf Toms Handy, das noch immer bimmelte. Sie atmete tief durch, sah Tom an und versuchte, jegliche Schärfe in ihren Ausdruck zu legen.

»Es bleibt dabei«, zischte sie. »Kein Wort zu Dean!«

»Was war das denn für eine schwachsinnige Ausrede?« Empört blickte Zoe Tom an. »Hättest du Dean nicht irgendetwas anderes sagen können?«

Tom gestikulierte hilflos. »Mir ist auf die Schnelle nichts anderes eingefallen.«

»Anhaltender Durchfall«, knurrte Zoe, während sie den Kopf in ihren Händen vergrub. »Peinlicher geht's kaum.«

Ihr kleines Ich prustete. *Selbst schuld.* Es kugelte sich vor Lachen.

Lucie strich Zoe über den Rücken. »Ist doch egal. Dean ist erst mal beruhigt und du kannst darüber nachdenken, wann und wie du es ihm sagen willst.«

Janie nickte. »Wir sollten uns überlegen, wie du die Sache am besten angehst.«

Zoe richtete sich wieder auf. Sie ging nicht auf die Vorschläge ihrer Freundinnen ein, sondern schenkte Tom einen schmähenden Blick. »Männer ... Unfähig im Ausdenken guter Lügen.«

Toms Wangen färbten sich kirschrot. »Sorry.«

»Wenn du Emily anrufst, lässt du dir bitte 'ne bessere Ausrede einfallen«, meinte Zoe und ein kleines Lächeln zuckte um ihre Mundwinkel.

Sie beobachtete, wie sich Toms Miene verfinsterte. »Das wird nicht nötig sein«, sagte er leise, während sein Blick zu Boden fiel.

Zoe zog die Augenbrauen zusammen. »Wieso nicht?«

Tom sah auf und blickte sie an. Fast schien es, als würde er darüber nachdenken, ob er eine Erklärung liefern sollte oder nicht. Dann seufzte er. »Emily und ich sind nicht mehr zusammen.«

Zoe schlug die Hand vor den Mund. »Was? Seit wann?«

Auch Janie war perplex, wie ihre heruntergefallene Kinnlade verriet.

»Seit ein paar Tagen.« Tom sah zwischen Zoe und Janie hin und her. Dann brach er endgültig sein Schweigen. »Es … hat einfach nicht gepasst. Wir hatten zu verschiedene Vorstellungen. Auf Dauer wäre das mit uns nicht gut gegangen.« Er schnaufte. »Wahrscheinlich haben wir deswegen einen so langen Anlauf gebraucht. Wir haben gespürt, dass es in Wahrheit nicht richtig matcht.«

Zoe konnte nicht fassen, was ihr da zu Ohren kam. Sie hatte keine Ahnung gehabt, dass ihre besten Freunde kein Paar mehr waren. Während sie in den letzten Wochen nur über ihre eigene Lage nachgegrübelt hatte, war die Liebe zwischen Tom und Emily auf der Strecke geblieben. Und Zoe hatte sich keinen Deut gekümmert. Weder war sie für Tom da gewesen, noch hatte sie sich bei Emily gemeldet. Und warum? Weil sie nur an sich selbst gedacht hatte.

Zerknirscht legte sie eine Hand auf Toms Arm. »Das tut mir so leid.« In dem Moment fiel es ihr wie Schuppen von den Augen. Die Videotelefonate, bei denen Tom und Emily in den letzten Wochen nicht mehr gemeinsam vor dem Bildschirm gesessen hatten. Ihre Gesichter, die nicht so fröhlich wie bei ihrem Besuch im Joe's gewesen waren. Zoe schüttelte den Kopf. »Ich bin so ein Esel.«

»Schon okay.« Tom versuchte zu lächeln. »Ich denke, du hast im Moment genügend eigene Probleme.« Dann schien ihm etwas einzufallen. Mit gerunzelter Stirn blickte er Zoe an. »Ich dachte, du hättest es schon von Emily gehört.«

Zoe biss sich auf die Lippe. »In letzter Zeit habe ich mich nicht so oft bei Em gemeldet«, gab sie reumütig zu. »Weißt du, ich wollte einfach nichts von Dean hören. Die Lage ist auch so schon schwierig genug ...« Sie hielt inne. »Wenn ich gewusst hätte, dass es nicht gut zwischen euch läuft ...«

»Mach dir keinen Kopf, Zoe. Als Emily und ich noch zusammen waren, ist uns aufgefallen, dass du manchmal abwesend gewirkt hast, aber ... wir haben uns nichts dabei gedacht.« Ein schiefes Lächeln legte sich auf Toms Gesicht, während seine Wangen wieder glühten. »Du siehst, du bist nicht der einzige Esel hier.« Er stieß sie mit dem Oberkörper an. »Trotzdem solltest du dich demnächst mal bei Emily melden.«

Zoe nickte schnell. »Klar.«

Nach einem Moment lehnte sich Tom erneut zu ihr hinüber. »Vielleicht solltest du ihr bei der Gelegenheit auch die Wahrheit über deinen Zustand sagen.«

Zoe dachte nach. »Das halte ich immer noch für keine gute Idee. Ich meine, du kennst Emily. Wahrscheinlich würde sie sofort zu Dean rennen und ihn persönlich herfliegen.«

»Vielleicht wäre das die Lösung«, brummte Janie.

Doch Zoe ignorierte ihren Kommentar. Insgeheim dachte sie, dass ihre Freundin gar nicht unrecht hatte. Tatsächlich hatte sie keinen Schimmer, ob sie es jemals wagen würde, Dean die nicht so frohe Botschaft zu überbringen.

Es wurde still zwischen ihnen, anscheinend hing jeder seinen eigenen Gedanken nach.

Schließlich blickte Tom Zoe mit neugierigen Augen an. »Wann ist es eigentlich so weit?«

»Im Herbst, Stichtag ist der zwanzigste November.«

Er nickte lächelnd. »Und was wird es? Weißt du das schon? Ist sonst alles in Ordnung mit dem Baby?«, sprudelten nun die Fragen aus ihm heraus.

Zoe lachte, bevor sie wieder ernst wurde. »Dem Baby geht es gut. Und ja, der Arzt weiß es, ich möchte es aber nicht wissen.«

Wieder zog Stille ins Wohnzimmer. Der Actionstreifen im Nachbarapartment erreichte unter lautem *Krawumm* und *Peng Peng* seinen Höhepunkt, während die Freunde vor sich hinstarrten. Die einen mussten wohl erst einmal verdauen, was sie heute erfahren hatten. Doch waren sie nicht diejenigen, die einen unsichtbaren Passagier an Bord hatten. Hineingeschmuggelt von einem Mann, der nichts mehr von einem wissen wollte und darüber hinaus glücklich mit einer anderen war.

Ihre Freunde hatten ja keine Ahnung, welch ungemeines Glück sie hatten. Sie konnten aufregende Pläne für die Zukunft schmieden und sich die Rolle aussuchen, die sie darin spielen wollten. Zoe hingegen war ein Part aufgezwängt worden, den sie nie hatte haben wollen. Sie fühlte sich, als würde sie an Fäden hängen, die nicht von ihr, sondern von anderen gezogen wurden. In einem Schauspiel, dessen Ausgang vollkommen ungewiss war.

24

Eine Woche verbrachten Tom und Lucie bereits in Key West und sorgten mit ihrem Besuch für immensen Jubel bei Zoe. Nicht nur, dass sie sie damit von ihren derzeitigen Sorgen ablenkten, Zoe freute sich darüber, ihre Freunde um sich zu haben, die sie sonst nur über einen Bildschirm sehen konnte.

Und sie hatte weiteren Grund zum Strahlen: Während Lucie plante, bis zum Ende der Semesterferien zu bleiben, würde Tom seinen Aufenthalt um eine weitere Woche verlängern. Er hatte aufgrund des vorgeschobenen Notfalls kurzfristig Urlaub beantragt und genehmigt bekommen.

Tatsächlich profitierten alle von dem Spontanbesuch. Während Lucie zum allerersten Mal amerikanischen Boden unter den Füßen hatte und sichtlich begeistert war, überkam Zoe bei Tom das Gefühl, dass er diese Auszeit dringend nötig hatte. Die Geschichte mit Emily war zwar nicht so intensiv wie die ihrige mit Dean gewesen, aber Zoe merkte, dass der Abstand Tom gut tat.

Es war nicht nur Janie, mit der er bekanntermaßen immer viel Spaß hatte, er wurde auch von ihrer Freundin aus Deutschland prima unterhalten.

Tom und Lucie hatten sich auf Anhieb gut verstanden. Sie gingen nicht nur zusammen zum Strand oder machten Old Town unsicher, sondern konnten genauso gut stundenlang auf dem Sofa hocken und reden. Manchmal begleiteten sie Janie zu ihren abendlichen Gigs und kamen erst morgens zu dritt nach Hause.

Zoe fiel auf, dass Tom in Key West gelöster wirkte als daheim in Carsonrock. Sie hatte keine Ahnung, woran es lag, vermutete jedoch, dass es etwas mit ihrer Freundin aus Deutschland zu tun haben könnte. Zoe bemerkte die Blicke, die die beiden sich zuwarfen. Sie sah das Funkeln in ihren Augen und fühlte, wie sich die Luft zwischen ihnen elektrisierte.

Innerhalb weniger Tage musste sich aus ihrem platonischen Verhältnis eine kleine Liaison entwickelt haben. Das verriet zumindest das leise Stöhnen, das Zoe des Nachts aus dem Wohnzimmer aufschnappte, in dem Tom und Lucie nächtigten. Dabei hatte sie keine Ahnung, was in den Köpfen ihrer Freunde vor sich ging. Während Tom bisher kein Freund von Affären gewesen war und sich womöglich bloß von Emily ablenken wollte, wusste Zoe bei Lucie, dass sie nur für den Bettsport lebte. Trotzdem war diesmal etwas anders. Das fühlte Zoe. Noch deutlicher spürte sie jedoch den Stachel der Eifersucht.

Auch wenn sie sich immens freute, dass ihre Freunde happy waren, war es für sie schwer, ihr leichtfüßiges Glück zu ertragen. Es schien, als hätten Tom und Lucie das, was sie zuvor mit Dean verbunden hatte: tolle Gespräche auf einer vertrauensvollen Basis, die von sexueller Ekstase getoppt wurden.

Während ihre Freunde noch ganz am Anfang standen und wahrscheinlich gar nicht wussten, in welche Richtung das mit ihnen gehen würde, vermisste Zoe einen Partner an ihrer Seite, der sie durch diese schwere Zeit begleitete. Der sie stützte, für sie da war, mit ihr die Sorgen teilte. Aber da gab es niemanden. Obwohl fast all ihre Freunde um sie waren und sie bespaßten, war Zoe allein.

Wenigstens hatte sie ihr schlechtes Gewissen beruhigen können, indem sie mittlerweile mit Emily videotelefoniert und sich dafür entschuldigt hatte, welch miserable Freundin sie in den vergangenen Wochen gewesen war. Doch Emily nahm ihr die mangelhafte Kontaktaufnahme nicht übel. Viel zu sehr war sie mit der Frage beschäftigt gewesen, wie sie die Beziehung mit Tom retten könnte, was sich leider als aussichtsloses Unterfangen entpuppen sollte.

Zoe hatte erfahren, dass Emily, was das Aus ihrer Liebe anging, eine gänzlich andere Auffassung als Tom vertrat. Von unterschiedlichen Erwartungen war bei ihrer Freundin nicht die Rede. Die traurige Wahrheit war, dass die Entscheidung, ihre Beziehung zu beenden, nicht im gemeinsamen Einverständnis gefällt worden war, sondern Tom den Schlussstrich gezogen hatte.

Dass Emily folglich an wesentlich größerem Liebeskummer litt, war absolut nachvollziehbar. Zoe hatte daher die Tatsache unter den Tisch fallen lassen, dass sich ihr Ex nicht bloß platonisch mit Lucie angefreundet hatte. Und natürlich breitete sie nach wie vor großzügig den Mantel des Schweigens über das Baby-Thema aus. Während des Telefonats hatte Zoe penibel darauf geachtet, dass ihr Bauch nicht in Emilys Blickwinkel geriet. Sie wusste ja, was passieren würde, wenn sie aufflog …

An diesem Sonntagmorgen war Zoe mit Tom und Lucie in ihr Lieblingscafé Coconut Palms zum Frühstück eingekehrt. Sie saßen zusammen an einem Tisch am Fenster und näherten sich dem Ende der Mahlzeit. Während karibische Klänge leise durch das kleine Lokal hallten, blickten sich ihre Freunde, die ihr gegenüber auf der Bank saßen, immer wieder grinsend an.

Zoe griff nach dem letzten Bagel und knabberte an ihm. Ihr Blick schweifte zwischen Tom und Lucie hin und her. Wenn die beiden vertuschen wollten, was zwischen ihnen vorging, waren sie wirklich miese Schauspieler. Dass hier zwei Menschen saßen, die diverse Körperflüssigkeiten miteinander austauschten, hätte sogar ein Blinder gesehen. Das verschmitzte Lächeln in ihren Augen war überdeutlich.

Tom leerte seine Kaffeetasse, stand von der Bank auf und blieb verhalten vor ihr stehen. Er lächelte schüchtern. »Ich werde schon mal zum Strand laufen. Dann könnt ihr Mädels euch noch ein bisschen ungestört unterhalten.«

»Mach das«, meinte Lucie mit ungewohnt verzückter Stimme.

Nachdem Tom das Café verlassen hatte, nahm Zoe ihre Freundin ins Visier. Sie grinste.

»Ist was?« Mit ausdruckslosem Gesicht stopfte Lucie den Rest ihres Pancakes in sich hinein. Doch ihr schelmischer Blick verriet, dass sie genau wusste, warum ihre Freundin sie so argwöhnisch betrachtete.

»Sag du's mir.« Zoe legte den Bagel beiseite und versuchte, einen durchbohrenden Blick aufzusetzen. »Was läuft da zwischen Tom und dir?«

»Nichts.«

Lucies Quieken ließ Zoe lachen, sodass ihre Freundin lächelnd die Augen verdrehte.

»Keine Ahnung. Wir haben einfach … viel Spaß zusammen.«

»Ja, das habe ich gehört.«

Lucies Wangen färbten sich rosa. So erlebte Zoe ihre

Freundin selten. Normalerweise war es ihr herzlich egal, ob jemand ihr Stelldichein mitbekam, solange sie nur ihren Spaß dabei hatte.

Lucie putzte sich mit der Serviette den Mund ab, dann schaute sie geistesabwesend vor sich hin. »Tom ist einfach ... toll.« Ihre Augen leuchteten wieder. »Wir können über so viele Sachen reden, mit ihm wird es einfach nie langweilig. Er ist klug, unheimlich belesen und hat einen grandiosen Humor.«

Zoe nickte lächelnd. »Ich weiß.«

Eine Mischung aus Verwirrung und Entzücken legte sich auf Lucies Miene. »Ich bin gern mit ihm zusammen. Und das – stell dir vor – nicht nur horizontal ...«

Obwohl Lucies Freude ansteckend war, machte sich wieder der fiese Stachel in Zoe bemerkbar. Der, der gar nicht da sein durfte. Es war, als würde sie ein Déjà-vu erleben, nur dass es nicht ihr eigenes war.

Zoes Blick wanderte aus dem Fenster und blieb an den hohen Palmen hängen, die die Straße säumten. Sie musste sich zusammenreißen. Das Gefühl der Eifersucht hatte hier nichts verloren. Als ihre Augen zu Lucie zurückglitten, zwang sie sich ein Lächeln auf die Lippen.

»Und wie soll's mit euch weitergehen? Tom wird Ende nächster Woche zurückreisen.«

»Darüber haben wir tatsächlich schon gesprochen«, platzte es aus Lucie heraus, sodass Zoe die Augenbrauen hochzog. »Er wird über die Wochenenden herkommen«, erklärte Lucie.

»Soll das ... soll das etwa heißen, dass ihr das Ganze ... vertiefen wollt?« Zoe hörte, wie ungläubig die Frage über ihre Lippen glitt. Während die Eifersucht wieder hochloderte und mit ihrer Begeisterung zusammenstieß, blickte sie Lucie mit großen Augen an. Niemals hätte sie gedacht, dass sie das einmal zu ihrer Freundin sagen würde ...

»Ich weiß es ehrlich gesagt nicht.« Lucies Blick wurde ernst. »Ich weiß nur, dass ich ihn sehen und in seiner Nähe sein will. Und da ihm klar ist, dass ich für dich da sein will, ist er bereit, sich in den Flieger zu setzen und her zu düsen.« Sie schüttelte den Kopf, als könnte sie es selbst nicht fassen. Unsicher sah sie Zoe in die Augen. »Ich ... mag ihn. So etwas ist mir wirklich noch nie passiert.«

»Ich weiß.« Auch Zoe war baff. Ihre Freundin und ernsthafte Gefühle? Da war die Ankunft von Aliens wahrscheinlicher. Und offensichtlich hatte sie sich nicht nur in ihrer Freundin, sondern auch in Tom geirrt. Es lag nun auf der Hand, dass es ihm bei Lucie nicht bloß um eine erotische Ablenkung oder ein aufregendes Abenteuer ging.

»Na ja, wir werden sehen.« Lucie klopfte auf den Tisch. »Ich will mich nicht in irgendetwas hineinsteigern und dann enttäuscht werden.« Ihre Augen blieben an Zoe hängen und ein mitleidiger Ausdruck schlich in sie.

Klar, sie war nicht nur ungeplant von ihrem Ex schwanger geworden, sie war zudem das passende Exempel zum Thema *Welche Fehler man begehen sollte, damit Beziehungen den Bach runtergehen.*

Ein weiteres Mal schluckte Zoe ihre Eifersucht hinunter. »Lu, nur weil es bei mir mies gelaufen ist, heißt das nicht, dass es bei dir genauso sein wird. Tom ist nicht wie Dean, er hat keine komplizierte Vergangenheit. Schon gar keine Frauenarmada, die daheim auf ihn wartet.« Sie legte ihre Finger auf Lucies Hand. »Wenn Tom sich verliebt, meint er es ernst. Auch wenn das jetzt wirklich

Hals über Kopf passiert ist …« Verwirrt schüttelte Zoe den Kopf.

Sie kannte Lucie seit ihrer Kindheit und wusste daher, wie sie tickte. Dass sich nun ausgerechnet zwischen ihr, der bisher strikten Liebesverweigerin, und Tom, dem Bruder ihres eigenen Ex-Freundes, etwas anbahnte, konnte sie mit nur einem Wort bezeichnen: absurd.

Lucie hingegen schien angesichts der Worte ihrer Freundin hoch erfreut. Ein breites Grinsen kletterte auf ihr Gesicht, während ihr Blick aus dem großen Fenster schweifte.

Zoe musste an das Ende ihres Gesprächs denken, das sie daheim in Deutschland geführt hatten, nachdem sie völlig fertig aus dem Blue Colliery gekommen war und mit Lucie im Wagen gesessen hatte.

Sie grinste ihre Freundin hämisch an. »Wie lauteten deine Worte vor ein paar Monaten noch gleich?« Mit dem Finger tippte sie scheinbar grübelnd gegen ihre Schläfe. »Ach ja! *Du solltest den Gedanken an die einzig wahre Liebe in der Disney-Schublade ablegen. Die gibt es nämlich nicht«*, wiederholte Zoe und zitierte amüsiert weiter. »*Bisher gab es keinen Mann, bei dem es so richtig gefunkt hätte.«*

Lucie sah zu ihr zurück und hüstelte verlegen. »Na ja … womöglich … habe ich mich, was das angeht, doch geirrt …«

Zoe erkannte, wie schwer es ihrer Freundin fiel, ihre Fehleinschätzung zuzugeben. Immerhin hatte Lucie nun den Beweis, den sie damals eingefordert hatte. Tom war fleißig dabei, die Devise zu widerlegen, nach der sie über Jahre gelebt hatte.

Zoe blickte Lucie gespannt an. »Heißt das, du überdenkst ernsthaft deine Meinung zum Thema *Wahre Liebe?*«

Lucie kräuselte die Lippen, doch Zoe sah das Lächeln in ihren Augen.

Schließlich riss ihre Freundin lachend die Hände hoch. »Na schön! Ich nehme alles zurück ... Ja, es hat gefunkt, und ja, vielleicht gibt es sie doch, diese verflixte Liebe.« Sie sackte auf der Bank zurück und zischte: »Mieses Biest, bin ich dir doch in die Falle gegangen ...«

25

Der Stichtag kam näher und näher und Zoe konnte sich nicht vor ihm verstecken. Mittlerweile war sie in der sechsundzwanzigsten Woche – und innerlich zerrissen. Auf der einen Seite konnte sie den Moment kaum erwarten, ihr Baby, das so munter in ihrem Bauch herumturnte, zu sehen und es nach Monaten des Wartens im Arm zu halten. Sie wollte seinen Duft einatmen, seine kleinen Hände und Füße bestaunen, herausfinden, ob es Dean oder ihr ähnlich sah.

Auf der anderen Seite lauerte jedoch die Angst, die scheinbare Ausweglosigkeit. Zwar fühlte Zoe sich besser, seitdem Lucie da war und Tom ihr Geheimnis kannte, doch änderte das nichts an ihrer anhaltenden Verzweiflung.

Zoe hatte keinen Schimmer, wie und welche der vielen Baustellen sie zuerst in Angriff nehmen sollte.

Die Themen, die sie derzeit beherrschten, waren allesamt kolossal – und schier unlösbar. Sie hatte Angst vor den möglichen Konsequenzen, vor einer drohenden Abschiebung, davor, dass die Behörden ihr Baby nach der Geburt in ihre Obhut nehmen könnten. Und natürlich auch vor Deans Reaktion. Sie fühlte sich wie gelähmt, konnte keinen klaren Gedanken fassen. Alles, was ihr durch den Kopf ging, war: *Was, wenn er mich jetzt so sehr hasst, dass er mir das Baby wegnimmt? Oder aber das Gegenteil eintritt und er mich mit allem allein lässt?*

Dabei vermisste sie Dean. Sie wollte mit ihm reden, er war derjenige, mit dem sie ihre Sorgen teilen wollte, der ihre Sorgen verstand. Er sollte sie zu ihren Arztbesuchen begleiten und gemeinsam mit ihr die Ultraschallbilder bestaunen, die sie bisher nur mit Tom, Janie und Lucie anschauen konnte. Es war schwer für sie, allein in der Praxis zu sitzen und dabei andere Schwangere zu beobachten, die gemeinsam mit ihrem Partner herkamen und Händchen haltend auf die Untersuchung warteten. Wie gern würde sie sich auch mit Dean an den guten Nachrichten über ihr Baby erfreuen wollen. Daran, wie groß es mit seinen knapp fünfunddreißig Zentimetern mittlerweile war. Und ihm mit seiner auf ihrem Bauch liegenden Hand zeigen, wie fleißig es strampelte. Stattdessen ging sie jedes Mal allein zu ihren Terminen. Klar, Janie und Lucie begleiteten sie, aber das war nun mal nicht dasselbe. Ihre Freundinnen konnten Deans Platz, die Stelle des Papas nicht einnehmen.

Tagein, tagaus grübelte Zoe und wurde auch nachts von ihren Dämonen heimgesucht, die ihre Gedanken schwarzmalten. Darüber hinaus stimmten die durcheinandergewirbelten Hormone sie noch weinerlicher, als sie es ohnehin schon war.

Auch Lucie entging nicht, dass ihre Freundin von Woche zu Woche deprimierter wirkte. Mehrmals hatte sie ihr daher dazu geraten, für ein paar Wochen nach Deutschland zu fliegen, um dort durchzuatmen und einen kühlen Kopf zu bekommen. Zu überlegen, was sie wirklich wollte und welche taktischen Schritte sie dafür gehen musste. Daheim gab es Beratungsstellen, mit denen sie sich sicherlich besser auseinandersetzen könnte, als mit den hiesigen, die ganz bestimmt nicht erfreut wären, zu hören, dass da ein ausländisches Baby auf amerikanischem Boden zur Welt kommen sollte. Doch dann würde Zoe erst recht nicht mehr in die Staaten zurückfliegen dürfen. Und – was fast noch schlimmer war – ihren Eltern von ihrem Problem erzählen müssen.

Gewiss wusste sie, dass sie Mama und Papa in naher Zukunft die Wahrheit würde sagen müssen. Schon während ihrer letzten, rar gewordenen Videotelefonate hatte Zoe bemerkt, dass ihre Eltern skeptisch wirkten. Sie war halt eine schlechte Schauspielerin. Sobald etwas in ihr vorging – egal, ob pure Freude oder nagender Kummer –, spiegelte es sich in ihrem Gesicht. Doch sie musste bald reinen Tisch machen, sonst würden ihre Eltern wohl erst von dem Baby erfahren, wenn sie es in die Kamera hielt. Tada, Überraschung!

Obwohl Zoe dann eine Last weniger tragen müsste, brachte sie es nicht übers Herz, ihnen ihr Geheimnis zu verraten.

Die Bürden drohten immer mehr, über ihr zusammenzubrechen. Sie fühlte sich in die Ecke gedrängt, in einer Sackgasse, aus der es kein Entkommen gab.

Als sie an diesem Freitag aus dem Touristikcenter trat, war Zoe überhaupt nicht nach *Hoch die Hände, Wochenende*. Im Gegensatz zur breiten arbeitenden Masse gehörte sie zu den wenigen, die Freitage inzwischen verabscheute und bei jedem Montagmorgen laut hätte jubeln können. Die Zeit, die Zoe im Center verbrachte, schaffte es wenigstens für ein paar Stunden, sie von den Grübelgedanken abzulenken, die durch ihr Gehirn waberten.

In den Nächten und an den Wochenenden aber gab es kein Entkommen vor den Dämonen, die sie so übel marterten. Zwar stellte Zoe sich ihnen, musste dabei jedoch wieder und wieder feststellen, dass sie sie nicht besiegen konnte. Auch dieses Wochenende würde es wohl nicht anders sein.

Als sie vor ihrem Haus ankam, blieb sie einen Moment stehen, um durchzuschnaufen. Die acht Kilo, die ihr mittlerweile zusätzlich auf den Rippen lagen, ließen sie spüren, dass sie nicht die Kondition von einst hatte.

Mach dir nichts vor, die war noch nie die beste, lästerte ihr kleines Ich prompt.

Zoe rollte mit den Augen und schloss die Haustür auf. Als sie die Treppen hinaufsah, stöhnte sie. Der Aufstieg kam ihr von Tag zu Tag mehr wie die Bezwingung des Himalaja vor.

Schnaufend schleppte sie sich auch diesmal empor und kam mit einem lauten Stöhnen und rasendem Puls vor ihrer Wohnungstür zum Stehen.

Mit rasselndem Atem schloss sie die Tür auf und wurde sogleich von Janie in Empfang genommen, die auf sie zustürzte. Sie ruderte wild mit den Armen, murmelte etwas Unverständliches und zielte dann mit dem Finger in Richtung Küche.

Zoe blieb stehen. »Was ist denn los?« Dann erhellten sich ihre Züge und sie lachte. »Ah, versteh' schon. Tom und Lucie sind da drin, was?«

Tom wollte an diesem Wochenende wieder zu Besuch kommen. Da lag es nahe, dass die beiden in der Küche mit etwas anderem als Kuchenbacken beschäftigt waren.

Doch Janie raufte sich die Haare. Wieder nuschelte sie etwas und Zoe blickte fragend drein.

»Was? In der Küche sitzt ein Tier?«, versuchte sie, die verbalen Hieroglyphen ihrer Freundin zu deuten.

Janie schlug sich mit der Hand gegen die Stirn. Als sie wieder etwas sagen wollte, drang eine Stimme aus der Küche.

»Dein Vater ist hier, sollte es wohl eher lauten.«

Zoe fuhr zusammen. Sämtliches Blut sackte in ihre Füße. Oh. Mein. Gott. Sie wollte sterben. Auf der Stelle.

Aufgeflogen, hörte sie das Flöten ihres kleinen Ichs.

Was sollte sie jetzt bloß tun? Sie war nicht im Geringsten auf eine Gegenüberstellung mit ihrem alten Herrn vorbereitet. Sie spürte die Panik, die sich in ihrem Innern ausbreitete. Wie sollte sie ihre Babykugel verstecken, die als Erstes zu sehen war, sobald sie einen Raum betrat? Wie sollte sie ihm diese Geschichte erklären? Und wie sollte sie ihn danach davon abhalten, nach Carsonrock zu fliegen, um Dean zu lynchen?

Zoes Herzschlag überschlug sich. Ihr Blick flog hektisch durch den Flur. Hier gab es rein gar nichts, hinter oder mit dem sie sich verstecken konnte. Keinen Regenschirm, keinen Mantel, kein Zelt. Wobei sie mit keiner der Sachen dauerhaft vor ihrem Vater würde herumlaufen können.

Also atmete sie einmal tief durch, hielt sich umständlich ihren Rucksack vor den Bauch und setzte ihre Füße in Bewegung. Als sie die Küche betrat, saß ihr Vater allein am Küchentisch, mit dem Rücken zu ihr. Tom und Lucie waren scheinbar noch gar nicht vom Flughafen eingetroffen. Es sei denn, sie hatten sich unter dem Sofa vor ihm verkrochen.

»Papa …« Zoe räusperte sich. »Was für eine … Überraschung …« Plötzlich kam ihr ein fürchterlicher Gedanke. »Ist was mit Mama?«

Ihr Vater schüttelte den Kopf und drehte sich zu ihr. Ein zaghaftes Lächeln breitete sich auf seinem Gesicht aus.

»Mein Lämmchen … Mama geht es gut. Sie wäre gern mitgeflogen, aber sie hat leider kein Frei bekommen.« Seine stahlblauen Augen wirkten sorgenvoll. »*Du* bist diejenige, um die wir uns Gedanken machen.«

Zoe lachte nervös. »Wieso das denn? Wie du siehst, geht es mir gut.« Dumm nur, dass ihre Stimme dabei so hochrutschte, dass Satz und Inhalt nicht zusammenpassten.

Ihr Vater schien es zu ahnen. Er legte den Kopf schief. »Seltsam, warum glaube ich dir das nicht?« Doch er winkte ab, um sogleich aufzustehen und die Arme auszubreiten. »Jetzt lass dich erst mal drücken.«

»Äh …« Sie lief rückwärts und kam stolpernd neben Janie zum Stehen, die im Türrahmen wartete. »Ich muss erst ganz dringend Pipi machen.« Sie wollte schon herumfahren, als sie die schneidende Stimme ihres Vaters hörte.

»Schluss mit dem Quatsch, Zoe!«

Die Nachdrücklichkeit in seinen Worten ließ sie innehalten.

Er verschränkte die Arme vor der Brust. »Ernsthaft: Was ist mit dir los? Seit Wochen hören wir nichts von dir und wenn doch, bist du kurz angebunden und machst ein Gesicht wie sieben Tage Regenwetter.« Sein Blick wurde weicher. »Mama und ich machen uns Sorgen um dich. Ich habe keinen anderen Weg gesehen, als herzufliegen. Und jetzt sehe ich dich endlich nach Monaten wieder und darf dich noch nicht mal umarmen.« Ein rätselnder Ausdruck erfasste seine Miene, bevor sich seine Augen verengten. »Was ist, Zoe? Was verheimlichst du uns? Und lüg mich nicht an, ich *weiß*, dass hier etwas ganz und gar nicht stimmt.«

Zoe stieß einen tiefen Seufzer aus. Es hatte keinen Sinn. Der Moment der Wahrheit war gekommen.

Sie senkte den Rucksack, sodass ihre Babykugel in vollem Umfang zum Vorschein kam. Sogleich fiel der Blick ihres Vaters auf sie und stagnierte. Wie auch alles andere an ihm. Von der einen auf die andere Sekunde war er so reglos, als hätte jemand den Pausenknopf gedrückt. Womöglich hatte er sich auch in eine Statue verwandelt, Zoe wusste es nicht. Noch nicht einmal, ob er überhaupt atmete. Doch dann kam wieder Leben in ihn. Sein Mund klappte auf, er hob die Hand, deutete auf ihre Kugel und stotterte: »Was zum Teufel ...« Er brach ab, geriet ins Taumeln und versuchte noch, sich an der Lehne des Küchenstuhls festzuhalten. Doch er verfehlte sie und stolperte einen Schritt nach hinten.

Und dann geschah es: Wie gelähmt beobachtete Zoe, wie sich ihr Vater in ein Brett verwandelte, das rücklings zu Boden segelte.

Dass eine Nachricht es schaffen würde, ihn k.o. gehen zu lassen, damit hätte sie niemals gerechnet. Aber genau so war es. Ihr Vater lag auf dem Rücken und ähnelte dabei einem Käfer, der alle Glieder von sich streckte.

»Shit!« Janie war die Erste, die zu ihm stürmte und sich neben ihn kniete. »Mr. Prinzler, hello, please ... wake up!«

Energisch haute sie ihm auf die Wange, während Zoe erschrocken die Hände vor den Mund schlug. Endlich erwachte sie aus ihrer Schockstarre und kniete sich mühsam neben ihren Vater. »Papa!«

Janies erbarmungslose Handfläche hatte Erfolg. Ihr Vater zwinkerte verwirrt, während er langsam zu sich kam.

»Gott sei Dank!«, rief Zoe erleichtert.

Er versuchte, hochzukommen, und Janie half ihm dabei,

sich aufzusetzen. Mit der Hand strich er über sein Gesicht, aus dem jegliche Farbe gewichen war. Eine vergleichbar drastische Reaktion hatte Zoe bei ihrem Vater noch nie erlebt.

»Papa, du meine Güte …«

Janie stand auf, holte ein Glas aus dem Küchenschrank und füllte es mit Leitungswasser. Sie reichte es ihm und er nahm einen Schluck. Offenbar half es, wieder ins Hier und Jetzt zurückzukehren.

»Du solltest dir mit deinem alten Herrn nicht solch üble Späße erlauben.« Ihr Vater lächelte zaghaft, doch als Zoes Babykugel erneut seinen Blick anzog, überzog Enttäuschung sein Gesicht. Er stöhnte. »Das war gar kein Witz …«

Zoe schüttelte den Kopf, während er sie wie ein begossener Pudel musterte. »Ich wünschte, es wäre einer«, raunte sie.

Ihr Vater starrte vor sich hin. Er brauchte wohl noch einen Moment, um diese Schocknachricht notdürftig verarbeiten zu können. Zoe konnte sehen, wie es in seinem Kopf ratterte.

Schließlich blickte er zu Zoe zurück. »Es ist von Dave, oder?«

Erstaunt rutschte sie nach hinten. Klar, die Herleitung war keine komplizierte Matheformel, doch hatte sie in der Vergangenheit ihrem Vater gegenüber immer wieder betont, dass eine Rückkehr zu Dean ausgeschlossen sei. Und jetzt das … An ihrem alten Herrn war tatsächlich ein Schnüffler verloren gegangen.

Zoe senkte den Kopf und murmelte: »Es ist von Dean, ja.«

Er nickte mit einem zynischen Lächeln, das sich auf

seinem Gesicht ausbreitete. Sein Kiefer zuckte vor Wut. »Ich werde diesen Kerl umbringen.«

Eine halbe Stunde später hatte sich der Kreislauf ihres Vaters halbwegs normalisiert und war nun dabei, sich der gegensätzlichen Richtung zu nähern. Die rote Farbe, die seine Miene eingenommen hatte, bewies zumindest, dass Zoes Bericht für eine ausreichende Blutversorgung in seinem Körper sorgte.

Während sie zu dritt am Küchentisch saßen, hatte Zoe die letzten Monate verbal Revue passieren lassen. Es gab nun nichts mehr, was sie noch vor ihrem Vater hätte verheimlichen können. Sie und ihr Geheimnis waren aufgeflogen.

Zoe musste zugeben, dass es gut tat, die Sorgen öffentlich zu machen, die sie umtrieben: ihre Angst vor der Zukunft, ihre daraus resultierende Verzweiflung und natürlich auch die winzig kleine Info, dass Dean noch gar keine Ahnung hatte.

Ihr Vater hatte ihr ruhig und aufmerksam gelauscht, hin und wieder genickt, aber auch mit dem Kopf geschüttelt. Doch die stagnierende Röte in seinem Gesicht verriet, wie sehr es in seinem Innern brodelte.

Als Zoe nun verstummte, betrachtete er sie mit perplexer Miene. »Zoe ... wie hast du dich bloß in diese Lage bringen können? Du bist doch nicht dumm. Wie hast du dich überhaupt noch einmal auf ihn einlassen können?« Er ballte die Hände zu Fäusten, sodass das Weiß seiner Knöchel hervortrat. »Dieser Mistkerl. Erst nutzt er dich aus, dann serviert er dich ab. Und jetzt ... Jetzt hat er dir auch noch ein Kind angedreht.«

Während sein Ausdruck von Wut auf Verzweiflung

sprang, wagte Zoe es nicht, seine Aussage zu kommentieren. Schließlich war es zu fünfzig Prozent ihre Schuld, in diese Lage geschlittert zu sein.

Ihr Vater atmete tief durch. Anscheinend leuchtete ihm ein, dass es keinen Sinn hatte, dieses empfindliche Thema zu vertiefen.

Er klopfte auf den Tisch. »Nun ja, was nützt es? Das Kind ist ohnehin schon in den Brunnen gefallen. Wobei …« Seine Miene hellte sich auf und ein leichtes Lächeln umspielte seine Lippen. »Wie geht es dem Baby überhaupt? Weißt du schon, was es wird? Wann wird es zur Welt kommen?«

Die Aufregung, die in seinen Worten mitschwang und ihren Vater einnahm, war nicht zu übersehen und steckte Zoe an.

Sie lächelte. »Dem Baby geht es gut, es strampelt fleißig in meinem Bauch. Die Entwicklung ist vollkommen normal.« Immer noch baff, dass sie bald Mama sein würde, sah sie ihren Vater an. »Ich weiß nicht, was es wird. Ich dachte, ich lasse mich überraschen. Im November soll es kommen.« Ihr fiel etwas ein. Sie zog das Ultraschallbild der Untersuchung von letzter Woche aus ihrer Hosentasche und schob es über den Tisch.

Ihr Vater nahm es in die Hand. »Du meine Güte …« Ein Lächeln tanzte auf seinem Gesicht. »Das ist mein Enkelkind.«

Zoe lehnte sich zu ihm und tippte mit dem Zeigefinger auf einen Teil des Fotos. »Da ist der Kopf und da«, sie fuhr mit dem Finger weiter, »ist ein Ärmchen. Es ist jetzt etwa fünfunddreißig Zentimeter lang und knapp achthundert Gramm schwer«, erklärte sie.

Ihr Vater schüttelte ungläubig den Kopf. Gedankenverloren haftete sein Blick auf dem Bild. »Ich werde Opa ...«

Zoe konnte den Moment nicht fassen. Es war so bizarr, mit ihrem Vater hier zu sitzen und gemeinsam ein Foto anzuschauen, auf dem ihr Baby zu sehen war. Ihrem alten Herrn war deutlich anzumerken, wie emotional ihn die Nachricht stimmte.

Ihr Vater lachte. »Sieht aus, als würde es winken.«

»Ja, beim Ultraschall war es diesmal sehr aktiv.« Ein breites Lächeln prangte auf Zoes Gesicht.

Ihr Vater sah von dem Bild auf und musterte sie. »Und dir geht es gut? Körperlich, meine ich?«

Sie nickte. »Ja, wenigstens eine Sache, die gerade gut läuft.«

Während ihr Lächeln schwand, legte ihr Vater das Foto auf den Tisch zurück. Zoe konnte beobachten, wie er sich sammelte.

»Wichtig ist, dass wir eine Lösung für dich finden.« Er drehte das Glas Wasser vor sich. »Als Erstes müssen wir das mit deinem Visum klären. Solltest du das Baby tatsächlich hier zur Welt bringen wollen – wovon ich dir dringend abrate –, musst du wissen, ob das überhaupt möglich wäre. Da der Vater Amerikaner ist, bist du wahrscheinlich so etwas wie ein Sonderfall. Vielleicht machen sie bei dir eine Ausnahme.« Als würde ihr Vater selbst nicht daran glauben, schüttelte er den Kopf. »Womit wir bei Thema Nummer zwei wären.« Seine Miene verdüsterte sich. »Du musst es Dean sagen, und zwar schnell.«

Bei seinem Namen schlug Zoe die Augen nieder.

»Er muss es erfahren, ob du willst oder nicht. Du wirst Hilfe brauchen, Zoe. Nicht nur, was die Behörden angeht, du wirst auch auf seine finanzielle Unterstützung angewiesen sein. Er hat das Kind gemacht, also muss er sich auch kümmern«, sagte ihr Vater mit verächtlichem Tonfall.

»Wird er.«

Zoes knapper Kommentar ließ ihn die Stirn runzeln. »Wie kannst du dir da so sicher sein? Schließlich hat er sich nicht gerade dabei überschlagen, zu verhindern, dass es überhaupt so weit kommt.«

Zoe sah ihren Vater an. »Ich kenne Dean. Er würde mich damit nicht hängen lassen.« Obwohl sie bei dieser Aussage alles andere als sicher war, versuchte sie, sie ihm so glaubhaft wie möglich zu verkaufen.

Doch er durchschaute seine Tochter. »Ach ja? Wenn das so ist und du das wirklich glaubst, warum hast du es ihm dann nicht schon längst erzählt?«

Verdammt ... Zoe biss sich auf die Lippe und hielt es für klüger, nicht auf seine Frage einzugehen.

»Wie dem auch sei ... Fakt ist, du wirst es ihm sagen *müssen*. Und sollte er dich nicht unterstützen, gehst du zum Anwalt und verklagst ihn auf Alimente.«

»Das werde ich ganz sicher nicht tun!« Sie schnappte nach Luft. »Ich werde doch nicht den Vater meines Kindes in die Pfanne hauen.«

Ihr Vater beugte sich vor und griff nach ihrer Hand, die sich zu einer Faust geballt hatte. »Mein Mädchen, versteh doch.« Ein sanfter Ausdruck legte sich in seine stahlblauen Augen. »Ich will doch nur, dass du und dein Kind abgesichert seid.«

Janie, die die ganze Zeit während ihres Gesprächs stumm am Tisch gesessen hatte und ihnen vermutlich nicht hatte folgen können, da sie kein Wort Deutsch sprach, lehnte sich über den Tisch. »Was hat dein Vater gesagt? Warum bist du so sauer?«

»Dass ich Dean auf Unterhalt verklagen soll, wenn er sich nicht kümmert«, schnappte Zoe giftig.

»Zoe, ich glaube, dein Vater meint es nur gut.« Dieser nickte deutlich. »Auch wenn du es nicht hören willst, aber Manfred hat recht.« Janie sah ihn an. »Ich darf Sie doch Manfred nennen, oder?«

»Natürlich. Du darfst auch gern Manni sagen.«

Zoe klappte die Kinnlade herunter. Seit wann konnte ihr Vater Englisch sprechen und verstehen? Bestimmt hatte er gebüffelt, um seine Hass-Tirade für Dean fehlerfrei vorbereiten zu können.

Janie fuhr fort: »Tatsache ist, dass die Wahrheit ans Licht gehört, Zoe. Selbst Emily hat immer noch keine Ahnung und sie ist deine Freundin ...«

»Du weißt, warum ich es ihr nicht sagen kann«, unterbrach Zoe sie schnell.

»Ja, das weiß ich. Aber sobald du Dean eingeweiht hast, kannst du es auch Em erzählen.« Janie winkte ab. »However ... Du *musst* es ihm sagen, Zoe. Da führt kein Weg dran vorbei. Er ist der Vater deines Babys. Und nur darum geht es. Nicht um *dich*, nicht um *ihn*, nur um das Kind in deinem Bauch. Auch wenn ich kein Fan von Dean bin, denke ich, dass du ihm fairerweise die Chance geben solltest, sich zu beweisen. Wenn er es vergeigt, kannst du immer noch zum Anwalt gehen.«

»Sehr richtig«, stimmte ihr Vater zu. Seine Augen glitten zu Zoe zurück. Sie entdeckte ein listiges Funkeln in ihnen. »Wenn du Angst davor hast, es ihm allein zu sagen, begleite ich dich gern. Bei der Gelegenheit kann ich mich

Dean endlich persönlich vorstellen.« Er drückte die Knöchel seiner Finger, sodass diese knackten. Dann verschwand der zynische Ausdruck und ließ eine harte Miene zurück. »Aber zuallererst wirst du es deiner Mutter sagen.«

26

Und da waren's nur noch zwei ...

Zoe hatte all ihren Mut zusammengenommen und vor ihrer Mutter die Beichte abgelegt. Im Gegensatz zu ihrem Vater hatte diese sich nicht gleich in einen Sack verwandelt, der zu Boden plumpste. Nachdem ihre Mutter den Schock verdaut hatte, bereits in wenigen Monaten Oma zu werden, war sie von ungläubiger Freude eingenommen worden. Anschließend hatte sie dieselbe Schallplatte wie alle anderen aufgelegt: Zoe solle nicht länger damit warten, Dean ins Boot zu holen.

Konträr zu Zoes Vater malte sie nicht alles rabenschwarz. Grundsätzlich war ihre Mama eine Frohnatur, die stets vom Positiven ausging. So auch bei Deans Reaktion. Während niemand Zoe sagen konnte, wie er auf die Nachricht reagieren würde, bald Vater zu werden, war sich ihre Mutter sicher, dass er sich freuen und sofort in einen Neustart mit ihr stürzen würde. Sie war wohl die Einzige auf dem Planeten, die davon überzeugt war, dass Dean Zoe immer noch liebte und Lexy bloß ein Lückenfüller war. Nur aus diesem Grund sei Dean an dem Abend im Joe's so schroff gewesen.

Doch leider hatte die Meinung ihrer Mama Zoe nicht umstimmen können. Obwohl sie sämtlichen Optimismus ausgepackt hatte, um ihrer Tochter Mut zuzusprechen, war die Botschaft nicht zu Zoe durchgedrungen. Sie schaffte es einfach nicht, Dean endlich die drei entscheidenden Worte zu sagen.

Ich bin schwanger. Dieser Satz konnte so schwer nicht sein. Und doch blieben Zoes Lippen versiegelt.

Wenngleich die Tage erbarmungslos schnell dahinzogen und der voraussichtliche Geburtstermin in immer bedrohlichere Nähe rückte, tappte Dean nach wie vor im Dunkeln.

Zoes Vater verbrachte bereits fast zwei Wochen in Key West und machte keinerlei Anstalten, in baldiger Zukunft abzureisen. Bis die *Angelegenheit* seines Lämmchens nicht geklärt war, würde seine geliebte Werkstatt wohl auf seine Anwesenheit verzichten müssen. Über dessen Zögern war er folglich alles andere als erfreut. Ohnehin hatte er die Tage viel zu meckern. Das Wetter war ihm zu schwül, Key West zu klein und die Amis zu oberflächlich. Eigentlich fand er immer etwas Neues, über das er mosern konnte. Auch Tom und Lucie hatten eine Portion von Manfred Prinzler abbekommen. Während Lucie Zoes Vater schon seit Jahren kannte und daher wusste, wie anstrengend er sein konnte, musste Tom sich erst an den nörgelnden Mann aus Deutschland gewöhnen. Hinter vorgehaltener Hand nannte er ihn grinsend Grampy. Und Zoe musste zugeben, dass ihr Vater durchaus mit einem Opa mithalten konnte, der es liebte, den lieben langen Tag zu motzen.

Dass er hierbei ausgerechnet auf den Bruder des Mannes getroffen war, der seiner Prinzessin diese Schmach angetan hatte, kostete Tom natürlich einige Sympathiepunkte. Obwohl Zoe immer wieder betonte, dass Tom rein gar nichts mit der Sache zu tun hatte und in vielerlei Hinsicht das Gegenteil von Dean war, kam er bei ihrem Vater auf keinen grünen Zweig. Es hatte Zoe daher nicht gewundert, dass Tom die Rückkehr nach Carsonrock nach dem Wochenende deutlich leichter als sonst gefallen war.

Zwar war ihr Vater – zum Glück aller – in einem nahe gelegenen Hotel untergebracht, doch hielt ihn das nicht davon ab, jeden Tag auf der Matte zu stehen und sein schon gut eingestimmtes Lied *Ruf Dean an* zu trällern. Und das war noch nicht alles.

Sobald er durch die Wohnungstür war, ging es los. Wie ein unangenehmer Schauer prasselten die Fragen auf Zoe nieder.

»Hast du dich schon um dein Visum gekümmert?«, »Wer übernimmt die Kosten für die Geburt?« und »Sollen wir Dean nachher zusammen anrufen?« waren nur Schnipsel der Fragen, die er bei jedem Mal herunterrasselte. Wie ein Schatten war er hinter Zoe her, die die Tatkraft ihres Vaters nicht ansatzweise teilen konnte. Am liebsten hätte sie die Welt vor ihrer Tür ausgesperrt und den Kopf in den Sand gesteckt.

Natürlich verstand sie die Sorgen, die er sich um sie, um sein ungeborenes Enkelkind und die Zukunft machte. Zoe wusste ja selbst, dass es allerhöchste Eisenbahn war, zu handeln. Doch bei Druck machte sie dicht. Das war schon immer so gewesen und würde wohl auch immer so bleiben. Je eifriger die Menschen auf Zoe einredeten, desto mehr stellte sie ihre Ohren auf Durchzug.

Dabei war sie es so leid, keine Antworten auf die Fragen zu haben, die tagein, tagaus ihr Leben beherrschten. Sie wollte gern Nägel mit Köpfen machen, eine Lösung finden, mit der sie, Dean und ihr Baby leben konnten. Aber die Angst, die wie eine finstere Wolke über ihr schwebte, verhinderte jegliches Handeln. Paralysierte sie, um geknebelt in der Ungewissheit festzuhängen.

»Ist wirklich alles okay bei dir?« Emily sah sie mit Augen an, aus denen Sorge sprach.

Zoe und ihre Freundin skypten bereits seit gut zwanzig Minuten, doch dann hatte Emily sie genauer gemustert.

Schon klar, Zoe war kein Profi, wenn es darum ging, anderen eine heile Welt vorzuspielen. Normalerweise war sie ein Mensch, der die Dinge direkt ansprach, die sie aufwühlten. Nur beim Thema Schwangerschaft lief es diesmal anders.

Zoe zwang sich ein Lächeln auf die Lippen. »Klar, alles bestens.«

Wenn du noch dümmlicher grinst, wird sie dir dein kleines Geheimnis von der Stirn ablesen können, brummte ihr kleines Ich.

Emily beäugte Zoe misstrauisch, doch dann seufzte sie. »Ich finde es so mies, dass wir uns nicht mehr sehen können.« Mit einem traurigen Lächeln blickte sie auf den Monitor. »Du fehlst mir hier unglaublich. Und per Skype ist es einfach nicht dasselbe.«

»Nein, das ist es nicht«, stimmte Zoe leise zu. Emily hatte ja keine Ahnung, wie froh sie war, dass ihre Freundin sie derzeit eben nicht vom Rumpf abwärts sehen konnte.

»Erst ziehen du und Janie weg und dann löst sich auch noch meine Beziehung in Luft auf …«, fuhr Emily sichtbar bedröppelt fort. »Und wir zwei skypen immer noch viel zu wenig.«

Zoe sah sich selbst in dem kleinen Ausschnitt auf dem Monitor und konnte dabei zuschauen, wie ein schuldbewusster Ausdruck ihre Miene erfasste. »Tut mir leid, Em. In letzter Zeit war einfach viel los.« Wenn sie ihr doch nur die Wahrheit sagen könnte …

Doch Emily schien bei Zoes Worten etwas anderes

einzufallen. »Tom ist ja zurzeit echt oft bei euch in Key West. Gibt's dafür eigentlich einen Grund?«

»Einen Grund?«, versuchte Zoe, sich dumm zu stellen.

»Na, irgendwas muss doch bei euch sein. Sonst würde er sich doch nicht jedes Wochenende in den Flieger setzen und zu euch düsen.«

Zoe hatte keine Ahnung, woher ihre Freundin die Information hatte. Da sie und Tom sich derzeit aus dem Weg gingen, vermutete sie, dass Dean es ihr gesagt haben musste.

»Em, vielleicht solltest du ein bisschen Abstand zu dem Thema suchen«, lenkte Zoe ab. »Es tut dir nicht gut, wenn du so viel über Tom grübelst.«

Emily raufte sich die wilden Locken. »Ich weiß. Ich will das ja auch gar nicht, aber er geht mir nicht aus dem Kopf. Ich kann einfach nicht begreifen, dass er Schluss gemacht hat.« Mit verzweifelter Miene blickte Emily auf den Bildschirm. »Hat er irgendwas zu dir gesagt, Zoe? Hat er über uns gesprochen?«

Während ihre Freundin wartete, hatte Zoe nicht die leiseste Idee, was sie Emily antworten sollte. Tom hatte sich nie dazu geäußert, wo genau der Schuh bei ihm gedrückt hatte. Es tat ihr leid, dass Emily immer noch unter der Trennung und der offengebliebenen Frage litt. Zoe wusste ja, wie gut sie sich einst mit Tom verstanden, ihn regelrecht angehimmelt hatte. Sie selbst hatte die beiden immer für ein Traumpaar gehalten. Wie konnte sie ihr da sagen, dass es eine andere Frau in Toms Leben gab? Eine Frau, für die er bereit war, fast jedes Wochenende ans andere Ende des Landes zu fliegen? Eine Frau, bei der es sich ausgerechnet um ihre beste Freundin aus Deutschland handelte?

»Also eigentlich ... hat Tom sich sehr bedeckt gehalten,

was eure Beziehung angeht«, setzte Zoe unsicher an. »Er wollte nicht darüber reden, somit habe ich auch nicht weiter nachgebohrt.«

»Verstehe.« Emily kaute auf ihrer Lippe. »Und warum kommt er euch dann immer besuchen? Am Anfang hat er sich doch auch nicht bei euch blicken lassen.«

Schon klar, Emily war nicht dumm. Sie witterte, dass etwas im Argen lag.

»Ähm …« Zoes Augen flitzten durchs Wohnzimmer, in dem sie sich auf dem Sofa ausgebreitet hatte. Sie wusste, dass ihr die Zeit im Nacken hing. Es war Freitagabend. Lucie marschierte seit über einer Stunde vor dem Haus auf und ab. Tom war bereits auf dem Weg und würde jeden Moment mit ihrer Freundin durch die Wohnungstür spazieren.

»Ähm?«, hakte Emily sichtlich alarmiert nach.

Wie sollte Zoe bloß aus der Situation herauskommen? Ihr Gesicht sprach wahrscheinlich wieder tausend Bände.

»Also … weißt du …«

Doch es war zu spät. Zoe hörte den Schlüssel in der Tür und stierte mit sich überschlagendem Herzen in den Flur.

Sie beobachtete, wie Tom und Lucie wild knutschend in die Wohnung stolperten. Tom warf seine Reisetasche achtlos in die Ecke, um sich an den Knöpfen von Lucies Bluse zu schaffen zu machen. Lucie zog ihm indes mit flinken Fingern sein T-Shirt über den Kopf und schmiss es auf den Boden. Stöhnend kamen die beiden schließlich ins Wohnzimmer getaumelt, wo sie Zoe gar nicht bemerkten, die die Szene wie einen Ausschnitt aus einem Horrorfilm verfolgte.

Wie sollte sie unauffällig auf sich aufmerksam machen? Sie konnte ihre angeheizten Freunde weder ignorieren noch rufen: »Hey, geht bitte woanders bumsen.« Da Emily wusste, dass Janie einen Gig hatte, würde ihr sofort klar sein, dass es nur Tom sein konnte, wegen dem sich Zoes Augen in Unterteller verwandelt hatten.

Zoe räusperte sich lautstark, doch Tom und Lucie waren zu sehr damit beschäftigt, sich gegenseitig die Klamotten vom Leib zu reißen. Während Tom Lucies Bluse durch die Gegend schleuderte, machte ihre Freundin sich bereits an den Knöpfen seiner Jeans zu schaffen.

Zoe spürte die Schamesröte in ihren Wangen und räusperte sich erneut – erfolglos.

»Komm her«, forderte Tom Lucie auf. »Ich will dich gleich hier und jetzt.« Er stöhnte. »Im Flieger habe ich die ganze Zeit an nichts anderes denken können, als dich sofort auf dem Sofa zu vernaschen.«

»Wie bitte?«, tönte es aus Zoes Laptop, sodass Tom und Lucie so schnell auseinandersprangen, als würde plötzlich eine Schlange zwischen ihren Beinen herumkriechen.

»Tom!«, rief Emily mit vor Wut blitzenden Augen. »Was ist da los? Wer ist da bei ihm?«

Ihre Freundin funkelte sie mit einem Blick an, aus dem jeden Moment Blitze schießen mussten.

Zoe sah zwischen dem Monitor und ihren Freunden, die halb nackt vor ihr standen, hin und her.

Während Tom klar wurde, wessen Stimme aus dem Laptop fauchte, wartete Lucie mit fragenden Augen neben ihm.

»Ich glaube das einfach nicht«, presste Emily hervor und lächelte zynisch. Zoe konnte sehen, wie sich ihre Miene vor Wut versteinerte.

Sie nahm den Laptop und hielt ihn Tom hin. »Vielleicht solltest du das Ganze aufklären.«

Zoe sah, wie er mit dem Kiefer mahlte, wie er überhaupt keine Lust hatte, sich genau in diesem Moment mit seiner Ex-Freundin auseinandersetzen zu müssen. Zunächst rührte er sich nicht, dachte wohl darüber nach, ob er sich das wirklich antun sollte, dann knöpfte er sich die Jeans zu und sammelte sein T-Shirt ein, um es sich schnell überzuwerfen. Er nahm den Laptop und setzte sich auf die andere Seite des Sofas. »Hi, Emily.«

»Kannst du mir mal verraten, was du da machst?« Zoe hörte, wie ihre Freundin mit der Zunge schnalzte. »Dumme Emily. Mit *wem* du es machst, sollte ich wohl eher fragen. Deswegen fliegst du also fast jedes Wochenende nach Key West. Hätte ich mir eigentlich denken können.«

Tom antwortete nicht und blickte nur mit müde wirkender Miene auf den Bildschirm.

»Wirklich erstaunlich, wie schnell du mich abgehakt hast«, sprach Emily weiter.

Zoe konnte ihr Gesicht nicht sehen, doch sie hörte, wie verletzt ihre Freundin war.

»Em, du weißt, warum ich Schluss gemacht habe.« Tom ließ sich scheinbar nicht von Emilys Wut beeindrucken. Mit gedämpfter Stimme fuhr er fort: »Du weißt, dass es zwischen uns einfach nicht gepasst hat. Wir haben es versucht, aber es ging nicht. Wir haben einfach zu verschiedene Vorstellungen.«

»Obviously!« Emily lachte bitter. »Hättest mir auch gleich sagen können, dass es dir nur um das Eine geht.«

»Das ist nicht wahr, Em, auch das weißt du.«

»Ach ja? Hatten wir deswegen jeden Tag Sex? Und das mehrmals?«

Zoe riss die Augen weit auf, dann flog ihr Blick zu Lucie,

die der Auseinandersetzung mit einem Ausdruck lauschte, der von Wort zu Wort angespannter wirkte. Sie faltete die Arme vor dem Körper und fluchte stumm.

Zoes Gehirn war noch mit der Info beschäftigt, die ihr gerade zu Ohren gekommen war: Tom und jeden Tag Sex, und das gleich mehrmals? Er hatte offenbar mehr mit Dean gemeinsam, als ihr vorher klar gewesen war.

Während Tom Emilys Aussage wild gestikulierend dementierte und dabei immer wieder zu Lucie schielte, steigerte sich Emily hörbar in ihre Wut hinein. Darauf pochend, dass Tom sie bloß für seine Zwecke ausgenutzt habe, argumentierte er wiederum, dass sie keine gemeinsame Basis gefunden hätten. Er habe, wie es nun immer deutlicher wurde, nicht dasselbe für Emily wie sie für ihn empfunden.

Unwohl blickte Zoe zwischen Tom und Lucie hin und her. Es war ihrer Freundin anzusehen, dass sie mit jedem Wort unsicherer wurde. Mit versteinerter Miene lief sie vor dem Sofa auf und ab. Zoe tat es leid, was Lucie in dem Moment mitanhören musste. Da war sie zum ersten Mal wirklich verliebt und wurde nun mit unangenehmen Details seiner letzten Beziehung konfrontiert.

»Nur damit du es weißt«, zischte Emily in der Sekunde. »Der Typ bedeutet Ärger. Lass lieber deine Finger von ihm.«

Abrupt blieb Lucie stehen und blickte zum Laptop. Emily hatte es tatsächlich gewagt, ihre Konkurrentin direkt anzusprechen. Im Gegensatz zu Zoes Erwartung, dass Lucie sich Emily augenblicklich vorknöpfen würde, blieb ihre Freundin an Ort und Stelle und schwieg. Zoe beobachtete, wie sich Lucies Lippen zu einem Strich zusammenzogen. Ihre eisig wirkenden Augen wanderten zu Toms Gesicht.

»Das reicht jetzt, Em. Ich denke, es ist alles gesagt.« Damit klappte dieser den Laptop zu.

Im Wohnzimmer kehrte mit einem Mal fatal wirkende Ruhe ein. Während Zoe mit angehaltenem Atem von einem zur anderen sah, legte Tom den Laptop beiseite und stand auf. Er schlenderte zu Lucie und blieb dicht vor ihr stehen. Scheinbar schüchtern vergrub er die Hände in seinen Hosentaschen.

»Tut mir leid, dass du das mitanhören musstest, Baby.« Ein sanfter Ausdruck legte sich in seine Augen. »Du weißt hoffentlich, dass ich so nicht bin. Emily war von Anfang an nicht mit der Trennung einverstanden. Du hast es ja gehört. Sie versteht nicht, dass es mit uns einfach keinen Sinn macht. Ich kann und will ihr nun mal keine Gefühle vorspielen.«

Lucie sah Tom an und überlegte offenbar, was sie von der ganzen Geschichte halten sollte.

Zoe stellte sich haargenau dieselbe Frage. Die Konfrontation machte sie dermaßen baff, dass sie Mühe hatte, die Gesprächsfetzen in einen vernünftigen Zusammenhang zu bringen. Niemals hätte sie vermutet, dass die Chemie zwischen Tom und Emily so mies sein würde. Auch wenn Zoe keine Ahnung hatte, was genau zwischen den beiden vorgefallen war, es sie auch nichts anging, hatte sie stets den Eindruck gehabt, dass die Harmonie zwischen ihren Freunden stimmen würde. Dass sie in Wahrheit so verschieden waren, haute Zoe um. Noch mehr schockierte sie allerdings, dass Tom einen ähnlichen Heißhunger auf Sex hatte wie sein Bruder.

»Lu, ich sage die Wahrheit.« Tom blickte Lucie noch nachdrücklicher an, doch Zoe konnte sehen, wie Zweifel ihre Freundin übermannten.

»Tom, wie kann ich sicher sein, dass es bei mir anders ist als bei Emily? Ich meine, ich komme nicht von hier, in ein paar Wochen muss ich zurück nach Deutschland.« Sie blickte ihm erwartungsvoll in die Augen. »Woher soll ich wissen, ob es dir nicht bloß um Spaß geht?«

Gänsehaut überzog Zoes Rücken. Da war es wieder, das bereits bekannte Déjà-vu. Damals hatte sie bei Dean exakt die gleichen Bedenken gehabt.

Lucie lächelte traurig. »Weißt du, Tom, ich gehöre nicht zu den Frauen, die sich verlieben. Ich war bisher nie auf eine ernsthafte Beziehung aus.« Nach einer Bestätigung suchend drehte Lucie den Kopf zu Zoe, die zustimmend nickte. Dann blickte ihre Freundin Tom eindringlich an. »Bis ich dich getroffen habe. Wenn das also nur ein Spiel für dich ist, dann sag mir das lieber gleich.«

»This isn't a game!«, rief Tom gestikulierend. »Ich bin kein Typ für schnelllebige Sachen. Vor Emily hatte ich zwei Jahre lang überhaupt keinen Sex. Es ist nicht so, wie sie sagt, Lu. Ich hab's wirklich mit ihr versucht und das ernsthaft.« Er hielt inne, um seine Hand auszustrecken. Mit den Fingern strich er eine verirrte Haarsträhne aus Lucies Stirn. »Ich mag dich wirklich, Lu. Unsere Geschichte läuft ganz anders als die mit Emily. Meine Gefühle für dich sind ganz anders. Du bist die erste Frau seit ...« Er überlegte, um dann verblüfft dreinzublicken. »Du bist die Erste überhaupt, mit der es so intensiv ist. Meinst du, ich würde sonst fast jedes Wochenende herfliegen? Nur für Sex?« Er zog lächelnd die Augenbrauen hoch. »Wenn ich wirklich so wäre, könnte ich mir den auch in Carsonrock suchen, meinst du nicht?«

Toms Geständnis löste ein verzerrtes Lächeln aus, das um Zoes Mundwinkel zuckte. Seine Worte, das Gefühl, das mit ihnen schwang, erinnerte Zoe schmerzlich an Dean. An das, was sie einst gehabt hatten. Was aus ihnen hätte werden können. Doch sie schluckte den Kloß, der bereits in ihrem Hals lauerte, hinunter, als sie sah, wie Lucie immer noch mit sich haderte.

Zoe räusperte sich. »Ich kenne Tom schon länger, Lu, und ich glaube – nein, ich bin mir sicher –, dass er die Wahrheit sagt.«

Das war sie nach allem, was sie soeben gehört hatte, wirklich. Zoe konnte sich beim besten Willen nicht vorstellen, sich so übel in Toms Charakter geirrt zu haben. Auch wenn Emily anderer Meinung war und sicherlich ihre Gründe dafür hatte, sah Zoe in Tom keinen Mann, der Frauen für seine Zwecke ausnutzte. Vielmehr war Emily verletzt und in ihren Liebeskummer mischte sich nun auch noch Eifersucht. Natürlich war es für sie nicht schön gewesen, zuzuhören, wie ihr Ex mit einer anderen zur Sache kam. Zoe konnte sich bestens in Emily hineinversetzen. Sie würde auch nicht hören wollen, wie sich Dean mit Lexy auf eine neue Kissenschlacht vorbereitete.

Lucie blickte ihn unsicher lächelnd an. »Du magst mich also wirklich?«

Tom griff nach ihren Händen. »Ich mag *alles* an dir, Baby. Ich bin absolut verrückt nach dir, merkst du das nicht?« Er grinste. »Ich meinte es ernst, als ich dich gefragt habe, wie es nach Ende deiner Ferien weitergehen soll. Ich *will* mit dir zusammen sein, Lu, am liebsten vierundzwanzig Stunden, sieben Tage die Woche. Ich lebe nur noch für die Freitage und jeden Sonntag, den ich wieder gehen muss, verfluche ich.«

Mit ernsten Augen sah er Lucie an. Dann rückte er näher,

um ihr einen Kuss aufzudrücken, der erst zärtlich war und schließlich Zoes Wangen dunkelrot färbte. Und ob das Deans Bruder war ... Niemals im Leben hätte sie gedacht, dass Tom so vor Leidenschaft brennen würde.

Er löste sich von Lucie und sah sie mit glühenden Augen an. »Komm mit und ich zeige dir, wie groß meine Gefühle für dich sind.«

Obwohl es nur ein Flüstern war, konnte Zoe jedes einzelne Wort verstehen. Ohne Lucies Antwort abzuwarten oder Zoe weiter zu beachten, griff er nach Lucies Hand, um sie eilig in Janies Schlafzimmer zu ziehen. Ein Glück war ihre Freundin nicht daheim, sonst würden die beiden es wohl direkt vor ihr auf dem Wohnzimmerteppich treiben.

Zoe lehnte sich auf dem Sofa zurück. »Die Glücklichen«, murmelte sie und stierte vor sich hin. Wieder wurde sie von dieser Leere eingenommen, der Tristesse, die soeben ihr Herz gepackt hatte.

Das da waren Dean und sie vor einem Jahr. Verliebt, verrückt vor Leidenschaft, vor Lust auf den anderen und voller Spannung, wie ihr Spiel weitergehen würde. Bis sie so kläglich gescheitert waren ...

Ein Seufzer entwich ihren Lippen. Gedankenverloren blickte Zoe auf ihre Babykugel. Wie die Dinge sich verändert hatten ...

In den folgenden Nächten hatte Zoe kein Auge zubekommen und auch in dieser Nacht war es nicht anders. Entweder wälzte sie sich von der einen auf die andere Seite oder starrte die Decke an, an der die Schatten der Nacht wie Gespenster tanzten. Dabei lief ein Thema in Dauerschleife durch ihr Gehirn.

Mitanzusehen, wie sich die Geschichte von Dean und ihr zwischen seinem Bruder und ihrer besten Freundin wiederholte, hatte ihr einen Stich versetzt. Einen Stich, dessen Schmerz einfach nicht abschwächen wollte. Er wühlte die Vergangenheit so stark auf, dass Zoe intensiver denn je mit ihren Gefühlen konfrontiert wurde.

Sie war sich so sicher gewesen, in Dean den Richtigen gefunden und wenigstens einmal in ihrem Leben den Hauptgewinn gezogen zu haben. Für immer mit ihm zusammen zu sein, das war ihr allergrößter Wunsch gewesen. Er hatte sie so glücklich gemacht, hatte ihr eine Welt offenbart, die Zoe zuvor noch nie betreten hatte. Sie war aufregend, leidenschaftlich und voller Euphorie gewesen. Sobald Dean in ihrer Nähe gewesen war, hatte sich ihr Universum bunt gefärbt. Konfetti regnete von einem Himmel herab, der voll von Regenbögen gewesen war. Und sobald er sie geküsst hatte, sie von seiner Leidenschaft gepackt worden war, hatte über Zoe ein spektakuläres Feuerwerk aufgeleuchtet.

Genauso hatte sie es sich immer vorgestellt. Genauso sollte Liebe aussehen. Sie hatte nie daran geglaubt, dass ihre Wunschvorstellung eines Tages Wirklichkeit werden würde, aber so war es gekommen.

Doch noch nicht einmal ein halbes Jahr später war all das vorbei gewesen, ihr Traum zerplatzt. Die rosa Wolke hatte sie in die Tiefe katapultiert, wo sie knallhart auf dem Boden der Realität aufgeschlagen war. Autsch!

Seitdem war nichts mehr, wie es gewesen war. Zoe konnte weder mit dem Leben weitermachen, das sie vor Dean geführt hatte, noch fand sie sich mit dem neuen Los zurecht, das ihr zugeteilt worden war.

In knapp zwölf Wochen würde ihr Baby auf die Welt

kommen. Trotz der überwältigenden Freude auf ihr Kind überwog die Ahnungslosigkeit, die Angst, wie sie mit dieser neuen Verantwortung umgehen sollte. Wo sie überhaupt leben würde. Wie und womit sie dieses Leben bestreiten sollte.

Ich hätte da einen Tipp, der viele deiner Probleme lösen könnte, flüsterte ihr kleines Ich mit diabolischer Stimme in ihr Ohr. *Ruf Dean an und beichte.*

Am liebsten hätte sie ihrer Minikopie einen bösen Blick zugeworfen, aber sogar sie wusste, dass sie recht hatte. Alle hatten recht.

Dabei ahnten sie nicht einmal, wie sehr Zoe sich vor Sehnsucht nach Dean verzehrte. Wie gern sie mit ihm reden, seine Stimme hören und ihn wiedersehen würde.

Ja, es war wahr. Ihre Gefühle für ihn waren noch genauso präsent wie vor einem Jahr. Obwohl sie sich mit Händen und Füßen dagegen gewehrt hatte, obwohl sie alles getan hatte, um sich von Dean zu befreien, war sie keinen Zentimeter vorwärtsgekommen. Nichts, rein gar nichts hatte sich geändert. Ihre Gefühle waren kein bisschen abgeebbt. Sie hatten lediglich im Untergrund ausgeharrt, um sich dann an sie heranzupirschen und nun wie ein ausgehungertes Raubtier auf sie zu stürzen.

Alles an Dean fehlte ihr. Seine grünblauen Augen, die sie geheimnisvoll anfunkelten. Sein unwiderstehlicher Geruch, der sie in einen rauschähnlichen Zustand versetzte. Seine Umarmungen, die sie gerade jetzt so sehr brauchte und die ihr dringend benötigten Schutz geben würden. Sie vermisste die Gespräche, ihre hitzigen Debatten und seinen feinsinnigen Humor, der sie endlich wieder laut und ehrlich würde lachen lassen.

Umso unerträglicher war die Vorstellung, dass es nun eine andere Frau in seinem Leben gab. Zu wissen, dass Lexy ihren Platz eingenommen hatte, machte alles nur noch schwieriger für Zoe.

Sie hatte keine Ahnung, an welchem Punkt Dean und Lexy mittlerweile angekommen waren. Womöglich hatten sie schon eine Blitzhochzeit hinter sich, wer wusste das schon? Sie wusste nur, dass Lexy fast zehn Jahre älter als Zoe war, vielleicht hörte sie die Uhr im Hintergrund ticken und würde nicht lange fackeln, die Sache mit ihm dingfest zu machen.

Zoe rollte sich auf die Seite und spürte, wie ihr kleiner Mitbewohner Purzelbäume schlug.

»Du kleine Maus kannst wohl auch nicht schlafen, was?«, flüsterte sie in die Dunkelheit hinaus und strich liebevoll über ihren Bauch.

Wenn Dean eine Ahnung hätte, dass es sein Kind war, das unter ihrem Herzen heranwuchs, würde er wohl, wie auch schon ihr Vater, zusammenklappen.

Zum unzähligen Mal wurde Zoe bewusst, wie sehr sie alles vermasselt hatte. Was sie sich in dieser Nacht jedoch zum allerersten Mal eingestand, war, dass sie nicht nach Key West hätte gehen dürfen. Zumindest nicht, ohne erneut das Gespräch mit Dean zu suchen. Auch wenn er damals nicht mit ihr hatte reden wollen, sie hätte sich mehr anstrengen müssen. Hätte wenigstens noch einmal ernsthaft abwägen müssen, ob sie nicht doch einen Neustart hätten wagen sollen. Aber so ... war sie einfach gegangen, ohne zu kapieren, dass sie es geschafft hatte, Dean zu rehabilitieren. Er war einen Moment panisch geworden, ja, und er hatte sich, nachdem Zoe nach Deutschland geflüchtet war, keine sonderlich gute Taktik überlegt, wie er sie zurückerobern konnte. Das konnte selbst er nicht leugnen. Aber dann hatte er sämtliche Register gezogen, hatte alles getan, um seine Fehler wiedergutzumachen. Aber Zoe ... Zoe hatte nicht begreifen wollen, dass Dean mit seiner damaligen Aussage genau ins Schwarze getroffen hatte: Sie *war* zu verletzt, zu stur gewesen, um ihm eine Chance zu geben.

Eine einsame Träne löste sich und kullerte über ihre Wange. Emily hatte recht gehabt. Sie hatte den wahren Dean gesehen und erkannt, dass Zoe einen Fehler machte. Aber auch ihrer Freundin hatte sie nicht glauben wollen. Stattdessen war sie damit beschäftigt gewesen, mit Eric rumzubumsen, der sich zu allem Überfluss auch noch in sie verknallt hatte. Doch Dean hatte selbst das ausgehalten, hatte nicht aufgegeben – bis zu dem fatalen Abend, der sie in diese Lage gebracht hatte, aus der sie nun keinen Ausweg fand.

Zoe setzte sich auf und spähte durch ihr dunkles Zimmer. Ihr Blick fiel auf ihr Handy, das auf dem Nachttisch lag. Sie fischte danach und hielt es wie ein rohes Ei in der Hand. Was sollte sie tun? Natürlich hatten die anderen recht, sie durfte nicht länger schweigen. Dean musste von dem Baby erfahren. Sie hatte schon so viele Fehler gemacht, ihn so unheilbar verletzt. Es war nicht fair, ihm seine Vaterschaft zu verheimlichen. Aber das Geständnis endlich zu überbringen, war ein ganz anderes Kaliber.

Schließlich wischte Zoe über das Display und entsperrte ihr Handy. Sie öffnete WhatsApp und scrollte ihre Kontakte durch. Da war er.

Wie sie es so oft in den letzten Wochen getan hatte, blieb sie auch jetzt an Deans Profilbild hängen und starrte es an.

Er hatte es nicht geändert, es war immer noch sein Auto zu sehen.

Während Zoe fieberhaft überlegte, ob und wie sie ihre Beichte ablegen sollte, wurde ihr plötzlich heiß und kalt.

Dean ging genau in dieser Sekunde online.

Ihr Herzschlag beschleunigte sich. Auch wenn es in Carsonrock noch keine drei Uhr nachts war, warum war Dean um diese Zeit noch wach? Morgen war Mittwoch, ein ganz normaler Arbeitstag, gewöhnlich schlief er schon längst.

Und dann geschah es: *Dean schreibt …*

Als Zoe diese beiden Wörter las, hatte sie das Gefühl, vor einer Ohnmacht zu stehen. Sie hielt den Atem an und überlegte, was Dean ihr um diese Uhrzeit mitzuteilen haben könnte. Kerzengerade setzte sie sich auf und wischte ihre schweißnassen Hände an der Bettdecke ab. Zappelig wartete sie darauf, dass seine Nachricht eintraf.

Und dann kam sie.

Hi, Zoe. Was ist los? Tom hat erzählt, dass es dir immer noch nicht gut geht?

O mein Gott, Tom, die alte Plaudertasche. Was hatte er seinem Bruder bloß gesagt? Hatte er womöglich bereits Andeutungen gemacht oder Dean sogar dazu angestachelt, nachzuhaken, da Zoe bekanntermaßen nicht aus dem Quark kam? Oder hatte er etwa wieder mit dieser Durchfall-Geschichte angefangen?

Bei dem Stichwort hörte sie, wie ihr kleines Ich losprustete.

Ihre zittrigen Finger glitten über die Tastatur.

Tom hat recht, mir geht es nicht gut. Aber es hat nichts mit Durchfall zu tun, irgendwas muss er letztes Mal falsch verstanden haben.

Na klar, wer's glaubt, feixte ihre Minikopie.

Doch Zoe überhörte ihr gehässiges Lachen. Gebannt beobachtete sie, wie Dean antwortete.

Was ist es, Zoe? Was stimmt nicht?

Da war er, der Moment aller Momente. Jetzt oder nie, müsste es eigentlich heißen. Doch schon krochen Zweifel in Zoe hoch. Sollte sie das wirklich tun? Sollte sie Dean wirklich die Wahrheit schreiben?

Wenn du es nicht schwarz auf weiß haben willst, ruf ihn halt an, drängte ihr kleines Ich. *Nur mach irgendwas.*

Ich weiß nicht, wie ich es dir sagen soll, schrieb Zoe, um Zeit zu gewinnen.

Sollen wir lieber telefonieren, schlug Dean vor, sodass ihr das Herz in die Hose rutschte. *Wäre das leichter für dich?*

Nein, ich will nicht, dass Lexy das mitbekommt, tippte sie ausweichend.

Keine Sorge, Lexy bekommt nichts mit, sie schläft schon.

Zoes Inneres verkrampfte sich. Also doch, die beiden waren tatsächlich noch ein Paar. Wahrscheinlich schlief sie in dieser Sekunde auf demselben Platz in seinem Bett, auf dem auch Zoe immer genächtigt hatte. Der Gedanke verwandelte ihre ohnehin schwelende Eifersucht in einen spuckenden Vulkan.

Ihr seid also immer noch zusammen, hakte Zoe nach.

Es dauerte eine Zeit, bis Deans Antwort eintraf.

Ja, sind wir.

Zoe schloss die Augen. Doch dann kam eine weitere Nachricht von ihm.

Oder würde dir ein Grund einfallen, warum Lexy und ich nicht mehr zusammen sein sollten?

Da war sie, ihre Chance. Und ob Zoe Gründe einfielen. Eintausend Dinge gab es, die sie ihm so gern sagen würde.

Es hat sich nichts geändert, du bist und wirst immer die Liebe meines Lebens sein. Ich kann nicht ohne dich leben. Verzeih mir, ich habe den dümmsten Fehler meines Lebens gemacht.
Ich erwarte ein Baby von dir.

Doch Zoe schrieb nichts von all dem, auch nicht den letzten Satz. Alles, was sie tippte, war: *Nein.*
Ihr kleines Ich sprang im Dreieck. *Bist du noch zu retten? Du hast die Gelegenheit, ihm endlich die Wahrheit zu sagen, und machst es nicht?*
Zoe sah die Zornesröte in seinen Wangen, den

ungläubigen Ausdruck in seinen Augen, und konnte nicht leugnen, dass es recht hatte. Sie *war* nicht mehr zu retten.

Verstehe, lautete die knappe Antwort, die Dean ihr gab.

Es ist nur, setzte Zoe an, *ich will eure Beziehung nicht kaputt machen. Du schienst an dem Abend im Joe's sehr glücklich mit Lexy zu sein.*

Dean antwortete prompt: *Für diesen Auftritt möchte ich mich schon lange bei dir entschuldigen. Das, was ich da zu dir gesagt habe, war total daneben. Ich war so verletzt, dass ich nicht klar denken konnte. Ich hätte niemals so gemein zu dir sein dürfen …*

Schon okay, du hattest jedes Recht, wütend zu sein. Ich habe einen Fehler gemacht.

… der jetzt in deinem Bauch lustig vor sich hin strampelt, ergänzte ihr kleines Ich und verschränkte die Arme. *Na los doch!* Es stampfte mit dem Fuß auf. *Schluss mit Ausreden und raus mit der Wahrheit!*
Während ihre Minikopie immer tobender wurde, blieb es auf Deans Seite still. Wahrscheinlich wusste er nicht, was er noch sagen sollte. Zoe musste zugeben, dass sie nicht gerade erfolgreich dabei war, ihm zu vermitteln, was sie tatsächlich für ihn empfand. Abgesehen von dem Geheimnis, das sie nicht enthüllte, brachte sie es nicht übers Herz, ihm die Gefühle zu gestehen, die in dieser Nacht wieder so klar durchgekommen waren. Und Zoe wusste auch, was sie davon abhielt, endlich reinen Tisch zu machen. Es war

Lexy, die Frau, mit der er immer noch zusammen war und die in diesem Moment vermutlich nichts ahnend in seinem Schlafzimmer schlummerte.

Doch bevor Zoe zu Ende grübeln konnte, was sie tun sollte, traf eine weitere Nachricht von Dean ein.

Zoe, sag mir die Wahrheit: Was fehlt dir?

Sie seufzte. Natürlich war ihm nicht entfallen, weshalb er sie überhaupt angeschrieben hatte.

Mit weit aufgerissenen Augen beobachtete sie, wie ihre zitternden Finger tippten, wie sie scheinbar fremdgesteuert handelte:

Ich bin schwanger.

Ihr Daumen schwebte über der *Senden*-Taste, während sich ihre Gedanken überschlugen. Sollte sie das wirklich tun? Wenn sie diese drei kleinen Wörtchen abschickte, hinter denen so viel mehr steckte, würde ihr Schicksal besiegelt sein, es kein Zurück geben. Dean wäre in das Geheimnis eingeweiht, das sie nun schon seit über drei Monaten vor ihm verborgen hielt. Er würde reagieren, das war so sicher wie das Amen in der Kirche. Auf die eine oder eben die andere Art. Es gab doch nur zwei Möglichkeiten: Entweder würde er alles stehen und liegen lassen, in ein Flugzeug springen und zu ihr düsen. Oder aber er würde ihren Namen löschen, vergessen, wer sie war und was sie ihm gestanden hatte, und Lexy vom Fleck weg heiraten. Doch glaubte sie ernsthaft, dass Dean sich für eine andere Frau entscheiden würde, wenn er von seinem Vaterglück erfuhr?

Zoe hatte nicht vergessen, was Tom damals gemutmaßt hatte.

Vielleicht würde er deswegen sogar Lexy verlassen ...

Nicht nur vielleicht, ziemlich sicher würde er das. Je mehr Zoe darüber nachdachte, desto klarer wurde ihr, dass Tom seinen Bruder richtig einschätzte. Selbst wenn Dean mit Lexy sein Glück gefunden hatte, er würde nicht auf sein Herz, sondern auf sein Gewissen hören. Egal, wie weh ihm Zoe getan hatte, wie sehr er sie mittlerweile deswegen verachtete, er würde seine neue Freundin verlassen und zu ihr zurückkehren, zugunsten des Babys.

Diese Erkenntnis traf sie wie ein Blitz.

Nein, das konnte sie nicht zulassen. Dean durfte seine neue Liebe nicht für dieses Baby opfern. Sie wollte nicht, dass er sich auf eine Frau einließ, für die sein Herz nicht mehr schlug – bloß um für seinen Fehler geradezustehen. Sie wollte nicht die zweite Wahl sein. Dean sollte *ihretwegen* zurückkommen wollen und nicht, weil Zoe aus Dummheit in dieser Misere gelandet war.

Schnell löschte sie die Worte, die sie soeben getippt hatte. Stattdessen schrieb sie: *Mach dir keine Sorgen, ich komme schon klar.*

27

»Ich hab' mich wohl verhört!« Zoes Vater, der vor einer Sekunde noch entspannt auf der Bank neben ihr gesessen hatte, verschluckte sich fast an seinem Eistee. Mit einem lauten Klirren stellte er das Glas auf dem Tisch ab und drehte sich zu ihr. »Du hast es Dean nicht gesagt, obwohl du die Gelegenheit hattest?«

Während er sie aus fassungslosen Augen anstarrte, zuckte Zoe die Achseln. »Es hat sich einfach nicht richtig angefühlt.«

»Es hat sich nicht richtig angefühlt?«

Zoe beobachtete, wie sämtliche Bestürzung aus ihrem Vater herausbrach.

Zwei Tage waren seit der medialen Unterhaltung mit Dean vergangen und heute, da sie gemeinsam mit ihrem alten Herrn, Tom und Lucie ins Coconut Palms eingekehrt war, war sie mit ihrem Bericht herausgerückt.

Lucie und Tom, die sich auf der Bank gegenüber soeben noch lebhaft unterhalten hatten und happy waren, dass Tom ausnahmsweise bereits Mittwoch angereist war, verwandelten sich in zwei Stummfische. Natürlich waren sie längst in Zoes nächtliche Unterhaltung mit Dean eingeweiht. Mit angespannten Gesichtern verfolgten sie die Reaktion von Zoes Vater.

Dieser hatte den ersten Schock verdaut und raufte sich seine schütteren Haare. »Zoe, wie viele Ausreden willst du noch vorschieben, um keinen Klartext reden zu müssen? Du bist mittlerweile in der neunundzwanzigsten Woche. Willst du Dean etwa aus dem Kreißsaal anrufen?« Leise fluchend ließ er seinen Blick aus dem Fenster gleiten, dann sah er zu Zoe zurück. »Nichts ist geklärt. Ob du bleiben darfst, woher das Geld kommen soll, nichts. Ich weiß wirklich nicht, was passieren muss, damit du endlich aufwachst. Wie ich dir begreiflich machen kann, wie ernst deine Lage ist.«

Doch Zoe senkte nur stumm den Kopf. Es war gar nicht nötig, ihr zu erklären, wie tief sie in der Klemme steckte, wie eng sich die Schlinge bereits um ihren Hals gezogen hatte. Das war ihr sehr wohl bewusst. Und trotzdem war sie seit dem Gespräch mit Dean demotivierter und antriebsloser denn je.

Auch ihr Vater erkannte anscheinend den Treibsand, in dem seine Tochter steckte. Während er Zoe immer noch musterte, verwandelte sich seine Miene in einen hilflosen Ausdruck. Es war offensichtlich, dass er am Ende seines Lateins war. Egal, was er sagte, welche Argumente er anbrachte, sie schienen bei Zoe keinen Schalter umzulegen.

Lucie seufzte. »Ich würde gern sagen, dass Manni mal wieder übertreibt, aber diesmal … kann ich es leider nicht, Zoe.«

Zoe sah auf und blickte zu ihrer Freundin. Auch aus Lucies Augen sprach fühlbare Sorge. Schon gestern Morgen, als sie die Unterhaltung mit Dean vor ihren Freundinnen hatte Revue passieren lassen, hatten Lucie und Janie deutlich gemacht, wie schockiert sie über das Ergebnis waren.

Lucie stützte sich mit den Ellenbogen auf den Tisch. »Ich kann mich nur wiederholen: Es war dumm, diese Chance nicht zu nutzen. Eine bessere Gelegenheit hätte sich nicht bieten können. Dean ahnt doch eh schon was …«

Zoe ging nicht auf den Tadel ihrer Freundin ein. Stattdessen griff sie etwas anderes auf. »Ja genau, und warum ist das so?« Sie warf Tom einen finsteren Blick zu. »Weil unser Plappermaul den Mund mal wieder nicht halten konnte.«

Während Zoe einen Flunsch zog, lehnte sich Tom über den Tisch. »Zoe, was hätte ich denn machen sollen? Dean fragt mich jedes Mal, ob es dir besser geht. Natürlich will er wissen, was los ist. Und so langsam gehen mir echt die Ausreden aus.« Er fixierte sie mit seinen dunkelbraunen Augen. »Du solltest wirklich mit Dean reden ...«

Bevor er noch mehr sagen oder Zoe darauf eingehen konnte, schaltete sich wieder Lucie ein. »Du solltest Tom keinen Vorwurf machen. Er wurde unfreiwillig in deine Geschichte hineingezogen ...«

»Ja, aber nicht von mir«, giftete Zoe.

Lucie klappte den Mund auf, um zu protestieren, doch dann hielt sie es wohl für klüger, nichts zu sagen.

Es wurde still zwischen ihnen. Während jeder düster vor sich hin sah, trat Bridget, die Kellnerin, an den Tisch.

»Some more drinks?«, fragte sie in die Runde, ahnungslos angesichts der aufgeheizten Luft.

»No, sanks.« Ihr Vater, der die Aussprache des th-Lauts wohl niemals lernen würde, wedelte ungeduldig mit der Hand. Bridget zuckte die Achseln, dann wandte sie sich dem Gast am nächsten Tisch zu.

Ihr Vater rutschte näher an Zoe heran. Es war deutlich, wie viel es ihm abverlangte, nicht die Geduld zu verlieren. Er legte eine Hand auf ihre Schulter. »Zoe, denk noch einmal darüber nach, vielleicht wäre es wirklich am besten, wenn du mit mir zurück nach Deutschland fliegst. Es ist doch offensichtlich, dass du hier mit der Situation überfordert bist.

Zu Hause können Mama und ich dir unter die Arme greifen. Du kannst ein bisschen zur Ruhe kommen und musst keine Angst mehr haben, das Land verlassen zu müssen. Du kannst dich voll und ganz aufs Baby und die Geburt konzentrieren.« Seine sanfte Stimme verwandelte sich in einen drängenden Ton. »Glaub mir, du wirst deine Kraft brauchen, auch für die Zeit nach der Geburt, wenn du dich mit Dingen wie Unterhaltszahlungen herumschlagen musst ...«

»Sag mal, spreche ich Chinesisch?« Zoe schüttelte seine Hand ab und rutschte ans Ende der Bank. »Ich werde nicht nach Deutschland gehen!« Sie gab einen genervten Laut von sich. »Und ich werde Dean auch nicht auf Unterhalt verklagen, das kannst du ein für alle Mal vergessen!«

Ausatmend fuhr ihr Vater über sein spärliches Haupt. »Mädchen, sei doch vernünftig. Dein Visum läuft aus und – machen wir uns nichts vor – es wird nicht verlängert werden. Früher oder später wirst du zurückmüssen, ob du willst oder nicht.« Zoe registrierte, wie sich seine Wangen rot färbten. »Und was das Thema Dean angeht: Du wirst sein Geld brauchen. Oder meinst du etwa, du kannst dein Kind allein von Luft und Liebe ernähren?«

Zoe verdrehte die Augen. Sie konnte es nicht mehr hören. Mit mürrischer Miene verschränkte sie die Arme. Doch ihr Vater ließ sich von ihrem Trotz nicht beeindrucken.

»Ob es dir nun passt oder nicht, das Unterwäschemodel wird seinen Anteil leisten müssen, ganz egal, wie er es erfährt. Ob *du* es ihm nun sagst oder ein Anwalt.« Er schnaufte. »Vielleicht sollte ich das übernehmen, dann hätten wir das endlich hinter uns.«

»Das wagst du nicht!« Zoes Stimme verwandelte sich in ein Zischen. »Wehe, du rufst Dean an ...«

Bevor sie ihre Drohung zu Ende bringen konnte, mischte sich Tom in die Unterhaltung ein. »Mr. Prinzler, ich glaube, ich sollte da mal etwas klarstellen.«

Zoe beobachtete ihn erstaunt. Auch wenn er noch nicht fließend Deutsch sprach, hatte er die Anfeindungen ihres Vaters wohl verstanden. Seine Antipathie Dean gegenüber war schließlich kein Geheimnis.

Mit festem Ausdruck sah Tom ihren Vater an. »Ich schätze, Sie haben ein völlig falsches Bild von meinem Bruder. Dean ist nicht so, wie Sie denken. Er ist kein oberflächlicher Kerl, der Ihre Tochter ausgenutzt hat ... Ja, er hat die Beziehung mit Zoe verbockt, das weiß er und bereut er zutiefst. Sie können mir glauben, wenn er die Möglichkeit hätte, das Geschehene rückgängig zu machen, er würde es auf der Stelle tun.« Ein beschwörender Ausdruck flammte in seinem Blick auf. »Dean ist ehrlich und wenn er weiß, dass er einen Fehler gemacht hat, steht er dazu. Er übernimmt Verantwortung, das hat er schon in seiner Kindheit lernen müssen.« Er seufzte. »Mein Bruder hat in seinem Leben schon einiges einstecken müssen, das hat ihn einschneidend geprägt ...«

Zoes Vater nickte. »Ich weiß von der entsetzlichen Geschichte mit eurer Mutter.«

»Wenn es nur die wäre ...« Tom blickte mit versteinerter Miene durchs Café, dann sah er zu ihrem Vater zurück. »Die Sache mit Michelle hat einen weitaus größeren Krater gerissen, hat Dean wohl endgültig gebrochen ...«

Ihr Vater unterbrach Tom, indem er die Hand hob. »Moment.« Er zog die Augenbrauen hoch. »Michelle? Wer ist das?«

Toms Augen schweiften zu Zoe, die unmerklich den Kopf

schüttelte. Er nickte und sah ihren Vater mit bitterem Ausdruck an. »Michelle war die große Liebe meines Bruders. Die beiden waren glücklich verheiratet, bis sie dann ... an Krebs gestorben ist.«

Ihr Vater zwinkerte. »Dean war ... verheiratet?« Verblüfft ruckte sein Kopf zu Zoe herum.

Sie sah, wie es in ihm ratterte, und seufzte. »Ich hätte es dir ja erzählt, aber ich kenne dich. Ich weiß, wie voreingenommen du bist, was mein Beziehungsleben angeht. Wenn du ein Urteil gefällt hast, ist es schwer, es dir wieder auszureden.«

Doch ihr Vater starrte sie nur an. Mit der Hand strich er über seine perplexe Miene. Die Informationen der letzten Minuten musste er erst einmal sacken lassen. Sichtbar nachdenklich lehnte er sich auf der Bank zurück.

»Vielleicht können Sie jetzt besser nachvollziehen, warum mein Bruder ist, wie er ist«, beendete Tom Deans kleine Charakterisierung. »Ich versichere Ihnen, dass Dean nur die besten Absichten hatte, was Zoe angeht. Sie war die erste Frau, für die er nach Michelle sein Herz geöffnet hat.«

Ihr Vater nickte. Zoe konnte sehen, wie er auch noch die letzte Aussage verdaute, dann schien er sich wieder aufs Hier und Jetzt zu fokussieren.

Mit ernsten Augen sah er Tom an. »Deans Verlust tut mir leid. Ich hatte keine Ahnung, was er hat durchmachen müssen. Mir wird nun so manches klarer, aber«, sein Blick wanderte zu Zoe, »das ändert nichts an der Tatsache, dass ihr beide eine Aufgabe habt, um die ihr euch dringend kümmern müsst.«

Als Zoe nicht darauf reagierte, beugte sich Lucie über den Tisch. »Zoe, ich weiß, dass du das alles nicht mehr hören kannst, dass dir alles zu viel wird. Und ich verstehe auch, wie anstrengend und zermürbend diese Situation ist. Aber es hilft nichts, die Zeit wird knapp. In elf Wochen wird dein Baby zur Welt kommen und nichts ist vorbereitet. Mal von Dean und der Frage deines Visums abgesehen, hast du rein gar nichts in die Wege geleitet.« Sie streckte aufzählend die Finger. »Weder hast du dich um einen Schwangerschafts- oder Geburtsvorbereitungskurs gekümmert noch irgendetwas fürs Baby eingekauft. Kein Bettchen, keinen Kinderwagen, keine Fläschchen, nichts.« Sie blickte Zoe an. »Wann willst du damit anfangen? Wenn die Wehen einsetzen?«

Zoe löste ihre verschränkten Arme und setzte sich kerzengerade auf. »Haargenau, Lu. Es ist nichts vorbereitet. Und warum?« Verzerrt lächelnd hob sie die Hände. »Weil ich nicht so weit bin, verstehst du? Weil Dean und ich einen saudummen Fehler gemacht haben, den ich nun ausbaden darf. Allein.« Sie schnappte nach Luft, dann deutete sie auf ihre pralle Babykugel. »Gott weiß, ich liebe dieses Baby. Aber es dürfte gar nicht da sein. Ich hab's nicht gewollt, Dean hat's nicht gewollt. Aber im Gegensatz zu mir darf er mit seinem Leben weitermachen, ohne dass sich etwas ändert. Er hat immer noch seine Freiheit, sein Geld und dazu eine tolle neue Freundin, mit der er eine unbekümmerte Zukunft planen darf. Ich dagegen«, Zoes Stimme zitterte, »kann all meine Pläne, die ich hatte, für immer begraben.«

Sie spürte, wie bereits die ersten Tränen anrollen wollten. Ausweichend blickte sie zur Decke.

Ihr Vater legte wieder eine Hand auf ihre Schulter. »Mein Lämmchen, beruhig dich, so viel Kummer ist nicht gut fürs Baby …«

Doch Zoe schüttelte ihn ab und zwängte sich aus der Bank heraus. Sie baute sich vor dem Tisch auf. »Hört auf, mir zu sagen, was ich zu tun und zu lassen habe!« Ihr Blick schnellte hektisch von einem zum anderen. »Ihr habt alle gut reden. Wenn man selbst nicht in der Scheiße sitzt, kann man immer mit schlauen Sprüchen um die Ecke kommen. Wir können liebend gern tauschen, mal sehen, ob ihr dann immer noch so klug daher schwatzen würdet.« Damit stürmte sie zum Ausgang. Im Augenwinkel sah sie, wie sich die anderen Gäste nach ihr umdrehten, wie ihr Vater und ihre Freunde erstarrt zurückblieben.

Zoe riss die Tür des kleinen Cafés auf und eilte hinaus.

Als sie zurück in ihrer Wohnung war, schmiss sie mit einem lauten Knall die Tür ins Schloss und flitzte in ihr Zimmer. Mit geballten Fäusten kam sie vor ihrem Bett zum Stehen. Sie starrte aus dem Fenster, vor dem die Palme lau in der leichten Brise schaukelte. Zoes Herz raste und ihr Atem überschlug sich. Für ihren Zustand hatte sie soeben einen viel zu schnellen Sprint hingelegt. Sie fühlte, wie ihr der Schweiß ausbrach. Es war ein schöner, aber schwüler Tag in Key West.

Dabei hätte alles perfekt sein können. Sie hätte eine perfekte Zeit mit einem perfekten Praktikum im perfekten Key West haben können. Und nach Ablauf des Visums hätte sie sich dann einfach in ein neues Abenteuer gestürzt. In Thailand, Australien oder sonst wo. Aber nein. Zwanzig Minuten ihres Lebens hatte Zoe nicht nachgedacht, hatte sich hinreißen lassen, und *bumm*, war es passiert. Vorbei mit der Freiheit, ihrer Unabhängigkeit. Aus ihrem Welten-bummeln würde nun nichts mehr werden. Sie hatte ihre

Selbstbestimmung ja gegen ein kleines schreiendes Bündel eintauschen müssen.

Hör auf mit deiner Melodramatik, maulte ihr kleines Ich und rollte mit den Augen. *Du weißt so gut wie ich, dass du nicht einfach so in ein anderes Land verschwinden würdest.* Die Minikopie starrte sie an. *Nicht ohne Dean.*

Zoe schnaufte. *Das werde ich wohl müssen. Im Gegensatz zu mir liebt er mich nämlich nicht mehr.*

Doch ihr kleines Ich gab nicht auf. *Das weißt du nicht. Und selbst wenn es so wäre, würde das an deinen Gefühlen für ihn nichts ändern. Egal, wohin du gehst, Dean wäre gedanklich immer dabei.*

Zoes Wut verpuffte und ließ blanke Hilflosigkeit zurück. Seufzend sank sie auf ihr Bett und stützte ihr Kinn in die Hände. Zum wiederholten Mal musste sie widerwillig einräumen, dass ihre Miniausgabe richtig lag. Und noch etwas anderes war ihr klar: Sie hatte sich vorhin daneben benommen. Weder hätte sie ihren Vater noch ihre Freunde anschnauzen dürfen. Und sie wusste auch, wer dafür verantwortlich war, dass sie die Nerven verloren hatte.

In Wahrheit ging es nicht bloß um ihre Angst davor, ausgewiesen zu werden oder nicht zu wissen, woher das Geld in Zukunft kommen sollte. Nein, der reale Grund lag viel tiefer.

Es waren Dean und die Gefühle für ihn, die sie einfach nicht loslassen wollten. Sie und ihre schier ausweglose Lage waren kurz davor, Zoe in eine absolute Katastrophe zu stürzen.

Sie schielte auf ihren Babybauch. Diese Schwangerschaft war über sie hereingebrochen wie eine Horde Heuschrecken über Ägypten. Von einem Tag auf den anderen hatte ihre

Welt kopfgestanden. Und nun hing sie in der Luft und wusste nicht weiter. Dabei war ihr glasklar, dass Dean die Lösung war, dass jeglicher rote Faden bei ihm endete.

Er würde sich gemeinsam mit ihr dadurch boxen. Egal, um welches ihrer Probleme es ging. Ob die Last mit ihrem Visum oder die finanzielle Frage, Dean würde einen Weg finden. Aber nein, Zoes Stolz verhinderte jegliche Bitte um Hilfe. Sie wusste ja schließlich, was passieren würde, wenn sie die Karten auf den Tisch legte. Sie wollte nicht als Trostpreis enden, als B-Ware, die es gratis on top gab, obwohl man sie gar nicht gebrauchen konnte.

Du spinnst doch, brummte ihr kleines Ich, während es sie aus müden Augen betrachtete. *Solange du es Dean nicht sagst, kannst du gar nicht wissen, ob deine These stimmt.*

Die stimmt, da sei gewiss …

Abermals seufzte Zoe. Alles lief schief. Große Liebe gefunden, große Liebe verloren. Schwanger. Planlos. Kopflos.

Natürlich war ihr die Sorge der anderen bewusst, ihre Ängste. Dennoch hatte sie es satt, von ihnen belehrt, getadelt oder in eine Richtung gedrängt zu werden. Auch wenn ihr Leben aus der Spur geraten war, sie würde schon den richtigen Weg finden.

Ja, sie war naiv. Und ja, sie war chaotisch und hatte nicht gleich einen Masterplan für jedes Problem, vor dem sie, zugegeben, gern davonlief. Aber eines Tages würde die Lösung da sein. Vielleicht nicht heute, vielleicht nicht morgen. Aber irgendwann bestimmt.

28

Zoe schreckte hoch und legte instinktiv die Hände auf ihren Bauch. Irgendetwas stimmte nicht. Ihre Augen eilten hektisch durch ihr Zimmer, bis sie am Fenster hängen blieben. Der Mond stand hoch und voll am Himmel. Es musste noch mitten in der Nacht sein.

Sie starrte zurück in die Dunkelheit, doch das Gefühl wollte nicht verschwinden. Sie hatte keine Ahnung, woher es rührte, ob sie einen Albtraum gehabt hatte, der noch nachhallte, oder etwas anderes im Gange war. Etwas, das noch im Verborgenen lag, sich aber wie ein aufziehender Sturm über ihr zusammenbraute.

Und dann geschah es. Ein leichtes Ziehen breitete sich in ihrem Unterleib aus, ein Schmerz, der von Sekunde zu Sekunde heftiger wurde.

Zoe krümmte sich. Sie kniff die Augen zu, presste ihre Hände auf den runden Bauch und harrte aus. Ahnungslos, was dieser Schmerz zu bedeuten hatte, und hoffend, dass er schnell von allein verschwinden würde. Und das tat er. Nach einer gefühlten Ewigkeit – wahrscheinlich waren es gerade einmal dreißig Sekunden gewesen – spürte sie, wie er abebbte.

Zoe schnaufte. Was zum Teufel war das?

Während sie sich auf den Rücken drehte, verwandelten sich ihre Gedanken in eine halsbrecherische Achterbahn, die bei jeder neuaufkommenden Frage ihr Tempo beschleunigte.

Könnte das eine Wehe gewesen sein?

Eine Welle der Panik rollte an. Und die Frage, die dann hinterherschoss, ließ sie direkt über ihr bersten.

War etwas mit dem Baby nicht in Ordnung?

Zoe brach der kalte Schweiß aus. Mühsam richtete sie sich auf und fuhr mit zitternder Hand über ihr glühendes Gesicht.

Sie konnte das Horrorszenario nicht verhindern, das ihr Kopf augenblicklich ausmalte.

Ihr winzig kleines Baby in einem Brutkasten, an Dutzenden Schläuchen angeschlossen. Allein und hilflos, außerhalb ihres Körpers, der ihm keine Wärme, keine schützende Umgebung mehr spenden konnte.

Die Vorstellung ließ die Panik endgültig die Oberhand gewinnen.

Elf Wochen ... Sollte ihr Baby tatsächlich jetzt schon zur Welt kommen, wäre es elf Wochen zu früh dran. Wie sollte es das schaffen? Wie hoch würden seine Chancen stehen?

Zoe spürte, wie sich ihr Brustkorb zuschnürte, wie sie zu schnell, zu hektisch atmete. Sie musste sich unbedingt beruhigen.

Sie konzentrierte sich auf ihre Atmung und versuchte dabei, ihre außer Kontrolle geratenen Gedanken herunterzufahren. Während sie die Luft tief in ihren Bauch sog, um dann lang auszuatmen, gelang es ihr, die Kontrolle zurückzugewinnen und ihre Angst in Schach zu halten.

Warum musste sie gleich vom Worst Case ausgehen? Vielleicht war das bloß eine Übungswehe gewesen, das hatte sie doch schon mal irgendwo im Internet aufgeschnappt. Doch dann ...

Wieder breitete sich das Ziehen in ihrem Unterleib aus.

Sie sackte zurück auf die Matratze und krallte die Fingernägel in ihr Kopfkissen. Nein, das konnten keine Übungswehen sein, das sagte ihr ihr ungutes Gefühl.

Während sie darauf wartete, dass der Schmerz endlich verschwand, meldete sich ihr kleines Ich lautstark zu Wort.

Das hast du nun davon, zeterte es los. *Hättest du dich gekümmert, anstatt darauf zu warten, dass eines Tages die Lösung vom Himmel fällt. Jetzt hast du die Bescherung ...*

Die ernüchternden Worte ihrer Minikopie begünstigten nicht gerade, dass der Moment erträglicher wurde oder Zoe sich besser fühlte.

Nachdem das Ziehen aufgehört hatte, stemmte sie sich mühselig aus dem Bett. Sie wusste, dass sie nicht länger warten durfte. Es war allerhöchste Eisenbahn, zu handeln.

Mit zitternden Knien tapste sie durch ihr Zimmer und öffnete die Tür. Sie schlich durch den dunklen Flur ins Wohnzimmer, in dem Tom und Lucie umschlungen auf der ausziehbaren Couch lagen.

Umständlich setzte sie sich neben das Sofa, um nach Toms Arm zu greifen. »Tom«, flüsterte sie.

»Hmm.« Grunzend drehte er sich auf die andere Seite, um sich noch enger an Lucie zu kuscheln.

»To-om.« Zoes Stimme wurde lauter, ihr Griff fester. Endlich hob er den Kopf und sah sich blinzelnd um.

Zoe knipste die kleine Tischleuchte an. Tom setzte sich auf und blickte sie an. Es dauerte eine Weile, bis er registrierte, wer ihn da aus dem Tiefschlaf gerissen hatte.

»Zoe?« Ihm schien zu dämmern, dass etwas los sein musste. Seine Stimme klang alarmiert. »Was hast du? Ist was mit dem Baby?«

»Ich weiß nicht«, stieß sie hervor. »Ich glaube ... ich habe Wehen ...«

»Was?« Tom sprang so schnell hoch, dass er laut klirrend gegen die Hängelampe stieß. »Au«, stöhnte er und rieb sich den Kopf, doch er besann sich augenblicklich wieder auf die Situation. »Wir müssen sofort ins Krankenhaus.«

Bei dem Wort fuhr ein Luftloch durch Zoes Magen. Bilder zogen an ihrem inneren Auge vorbei: ein OP-Saal, in unangenehm grelles Licht getaucht. Hektisch agierende Ärzte, die in blutdurchtränkten Kitteln Anweisungen brüllten. Und sie, die weinend und schreiend auf dem OP-Tisch lag und um ihr Baby flehte ...

Zoe schüttelte den Kopf. Schluss mit den Horrorszenarien. Wichtiger war es, nun so schnell wie möglich zu einem Arzt zu kommen.

Tom stolperte über Lucie, die schlaftrunken den Kopf hob. »Was ist denn los?«

»Steh auf, Zoe hat Wehen.«

»Was?« Lucie riss die Augen auf, um noch in derselben Sekunde in die Senkrechte zu springen. Wie ein aufgescheuchtes Huhn flitzte sie neben dem ausgezogenen Sofa hin und her. »O mein Gott, was machen wir denn jetzt?«

Tom, der sich bereits ein T-Shirt übergeworfen hatte, ging zu ihr und griff nach ihren Armen. »Hey, calm down.« Er sah Lucie beschwörend an. »Es ist wichtig, dass wir ruhig bleiben und einen kühlen Kopf bewahren.«

Zoe bewunderte seine Coolness. Wie gern hätte sie sich eine Scheibe davon abgeschnitten. Auch wenn der Schmerz verschwunden war, war ihr klar, dass er jede Sekunde zurückkommen könnte.

Lucie atmete tief durch. »Du hast recht.« Sie lief um das

Sofa herum und hockte sich neben Zoe. Mit festem Ausdruck sah ihre Freundin sie an. »Ich ziehe mir eben etwas über und dann düsen wir los, okay?«

Zoe nickte. »Okay.«

Sie musste zugeben, dass es sie tatsächlich beruhigte, dass ihre Freunde ihre Panik unter Kontrolle hielten.

»What's goin' on here?« Mit verquollenen Augen und wild abstehenden Haaren tauchte Janie im Türrahmen des Wohnzimmers auf. »Da hab' ich mal keinen Gig und schon geht hier der Alarm los.«

»Zoe hat Wehen«, wiederholte Tom im Vorbeigehen und friemelte an den Knöpfen seiner Jeans herum.

»Was?«, ertönte es zum dritten Mal. Janie machte auf der Stelle kehrt. »Ich ziehe mich sofort an.«

Wenige Sekunden später drang lautstarkes Fluchen aus ihrem Zimmer, wo sie offenbar nach geeigneten Klamotten wühlte. Zoe kannte das Chaos ihrer Freundin. Für gewöhnlich schmiss Janie alles, was sie am Körper getragen hatte, einfach auf den Boden, auf dem sich die Sachen zu einem zweiten Teppich formierten. Nun beobachtete Zoe, wie ein Teil davon im hohen Bogen im Flur landete. Wäre die Situation gerade nicht so verdammt ernst, hätte sie wohl laut losgelacht.

Lucie fasste Zoe am Arm, um ihr hochzuhelfen. »Lass uns vorsichtshalber ein paar deiner Sachen zusammenpacken.«

Gemeinsam mit ihrer Freundin schleppte sie sich in ihr Zimmer und knipste das Licht an. Doch bevor Zoe dazu kam, etwas aus ihrem Kleiderschrank zu fischen, überrollte sie eine neuerliche Schmerzwelle.

Gekrümmt sackte sie aufs Bett. »Das kann nicht sein, das ist viel zu früh«, presste sie hervor.

Lucie ließ sich schnell neben Zoe nieder und strich über

ihren Rücken. »Atme, Zoe, atme. Immer schön langsam, immer schön ein und aus.«

Sie wiederholte die Worte so hypnotisch, dass sie bei Zoe tatsächlich etwas zu bewirken schienen. Sie spürte, wie der Schmerz abebbte.

»Geht's wieder?«, fragte Lucie und musterte sie mit sorgenvoller Miene.

Zoe nickte stumm.

»Das sind bestimmt nur Übungswehen«, versuchte Lucie, ihre Freundin zu beruhigen.

»Ich weiß nicht.« Zoes Stimme zitterte. Sie spürte einen dicken Kloß im Hals. »Das ist alles meine Schuld.«

»Wieso soll das deine Schuld sein?«

Zoe blickte hektisch durch ihr Zimmer. »Ich hätte das gestern nicht sagen dürfen. Ich hätte nicht sagen dürfen, dass ich das Baby nicht wollte. Jetzt reagiert mein Körper und will es loswerden.«

»Quatsch.« Lucie strich Zoe übers Haar. »Das stimmt doch nicht. Es ist nicht deine Schuld.«

Mit weit aufgerissenen Augen sah Zoe ihre Freundin an, doch Lucies Ausdruck war so bestimmt, dass der Schreck in ihrem Innern ein wenig schrumpfte.

Lucie drückte Zoes Hand. »Wir packen jetzt deine Tasche und dann düsen wir ins Krankenhaus. Du wirst sehen, die Ärzte werden dir helfen.« Sie zwinkerte ihr zu. »Wir sind alle bei dir, Zoe. Du bist nicht allein.«

Ausatmend nickte Zoe und wischte die ersten Tränen fort, die sich lösten. Zu wissen, dass ihre Freunde in diesem Moment an ihrer Seite standen, gab ihr ein Gefühl der Zuversicht.

Tom steckte den Kopf zur Tür herein. »Kann's losgehen?«

29

Zoe lag in dem sterilen Krankenhausbett und starrte die kalte Deckenleuchte an. Obwohl ihre Gedanken gerade erst im Kreis gelaufen waren, schienen sie nun abzubremsen, um sich neu zu sortieren. Sie dachte an die letzten Stunden. Daran, wie unwirklich ihr alles vorgekommen war.

Wie Tom mit Karacho zum Krankenhaus gerast war. Wie Lucie und Janie laut quiekend auf der Rückbank gesessen und ihn immer wieder dazu aufgefordert hatten, langsamer zu fahren.

Doch Zoe hatte sie gar nicht beachtet. Sie war froh gewesen, dass Tom alles dafür gegeben hatte, es schnell ans nicht weit entfernte Ziel zu schaffen. Sie hatte eine weitere Schmerzwelle über sich ergehen lassen müssen, sodass sie Gott dafür gedankt hatte, als sie endlich vor der Notaufnahme angekommen waren.

Zoe hatte sich wie in einer Art Trance gefühlt, ähnlich einem surrealen Traum, der immer bizarrere Formen annahm. Als wenn nicht sie diejenige wäre, der das passierte, sondern als würde sie als stille Beobachterin über der Szene schweben und neugierig dabei zusehen, wie diese Fremde voller Angst die Krankenhausschwelle betreten und sich ihrem ungewissen Schicksal entgegen geschleppt hatte.

Sie hatte der müden Empfangsdame mit den dicken Tränensäcken unter den Augen erklärt, was los war, obwohl kaum zu übersehen gewesen war, aus welchem Grund Zoe die Notaufnahme aufsuchte.

Ein Rollstuhl war gebracht und Zoe auf die Gynäkologie- und Geburtshilfestation geschoben worden. In dem leeren Zimmer, in dem sie unterkam, hatte eine Schwester dann ihre Daten aufgenommen. Zoe war froh, dass Lucie und Janie nicht von ihrer Seite wichen und ihr bei den Fragen geholfen hatten, die auf sie eingeprasselt waren.

Nachdem Tom den Wagen geparkt und sich zu ihnen gesellt hatte, warteten sie mit angehaltenem Atem, dass endlich ein Arzt kommen und die Situation aufklären würde.

Keiner hatte gesprochen, während Zoe in ihrem Krankenhauskittel in dem frisch bezogenen Bett gelegen hatte und immer wieder unruhig über ihren runden Bauch gefahren war.

Bitte lass mit meinem Baby alles in Ordnung sein, war das Einzige gewesen, was sie hatte denken können, bis schließlich die Tür aufgegangen und eine junge Ärztin mit rothaarigem Pferdeschwanz eingetreten war.

»Na endlich«, murmelten Lucie und Janie wie aus einem Mund.

Die Ärztin hatte sich die Hände desinfiziert und war neben Zoes Bett getreten, um einen kritischen Blick auf ihre neue Patientin zu werfen.

»Hallo, Miss Prinzler, ich bin Dr. Goodwyn«, hatte sie sich mit überraschend angenehmer Stimme vorgestellt, sodass Zoe sich ein wenig entspannte. »Wie mir mitgeteilt wurde, haben Sie Wehen?«

»Ich weiß nicht, ob es Wehen sind, aber ich habe definitiv Schmerzen, die ich nicht kenne«, hatte Zoe wahrheitsgemäß geantwortet.

Dr. Goodwyn griff nach ihrer Patientenakte und klappte sie auf. »Neunundzwanzigste Schwangerschaftswoche, ein bisschen früh für Wehen.« Mit gerunzelter Stirn war sie ihre Angaben durchgegangen. »Wie oft kommen die Schmerzen?«

Zoe hatte hilflos die Schultern gezuckt.

Die Ärztin blickte über ihre Akte hinweg. »Anders gefragt: Wie oft hatten Sie die Schmerzen in der letzten Stunde?«

Sie überlegte. »Ich würde sagen ... mindestens viermal.«

Dr. Goodwyn hatte genickt, während sie die Patientenakte zugeklappt hatte. »Ich werde Sie jetzt mitnehmen und ein paar Untersuchungen durchführen. Danach wissen wir mehr.«

»Aber ... das kann doch nicht sein«, stotterte Zoe und starrte Dr. Goodwyn mit weit aufgerissenen Augen an. »Ich bin doch erst in der neunundzwanzigsten Woche. Ich rauche und trinke nicht, ernähre mich gesund. Sie können mir glauben, meine Freundinnen achten ganz genau darauf, was ich esse.« Sie schenkte Janie und Lucie einen Blick, die zustimmend nickten. »Ich versuche, mich viel zu bewegen, gehe zu allen Untersuchungen, nehme die Schwangerschaftsvitamine ...«

Dr. Goodwyn unterbrach sie mit erhobener Hand. »Das glaube ich Ihnen auch. Die Gründe für vorzeitige Wehen sind vielfältig und können ganz woanders liegen.«

»Aber vielleicht sind das ja bloß Übungswehen?«, warf Lucie mit sichtlich hilfloser Miene ein.

»Leider nein.« Die Ärztin schüttelte den Kopf. »Miss Prinzlers Muttermund ist weicher, als er sein dürfte. Darüber hinaus hat sich der Hals ihrer Gebärmutter verkürzt – alles Indikatoren für vorzeitige Wehen ... Wir schließen Sie gleich ans CTG an. Aber ich bin mir ziemlich sicher, dass der Wehenschreiber das gleiche Ergebnis liefern wird.«

»Wie kann das sein?«, hakte Tom nach, während er mit der Hand über seine unrasierte Wange fuhr.

»Na ja, wie ich gerade schon sagte, können die Gründe vielschichtig sein. Aber manche kann ich, so denke ich, bereits ausschließen.« Dr. Goodwyn warf erneut einen Blick in Zoes Patientenakte. »Anatomisch ist bei Ihnen alles in Ordnung. Sie ernähren sich gesund, haben weder Über- noch Untergewicht.« Die Ärztin sah Zoe über den Rand ihrer Brille hinweg an. »Ich nehme an, es gab auch keine vorherigen Früh- oder Fehlgeburten?«

Zoe schüttelte den Kopf.

»Dann kommt vermutlich nur eine Ursache infrage.« Dr. Goodwyn taxierte Zoe so eindringlich, dass diese den Atem anhielt. »Stress.«

»Stress?«, wiederholten Janie, Lucie und Tom im Chor.

Die Ärztin nickte und wandte sich wieder Zoe zu. »Hatten Sie in letzter Zeit viel Stress, Miss Prinzler? Auf der Arbeit? Oder gibt es irgendwelche Belastungssituationen in Ihrem Privatleben?«

Zoe schluckte und blickte hinunter auf die Bettdecke. Sie fühlte die Blicke ihrer Freunde, die die Frage genauso gut an ihrer Stelle hätten beantworten können.

»Na ja ...« Sie lugte zur Ärztin. »Es gibt da zurzeit eine Situation, die schwierig für mich ist und mich tatsächlich sehr belastet.«

Dr. Goodwyn zog die Augenbrauen hoch.

»Ein paar finanzielle Fragen sind noch nicht geklärt und«, Zoe schluckte wieder, »mit dem Kindesvater läuft es leider auch nicht so, wie ich es mir vorgestellt hatte.«

Wieder hob die Ärztin die Hand. »Sie brauchen mir keine Details zu schildern. Aber so wie sich das für mich anhört, scheinen Ihnen diese beiden Themen sehr zuzusetzen. Diese dauerhafte Belastung kann durchaus vorzeitige Wehen auslösen.«

»Und was machen wir jetzt?« Zoe nestelte an ihrer Bettdecke herum. »Können wir irgendetwas gegen die Wehen tun, vielleicht ein Medikament einsetzen?« Ihre Hände legten sich zitternd auf ihren Bauch, während sie auf die Antwort wartete.

»Was Sie brauchen, ist Ruhe, Miss Prinzler. Viel Ruhe.« Die Ärztin trat einen Schritt näher an ihr Krankenbett. »Natürlich könnten wir Ihnen ein Medikament verabreichen, aber damit möchte ich vorerst warten.« Sie sah Zoe fest in die Augen. »Am besten wäre es, wenn Sie den inneren Ballast loswerden oder besser noch den Auslöser für die Stresssituation komplett beseitigen könnten. Dann würde der Druck von Ihnen abfallen und sich Ihr Körper dementsprechend entspannen.«

Zoe sagte nichts, starrte die Ärztin bloß an. Ja, das hörte sich alles wunderbar einfach an …

»Sie bleiben zur Beobachtung hier«, fuhr Dr. Goodwyn unbeirrt fort. »Wir werden Ihre Wehen im Auge behalten und können zur Not schnell handeln.« Sie zwinkerte ihr zu. »Kommen Sie ein bisschen zur Ruhe, das wirkt manchmal Wunder.«

30

Beinahe fünfzehn Stunden waren vergangen und Zoe kauerte immer noch in ihrem Krankenbett. Die drei Aufzeichnungen des CTG, die nach der Untersuchung in rhythmischen Abständen wiederholt worden waren, bestätigten Dr. Goodwyns Diagnose. Zoe hatte Wehen. Ihre Stärke und Frequenz bewies glasklar, dass es sich nicht bloß um Übungswehen handelte, sondern die Lage ernst war.

Und sie trug Schuld daran.

Zoe hatte ihre Sorgen wie ein unliebsames Möbelstück von der einen in die andere Ecke gerückt, auf der verzweifelten Suche nach einem wohlwollenden Ergebnis. Doch leider gab es das nicht. Sie würde die Lösung wählen müssen, die ihr zwar nicht gefiel, aber Heilung versprach.

Wenn sie nicht wollte, dass ihr Baby elf Wochen zu früh auf die Welt kam, musste sie ihren Stolz hinunterschlucken und Dean die Wahrheit sagen.

Natürlich hatte sie fest damit gerechnet, dass ihre Freunde unmittelbar nach Dr. Goodwyns Verlassen des Zimmers eine Tirade halten würden. Doch zu Zoes Erstaunen hatten sie das Thema Dean nicht aufgegriffen, sondern waren ungewohnt still gewesen, hatten sie bloß mit bekümmerten Gesichtern gemustert und hin und wieder ein paar Worte der Aufmunterung von sich gegeben. Zoe wusste es nicht genau, doch sie vermutete, dass das schlechte Gewissen an ihnen nagte. Jeder von ihnen hatte in den letzten Wochen unermüdlich versucht, sie in Richtung

Dean zu stoßen. Womöglich befürchteten ihre Freunde nun, dass es ihre Beharrlichkeit gewesen sein könnte, die Zoe hierher verfrachtet hatte. Dass ihre Wehen nur ausgelöst worden waren, weil sie ihr zu sehr zugesetzt hatten. Dabei war doch klar, dass ihre Freunde keinerlei Schuld traf. Wie auch ihr Vater, der mit seiner unermüdlichen Penetranz noch ein ganzes Stück nerviger sein konnte, hatten sie alle bloß helfen wollen.

Apropos, wo steckte ihr alter Herr überhaupt? Eigentlich hatte sie schon vor Stunden mit seinem Besuch gerechnet, spätestens nachdem ihre Freunde gegangen waren. Es würde wohl nicht mehr lange dauern, bis die Tür aufflog und das aufgescheuchte Huhn eintrat, um gackernd im Kreis zu flattern.

»Autsch.« Zoe fasste sich lächelnd an den Bauch. »Sind wir wieder fleißig?«

Vorsichtig strich sie über ihre Haut, unter der ihr Baby Boxhiebe verteilte. Sie war erleichtert, zu spüren, dass es ihm gut ging. Vielleicht hatte es tatsächlich schon etwas gebracht, hier zu liegen. Zwar kreiste es nach wie vor in Zoes Kopf, doch waren ihre Gedanken seit ein paar Stunden erstaunlich leise. Als wären ihre Probleme durch die Mauern des Krankenhauses abgeschwächt. Auf eine seltsame Art war sie sogar froh, hier zu sein. Allein, ohne den Alltag, der die Tage bis zur Geburt zu schnell verstreichen ließ. Und ohne den Druck, der draußen wie eine immer größer werdende Lawine hinter ihr her rollte.

Es klopfte.

»O nein.« Zoe blickte flehend zur Decke, während ihr kleines Ich die Hände wie einen Trichter um den Mund legte.

Das Meckerkommando ist da, flötete es.

Fluchend setzte Zoe sich auf, ganz und gar nicht bereit, den Redeschwall ihres Vaters à la *Ich hab's dir ja gesagt* über sich ergehen zu lassen.

»Herein!«, rief sie und stellte fest, dass ihre Stimme bereits einen genervten Tonfall annahm.

Doch es war nicht ihr Vater, der in diesem Moment ihr Zimmer betrat.

»Dean?« Zoe fiel die Kinnlade herunter. »Was ... was machst du denn hier?«

Während sie ihn angaffte, als wäre ihr der Heilige Geist persönlich erschienen, irrten die Gedanken abgehackt durch ihr Gehirn.

Was hatte das zu bedeuten? War sie womöglich ins Koma gefallen und träumte? Oder hatte sie nicht bloß Wehen, sondern auch noch Halluzinationen?

Stocksteif saß sie in ihrem Bett und verfolgte, wie Dean an dessen Ende zum Stehen kam. Was tat er hier? Hatte Tom ihn alarmiert? Ihr wurde heiß und kalt. Wenn ja, was hatte er Dean erzählt? Hatte er sich in seiner Sorge womöglich verraten?

Obwohl es dann längst zu spät wäre, bauschte sie unauffällig die Decke um ihren Bauch herum auf, um ihre Kugel zu verdecken.

Doch Dean stand noch immer reglos vor ihrem Bett. Während er sie stumm beobachtete, saugte sie sein Erscheinungsbild in sich auf. Es war so surreal, ihn zu sehen. Wie oft hatte sie sich in den letzten Wochen gewünscht, bei ihm sein zu können, seine Nähe zu spüren? Und nun ... tauchte er völlig unerwartet hier auf und versetzte Zoe in altbekannte Aufruhr.

Nichts hatte sich geändert, absolut nichts. Sobald Dean in ihrer Gegenwart war, flippte sowohl ihr Gehirn als auch ihr Körper aus. Mit dem einzigen Unterschied, dass dieser sich in einen Basketball mit Anhang verwandelt hatte.

Dean hingegen war atemberaubend wie eh und je. Sein bloßer Anblick ließ sie innerlich beben.

Seine grünblauen Augen, die sie durch seine dichten Wimpern musterten, jagten ein Luftloch durch ihren Magen. Und die geheimnisvolle Aura, die ihn umgab, schaffte es auch jetzt wieder, ihr Blut in Wallung zu bringen.

Ihr Blick flog über sein schwarzes T-Shirt mit dem The Who Aufdruck. Als seine Hände das Ende ihres Bettes umgriffen, spannten sich seine Oberarme an. Dean senkte den Kopf und blickte zu Boden, sodass Zoe sein Gesicht nicht mehr sehen konnte. Wie versteinert saß sie da und wartete darauf, wie diese Szene wohl weitergehen würde. Wäre dies ein Film, hätte sie sich wahrscheinlich bereits die Nägel abgeknabbert.

Als Dean wieder aufsah, stockte Zoe der Atem. Sein Pokerface, das er sonst überaus gut beherrschte, das jegliche Gefühlsregungen vor der Außenwelt verbarg, hatte sich in Luft aufgelöst. Zurück blieb eine angsterfüllte Miene, ein hilfloser Blick, der auf Zoes Gesicht umherirrte.

»Zoe …«

Dean löste seinen Griff und ging zu dem Stuhl, der an der Seite ihres Bettes stand. Als er auf ihn sank, musste Zoe bestürzt feststellen, dass Tränen in seinen Augen standen.

Er streckte die Hand aus, um nach ihrer zu greifen. Unruhig drückte er sie. »Was … was ist denn los? Warum liegst du hier?«

Zoe wich verblüfft zurück. Er war also immer noch ahnungslos, was das Baby anging.

Dean fuhr über seine Augenlider. Es war offensichtlich, wie schwer er mit seinen Emotionen zu kämpfen hatte.

»Tom hat mich letzte Nacht angerufen und erzählt, dass es dir so schlecht geht, dass er dich ins Krankenhaus bringen musste.« Seine Lippe zitterte. »Was ist es, Zoe? Was fehlt dir?«

Anscheinend wusste er nicht, wie er die Antwort aushalten sollte. Sein Blick glitt zur Decke, als würde er ein Flehen gen Himmel schicken. Dann sprudelten die Worte aus ihm heraus. »Nach seinem Anruf bin ich sofort zum Flughafen gefahren und habe mich in den nächsten Flieger nach Miami gesetzt. Ich hatte Glück, dass die Bullen nicht auf dem Overseas Highway unterwegs waren. Sonst hätten sie mich wahrscheinlich direkt einkassiert, so schnell wie ich gefahren bin.« Ein bitteres Lächeln zuckte um seine Mundwinkel. »Ich bin so ein Vollidiot.«

Zoes Herz galoppierte davon. Es kam ihr vor, als würde sie die alles entscheidende Folge einer Telenovela anschauen. Mit angehaltenem Atem verfolgte sie, wie die Szene aller Szenen weiterging. Nur dass das hier keine Seifenoper, sondern ihr Leben war.

»Ich habe alles falsch gemacht«, fuhr Dean fort und tauchte sein Gesicht in die Hände.

»Hey …« Sie fasste nach seinem Arm. »Du hast nichts falsch gemacht.«

Es dauerte einige Sekunden, bis er wieder den Kopf hob. Sie sah, dass sich seine Tränen gelöst hatten. Schnell wischte Dean sie weg.

»But I did, Zoe … Ich habe alles unnötig verkompliziert.«

Sie zog die Augenbrauen zusammen. Sie verstand nur Bahnhof.

»Ich hätte dir in dieser Nacht die Wahrheit sagen müssen.« Während er sie mit mahlenden Kiefern ansah, überlegte sie kurz.

»Du meinst die Nacht vor ein paar Tagen, als wir geschrieben haben?«

Er nickte. »Ich habe dich angelogen, Zoe.«

Wieder hielt sie den Atem an. Im Zimmer war es so still, dass Zoe ihr Blut in den Ohren rauschen hören konnte. Dann stieß Dean die gesammelte Luft aus seiner Lunge.

»Ich bin nicht mehr mit Lexy zusammen ...«

»Was?« Kerzengerade setzte Zoe sich auf. »Seit wann?«

»Schon seit ein paar Wochen.«

»Aber ... aber ... Tom hat gar nicht ... Er hat gar nichts gesagt ...«

»Ich habe ihn darum gebeten, es für sich zu behalten. Ich wollte die Sache selbst in die Hand nehmen.«

Was? Ihrem kleinen Ich stand der Schock ins Gesicht geschrieben.

Auch Zoes Gehirn war das reinste Chaos. Es gelang ihr nicht, auch nur einen klaren Gedanken zu fassen.

Tom hatte davon gewusst? Im Geiste schlug sie die Hände über dem Kopf zusammen. Der Arme ... Nicht nur, dass er ihre Schwangerschaft vor Dean hatte verheimlichen müssen, nein, zusätzlich hatte er auch vor Zoe kein Wort über dessen Beziehungsaus verlieren dürfen. Deswegen hatte Tom sie gestern so flehend angesehen, als er sie dazu animieren wollte, mit Dean zu reden. Er musste innerlich vollkommen zerrissen sein.

Mit einem beschwörenden Blick löste Dean sie aus ihren

sich überschlagenden Gedanken. »Zoe, ich habe das nur geschrieben, um dich aus der Reserve zu locken. Ich wollte endlich wissen, woran ich bin, ob ich es mir bloß einbilde oder du wirklich noch Gefühle für mich hast.«

Ihre Minikopie kam aus dem Schockzustand nicht heraus. *Er hat was?*

Zoe sackte in ihr Kissen zurück. Ihr Blick glitt auf der Bettdecke hin und her. Sie konnte nicht fassen, was er ihr da offenbarte. Sie presste die Augen zu und versuchte, sich an Fetzen des Gesprächs zu erinnern, das sie per WhatsApp geführt hatten. Wie war das doch gleich gewesen, was genau hatte er geschrieben?

Oder würde dir ein Grund einfallen, warum Lexy und ich nicht mehr zusammen sein sollten?

Sie riss die Augen auf. Aber natürlich, nun ergab alles einen Sinn. Er hatte ihr ein Hintertürchen aufgehalten, einen Wink mit dem Zaunpfahl gegeben, aber Zoe hatte es nicht gerafft.

Sie beobachtete, wie sich ihr kleines Ich fing und mit der flachen Hand gegen die Stirn schlug.

Als Dean sah, wie durcheinander er sie mit seinen Aussagen brachte, setzte er nach. »Ich hatte gehofft, dass mein Plan aufgehen und du meinen Verdacht bestätigen würdest. Aber anstatt *Ich liebe dich immer noch, also lass es uns bitte noch mal versuchen*, kam ein simples *Nein*.« Mit den Händen fuhr er über sein Gesicht, das aussah, als hätte er in eine Zitrone gebissen. »Ich habe zu hoch gepokert und dadurch das genaue Gegenteil erreicht. Ich bin nicht an dich rangekommen, sondern habe dich weggestoßen. Das ist mir danach klar geworden.« Er schnaufte. »Es wäre besser gewesen, wenn ich es einfach selbst geradeheraus gesagt hätte …«

»Was hättest du mir besser sagen sollen, Dean?«, purzelte die Frage aus Zoes Mund.

Die Zeit schien still zu stehen, während sie ihn taxierte und darauf wartete, dass er endlich seine wahren Gedanken enthüllte. Dean sah sie an, ungläubig, aber mit einem leichten Lächeln, das seine Mundwinkel umspielte.

»Dass ich dich immer noch liebe.« Leise glitten die Worte über seine Lippen. »It is what it is, Zoe. Ich komme einfach nicht über dich hinweg. Egal, was ich mache, was ich auch versuche, du willst mir nicht aus dem Kopf gehen.« Ein bitterer Ausdruck erfasste sein Gesicht. »Als du nach Key West gezogen bist, dachte ich, ich könnte es schaffen. Ich war so wütend, so verletzt, ich wollte nicht mehr so fühlen, ich wollte dich einfach vergessen und mit meinem Leben weitermachen. Und dann … kam Lexy.« Sein Blick schweifte in die Ferne. »Sie war toll, eine Frau, mit der ich wie mit dir prima reden und lachen konnte. Am Anfang dachte ich auch, dass es funktionieren würde, aber dann … warst du wieder in meinen Gedanken.« Er sah zu ihr zurück und mahlte mit den Kiefern. »Ich schaffe es nicht, dich hinter mir zu lassen. Die Erinnerungen, die Gefühle, die ich für dich habe, wollen einfach nicht verblassen. Ich musste einsehen, dass es keinen Sinn hat, eine Beziehung weiterzuführen, bei der ich mit dem Herzen nicht dabei bin, in der ich mir selbst etwas vormache. Ich werde für Lexy niemals das empfinden, was ich für dich empfinde. Sie wird nie *du* sein.« Ein verträumter Ausdruck eroberte Deans Augen, bevor er den Kopf schüttelte. »Ich bin so bescheuert. Du hast mir das Herz aus der Brust gerissen und ich kann trotzdem nicht aufhören, dich zu lieben.«

Dean verstummte und blickte auf seine Hände hinab.

Zoe hatte ihm aufmerksam zugehört, hatte alles, was er ihr zu sagen gehabt hatte, tief in sich aufgenommen. Doch bevor ihr Gehirn die neuen Informationen analysieren konnte, lagen die Worte bereits auf ihrer Zunge.

»Dann bin ich auch bescheuert«, murmelte sie.

Ihre Augen, die zuvor an der Bettdecke geklebt hatten, wanderten zu Dean, der baff aufsah. Fast schien es, als würde er sondieren, ob er sich soeben verhört haben könnte.

»For real?« Das Lächeln kehrte auf sein Gesicht zurück. »Du hast tatsächlich noch Gefühle für mich?«

Und dann brach es aus Zoe heraus. Alles, was sie in den letzten Wochen und Monaten mit sich hatte herumschleppen müssen, sprudelte an die Oberfläche.

»Dean, wenn du wüsstest, wie schwer die letzten Monate für mich waren … Als du mir Lexy vorgestellt hast, ist eine Welt für mich zusammengebrochen. Genau wie du habe ich versucht, dich aus meinem Leben zu verbannen. Ich wollte neu anfangen, nach vorn sehen. Und am Anfang dachte ich auch, ich würde es schaffen. Aber dann … Die letzten Wochen haben mir gezeigt, dass ich kein Stück vorwärtsgekommen bin.« Sie friemelte an einem Zipfel ihrer Bettdecke herum. »Es war ein Fehler, nach Key West zu gehen, ohne noch einmal mit dir zu reden. Du hast dich geändert und ich habe es nicht gesehen. Du hast mir damals vor dem Joe's die Wahrheit gesagt, aber ich … habe dir nicht glauben wollen. Erst die Geschichte mit Lexy hat mir klar gemacht, dass du für eine ernsthafte Beziehung bereit bist, dass das mit Megan tatsächlich bloß eine Panikreaktion war …«

»It was!«, unterbrach Dean sie. Zoe sah seine entschlossene Miene und erzählte weiter.

»… aber da war's schon zu spät. Ich wollte dir deine neue Beziehung nicht kaputt machen. Du schienst so glücklich mit ihr zu sein und Tom hat das durch seine Erzählungen bestätigt.« Sie knetete ihre Finger. Ihre Stimme zitterte. »Die letzten Monate waren so hart, ich habe mich so allein gefühlt. Du hast mir so sehr gefehlt, ich hätte dich so sehr gebraucht. Ich weiß gerade einfach nicht mehr weiter … Ich habe solche Angst vor der Zukunft. Nur wusste ich einfach nicht … wie ich dir sagen soll, was … wirklich in meinem Leben los ist.«

Zoe beobachtete, wie sich Deans Gesicht verdüsterte, wie er sich auf eine weitere Schocknachricht in seinem Leben gefasst machte.

»Was ist es, Zoe?«, fragte er mit bebender Stimme.

Zittrig schnappte sie nach Luft. »Dean, diese Nacht in Key West …«

Seine Augen weiteten sich. »Ja …?«

»Diese Nacht … ist nicht ohne Folgen geblieben. Ich …« Vorsichtig schlug sie die Decke zur Seite, sodass ihre Babykugel in vollem Umfang ans Licht kam. »Ich bin schwanger.«

Deans Gesicht wirkte so fassungslos, als wäre in diesem Moment ein UFO vor seinen Füßen gelandet. Immer wieder flackerte sein Blick zwischen ihrer Kugel und ihrem Gesicht hin und her. Anscheinend hatte er mit allem gerechnet, jeder nur erdenklichen niederschmetternden Diagnose, aber nicht mit dieser Babybombe. Diese *Überraschung* war Zoe sichtlich gelungen.

Schließlich blieben seine Augen an ihrer Miene hängen. »Du … bist schwanger?«

Obwohl er die Antwort direkt vor der Nase hatte, kam sie offenbar nicht in seinem Gehirn an.

Sie nickte wortlos.

»Und du bist dir sicher, dass es von mir ist?«, fragte er, während ein zögerliches Lächeln auf seine Lippen trat.

»Ja, zu einhundert Prozent.«

Dean schüttelte den Kopf, grinste, fiel auf seinen Stuhl zurück, um sogleich in die Höhe zu fahren. »O mein Gott, Zoe ...«

Er ließ sich so schwungvoll auf der Bettkante nieder, dass sie befürchtete, es würde jede Sekunde zusammenbrechen.

Lachend zog er sie an sich. »Jetzt wird mir alles klar«, raunte er hörbar erleichtert neben ihrem Ohr. Dann lehnte er sich zurück, um sie mit strahlenden Augen zu mustern. »Wir bekommen ein Baby ... Ich freue mich so.«

Tränen strömten über seine Wangen und auch Zoe konnte ihre nicht mehr zurückhalten.

Genau so. Genau so hatte sie sich seine Reaktion ausgemalt, doch nie wirklich an sie geglaubt. Sie fühlte sich unbeschreiblich erleichtert. Fast so, als hätte sich ein tonnenschweres Gewicht gelöst, das seit Monaten auf ihren Schultern gelegen hatte.

Dean nahm ihr Gesicht in die Hände und sah sie mit einem Ausdruck in den Augen an, der Zoes Herz nicht nur zum Hüpfen brachte, sondern es mit einem warmen Gefühl erfüllte.

»Ich liebe dich so sehr, Zoe.« Er legte eine Hand auf ihren Bauch. »Und dieses – *unser* – Baby auch.«

Sie spürte, wie es in ihrem Bauch strampelte. Dean musste es auch fühlen, denn er schaute sie mit großen Augen an.

»Es weiß, dass sein Daddy da ist«, sagte sie und legte ihre Hand auf seine.

Lächelnd sah Dean zu ihrem Bauch, dann kletterte sein

Blick auf ihr Gesicht zurück. Mit dem Daumen strich er über ihre Wange und sie schloss die Augen. Wie sehr hatte sie sich diesen Moment herbeigesehnt? Sie konnte immer noch nicht fassen, dass das hier wirklich passierte. Wahrscheinlich würde sie gleich aufwachen und resigniert feststellen, dass es bloß ein schöner Traum gewesen war.

Doch als Zoe die Augen wieder öffnete, saß Dean immer noch dicht vor ihr. Er rückte näher, stagnierte kurz vor ihren Lippen und sah sie auf eine Weise an, die tief bis in ihre Seele vordrang. Als sein Mund ihren traf, entfachte ein Kuss, der vorsichtig war, sie jedoch trotzdem in eine Achterbahn katapultierte, die mitten durch ein Feuerwerk brauste.

Diesmal war es nicht allein das süße Prickeln zwischen ihnen, das Zoe verzückte.

Sie hatte es geschafft. Sie hatte Dean zurück und das nicht, weil es dieses Baby gab. Zoe war nicht der Trostpreis, die zweite Wahl. Die Wahrheit war, dass Dean nie aufgehört hatte, sie zu lieben. Am liebsten wäre Zoe vor Glück zersprungen.

Selbst wenn noch einhundert Hürden vor ihnen lagen, ihr Aufenthalt nicht geklärt und ihre Zukunft ungewiss war, wusste Zoe, dass Dean an ihrer Seite stand. Gemeinsam würden sie alles meistern. Ihre kleine Familie war alles, was zählte.

Und zum ersten Mal seit der Nachricht ihrer Schwangerschaft konnte sich Zoe ungetrübt darauf freuen, ihr Baby in den Armen zu halten.

31

Natürlich hatte Dean Unmengen an Fragen. Ein ganzer Katalog prasselte auf Zoe ein, während sie zusammen auf ihrem Krankenbett saßen und die letzten Monate Revue passieren ließen.

Wie Zoe von der Schwangerschaft erfahren und sich gefühlt hatte. Wie verzweifelt sie gewesen war, als Lexy aufgetaucht war – genau an dem Abend, als sie Dean die Nachricht hatte überbringen wollen. Und wie eng sich die Schlinge um ihren Hals gelegt hatte, je mehr Wochen ins Land gezogen waren, ohne dass sie einen Plan parat hatte.

Aber gewiss gab es auch schöne Dinge, die Zoe berichten konnte. Sie zeigte Dean die bisherigen Ultraschallfotos, die sie immer bei sich trug. Mit sowohl ungläubiger als auch faszinierter Miene sah er sich die Bilder an und nahm dabei jedes Detail in sich auf. Selbst auf den Fotos war zu erkennen, wie gut ihr Kind gedieh. Sie erzählte ihm, wie positiv ihre Schwangerschaft und auch die Untersuchungen verlaufen waren. Bis zu diesem Wochenende.

Als Zoe bei dem Punkt ankam, ihm zu erklären, warum sie hier lag, verfinsterte sich sein Gesicht. Er dachte einen Moment nach, bis sich sein Ausdruck unerwartet aufhellte.

»Aber jetzt dürften doch alle Probleme gelöst sein oder meinst du nicht?« Er lächelte zaghaft. »Ich weiß es nun und werde für dich da sein. Und damit meine ich nicht nur das Finanzielle. Ich werde für dich, für *euch* sorgen. Du bist nicht mehr allein, Zoe. Du brauchst keine Angst mehr zu haben, wer dir mit dem Baby hilft oder wie du an Geld kommen sollst. Die Werkstatt wirft genug für uns alle ab.«

Er griff nach ihrer Hand und Zoe drückte sie. Sie lächelte gelöst. Deans Zuversicht tat unheimlich gut, genau danach hatte sie sich in den letzten Monaten gesehnt.

»Das heißt … du kommst doch nach Carsonrock zurück, oder?« Er betrachtete sie einen Moment lang. »Ich meine, wenn du lieber hierbleiben oder zurück nach Deutschland möchtest, muss ich mir was anderes einfallen lassen …«

»Musst du nicht.« Sie wartete eine Sekunde, bevor sie mit fester Stimme fortfuhr. »Ich werde zurück nach Carsonrock gehen. *Mit dir*.«

Sie lächelten einander stumm an. Zoes Entschluss stand. Sie gehörte an Deans Seite und sein Zuhause war in Carsonrock. Auch wenn sie Key West liebte, ihr das kleine, urige Nest ans Herz gewachsen war, so fühlte sie immer deutlicher, dass es in Wahrheit für Kalifornien schlug. Dort sollte ihre kleine Familie leben.

Kaum hatte sie den Gedanken zu Ende gedacht, sprang das Problem hervor, das noch nicht geklärt war und wohl am schwersten wog.

Zoe verzog das Gesicht, sodass Dean sie forschend musterte.

»What's wrong?«

Sie sah ihn auf der Lippe kauend an. »Mein Visum läuft mit Beendigung des Praktikums aus. Danach werde ich keine Verlängerung mehr bekommen und nach Deutschland zurückmüssen … Ich kann mir nicht vorstellen, dass der amerikanische Staat heiß darauf ist, eine Ausländerin, die hier nichts mehr zu suchen hat, ihr Kind auf amerikanischem Boden zur Welt bringen zu lassen.«

Deans Miene verdüsterte sich erneut. Grübelnd starrte er vor sich hin, dann blickte er sie mit großen Augen an. »Du wirst mich für verrückt halten, aber … ich sehe eigentlich nur einen Weg, wie wir dieses Problem lösen können.«

Mit klopfendem Herzen wartete sie.

»Was hältst du davon«, setzte er unsicher lächelnd an, »wenn wir … heiraten?« Seine Gestik war nun aufgeregt. »Ich meine, wir werden diesen Schritt sowieso in naher Zukunft gehen, dann können wir das auch sofort machen. Als meine Frau werden sie dich nicht abschieben können. Natürlich werden wir dafür Unmengen an Papierkram erledigen und uns mit Behörden rumschlagen müssen, aber für dich nehme ich das gern in Kauf.«

Während Dean auf eine Reaktion von ihr wartete, musste deutlich in ihrem Gesicht zu sehen sein, wie überfordert ihr Gehirn war. Zum wiederholten Mal an diesem Tag liefen ihre Gedanken heiß.

Oh. Mein. Gott. Dean wollte sie heiraten. *Sie*. Während ihr dieser Schritt in den letzten Wochen – sogar noch während ihrer Beziehung – wie ein nahezu utopischer Wunschtraum vorgekommen war, war er nun drauf und dran, Wirklichkeit zu werden. Und Dean hatte recht, diese Option hatte einen weiteren wundervollen Nebeneffekt: Sie würde all ihre Probleme mit einem Schlag lösen.

Mit ungeduldiger Miene sah Dean sie an. »Und, was denkst du? Bist du dabei?«

Zoe lächelte. Dann verwandelte sich ihr Grinsen in ein quietschendes Lachen. Und im nächsten Augenblick fiel sie Dean so stürmisch um den Hals, dass er um ein Haar das Gleichgewicht verloren hätte und vom Bett geplumpst wäre.

»Ja, ja, ja! Natürlich bin ich das!«

32

»Das nenne ich eine interessante Entwicklung unserer Geschichte, Mrs. Baxter.«

Dean lag auf ihrem Krankenhausbett, während Zoe ihren Kopf auf seiner Brust abgelegt hatte. Sie hörte das Lächeln in seiner Stimme und musste grinsen.

»Kann man wohl sagen«, meinte sie, als sie sich aufstützte und Dean nachdenklich musterte. »Vor ein paar Stunden war ich noch mutterseelenallein und verzweifelt. Und jetzt«, mit verträumter Miene schüttelte sie den Kopf, »bin ich ... *verlobt*.«

Diese Konstellation war nicht bloß irreal, sie war paradox. Dass es einmal so kommen würde, damit hätte Zoe in einhundert Jahren nicht gerechnet. Obwohl sie – törichterweise – ein begeisterter Fan der kitschigen und unsagbar unrealistischen Enden diverser Disneyfilme war, hatte sie sich von der Vorstellung, im echten Leben eines Tages ihren Traumprinzen zu finden, längst verabschiedet. Und nun ... nun würde sie mit Dean vor den Traualtar treten. Dem Mann, bei dem der anfängliche Gedanke an eine ernsthafte Beziehung noch unlogischer als jeder Kinderfilm gewesen war ...

Und nicht nur ihr Familienstand hatte sich in der letzten Stunde geändert. Etwas anderes hatte sich eingeschlichen, etwas, das Zoe erleichtert aufatmen ließ: Ihre Wehen waren abgeebbt. Während sie zuvor etwa viermal in der Stunde gekommen waren und das schmerzhaft, spürte sie sie nun nur noch vereinzelt und abgeschwächt. Dr. Goodwyn hatte recht gehabt: Sobald sie ihren seelischen Ballast los war, würde sich ihr Körper entspannen.

Zoe lächelte vor sich hin. Es war unglaublich. Kaum war Dean aufgetaucht, ging es ihr besser. Ihr Inneres hatte sämtliche Bürden über Bord geworfen und tänzelte nun selig vor sich hin.

Lächelnd drehte Dean sich auf die Seite und strich mit dem Daumen über ihre Lippen. Sie beobachtete, wie Flammen in seinen Augen hochschlugen, und grinste verlegen.

»Mr. Baxter, Sie sollten Ihre Gelüste im Zaum halten. Dies ist nicht der passende Ort, um auf erotische Tuchfühlung zu gehen.«

Dean zog einen Flunsch. »Aber ich würde unsere Vereinbarung gern auf unsere eigene … spezielle Weise besiegeln.«

Er beugte sich vor, um Küsse auf ihrem Hals zu verteilen. Sie schloss die Augen.

»Nette Formulierung.« Für ein paar Sekunden ließ sie sich von ihm mitreißen. Doch als Zoe spürte, dass seine Leidenschaft drohte, außer Kontrolle zu geraten, riss sie die Augen auf. »Dean, nicht hier. Was ist, wenn Dr. Goodwyn oder eine Krankenschwester hereinkommt?«

Er hielt inne und stöhnte gequält. »Aber ich vermisse dich so …«

»Ich dich auch.« Sie spürte das bekannte Ziehen in ihrem Unterleib, das ihr so gefehlt hatte. Sie musste sich zusammenreißen, sonst würde sich dieses sterile Zimmer gleich in einen Ort der Sünde verwandeln.

Mit nachdrücklicher Miene sah sie Dean an. »Zu Hause, okay? Wenn ich hier rauskomme, können wir gern an der Stelle weitermachen, wo wir aufgehört haben.«

Er grinste vielsagend. »I'll remind you.«

»Das wird nicht nötig sein.« Sie lächelte und versuchte, einen verführerischen Ausdruck in ihre Augen zu legen. »Bis dahin können wir ja ein bisschen knutschen.«

»Sounds good.« Ohne zu zögern, presste Dean seine Lippen auf ihre, um einen stürmischen Kuss zu entfachen. Nach vorsichtiger Zurückhaltung fühlte sich das nicht an, aber Zoe konnte auch nicht leugnen, dass sie diesen Moment genoss. Wie immer gelang es Dean, sie in seine Verführungskünste einzuwickeln. Ihr Kuss dauerte gerade mal ein paar Sekunden und schon entzündete er ihr altbekanntes Spiel.

Dean stöhnte und sogar ihr Babybauch zwischen ihnen konnte nicht verhindern, dass sie seine Ungeduld in Form einer beachtlichen Beule an ihrem Unterleib spürte.

»Das kann ja wohl nicht wahr sein!«, polterte es plötzlich, sodass Dean und Zoe wie von der Tarantel gestochen hochfuhren.

»Papa?«

Mit einer Mischung aus Schock und Irritation starrte Zoe ihren Vater an, der am Ende ihres Bettes zum Stehen kam und angesichts der Szene, die er zu sehen bekommen hatte, alles andere als begeistert aussah. Seine blitzenden Augen schweiften zwischen ihr und Dean hin und her. Während sich sein Mund in einen schmalen Strich verwandelte, verschränkte er die Arme.

Wo war er plötzlich hergekommen? War er auf allen vieren in ihr Zimmer geschlichen oder von der Decke gefallen, an der er seit Stunden wie eine Spinne in der Ecke ausgeharrt hatte?

»Mr. Prinzler.« Dean hatte wohl verstanden, dass es sich

bei dem unentspannt aussehenden Männlein um seinen Schwiegervater in spe handelte. Er sprang auf, ging mit schnellen Schritten um das Bett herum und hielt ihrem Vater die Hand hin. »Freut mich sehr, Sie persönlich kennenzulernen.«

Ihr Vater starrte Deans Hand jedoch nur reglos an. »So? Das kann ich nicht gerade behaupten«, knurrte er.

»Papa ...« Zoes strenger Tonfall ließ ihren Vater die Hand in ihre Richtung heben. Schon klar, dass er sich diesen Moment, auf den er nun schon seit Monaten geduldig gewartet hatte, nicht von seiner Tochter ruinieren lassen wollte.

Er konzentrierte sich ganz auf Dean. »Mein Freundchen ... mit dir habe ich schon lange ein Hühnchen zu rupfen.« Er stemmte die Hände in die Hüften. »Was bildest du dir eigentlich ein, hier einfach reinzuschneien und meine kleine Tochter wieder um deinen Finger zu wickeln?«

Zoe verdrehte die Augen. Obwohl das Englisch ihres Vaters nicht das beste war, waren seine Peinlichkeiten gut zu verstehen.

Dieser schnaufte. »Du hast bemerkt, dass Zoe schwanger ist? Von *dir*?«

»Mr. Prinzler ...«, setzte Dean mit erhobenen Händen erneut an, doch ihr Vater würgte ihn ab.

»Weißt du eigentlich, was Zoe deinetwegen durchmachen musste?« Er stierte Dean an und streckte aufzählend die Finger. »Erst nutzt du meine Tochter aus, dann machst du vor ihren Augen mit einer anderen rum und hältst es nicht einmal für nötig, dich dafür bei ihr zu entschuldigen ... Und dann – und das ist wohl der Gipfel überhaupt – schwängerst du sie, um ihr, sozusagen als Kirsche auf dem Eis, auch noch deine neue Flamme vorzuführen.«

Zoe sah, wie sich sein Gesicht verzerrte. Doch war es nicht Wut allein, die ihn so emotional werden ließ. Sie konnte ein weiteres Gefühl von seiner Miene ablesen: Verzweiflung.

»Hast du meinem Lämmchen noch nicht genug angetan? Reicht es nicht, dass du ihr das Herz gebrochen hast? Musst du nun auch noch hier auftauchen, um … um …« Er hielt inne, um Dean verdutzt anzusehen. »Was willst du eigentlich hier?«

Oje, oje … Zoe hatte ihren Vater noch nie so aufgewühlt erlebt. Eines wurde ihr in diesem Augenblick klar: Es ging ihm nicht allein um Dean, der es gewagt hatte, ihm sein Töchterchen abspenstig zu machen. Es ging darum, dass ihr wehgetan wurde, dass sie hatte leiden müssen. Das musste ihren Vater genauso, wenn nicht sogar mehr, schmerzen.

Dean hingegen wirkte zerknirscht. Er strich über sein Gesicht, das angespannt aussah. »Mr. Prinzler, ich bin hergekommen, weil mein Bruder mich darüber informiert hat, dass Zoe ins Krankenhaus gekommen ist …«

Ihr Vater unterbrach ihn. »Na, wenigstens einer wurde zeitnah informiert …«

Er warf Zoe einen zynischen Blick zu, doch diese zuckte nur die Achseln.

Dean ließ sich nicht beirren. »Jedenfalls bin ich sofort hergeflogen. Ich wusste schon, dass es Zoe nicht gut geht, aber mein Bruder hat die Sache heruntergespielt und immer irgendwelche anderen Gründe vorgeschoben.«

Ihr kleines Ich kicherte. Und auch Zoe erinnerte sich nur zu gut an die Durchfall-Geschichte. Am liebsten wäre sie vor Scham im Erdboden versunken.

Dean blickte sie an. »Ich habe Zoe darauf angesprochen,

aber sie hat mir den wahren Grund nicht sagen wollen.« Er schaute kurz zu Boden, um ihrem Vater dann mit festem Blick zu begegnen. »Mr. Prinzler, ich weiß, wie das alles auf Sie wirken muss.«

»Ach ja? Da bin ich ja mal gespannt.« Mit neugieriger Miene verschränkte er wieder die Arme vor der Brust.

Dean seufzte. »Ich weiß, dass ich in der Vergangenheit einige Fehler gemacht habe. Und mir ist auch klar, dass Sie nicht verstehen können, warum ich so bin, wie ich bin. Warum ich wie ein Arsch rüberkomme ...«

Wieder unterbrach ihr Vater ihn. »Doch, das weiß ich schon.«

Dean zog die Augenbrauen zusammen, sodass ihr Vater die gesammelte Luft aus seiner Lunge stieß.

»Ich weiß von deiner Vergangenheit, von deiner Frau ...«

»Sie wissen ...« Verblüfft blickte Dean zu Zoe.

»Tom hat es ihm erzählt«, klärte diese auf.

Dean nickte langsam und sah ihren Vater an. »Dann verstehen Sie vielleicht, warum es mir anfangs so schwergefallen ist, mein Herz zu öffnen. Ich hatte einfach Angst, mich fallen zu lassen, mich ernsthaft auf eine neue Beziehung einzulassen. Ich habe einfach etwas ... Anlauf gebraucht, einen Anstoß. Einen dummen Fehler, der mir endlich den richtigen Weg weist.« Sein Kiefer mahlte. »Die Sache mit Kim war absolut daneben, das weiß ich, aber sie hat bewirkt, dass es bei mir klick gemacht hat ... auch wenn's ein bisschen länger gedauert hat.« Sein Blick wanderte zu Zoe. »Zoe ist die Frau, die ich will, die ich liebe. Ich habe alles gegeben, um sie zurückzugewinnen, doch ... sie wollte nicht mehr und nach der Geschichte konnte ich ihr das nicht mal übel nehmen. Ich dachte, ich lasse ihr ein bisschen Zeit, vielleicht sieht sie eines Tages, dass ich es ernst meine, dass es nur *sie* für mich gibt, aber leider … ist das nicht passiert.« Dean wirkte zerknirscht. »Erst habe ich ihr Herz gebrochen, dann sie meins.« Er schwieg einen Moment und lachte dann. »Ich weiß nicht, warum es bei uns so kompliziert sein muss, warum wir es uns so schwer machen. Offensichtlich sind wir beide zu stolz, zu stur, um über unsere Schatten zu springen.«

Zoe stand schwerfällig vom Bett auf und ging zu Dean. Sie griff nach seiner Hand. »Du hast recht, wir sind beide stolz und stur, aber weißt du was?« Sie lächelte ihn an, ohne eine Antwort zu erwarten. »Das ist Vergangenheit. Alles, was jetzt zählt, ist unsere kleine Familie.«

Während sich Dean und Zoe grinsend in die Augen sahen, blickte ihr Vater kritisch von einem zum anderen.

»Und was heißt das jetzt? Wie soll's nun weitergehen?«

Dean und Zoe tauschten ein weiteres Mal Blicke, unsicher, ob sie ihre Pläne enthüllen sollten.

Zoe umgriff Deans Hand fester. »Papa, Dean weiß nun von dem Baby und er hat genau so reagiert, wie ich es mir gewünscht hatte.«

Ihr Vater nickte ungeduldig. »Das freut mich, Schätzchen, aber worauf willst du hinaus? Was willst du mir sagen?«

»Na ja, da wir nun wieder zusammen sind, können wir eine Sorge von der Liste streichen. Was aber die Sache mit dem Visum angeht«, sie blickte Dean an, der aufmunternd lächelte, »gibt es nur eine Lösung, wie ich hier und mit Dean zusammenbleiben kann.«

»Und die wäre?« Der unheilvolle Blick ihres Vaters sprach Bände.

»Na ja … wir müssen, nein, wir *wollen* … heiraten.«

Es wurde mucksmäuschenstill im Zimmer. Die einzigen Geräusche, die an Zoes Ohren drangen, waren Stimmen und Schritte auf dem Flur.

Mit wachsamen Augen verfolgte sie die Reaktion ihres Vaters. Sie befürchtete bereits, dass er sich erneut in einen Klappstuhl verwandeln könnte. Doch er blieb auf den Beinen und starrte nur sichtlich schockiert von einem zum anderen. Sämtliche Farbe war aus seinen Wangen gewichen. Er öffnete den Mund, schloss ihn dann jedoch wieder.

Oje, Zoe hörte bereits den Katastrophenalarm in sich losschrillen.

Ich auch, zischte ihr kleines Ich. *Wahrscheinlich wird er Dean gleich an die Gurgel gehen.*

Zoes Hände waren schweißgebadet. Sie krallte sich noch fester an Dean, der ebenfalls den Atem anzuhalten schien. Sie hatte keine Ahnung, welcher Sturm gleich lostoben würde.

Doch bevor ihr Vater sich in *Hulk* verwandeln konnte, flog die Tür auf.

Zoe ließ Deans Hand los und beobachtete mit aufgeklapptem Mund, wie Tom, Lucie und Janie hereinkamen. Die neuen Besucher gerieten ins Stocken, als sie die drei vor sich entdeckten.

Janie grinste schief. »Oh my gosh«, raunte sie und sah mit stutziger Miene von einem zum anderen.

Auch Tom war perplex. Zoe konnte sehen, wie er sich bei dem Anblick seines Bruders versteifte. Er biss sich zunächst auf die Lippen und gab dann ein stummes *Fuck* von sich.

Mit lauernden Augen musterte Tom seinen Bruder. »Du warst schneller, als ich dachte.«

»Yep.« Dean vergrub seine Hände in den Hosentaschen. »Ich hatte Glück, dass fast sofort ein Flieger ging.«

Tom nickte und betrachtete ihn dabei immer noch forschend. »Dann … weißt du es also jetzt?«

»I do.« Dean verzog keine Miene, während er Tom nicht aus den Augen ließ.

Toms Blick flog indes zu Zoe. »Sorry, ich dachte, ich schaffe es noch rechtzeitig, um dich vorzuwarnen.« Er ließ die Schultern sinken. »Ich habe Dean angerufen, als wir dich eingeliefert haben. Ich habe mir solche Sorgen gemacht, dass ich einfach nicht anders konnte. Tut mir leid, Zoe. Bestimmt sieht es jetzt so aus, als hätte ich dich damit zum Reden zwingen wollen, aber …«

Zoe unterbrach ihn, indem sie die Hand hob. »Mach dir keine Gedanken, Tom. Es war gut, dass du das gemacht hast.«

Erstaunt blickte er sie an. »Ach, echt?«

Bevor Zoe weiterreden konnte, trat Dean vor. »Ja.« Er ging auf Tom zu und legte eine Hand auf seine Schulter. »Ich glaube, ich muss mich bei dir bedanken, Bruderherz.«

Sein Satz ließ Tom noch verblüffter als vorher dreinblicken.

»Wenn du nicht angerufen hättest, würde es Zoe wohl immer noch schlecht gehen.« Ein demütiger Ausdruck erfasste sein Gesicht. »Ich glaube, Zoe und ich haben dir mit unserer Geheimniskrämerei sehr viel abverlangt. Respekt, das muss eine absolute Härteprüfung für dich gewesen sein.«

Tom atmete auf. »Und ob. Du ahnst ja nicht, wie oft

ich in den letzten Wochen kurz davor war, es euch einfach zu sagen.«

Zoe lächelte zerknirscht. Ihr war bewusst, in welch prekäre Situation sie Tom mit ihrer Heimlichtuerei gebracht hatte. Umso dankbarer war sie nun, dass er derjenige war, der Dean informiert hatte. Dean hatte recht. Wäre er jetzt nicht eingeweiht, hätte sie nicht sagen können, ob sie den Schritt je gewagt hätte.

Dean zog seinen kleinen Bruder so schwungvoll an sich, dass dieser kurz taumelte. Er klopfte ihm freundschaftlich auf den Rücken und trat dann lachend zurück. »Ich werde Vater, kannst du dir das vorstellen?«

»Yeah, that's just amazing!« Tom klatschte mit ihm ab. »Endlich darf ich gratulieren.« Er wandte sich von Dean ab, um auf Zoe zuzugehen. Fest drückte er sie an sich. »Das heißt also, es geht dir besser?«

»O ja, und ob!«

»Thank God.« Die Erleichterung stand Tom ins Gesicht geschrieben, als er sich von ihr löste. Er wollte noch etwas sagen, doch Janie, die die Szene stumm beobachtet hatte, stürmte auf Zoe zu und riss sie an sich.

»I'm so happy you're better«, flötete sie gelöst. »Ich habe mir solche Sorgen gemacht.«

Als sie von Zoe zurückwich, stürzte sie direkt auf Dean zu. Zoe stockte der Atem. Sie befürchtete, dass Janie ihm nun ihre Hass-Tirade entgegenschleudern würde, die ihr schon seit Monaten auf der Zunge lag. Doch mit heruntergeklappter Kinnlade beobachtete sie, wie ihre Freundin auch ihm um den Hals fiel.

Während Dean überrumpelt taumelte, trat Janie zurück und sah ihn mit zusammengekniffenen Augen an. »Auch wenn ich dich nicht mehr mag, du bist derjenige, der es geschafft hat, dass es Zoe besser geht. Also …«, sie haute ihm auf den Arm, »danke!«

Dean lächelte unsicher. »Hab' ich gern gemacht.« Er blickte zu Zoe und ein verträumter Ausdruck eroberte sein Gesicht. »Für diese Frau würde ich alles tun, auch«, er sah Janie wieder an, »wenn du mir das nicht glaubst.«

Ihre Freundin schenkte ihm ein freches Grinsen und wandte sich dann ab, deutete jedoch mit den Fingern an, ihn im Auge zu behalten. Während Dean lächelnd den Kopf schüttelte, ging Janie zu Zoes Vater hinüber, der sich ein wenig abseits an die Fensterbank gelehnt hatte.

»What do you say, Manni?« Sie stieß ihn mit dem Ellenbogen an. »Aufregender als jede Serie, was?«

Zoe wollte hören, was ihr Vater antwortete, doch Tom lehnte sich in dem Moment zu ihr.

»Dann ist also wieder alles klar zwischen Dean und dir?«, flüsterte er.

»Ja.«

Mit einem breiten Lächeln sah Tom sie an. »Du kannst dir nicht vorstellen, wie glücklich es mich macht, das zu hören.«

Zoe grinste. Als sie etwas erwidern wollte, drang Deans Stimme an ihr Ohr.

»Und du bist also die Frau, die meinem Bruder den Kopf verdreht hat.«

Zoe beobachtete, wie Dean auf Lucie zuging, und spitzte die Ohren.

»Richtig, ich bin Lucie.«

»So happy to meet you.« Dean schloss ihre Freundin in die Arme. »Wurde echt Zeit, dass wir uns mal kennenlernen.«

»O ja, darauf warte ich nun schon seit einem geschlagenen Jahr.« Lucie lachte ihm verschmitzt entgegen. »Ich habe schon so viel von dir gehört, dass ich das Gefühl habe, dich ewig zu kennen.«

Deans Wangen färbten sich rosa. »Oh, ähm … In den vergangenen zwölf Monaten habe ich mich wohl nicht gerade von meiner besten Seite gezeigt.«

Lucie winkte ab. »Schon okay. Ich kenne Zoe und weiß daher, wie schwierig sie sein kann.«

Während Dean verblüfft auflachte, stemmte Zoe die Hände in die Hüften. »Hey … Ich muss doch wohl sehr bitten.«

Es entbrannte aufgeregtes Stimmenwirrwarr. Tom stellte sich zu Lucie und Dean, der Unmengen an Fragen an Zoes Freundin zu haben schien. Während sich ihr Vater und Janie angeregt unterhielten, war Zoe froh, einen Moment für sich zu haben, um die letzten Stunden sacken zu lassen. Doch kaum kehrte sie gedanklich zu dem Augenblick zurück, als Dean plötzlich vor ihr gestanden hatte, flog ein weiteres Mal an diesem Tag die Tür auf.

Emily stürzte ins Zimmer und blieb abrupt stehen, als sie die kleine Traube vor sich sah. Sichtlich verwirrt blickte sie von Lucie zu Tom, von Tom zu Dean und von Dean zu Zoe. Hastig fegte Emily auf sie zu.

»Zoe, what's going on here?« Ihre Augen flitzten besorgt auf ihrem Gesicht herum. »Warum bist du im Krankenhaus? Ich bin sofort zum Flughafen, nachdem Tom mich angerufen hatte.«

Zoe sah zu ihm. Zerknirscht lächelnd hob er die Hände. Er hatte wohl vergessen, zu erwähnen, dass Dean nicht der einzige war, den er informiert hatte.

»Warum sind alle hier? Was ist denn nur passiert?«, fragte Emily beklommen. Ihr Blick glitt an Zoe hinab und blieb an ihrer Babykugel hängen. Ihr Mund klappte auf. »That cannot be …« Sie tastete ihr Haupt ab. »Ich muss mir den Kopf gestoßen haben. Das kann nur eine Halluzination sein …«

Zoe griff nach den Händen ihrer Freundin und unterbrach ihre wilden Diagnosen. »Es ist wahr, Em. Ich bin schwanger … Und Dean ist der Vater.«

Emily öffnete den Mund, doch kein Laut drang heraus. Zu groß war offensichtlich der Schock, die Bombe, die Zoe soeben hatte platzen lassen.

Sie packte die Hand ihrer Freundin fester und dirigierte sie zum Bett, um sich mit ihr auf die Matratze sacken zu lassen. »Hör zu, Em …«

Sie erzählte Emily alles. Von dem positiven Schwangerschaftstest, über ihren Besuch in Carsonrock, bei dem sie nicht mit der Wahrheit herausgerückt war, bis zu ihrer lähmenden Angst vor der Zukunft, davor, sich Dean und seiner Reaktion zu stellen. Alles, was Zoe in den letzten Monaten auf der Seele gebrannt hatte, machte sie öffentlich.

Schließlich endete sie und blickte Emily mit großen Augen an. Sie hatte keine Ahnung, welche Reaktion folgen würde, Emily hatte die ganze Zeit über schweigend gelauscht. Zoes Herz klopfte schneller, während sie wartete. Auch ihre anderen Freunde, die mucksmäuschenstill waren, schienen den Atem anzuhalten.

Es dauerte einen Moment, bis Emily sich gesammelt hatte. Dann sah sie Zoe fragend an. »Aber … warum hast du mir nichts gesagt? Ich verstehe das nicht.«

Zoe hörte an der Stimme ihrer Freundin, dass sie verwirrt und verletzt zugleich war, und es wunderte sie nicht. Sie drückte Emilys Hand. »Eins musst du mir glauben, Em: Ich wollte dir mit meiner Geheimniskrämerei nicht wehtun, ganz bestimmt nicht. Aber ... wir wissen beide, was passiert wäre, wenn du es *vor* Dean erfahren hättest. Du wärst zu ihm gerannt und hättest alles ausgeplaudert.« Beschwichtigend lächelte sie. »Nicht weil du ein Plappermaul bist, sondern weil du einfach hättest helfen wollen.«

Emily klappte den Mund auf und wollte offenbar widersprechen, doch dann schloss sie ihn wieder. Anscheinend ließ sie sich Zoes Erklärung ausgiebig durch den Kopf gehen. Dann schürzte sie die Lippen. »Ich wäre nicht zu Dean *gerannt*. Ich wäre zu ihm *gegangen*.« Sie konnte das Lächeln nicht verbergen, das um ihre Mundwinkel zuckte. »Und ja, sehr wahrscheinlich hätte ich ein paar unauffällige Andeutungen gemacht.«

Sie musterte Zoe, spannte sie auf die Folter, doch dann fiel sie ihr um den Hals. »Ich kann's nicht fassen ... du wirst Mama!« Emily wich zurück, sprang vom Bett und hüpfte auf und ab. Dann blickte sie zu Dean. »Ihr bekommt ein Baby!« Sie stürmte auf ihn zu und schloss ihn in ihre Arme. »Congrats!«

»Thanks«, meinte dieser mit einem breiten Grinsen.

Dann schien Emily noch etwas anderes einzufallen, sodass sie hektisch zwischen ihm und Zoe hin und her blickte. »Moment mal, bedeutet das ... heißt das etwa ... Seid ihr wieder zusammen?«

Dean und Zoe tauschten verlegen lächelnd Blicke, bis Zoe nickte. »Ja, ganz genau das heißt es.«

Als Emily bereits losjubeln wollte, meldete sich

unerwartet Zoes Vater aus dem Hintergrund. »Sie sind sogar verlobt.«

»Was?«, riefen Tom, Lucie und Janie im Chor.

Während ihnen die Kinnlade herunterfiel, war Emily die Erste, die sich fing. Wieder machte sie einen Luftsprung. »Ich hab's gewusst!«, jubelte sie. »Ihr zwei gehört einfach zusammen. Das war so und wird immer so sein.«

Wieder entbrannte lautes Gebrabbel. Während Tom Dean auf den Rücken klopfte und ihm mit ungläubiger Miene ein weiteres Mal an diesem Tag gratulierte, stürmte Lucie auf Zoe zu.

»O mein Gott, habe ich das richtig verstanden? Du und Dean werdet heiraten?«

Zoe nickte lächelnd, aber wortlos. Lucie bemerkte ihre Überforderung und ließ ihr einen Moment zum Durchatmen.

Zoe kam nicht hinterher. Während ihr Gehirn noch dabei war, zu aktualisieren, dass Dean und sie wieder zusammen waren, ja sogar sehr bald heiraten würden, war weder das Aufeinandertreffen der beiden Hähne noch die Offenbarung vor Emily in der Verarbeitung gelandet.

Diese stürzte auf Zoes Vater zu und umarmte ihn. »Sie sind dann wohl Zoes Dad. Ach, Sie müssen so stolz sein …«

Dieser wirkte sichtlich überrumpelt, doch bevor er etwas sagen konnte, stürmte Emily zurück zu Zoe und schloss sie noch einmal fest in ihre Arme. »Ich bin so aufgeregt! Wir müssen so viel planen, Zoe. Hast du schon eine To-do-Liste gemacht? Weißt du schon, wo ihr heiraten wollt? Und dein Kleid, wie soll dein Kleid aussehen? Ich kenne da einen Brautladen, der dir garantiert gefallen wird …«

Als Emily bemerkte, dass Tom auf sie zutrat, geriet sie ins

Stocken. Zoe beobachtete, wie der heitere Ausdruck ihrer Freundin wich und eine angespannte Miene zurückließ.

»Hey.« Tom stellte sich vor sie und vergrub unsicher seine Hände in den Hosentaschen.

»Hey«, entgegnete Emily mit rauer Stimme.

Zoe konnte das Unbehagen regelrecht spüren, das sich zwischen ihnen ausbreitete.

Dann fasste sich Tom ein Herz. »Em, ich wollte mich entschuldigen. Für diese … Nummer. Ich wollte nicht, dass du mitbekommst, wie …«

Emily verzog das Gesicht und hob die Hand. »Wir müssen wirklich nicht ins Detail gehen.« Sie zwirbelte an einer ihrer Locken herum. Ein verlegenes Lächeln kroch auf ihre Lippen. »Ich sollte mich wohl eher bei dir entschuldigen. Was ich da zu dir gesagt habe, war nicht in Ordnung, das weiß ich. Ich war nur so … so unglaublich verletzt. Ich habe nicht verstehen wollen, dass es mit uns nicht passt, und mir eingeredet, dass wir schon irgendwie einen Weg finden würden. Das war falsch von mir.«

Sie sah Tom in die Augen, auf dessen Gesicht sich ein Lächeln ausbreitete.

»Schon okay. Liebe lässt uns die verrücktesten Sachen machen. Mir würden gleich zwei Leute einfallen, die das beweisen.« Er warf Dean und Zoe einen Blick zu, sodass Emily kicherte.

»Stimmt.«

Die beiden betrachteten sich ein paar Sekunden lang stumm.

»Dann ist also wieder alles cool zwischen uns?«, fragte Tom schließlich.

Emily nickte und Tom schenkte ihr ein Zwinkern.

Neugierig wandte Emily sich Lucie zu, die ihre Unterhaltung aus dem Augenwinkel verfolgt hatte.

»Dann bist du bestimmt die Frau, mit der Tom damals zur Sache kommen wollte.«

Lucie lächelte verschämt.

»Don't worry. Das muss dir nicht peinlich sein. Schließlich war ich die Wahnsinnige, die aus dem Laptop gekeift hat.«

»Oh.« Aus Lucies Lächeln wurde ein Grinsen. »Dann sind wir quitt, findest du nicht?«

Emily lachte sichtbar gelöst. »We are!«

Während sich die beiden Frauen einander vorstellten und wieder wildes Stimmengewirr entflammte, stand Zoe abseits und schüttelte den Kopf.

Was für ein bizarrer Tag das heute war … Als sie vor fast zwanzig Stunden hier eingetroffen war, hätte sie es niemals für möglich gehalten, dass ihr Leben wenig später ein weiteres Mal auf den Kopf gestellt werden würde.

Sie blickte in die Runde und beobachtete, wie sich Dean und Tom lachend unterhielten. Auch Lucie, Janie und Emily hatten sich in ein Gespräch vertieft. Nur ihr alter Herr lehnte allein an der Fensterbank und sah nachdenklich vor sich hin. Zoe hatte keine Ahnung, was in ihm vorging. Ob noch das HB-Männchen tobte oder er tatsächlich die Ruhe in Person war.

Wohl eher die Ruhe vor dem Sturm …

Zoe schluckte. Wahrscheinlich lag ihr kleines Ich richtig. Zuerst hatten Tom, Lucie und Janie seinen bevorstehenden Tobsuchtsanfall unterbunden, dann war Emily hereingeplatzt. Zoe wollte sich gar nicht ausmalen, was passieren würde, wenn sie, Dean und ihr Vater nachher wieder allein waren. Doch offensichtlich hatte ihr alter Herr jetzt schon etwas zu sagen. Er löste sich von der Fensterbank und räusperte sich lautstark.

»Ich weiß, ihr jungen Leute wärt lieber unter euch, deswegen lasst mich nur kurz etwas sagen. Danach wird der nörgelnde Mann aus Deutschland auch garantiert die Biege machen.«

Die Gespräche verstummten und Zoe beobachtete, wie ihre Freunde gebannt darauf warteten, was ihr Vater zu verkünden hatte. Sie selbst lauschte mit angehaltenem Atem.

»Als ich damals über Videotelefonie erfahren musste, dass Zoe mit einem Amerikaner zusammen ist, habe ich erst mal schlucken müssen. Ich habe ein paar Wochen gebraucht, um diese Information sacken zu lassen.« Ihr Vater schnaubte. »Am liebsten hätte ich mich sofort in das nächste Flugzeug gesetzt und mir Dean vorgeknöpft.«

Während Zoe die Augen verdrehte und alle anderen lachten, brachte Dean lediglich ein unsicheres Lächeln zustande.

»Na ja«, fuhr ihr Vater fort. »Wie ihr wisst, habe ich das nicht getan … Als Zoe dann plötzlich daheim vor unserer Tür stand, war mein erster Gedanke: *Was hat dieser Ami meinem Lämmchen angetan?* Und mein zweiter: *Prima, Problem gelöst.* Doch … dem war nicht so.« Seine Augen schweiften in die Ferne. »Zoe flog zurück und hat sich nach ein paar Monaten dümmlicherweise schwängern lassen.« Er nahm Dean ins Visier. »Ich muss gestehen, dass ich über diese Nachricht alles andere als erfreut war. Ich musste mich ein weiteres Mal zusammenreißen, nicht nach Carsonrock zu jetten und Dean den Hals umzudrehen.«

Während Zoe schluckte, wartete Dean mit großen Augen darauf, dass ihr Vater weiterredete.

»Doch als ich dann die traurige Geschichte von Tom erfahren musste, habe ich meine Lynchpläne auf Eis gelegt.« Er ging auf Dean zu und legte eine Hand auf seine Schulter. Ein schwerer Ausdruck nahm das Gesicht ihres Vaters ein. »Dean, ich kann gar nicht in Worte fassen, wie leid es mir tut, was du hast durchmachen müssen. So etwas sollte keinem Menschen widerfahren. Natürlich macht das nicht alles wett, aber es erklärt vieles. Und als ich dich heute persönlich getroffen habe und erzählen hörte, musste ich feststellen, dass du kein schlechter Kerl zu sein scheinst. Ich kann durchaus verstehen, warum meine Tochter so unglaublich fasziniert von dir ist. Wahrscheinlich hätte ich mich auch von dir schwängern lassen.«

Schallendes Gelächter ertönte. Während Zoe angesichts der Aussagen ihres Vaters der Mund aufklappte, klopfte dieser Dean auf die Schulter.

»Ich bin fest davon überzeugt, dass ihr zwei die Herausforderungen der Zukunft meistern werdet.« Er lächelte Dean an. »Ich sehe, dass du meine Tochter liebst. Du stehst zu deiner Verantwortung und hast dich mir gegenüber aufrichtig erklärt. Das hat Klasse. Und deswegen …«

Zoe stockte wieder der Atem.

»… habt ihr zwei meinen Segen.« Ihr Vater blickte in die Runde. »Lasst uns das Paar des Tages gebührend feiern.«

Ihre Freunde jubelten und Zoes Vater umarmte Dean und flüsterte ihm dabei etwas ins Ohr. Da sich Deans Augen ängstlich weiteten, war es vermutlich eine Aussage wie: *Sollte ich mich doch in dir geirrt haben, habe ich kein Problem damit, mir eine Waffe und eine Schaufel zu besorgen.* Doch als sich die beiden Männer zurücklehnten, lachten sie scheinbar gelöst, sodass Zoe aufatmete.

Sie ging zu ihrem Vater. Dieser breitete die Arme aus, als er sie auf sich zukommen sah.

»Mein Lämmchen«, sagte er sanft. Er drückte sie an sich und strich mit den Händen über ihren Rücken. »Hast du wirklich gedacht, ich würde Dean an die Gurgel gehen?«

Zoe trat zurück und zog die Augenbrauen hoch, sodass ihr Vater abwinkte.

»Ich dachte, du kennst deinen alten Herrn.«

»Eben deswegen ja.«

Er lachte und griff nach ihrer Hand. »Mein Mädchen, ich bin erleichtert, dass es dir nun besser geht. Ich habe mir solche Sorgen um dich gemacht. Und deine Mutter auch. Sie war kurz davor, auch herzufliegen. Aber jetzt ... sehe ich dafür keine Veranlassung mehr.« Seine stahlblauen Augen leuchteten sie an. »Ich freue mich, dass du die Sorgen losgeworden bist, die dir so schwer auf der Seele gelegen haben. Jetzt kannst du dich voll und ganz auf euer Baby konzentrieren.«

Zoe lächelte und wollte etwas sagen, doch ihr Vater war noch nicht fertig. Nachdenklich blickte er zu Dean.

»Ich bin mir sicher, dass ihr zwei das gut hinbekommen werdet. Jetzt kann ich mit ruhigem Gewissen nach Hause fliegen.« Ein schelmischer Ausdruck blitzte in seinen Augen auf, als er sich zu Zoe hinüberlehnte und sie anstupste. »Und sollte Dean doch Mist bauen, bin ich ganz schnell zurück ... Ich weiß ja nun, wie er aussieht.«

33

Ein Jahr später

Zoe stand auf der Veranda ihres grauvertäfelten Heims in Carsonrock. Mit einem breiten Grinsen auf den Lippen beobachtete sie die Szenen, die sich im Garten abspielten.

Während Lucie im Gras saß und mit ihren nackten Füßen durch die Halme strich, machten es sich ihre Eltern auf den Gartenstühlen neben ihr bequem. Die drei lachten und hatten allen Grund dazu.

Vor zwei Tagen waren Zoes Eltern angereist und würden ganze vier Wochen bleiben. Zoe wusste, dass sie diesem Besuch lange entgegengefiebert hatten. Ihr Vater war ihr am Flughafen so freudig um den Hals gefallen, dass sie beinahe gefragt hätte, wer er war und was er mit Manfred Prinzler gemacht hatte. Zum ersten Mal hatte sie keine Nörgeltirade über sich ergehen lassen müssen, die sonst stets nach jeder Landung losbrach. Entweder hatten die Stewardessen ihrem Vater keinen Platz in der Businessclass geben wollen, für den er zwar nicht bezahlt, aber trotzdem nach ihm verlangt hatte. Oder aber sein Sitznachbar war eingenickt und hatte ihn mit seinem lauten Schnarchen belästigt.

Doch diesmal war er – trotz elf Stunden Flug – bester Laune gewesen, was Zoe gleichermaßen freute wie gruselte.

Seit jenem Tag im Krankenhaus, an dem er Dean persönlich kennengelernt hatte, war ihr Vater wie ausgewechselt. Kein sarkastischer Kommentar war ihm mehr über die

Lippen gegangen. Scheinbar hatte er seinen Frieden mit Dean geschlossen und ihn als seinen Schwiegersohn akzeptiert. Während ihre Mutter bei ihrem ersten Kennenlernen regelrecht dahingeschmolzen war, hatte ihr Vater erst eine Gegenüberstellung gebraucht. Doch Dean hatte mit seiner Ehrlichkeit punkten können, wodurch ihnen weitere Zeter-und-Mordio-Szenarien erspart geblieben waren. Vielmehr war es so, dass sich ihr Vater immer reger mit Dean unterhielt und bereits einige Gemeinsamkeiten entdeckt hatte. Die Leidenschaft für nostalgische Autos war dabei nur eine von vielen. Dean hatte ihn bei vergangenen Besuchen mit in seine Werkstatt genommen, in der er ihm Modelle gezeigt hatte, die er derzeit restaurierte. Das Schrauberherz ihres alten Herrn hatte gar nicht anders gekonnt, als aufzugehen.

Lucie hingegen war so glücklich wie an ihrem ersten Tag in den Staaten. Für sie würde es diesmal keine Deadline geben. Sie hatte ihr Studium in Deutschland erfolgreich beendet und direkt eine Anstellung bei einer amerikanischen Firma in Sacramento bekommen. Somit hatte sie ihr Arbeitsvisum sicher in der Tasche und ihrer Heimat auf unbestimmte Zeit *Cheerio* gesagt. Nächste Woche schon würden Tom und sie ihre Wohnung in Carsonrock beziehen und endlich ihren gemeinsamen Alltag aufnehmen können. Auch wenn Lucie noch nicht klar war, ob sie für immer hierbleiben wollte, so wusste sie dafür umso sicherer, dass sie an Toms Seite gehörte. Sie hatte ihr Herz geöffnet, sich auf die Liebe eingelassen und es nicht bereut.

Zoe schloss für einen Moment die Augen und tat einen tiefen Atemzug. Die Luft war erfüllt vom Duft des Sommers und der Veilchen, die sie letzte Woche um die Veranda herum gepflanzt hatte. Nun vermischte sich die florale Note mit dem rauchigen Aroma des Grills, an dem Tom hantierte. Neben ihm standen Emily und Janie mit einer Flasche Bier in der Hand und brachen in diesem Moment in schallendes Gelächter aus.

Seltsam, wie sich in den letzten Monaten alles verändert hatte. Während Zoe zurück nach Carsonrock gegangen war, war Emily in ihr Zimmer in Key West gezogen. Es war, als hätten die Freundinnen die Plätze getauscht. Emily besetzte Zoes Stelle im Touristikcenter in Key West, während diese – sobald das Antragsverfahren für ihre Green Card endlich durch war – stundenweise für Jack arbeiten würde.

Emily genoss das leichte Leben bei den Conchs und die Abende, an denen sie Janie zu ihren Gigs begleitete. Diese war immer noch Mitglied von Pussy Power. Sie liebte das Leben eines Rockstars und die wilden After-Show-Partys, die immer ein williges Männchen in ihr Netz trieben. Janie und die Mädels hatten sogar schon ein Studioalbum aufgenommen, das sie ihren Freundinnen voller Stolz präsentiert hatte. Noch stolzer war sie natürlich, dass in einem Monat endlich ihre langerhoffte Tour losging, die sie durch das gesamte Land führen würde. Janie war schon unheimlich aufgeregt. Ihre Band hatte sich ihren Erfolg hart erkämpft und sich die Tour nun umso redlicher verdient. Und dass ihre Freundin ihren inneren Konflikt mit Dean nach dessen Liebesbekenntnis begraben hatte, machte Zoe noch ein Stückchen glücklicher.

»Time to eat!«, rief Tom in dieser Sekunde, sodass ihre Augen zum Grill schweiften.

Mit der Grillzange bewaffnet, verteilte Tom geröstete Leckereien auf die Teller und stellte sie auf den gedeckten Gartentisch.

Zoes Aufmerksamkeit schwenkte zu Dean, der mit der kleinen Rose auf den Schultern durch den Garten lief.

»Another lap?«

Rose quietschte vergnügt und klatschte dabei in ihre kleinen Hände.

Dean drehte eine weitere Runde, bei der ihre semmelblonden Haare durch die Luft flogen.

Vergnügt winkte Dean Zoe zu. »Look, Rose, there's Mommy.«

Zoe winkte zurück. »Hi, mein Schatz!«

Er steuerte auf sie zu, sodass sich Zoes Lächeln gefühlt bis zu den Ohren ausbreitete. Als er auf der Veranda zum Stehen kam, streckte sie die Hand aus, um Rose über die weiche Wange zu streichen.

»Hast du viel Spaß mit Daddy?«

Als Antwort quiekte Rose ein weiteres Mal.

»Gleich müssen wir eine kleine Pause machen. Dann kannst du Omi und Opi ein bisschen auf Trab halten.«

Dean beugte sich hinunter, um Zoe mit strahlenden Augen anzublicken. »I love that. Just my two girls, I don't need more.«

Er drückte Zoe einen Kuss auf die Lippen, der ihr Herz wild klopfen ließ. Nur klein Rose protestierte mit einem lauten Knatschen.

Dean löste sich von Zoe und reckte den Kopf zu seiner Tochter. »Okay, noch eine Runde, dann gehen wir was essen«, sagte er. »Uncle Tom's waitin'.«

Er fuhr herum und Rose quietschte wieder fidel. Bevor er mit ihr losmarschierte, drehte er sich noch einmal zu Zoe und sah sie mit glühendem Blick an.

»Heute Nacht sollten wir ein bisschen Zeit zu zweit

einplanen, meinst du nicht?«, raunte er, während ein verruchtes Grinsen um seine Mundwinkel zuckte.

»Nichts lieber als das.« Sie lächelte. »Ich werde meine Eltern fragen, ob sie die Kleine hüten.«

Zoe spürte das vertraute Ziehen in ihrem Unterleib und war in dieser Sekunde noch erfreuter über den Besuch ihrer Eltern als ohnehin schon. Sie wusste, dass ihre kleine Enkelin ihr Ein und Alles war. Vermutlich trug Rose einen nicht unerheblichen Anteil daran, dass ihr Vater neuerdings so unheimlich gut gelaunt war und sich seine Paranoia in Grenzen hielt. Sie hatte ihn sogar schon mit Mama darüber philosophieren hören, ob sie nicht ebenfalls ihre Zelte in Deutschland abbrechen und hierher ziehen sollten, sobald sie in ihren wohlverdienten Ruhestand gingen.

Zoe sah zum Himmel, der die nahende Abenddämmerung ankündigte. Sie hörte das zarte Zirpen der Grillen und beobachtete, wie sich ihre Liebsten lachend und heiter quatschend am Tisch versammelten.

In diesem Moment konnte sie keinen Fehler entdecken. Nichts, was störte oder fehlte. Alles war perfekt.

Ihr Blick fiel auf ihren Ehering, den Dean ihr sechs Wochen vor der Geburt ihrer kleinen Tochter an den Finger gesteckt hatte. Mit dem Daumen drehte sie ihn und lächelte. Der Tag war perfekt gewesen. Obwohl sie gewusst hatten, dass nach der Hochzeit ein Bürokratie-Spießrutenlauf in Verbindung mit horrenden Kosten auf Dean und sie wartete, hatte das ihrem Glück keinen Abbruch getan. Alles war genau so gelaufen, wie sie es sich vorgestellt hatten. Gemeinsam mit ihren Liebsten hatten sie im kleinen Rahmen gefeiert und Zoe ein Kleid getragen, in das sie zwar gerade noch hineingepasst hatte, das jedoch trotzdem wunderschön gewesen war.

Nach der emotionalen Zeremonie in der alten, kleinen Chapel von Carsonrock war es ins Diner und anschließend ins Joe's gegangen, wo sie ausgiebig, lang und laut gefeiert hatten. Auch wenn Zoe den ganzen Abend lang nur an Wasser hatte nippen können, war ihr Glück nicht getrübt worden.

Noch aufgelöster war Zoe natürlich gewesen, als ihre kleine Tochter dann das Licht der Welt erblickt hatte. Nachdem sie geschlagene zwanzig Stunden in den Wehen gelegen und Dean dabei immer wieder dafür verflucht hatte, dass er ihr das angetan hatte, war Roses Geburt umso schneller gegangen. Zoe hatte den Moment nicht in Worte fassen können, als sie ihre kleine süße Tochter zum ersten Mal im Arm gehalten hatte. Auch Dean war hin und weg gewesen und hatte die Tränen nicht zurückhalten können.

Die Strapazen, ihre Angst und die Ungewissheit der letzten Monate hatten sich auszahlen sollen. Zoe hatte durchgehalten und war mit einer wundervollen Hochzeit und einer noch wundervolleren Tochter gesegnet worden.

Verträumt sah sie vor sich hin. Sie hatte alles richtig gemacht. Ihr Abenteuer USA hatte vor Deans Tür begonnen und war noch lange nicht zu Ende.

Obwohl Zoe so schmerzlich von ihrer rosa Wolke gestürzt war, waren die letzten zwei Jahre eine unverzichtbare und wertvolle Lektion für sie gewesen. Sie hatte nicht bloß gelernt, sich nach einem schweren Fall aufzurappeln und weiterzumachen, egal, wie viel Kraft es kostete. Oder dass das Herz nicht grundlos an einer Liebe festhielt. Nein, Zoe hatte etwas sehr viel Größeres erreicht. Sie hatte zu sich selbst gefunden, zu der Frau, die sie sein wollte.

Na, das hat ja gar nicht lange gedauert, stichelte ihr kleines Ich mit einem hämischen Grinsen auf dem Gesicht.

Sie rollte lächelnd mit den Augen. Auch wenn ihre Minikopie immer etwas zu meckern hatte, sie vertraute ihrem Gefühl.

Zoe war in Carsonrock gelandet und schwanger geworden. Und obwohl letzteres nicht einmal ansatzweise in ihren Entwürfen vorgekommen war und es sie an den Rand der Verzweiflung getrieben hatte, war sie heute glücklicher denn je. Und dieses Glück war nicht allein Dean geschuldet, den sie nun lächelnd dabei beobachtete, wie er die kleine Rose von seinen Schultern nahm und sie mit einem Blick betrachtete, der Zoes Herz hüpfen ließ.

Es war das große Ganze, das Zusammenspiel verschiedener Faktoren, die das Leben in eine bunte, aufregende und nicht immer perfekte Reise verwandelten. Selbst wenn es Niederlagen hagelte und sich der Sinn manchmal einfach nicht zeigen wollte – das Schicksal wusste, was es tat. Es hatte Zoe hierher geführt und das war verdammt noch mal genau richtig gewesen.

Ende